Ralf Kurz
Die Honigspur
Kriminalroman

Wellhöfer Verlag
Ulrich Wellhöfer
Weinbergstraße 26
68259 Mannheim
Tel. 0621/7188167
www.wellhoefer-verlag.de

Titelgestaltung: Uwe Schnieders, Fa. Pixelhall, Mühlhausen
Satz: Creative Design, Lukas Fieber, Mannheim

Die Erzählung ist frei erfunden. Ähnlichkeiten mit wirklichen Personen oder tatsächlichen Ereignissen sind nicht beabsichtigt und somit rein zufällig.

Das vorliegende Buch einschließlich aller seiner Teile ist urheberrechtlich geschützt. Jede Verwertung ist ohne schriftliche Zustimmung des Verlages unzulässig.

© 2011 Wellhöfer Verlag, Mannheim

ISBN 978-3-939540-88-5

Ralf Kurz

Die Honigspur

Kriminalroman

Ein herzliches Dankeschön gebührt Prof. Dr. Wolfgang G. Bessler vom Institut für Molekulare Medizin und Zellforschung, AG Tumorimmunologie/Vakzine der Albert-Ludwigs-Universität Freiburg, der den Anstoß für diesen Roman gegeben und die notwendigen wissenschaftlichen Hintergrundinformationen geliefert hat.

Für Christian & Laura-Louisa

1

Ein leiser Duft von Zimt und Rotwein stieg Steffen Lackner in die Nase, als die Tür geöffnet wurde und das Paar sein Juweliergeschäft betrat. Schon gut drei Wochen dauerte der Weihnachtsmarkt, auf dem sich täglich die Besucher drängten, um Christbaumkugeln und Bienenwachskerzen, gebrannte Mandeln und Glühwein, Kuckucksuhren, Hüttenschuhe oder geschnitzte Holzfiguren zu kaufen. Wann immer Lackner aus dem Schaufenster seines Juweliergeschäftes sah, entdeckte er rote Nasen vor den Verkaufsständen, die manchmal von der Kälte, oft aber auch vom heißen Alkohol herrührten. Lackner führte das Geschäft mit seiner Frau Cornelia und seinem jüngeren Bruder Torsten. Er war, ebenso wie Bruder und Vater, Goldschmied von Beruf und die Söhne hatten, als der Vater zum Innungsmeister berufen worden war, das Geschäft übernommen.

„Schönen guten Tag", begrüßte Lackner die Eintretenden mit einem verbindlichen Lächeln, „was kann ich für Sie tun?"

„Guten Tag", erwiderte der Mann, den Lackner auf Anfang dreißig schätzte, „wir haben die Auslagen im Schaufenster gesehen und wollten uns mal umschauen."

Lackner nickte und war sofort von der Begleiterin des Mannes hingerissen. Sie war einen Kopf kleiner als er, hatte lange, glatte, tiefschwarze Haare und wundervolle, dunkelbraune Mandelaugen. Offensichtlich stammte sie aus Ostasien, möglicherweise aus Thailand, und sie bedachte den Goldschmied mit einem zurückhaltenden, aber überaus sympathischen Lächeln.

„Sie haben so schöne Anhänger im Schaufenster", schwärmte die Asiatin, „die sind doch echt, oder?"

„Natürlich", antwortete Lackner, „wir verkaufen ausschließlich echten Schmuck. Haben Sie etwas entdeckt, das Ihnen besonders gefällt?"

„Ja, die Anhänger mit den Steinen", erwiderte sie und trat näher an den Verkaufstresen heran.

Lackner bemerkte, dass sie ein wenig hinkte und den rechten Fuß beim Gehen nicht zu fest belasten zu wollen schien.

„Sie meinen vermutlich die Opale", erriet er, „das sind sozusagen unsere Haussteine, die wir bevorzugt verarbeiten. Jedes Stück ist ein Unikat."

Er wandte sich um, ging zum Tresor und entnahm drei Präsentationsladen.

„Sehen Sie hier", forderte er die Kundin auf und legte die erste Lade auf den Tresen.

Die Asiatin trat einen weiteren, vorsichtigen Schritt vor und beugte sich leicht nach vorn, um das Schmuckstück einer genaueren Betrachtung zu unterziehen. Es war ein wundervoll gearbeiteter, aus Gold, Silber und Platin gefertigter Anhänger mit einem bunt funkelnden Opal an einer dreireihigen Goldkette.

„Oh, der ist wirklich hübsch", lobte sie anerkennend.

Lackner legte die beiden anderen Schmuckladen daneben. Die Anhänger waren von ähnlicher Machart, unterschieden sich aber geringfügig in Größe und Design. Dennoch war auf den ersten Blick zu erkennen, dass sie vom gleichen Künstler stammten. Bevor der Goldschmied etwas zu den Schmuckstücken sagen konnte, wurde er von einem gedämpften Knall abgelenkt. Aus dem Augenwinkel erkannte er, dass jemand ein Mountainbike unsanft gegen das Schaufenster gelehnt hatte. Die Scheibe bestand zwar aus Sicherheitsglas, aber der Goldschmied mochte es dennoch nicht, wenn man Fahrräder dagegen lehnte. Dass dieser Jemand einen Integralhelm trug, wie man ihn sonst nur bei Motorradfahren sah, war ziemlich ungewöhnlich.

Sekunden später wurde die Tür geöffnet. Die Person, die mit zwei schnellen Schritten in den Laden trat, trug Jeans, eine Lederjacke und Lederhandschuhe. Das geschlossene, dunkel getönte Visier des Motorradhelms erlaubte keinen Blick auf das Gesicht und die Stimme klang gedämpft.

„Überfall! Keine Bewegung!"

Aus der rechten Außentasche ihrer Lederjacke zog die Person einen Trommelrevolver mit kurzem Lauf und richtete ihn auf Lackner. Der Goldschmied trat unwillkürlich einen Schritt zurück, während seine Augen das glänzende Metall der Waffe fixierten. Die Mündung zeigte direkt auf seine Brust. Sein Mund wurde trocken und sein Herzschlag beschleunigte sich. Für Juwelierläden bestand grundsätzlich ein hohes Risiko und seit über zwanzig Jahren rechnete er mit der Möglichkeit überfallen zu werden. Der Anblick des Revolvers versetzte ihm dennoch einen Schock und er spürte, wie seine Knie weich wurden.

„Du da! Rüber!"

Mit einer knappen Bewegung des Revolvers forderte die Person den Kunden auf, sich links neben Lackner zu stellen. Aus den schmalen Händen, den schlanken Beinen und vor allem aus den geschwungenen Hüften, die durch die eng sitzenden Jeans betont wurden, schloss Lackner, dass es sich um eine Frau handeln musste, die gerade sein Geschäft überfiel. Ihre Stimme wurde durch das geschlossene Visier des Helms gedämpft und verfälscht. Eine spätere Identifizierung würde damit erheblich erschwert, wenn nicht gar unmöglich gemacht werden.

„Und du auf die andere Seite!"

Die Kundin, deren Gesicht aschfahl geworden war, hielt sich am Verkaufstresen fest, während sie der Aufforderung vorsichtig hinkend Folge leistete. Lackner, der nun von den beiden Kunden flankiert wurde, stand noch immer reglos hinter seinem Tresen. Er spürte, dass sein Herz raste und seine Atmung sich beschleunigt hatte. Sein Mund war staubtrocken und er schluckte schwer. Die Räuberin zog mit der freien Hand eine weiße, unbeschriftete Einkaufstüte aus ihrer Jacke und warf sie auf den Tresen.

„Da rein!", forderte sie den Goldschmied auf und deutete mit dem Revolver auf die drei Anhänger.

Mit zitternden Fingern nahm Lackner die Tüte. Er atmete einmal tief durch und zwang sich selbst zur Ruhe, während sein Puls in den Schläfen hämmerte und das Blut in den Ohren rauschte. Es war am besten, keinen Widerstand zu leisten. Wenn die Täterin bekam, was sie wollte, würde sie vermutlich so schnell wie möglich das Weite suchen, ohne dass jemand zu Schaden kam. Der Schmuck war versichert und auch wenn es sich um Unikate handelte, waren sie dennoch nicht unersetzlich. Lackner öffnete die Tüte und verstaute die drei Ketten mit den Anhängern vorsichtig in ihrem Innern.

Die Räuberin trat einen schnellen Schritt vor und riss Lackner die Tüte aus der Hand. Der Goldschmied wich unwillkürlich vor ihr zurück. Es war irritierend, ihr Gesicht hinter dem getönten Visier nicht sehen zu können. Ohne ihre Mimik zu erkennen konnte Lackner die Täterin nicht einschätzen und wusste nicht, ob sie nervös war und zu einer unbedachten Reaktion neigte. Sie stand einen halben Schritt vom Tresen entfernt und richtete ihre Waffe auf den Kunden, der neben dem Goldschmied stand. Der Mann hatte seine Hände erhoben und sah in die Mündung des Revolvers, der auf seine Brust zielte. Die Räuberin schwenkte ihre Waffe langsam nach links, zielte auf Lackner, schwenkte die Hand weiter und richtete den Revolver schließlich auf die Kundin. Einen qualvoll langen Augenblick geschah nichts, dann blitzte ein Mündungsfeuer auf und der ohrenbetäubende Knall eines Schusses zerriss die Stille im Raum.

*

„Vierundzwanzig fünfzig", sagte die Apothekenhelferin.

„Wie?", fragte die alte Dame.

„Vierundzwanzig Euro und fünfzig Cent", wiederholte die junge Frau hinter dem Tresen.

„Aber ich habe doch ein Rezept", erklärte die alte Dame.

„Ja, schon", erwiderte die Apothekenhelferin, „aber das ist Ihre Zuzahlung."

Die alte Dame kramte ihren Geldbeutel aus der Handtasche, öffnete ihn mit unsicheren Bewegungen, zog zwei Zehneuroscheine heraus und zählte das Kleingeld ab.

„Früher hat das nichts gekostet", murrte sie.

„Vierundzwanzig zwanzig", summierte die Apothekenhelferin, „es fehlen noch dreißig Cent."

Die alte Dame sah in ihren leeren Geldbeutel.

„Mehr habe ich nicht", erwiderte sie.

„Haben Sie eine EC-Karte?"

„Wie?"

„Eine EC-Karte oder eine Kreditkarte."

Die kleine, alte Dame antwortete nicht. Sie maß kaum einen Meter fünfzig und ein modriger Geruch ging von ihr aus. Vermutlich hatte sie ihre Kleidung seit Tagen nicht mehr gewechselt. Ihre Haare steckten unter einem Kopftuch und ihr abgetragener Mantel war ebenso alt wie ihre ausgetretenen Schuhe mit den schiefen Absätzen.

„Am besten gehen Sie zur Bank und kommen später noch einmal wieder", schlug die Apothekenhelferin vor.

„Kann ich die Sachen nicht mitnehmen?", fragte die alte Dame.

„Nein, es fehlen noch dreißig Cent. Sie müssen wiederkommen, wenn Sie genug Geld dabei haben."

Bussard trat einen Schritt vor und blickte von der Seite in das runzlige Gesicht mit den hellen, wässrigen Augen, die hinter einer alten Brille unsicher zwischen den Medikamenten, dem Geld auf dem Tresen und der Apothekenhelferin hin und her sahen. Er zog seinen Geldbeutel aus der Hosentasche, zählte dreißig Cent ab und legte sie zu dem anderen Kleingeld.

„Vierundzwanzig fünfzig", erklärte er, „jetzt können Sie Ihre Sachen mitnehmen."

Die alte Dame sah ihn verständnislos an.

„Früher hat das nichts gekostet", sagte sie noch einmal.

Bussard wollte eine Bemerkung über die neueste Gesundheitsreform machen. Wie bei jeder vorangegangenen Reform wurden die Bürger weiter entlastet und immer hatten sie anschließend ein wenig mehr zu zahlen.

„Stecken Sie Ihren Geldbeutel ein", sagte er stattdessen und lächelte die alte Dame aufmunternd an.

„Reicht das jetzt?", fragte sie.

„Ja", bestätigte er, während die Apothekenhelferin das Geld in der Kasse verstaute.

Die kleine, alte Dame steckte ihren Geldbeutel in die Handtasche. Sie nahm die Plastiktüte mit den Medikamenten vom Tresen und sah Bussard an. Aus ihrer Manteltasche fischte sie ein Bonbon, begutachtete es einen Augenblick und reichte es Bussard. Als er es nahm, hielt sie seine Hand einen Moment fest. Sie sagte nichts und lächelte nicht einmal, doch er verstand den stummen Dank.

„Auf Wiedersehen", sagte er zu ihr, „und schöne Feiertage."

Sie nickte, drehte sich um und schlurfte auf den Ausgang zu.

„Wenn sie nicht genug Geld dabei hat, kann ich ihr die Medikamente nicht geben", erklärte die Apothekenhelferin entschuldigend.

Bussard sah die junge Frau an. Sie war Anfang zwanzig, hatte seidige, braune, schulterlange Haare und grünbraune Augen. Ihr Gesicht mit den gezupften Augenbrauen war perfekt geschminkt und um den Hals trug sie eine dünne Goldkette mit einem kleinen, funkelnden Stein.

„Wahrscheinlich hat sie nicht genug Geld", antwortete er.

Die junge Frau zeigte keine Regung. Auch wenn es ihm missfiel, dass sie die alte Dame wegen dreißig Cent wieder nach Hause hatte schicken wollen, musste er akzeptieren, dass sie sich korrekt verhalten hatte. Sie war eine Angestellte und am Ende des Tages musste die Kasse stimmen. Einen Fehlbetrag würde ihr Chef vermutlich von ihrem Gehalt abziehen. Dass sie jedoch nicht bereit gewesen war, für dreißig Cent Menschlichkeit mit in die Tüte zu packen, ließ ihn für einen Augenblick seine juckenden Zehen vergessen.

„Bitte?", fragte sie und unterbrach seine Überlegungen.

„Ich brauche etwas gegen Fußpilz", erwiderte er.

Sie nickte ihm zu, drehte sich um und ging zu einem Wandregal, aus dem sie zwei kleine Schachteln nahm, die sie vor Bussard auf den Tresen legte. Nachdem sie ihm die Unterschiede in der Anwendung erklärte hatte, entschied er sich für das günstigere Präparat. Er bezahlte sechs Euro neunzig, steckte die Schachtel ein, verabschiedete sich und verließ die Apotheke.

In einiger Entfernung sah er die alte Dame, die langsam den Bürgersteig entlangschlurfte. Dreißig Cent, dachte er kopfschüttelnd. Einen Augenblick später läutete sein Handy.

*

Der dichte Freitagnachmittagsverkehr und eine Baustelle am Siegesdenkmal, einem der wichtigsten Knotenpunkte des Freiburger Straßennetzes, sorgten dafür, dass Kriminalhauptkommissar Steffen Bussard mehr als fünfzehn Minuten benötigte, um den Tatort zu erreichen. Der kleine Juwelierladen, der den Namen *Lackners Goldschmiede* trug, lag in der Freiburger Innenstadt am Kartoffelmarkt, wo früher die Bauern aus der Umgebung ihr Gemüse verkauft hatten. Später, als der Gemüsemarkt zum Münsterplatz umgezogen war, hatten fliegende Händler ihre Stände aufgeschlagen, um Stoffe, Kleidung, Skulpturen, Haschpfeifen und billigen Schmuck aus Indien zu verkaufen. Auch die Hippies mit ihren demontierbaren Holzständen hatten den Kartoffelmarkt verlassen und zum Schwarzen Kloster umziehen müssen, wo sie seither ihre Waren feil boten, denn der alljährliche Weihnachtsmarkt, der früher nur auf dem Rathausplatz beheimatet gewesen war, hatte sich im Lauf der Jahre immer weiter ausgedehnt und war über den Unterlindenplatz bis zum Kartoffelmarkt vorgedrungen.

Zwei Einsatzfahrzeuge der Kollegen und ein Rettungswagen des Roten Kreuzes standen mit eingeschalteten Blaulichtern neben den Weihnachtsständen. Rings um den Eingang des Juweliergeschäftes hatte man eine Absperrung errichtet, hinter der sich die Schaulustigen versammelten. Bussard drängte sich durch die Menge, begrüßten die Kollegen und betrat den kleinen Laden. Die Verkaufsfläche betrug kaum mehr als vier mal vier Meter und die Beamten der Spurensicherung standen sich gegenseitig auf den Füßen. Ein Durchgang zu einer winzigen Werkstatt erlaubte einen Blick auf den offenen Tresor, neben dem der Geschäftsinhaber zusammengesunken auf einem Stuhl saß, während Kriminalhauptkommissarin Sylvia Harter beruhigend auf ihn einsprach.

„Hallo, Sylvia", begrüßte der Kommissar seine Kollegin.

„Hallo, Bussard", erwiderte sie.

Er ließ seinen Blick einmal durch den Laden schweifen. Dem ersten Anschein nach war es ein kleines Juweliergeschäft für den nicht allzu großen Geldbeutel. In den Vitrinen waren nur wenige Schmuckstücke ausgestellt, deren Preise meist im dreistelligen, selten im vierstelligen Bereich lagen. Teurere Exemplare, deren Preis zehntausend Euro überstieg oder Schmuckstücke mit großen, auffälligen Steinen gab es nicht. Bussard trat einen Schritt zur Seite und entdeckte die Leiche, die zuvor seinem Blick verborgen gewesen war, hinter dem Verkaufstresen. Da sich weder Sanitäter noch Notarzt um die am Boden liegende Frau bemühten, bestand kein Zweifel daran, dass sie nicht mehr lebte.

„Wer ist die Tote?", fragte er.

Sylvia nahm ihren Notizblock zur Hand und las den Namen ab.

„Sie heißt Bian Bleyle und wurde während des Überfalls getötet, ein Schuss, direkt ins Herz. Der Notarzt sagt, sie hätte keine Chance gehabt. Sie war sofort tot."

„Ist sie eine Angestellte?", fragte er.

„Nein", antwortete sie, „eine Kundin. Sie war zusammen mit ihrem Mann Martin Bleyle im Laden, um Schmuck zu kaufen. Er hat einen Schock und wird draußen in der Ambulanz behandelt."

Bussard zog die Augenbrauen zusammen und schüttelte den Kopf. Die Stelle, an der die getötete Kundin lag, war ungewöhnlich.

„Wieso liegt sie hinter dem Tresen und nicht davor?", fragte er.

„Hier", antwortete Sylvia und deutete mit einem Kopfnicken auf etwas, das er nicht sehen konnte, „du kannst es dir direkt anschauen."

Bussard ging am Verkaufstresen vorbei und entdeckte eine Überwachungskamera, die auf dem Tresor stand. Neben dem kleinen Goldschmiedetisch in der Werkstatt lag ein Notebook auf einem Beistelltisch. Der Monitor zeigte das Bild des Verkaufsraums.

„Das ist Herr Lackner, der Inhaber", erklärte Sylvia und wandte sich an den Goldschmied, „können Sie die Aufnahme noch einmal laufen lassen?"

Lackner nickte und klickte auf PLAY.

„Die Kamera ist immer in Betrieb", erklärte der Goldschmied, der bleich und mit hängenden Schultern auf seinem Stuhl saß, „die Daten werden automatisch an einen Server übermittelt, falls ein Einbrecher das Notebook klaut."

Die beiden Kommissare beobachteten auf dem Monitor, wie die Eingangstür geöffnet wurde und das Ehepaar den Laden betrat. Die Frau hinkte ein wenig, während sie auf den Verkaufstresen zuging, hinter dem Lackner stand.

„Gibt es keinen Ton?", fragte Bussard.

„Nein, die Kamera hat kein Mikrofon", erwiderte der Goldschmied.

Der Monitor zeigte Lackner, der sich umwandte und etwas aus dem Tresor nahm, das er auf den Verkaufstresen legte.

„Ist der Tresor immer offen?", fragte der Kommissar.

„Solange ich im Laden bin, schon", antwortete Lackner, „es wäre zu aufwendig, ihn jedes Mal zu öffnen. Abends, bevor ich gehe, schließe ich ihn dann ab."

Die Szene auf dem Notebook lief weiter und die Kommissare beobachteten, dass der Goldschmied plötzlich den Kopf in Richtung Schaufenster gewendet hatte. Einen Augenblick später wurde die Tür geöffnet und eine Person, die einen Motorradhelm mit geschlossenem Visier trug, betrat den Laden. Sie nahm einen Revolver aus der Außentasche ihrer Lederjacke und richtete ihn auf Lackner.

„Das ist eine Frau", folgerte Bussard beim Anblick des schlanken, fast zierlichen Täters.

„Ja", bestätigte Lacker, während auf dem Monitor die Personen die Plätze wechselten, „das glaube ich auch. Die Stimme war undeutlich, aber von der Figur her schätze ich schon, dass es eine Frau war."

Sie verfolgten auf dem Notebook, wie Lackner drei Ketten mit Anhängern in einer weißen Plastiktüte verstaute und die Räuberin dem Goldschmied die Tüte aus der Hand riss. Mit ihrem Revolver zielte sie zuerst auf den Kunden, dann auf Lackner und schließlich auf die Kundin. Plötzlich blitzte ein Mündungsfeuer auf und die Kundin, die am Bildrand gerade noch zu erkennen war, stürzte zu Boden.

„Warum hat sie geschossen?", fragte Bussard überrascht.

Lackner zuckte mit den Achseln und schüttelte stumm den Kopf, während sich auf dem Monitor die Täterin umwandte und eilig den Laden verließ. Er klickte auf STOP und das Bild blieb stehen.

„Hat Frau Bleyle etwas zu der Täterin gesagt?", fragte Sylvia.

„Nein", antwortete Lackner und schüttelte erneut den Kopf, „weder sie, noch er, noch ich. Wir standen einfach nur da. Es gab überhaupt keinen Grund."

Er schloss die Augen und atmete hörbar ein und aus. Auch wenn er gefasst wirkte und die Fragen präzise beantwortete, konnte man den Schock und das Entsetzen über den Raubmord in seinem Gesicht sehen.

„Was hat die Täterin erbeutet?", fragte Bussard.

„Nur die drei Ketten mit den Anhängern", erklärte Lackner, „die Anhänger bestehen aus Gold, Silber und Platin und sind mit Opalen besetzt."

„Welchen Wert haben die Schmuckstücke?"

„Ein Anhänger 4.800, einer 2.800 und einer 3.300 Euro."

„Rund zehntausend Euro", summierte Sylvia und Lackner nickte bestätigend.

Der Kommissar wandte sich um und warf einen Blick in den offenen Tresor. Unzählige Präsentationsladen waren wie Schachteln übereinandergestapelt. Er nahm eine Lade heraus und betrachtete eine Kette mit einem Anhänger.

„So ähnlich haben die anderen auch ausgesehen", erklärte Lackner, „sie sind aus einer Serie, aber es sind alles Unikate."

„Die Täterin hat sich nicht für den Inhalt des Tresors interessiert?", fragte Bussard und der Goldschmied schüttelte verneinend den Kopf.

„Wir brauchen das Notebook mit der Aufnahme", forderte Sylvia.

„Ich brauche mein Notebook hier im Laden, aber ich kann Ihnen die Aufnahme auf DVD brennen", bot Lackner an.

„Okay", stimmte sie zu, „geben Sie die Kopie unseren Kollegen von der Kriminaltechnik."

Bussard wandte sich um und ging zum Verkaufstresen.

„Entschuldige, Bertold", sagte er zu einem Kollegen der Spurensicherung, der einen Schritt zur Seite trat, „ich will nur einen Blick auf die Leiche werfen."

Er bückte sich und betrachtete die Tote. Ihr Körper lag auf dem Rücken. In der Höhe der Brust war die Jacke verfärbt und wies ein deutliches Einschussloch auf. Die rechte Handfläche und die Finger der Toten waren blutig. Vermutlich hatte sie die Hand auf ihr Herz gepresst, während sie gestorben war. Eine einzelne, schwarze Haarsträhne hing in das Gesicht mit den schönen, asiatischen Zügen. Die Augen waren geschlossen und der Mund leicht geöffnet. Sie sah aus, als würde sie schlafen.

„Ich werde mit dem Ehemann sprechen", erklärte er, während er sich wieder erhob.

Bussard ging an seinem Kollegen vorbei und durchquerte den Verkaufsraum.

„Sylvia", rief er, bevor er die Tür öffnete.
„Ja?", antwortete sie.
„Wie ist die Täterin geflüchtet?"
„Mit einem Mountainbike."

Bussard nickte und verließ den Laden. In der Gasse, die zum Unterlindenplatz führte, stand der Rettungswagen mit geöffneten Hecktüren. Ein Mann, den Bussard auf Anfang bis Mitte dreißig schätzte, saß, in eine graue Decke gehüllt, zusammengesunken auf einem Sitz und starrte zu Boden, während ein Sanitäter ihn abwartend beobachtete. Der Mann hielt seinen Oberkörper mit den Armen umfasst. Sein Gesicht zeigte deutliche Blutspuren. Wahrscheinlich hatte der Mann seine sterbende Frau angefasst und sich später ohne es zu bemerken das eigene Gesicht beschmiert.

„Herr Bleyle?", fragte der Kommissar.

Der Mann wandte den Kopf und sah ihn an, antwortete aber nicht.

„Ich bin Kriminalhauptkommissar Bussard", stellte er sich vor, „können Sie mir ein paar Fragen beantworten?"

„Der Notarzt hat ihm ein Beruhigungsmittel verabreicht", erklärte der Sanitäter, „der Mann steht unter Schock."

Bussard nickte dem Sanitäter zu und wandte sich wieder an Bleyle. Es war ein schwieriger Augenblick, denn der Mann hatte wenige Minuten zuvor zusehen müssen, wie seine Frau erschossen worden war. Trotzdem war es wichtig, so schnell wie möglich so viele Informationen wie möglich zu sammeln. Selbst ein unbedeutend erscheinendes Detail lieferte manchmal den entscheidenden Hinweis auf den Täter.

„Bitte, Herr Bleyle", sagte er leise, „es tut mir sehr leid, was mit Ihrer Frau passiert ist, aber es ist wichtig, dass Sie mir ein paar Fragen beantworten."

„Warum hat sie das getan?", fragte Bleyle heiser.

„Sie?", wiederholte Bussard.

„Warum hat sie meine Frau erschossen?"

Der Kommissar registrierte den ersten Hinweis, auch wenn er beim Betrachten des Überwachungsvideos zu der gleichen Erkenntnis gelangt war. Trotzdem fragte er noch einmal nach.

„Sind Sie sicher, dass es sich bei dem Täter um eine Frau handelt?"

Bleyle zuckte stumm mit den Achseln.

„Haben Sie die Täterin erkannt?", fragte Bussard weiter.

„Nein."

„Ist Ihnen etwas an der Frau aufgefallen, was uns weiterhelfen könnte? Irgendein Merkmal, eine Besonderheit?"

Bleyle schüttelte stumm den Kopf und sah wieder zu Boden. Bussard wusste, wie schwer es für den Mann sein musste, die Fragen zu beantworten. Bei den meisten Menschen führte ein solch schreckliches Erlebnis zu einem Schock, bei dem sich das Bewusstsein aus Selbstschutz gegen alles Äußere abschottete. Manche konnten in diesem Zustand nicht einmal mehr ihren eigenen Namen nennen. Bleyle verstand zumindest Bussards Fragen, auch wenn er in diesem Moment nichts zur Aufklärung des Verbrechens beitragen konnte.

„Wir fragen uns, warum die Täterin geschossen hat", erklärte der Kommissar, „gab es dafür einen Grund?"

„Woher soll ich das wissen?", antwortete Bleyle ohne aufzusehen.

„Ist es möglich, dass sich die Täterin provoziert oder bedroht gefühlt hat?", spekulierte Bussard.

„Bedroht?", wiederholte Bleyle fassungslos und sah Bussard an, „Sie fragen allen Ernstes, ob sich die Mörderin bedroht gefühlt hat? Sie hat eine Waffe auf uns gerichtet, hier, mitten auf meine Brust, und dann hat sie meine Frau erschossen, einfach so."

Seine Stimme war beim Sprechen immer lauter geworden, doch plötzlich brach er ab und ließ den Kopf hängen. Bussard verstand den Schmerz des Mannes und sah ein, dass eine weitere Befragung zu nichts führen würde. Bleyle musste sich zuerst von seinem Schock erholen und der Kommissar hoffte, dass der Mann am nächsten Tag in der Lage sein würde, weitere Fragen zu beantworten.

„Können Sie mich morgen früh im Präsidium aufsuchen", bat er und zog eine Visitenkarte aus seiner Jacke, „sagen wir, gegen neun?"

Bleyle nahm die Visitenkarte und steckte sie ein, ohne einen Blick darauf zu werfen. Das getrocknete Blut hatte seine Hand rotbraun verfärbt.

„Um neun?", wiederholte der Kommissar.

„Ja, gut", antwortete Bleyle und sah wieder zu Boden.

Bussard wollte sich verabschieden, doch eine Frage lag ihm noch auf der Zunge.

„Ist es möglich, dass Ihre Frau die Täterin erkannt hat?"

Bleyle hob den Kopf und sah den Kommissar verständnislos an.

„Nein", antwortete er kopfschüttelnd, „wir kennen keine Mörder."

*

Die Nachricht vom Raubüberfall auf *Lackners Goldschmiede* hatte sich in Windeseile in der ganzen Innenstadt verbreitet. Immer mehr Menschen strömten zum Kartoffelmarkt, obwohl es dort kaum etwas zu sehen gab. Bussard stellte sich an den Rand der Absperrung, zog ein Päckchen Tabak aus seiner Jacke, drehte sich eine Zigarette und zündete sie an. Während er rauchte, ließ er seinen Blick langsam über die Schaulustigen schweifen. Es war nicht ausgeschlossen, dass sich die Täterin unter ihnen befand. Nicht selten kam ein Täter an den Tatort zurück, um sich davon zu überzeugen, keinen Fehler begangen zu haben, doch die Menge der Leute, die sich hinter der Absperrung drängte, war zu groß, um sich die einzelnen Gesichter einprägen zu können.

Im Laden arbeitete die Spurensicherung und der Kommissar wollte den Kollegen nicht unnötig im Weg stehen. Er wandte seinen Blick von den Schaulustigen ab und betrachtete die Umgebung des Tatortes. Der Kartoffelmarkt lag in der Fußgängerzone, die für motorisierte Fahrzeuge gesperrt war, doch bis zur nächsten für den Autoverkehr freigegebenen Straße waren es nicht einmal fünfzig Meter. Etwa einhundert Meter weiter erreichte man eine Hauptverkehrsstraße, wo man mit einem PKW am Freitagnachmittag im Stau jedoch nur langsam und stockend vorankam. Ein Mountainbike war deshalb für den Überfall das ideale Fluchtfahrzeug, denn mit einem Motorrad hätte die Täterin in der Fußgängerzone sofort die Aufmerksamkeit auf sich gezogen. Der günstige Fluchtweg war deshalb vermutlich das Kriterium für die Auswahl des Juweliergeschäftes gewesen. Der Wert der zu erwartenden

Beute, dessen war sich Bussard sicher, hatte nicht den Ausschlag gegeben.

Zwei Kollegen standen an der Absperrung, sprachen mit Passanten und machten sich Notizen. Bussard warf seine Zigarettenkippe auf den Boden und trat sie aus. Seine Zehen juckten, doch er widerstand dem Drang, seine Schuhe sofort auszuziehen, um die Salbe, die er in der Apotheke gekauft hatte, aufzutragen. Er musste sich wohl oder übel noch eine Weile gedulden. Sylvia kam aus dem Juweliergeschäft, sah zur Seite, entdeckte Bussard und ging auf ihn zu.

„Hast du mit dem Ehemann gesprochen?", fragte sie.

„Ja", bestätigte er, „aber er hat wenig zu sagen. Er glaubt auch, dass es eine Frau war, aber er hat sie nicht erkannt. Ich habe ihn gebeten, morgen früh im Präsidium seine Aussage zu machen."

„Wie geht es ihm?", fragte sie nach.

Bussard zuckte mit den Achseln. Wie sollte man den Gemütszustand eines Mannes beschreiben, dessen Frau gerade vor seinen Augen erschossen worden war?

„Lackner kommt ebenfalls morgen früh", erklärte sie, „fürs Erste sind wir hier fertig."

„Okay", erwiderte er, „wir treffen uns im Präsidium."

*

Alle verfügbaren Streifenbeamten fahndeten nach einer Täterin, die etwa einen Meter fünfundsechzig groß und schlank war, bekleidet mit einer Jeans, einer schwarzen Lederjacke und weißen Sportschuhen der Marke Adidas. Die Täterin war mit einem Revolver bewaffnet und galt als äußerst gefährlich. Außerdem wurde das Fluchtfahrzeug, ein dunkelblaues Mountainbike unbekannter Marke, sowie ein schwarzer Motorradhelm mit getöntem Visier ohne weitere besondere Kennzeichen gesucht. Laut übereinstimmenden Zeugenaussagen war die Täterin die Schiffstraße hinunter Richtung Unterlindenplatz und weiter Richtung Bahnhof geflüchtet, wo sich ihre Spur jedoch verlor.

Zwei Stunden nach dem Überfall hatten sich einige Beamte der Freiburger Kriminalpolizei in einem Besprechungsraum im Präsidium versammelt. Susanne Bauer, die EDV-Spezialistin der Abteilung, hatte einen Video-Beamer aufgebaut und ließ das Überwachungsvideo laufen. Als die Aufnahme endete, stand Max Werner, Leitender Polizeidirektor und Chef der Freiburger Beamten, auf und stellte sich vor eine große Wandtafel, an die die Kollegen der Kriminaltechnik bereits mehrere Fotos angebracht hatten. Sie zeigten Aufnahmen vom Tatort und der Leiche sowie den erbeuteten Schmuckstücken. Außerdem hatte man einzelne Standbilder des Überwachungsvideos an der Tafel befestigt. Auf einer Ausschnittvergrößerung war die Hand der Täterin mit der Waffe zu sehen. Werner blickte in die Runde und sprach eindringlich auf die Kollegen ein.

„Wir haben es mit einem äußerst brutalen Überfall zu tun. Sie haben das Video gesehen. Die Täterin – wir gehen davon aus, dass es sich um eine Frau handelt – hat nicht gezögert, eine Unbeteiligte zu erschießen. Sie sind aufgefordert, den Raubmord so schnell wie möglich aufzuklären, aber ich ersuche Sie schon jetzt, bei einer Verhaftung alle nötigen Vorsichtsmaßnahmen walten zu lassen. Ein Zugriff erfolgt – und das betone ich ausdrücklich – nur mit Schutzweste, sofern es nicht möglich ist, den Zugriff dem MEK* zu überlassen. Haben Sie mich verstanden?"

Die Beamten nickten und Werner fuhr fort.

„Wir bilden eine Sonderkommission, SOKO *Goldschmied*. Kollege Neudörfer wird die Ermittlungen leiten."

Er nickte Neudörfer zu, trat zur Seite und setzte sich. Polizeirat Ulf Neudörfer, Chef der Freiburger Kripo, erhob sich. Während er einige Namen aufrief, deutete er mit dem Finger auf die jeweiligen Beamten.

„Bussard, das ist Ihr Fall. Sie bilden mit Frau Harter ein Team. Sandmann und Freytag werden Sie unterstützen. Smirna, alle Ergebnisse der Kriminaltechnik laufen auf Ihrem Schreibtisch zusammen. Frau Bauer, Sie sind ebenfalls im Boot. Sie übernehmen die Recherchearbeiten für die Kollegen. Und damit eines von Anfang an klar ist", er unterbrach sich und sah die Beamten mit erhobenem Zeigefinger eindringlich an, „Bussard und Harter, Sandmann und Freytag, Sie ermitteln nur paarweise, ist das klar? Es gibt keine Alleingänge, absolut keine!"

---
* MEK = Mobiles Einsatzkommando

Wieder nickten die Beamten stumm. Sie hatten das Video gesehen und wussten, dass sie es mit einer gefährlichen Täterin zu tun hatten.

„Also", fragte Neudörfer, „was haben wir bis jetzt? Mallmann?"

Der Angesprochene nickte dem Polizeirat zu.

„Bei der Tatwaffe handelt es sich um eine amerikanische Smith & Wesson, Kaliber Achtunddreißig Spezial mit kurzem Lauf, auch bekannt als Lady Smith", referierte Klaus Mallmann, der wie Bertold Smirna der Abteilung Kriminaltechnik angehörte, „bei dem Überfall wurde ein einzelner Schuss abgegeben, der die Getötete vermutlich ins Herz traf. Die Leiche ist derzeit in der Rechtsmedizin. Wir werden das Ergebnis wahrscheinlich im Lauf des Abends noch erhalten, zumindest, was die genaue Todesursache angeht. Bei der Getöteten handelt es sich um Bian Bleyle, fünfunddreißig, deutsche Staatsangehörige seit ihrer Heirat mit Martin Bleyle, zweiunddreißig, ebenfalls deutscher Staatsangehöriger. Frau Bleyle stammt ursprünglich aus ...", er unterbrach sich und suchte in seinen Notizen nach dem Namen, „... aus Nha Trang in Vietnam und kam vor zwölf Jahren nach Deutschland. Sie arbeitete als Krankenschwester in der Uni-Klinik. Herr und Frau Bleyle haben das Juweliergeschäft *Lackners Goldschmiede* aufgesucht, um ein Schmuckstück zu kaufen, als der Laden überfallen wurde."

Er sah einmal in die Runde und wartete, ob jemand eine Frage stellen wollte.

„Weitere Fakten", forderte Neudörfer ungeduldig.

„Der Inhaber des Ladens heißt Steffen Lackner", fuhr Mallmann fort, „achtunddreißig, verheiratet, Goldschmied, keine Vorstrafen. Er führt das Geschäft mit seiner Frau Cornelia und seinem Bruder Torsten, fünfunddreißig, ledig, ebenfalls keine Vorstrafen. Steffen Lackner ist auf dem Video zu sehen. Torsten Lackner kam etwa eine Stunde nach dem Überfall an den Tatort. Er ist zwar schlank, aber mit ungefähr eins fünfundsiebzig zu groß, um als möglicher Täter zu gelten."

Mallmann stand von seinem Stuhl auf, ging zur Wandtafel und wies mit dem Finger auf die Fotos der Schmuckstücke, die Lackner zur Verfügung gestellt hatte.

„Erbeutet wurden drei Goldketten mit auffälligen Anhängern. Sie sind zwischen acht und zehn Zentimeter groß, aus Gold, Silber und Platin gefertigt und jeweils mit einem Opal versehen. Die Schmuckstücke sind sehr auffällig. Es handelt sich um Einzelstücke. Der Juwelier beziffert den Gesamtwert auf 10.900 Euro. Die Schmuckstücke sind mit diesem Wert versichert."

„Sonst noch was?", fragte Neudörfer.

„Wir haben einen Reifenabdruck", erklärte Mallmann und wies auf ein weiteres Foto, „der vermutlich von dem Mountainbike stammt, das als Fluchtfahrzeug benutzt wurde. Allerdings haben wir nur ein Foto, kein dreidimensionales Profil von dem Abdruck, den der Reifen auf dem Kopfsteinpflaster hinterlassen hat. Es handelt sich um einen Reifen der Marke Schwalbe, der leider sehr weit verbreitet ist. Außerdem wissen wir, dass die Täterin weiße Sportschuhe der Marke Adidas und Blue Jeans der Marke Levi´s getragen hat, wie auf dem Video zu sehen ist. Auch hier handelt es sich um weit verbreitete Modelle. Die Lederjacke, die Handschuhe und den Motorradhelm konnten wir noch nicht zuordnen. Das Mountainbike ist laut Zeugenaussagen dunkelblau. Marke und Modell sind nicht bekannt. Das sind, soweit ich weiß, im Moment alle gesicherten Fakten."

Mallmann verließ die Wandtafel und setzte sich wieder auf seinen Platz.

„Okay", sagte Neudörfer, „was wissen wir über den Täter?"

„Ich denke", meldete sich Sylvia zu Wort, „dass wir davon ausgehen können, dass es sich um eine Frau handelt. Wir haben das Video gesehen und ich glaube, alle hatten diesen Eindruck, oder? Auch die beiden Zeugen sind sich sicher, dass es eine Frau gewesen ist. Können wir das Video noch einmal laufen lassen?"

Neudörfer nickte Susanne Bauer zu und die EDV-Spezialistin ließ das Video über den Beamer an die Wand projizieren.

„Stopp", rief Sandmann plötzlich und Bauer hielt das Video an, „hier sieht Lackner zur Seite. Vielleicht hat er die Täterin schon vor dem Schaufenster gesehen. Wir sollten ihn danach fragen."

„Tun Sie das", ordnete Neudörfer an, „weiter."

Das Video lief weiter und die Beamten verfolgten das Geschehen konzentriert.

„Stopp!"

Diesmal unterbrach Bussard die Vorführung.

„Lackner steht hinter dem Verkaufstresen. Die Täterin lässt Herrn Bleyle auf die linke Seite und Frau Bleyle auf die rechte Seite von ihm gehen. Warum tut sie das? Warum trennt sie die beiden? Ist das Zufall oder Absicht?"

Niemand antwortete und so ließ Susanne das Video weiterlaufen.

„Stopp!", sagte Neudörfer und das Video hielt zum dritten Mal an.

Es war der Augenblick vor dem Schuss.

„Hier streckt sie den Arm und zielt", stellte er fest, „zuerst richtet sie die Waffe auf Herrn Bleyle, dann auf Lackner und schließlich auf Frau Bleyle. Es sieht aus, als würde sie sich ein Opfer aussuchen. Weiter ..."

Das Mündungsfeuer blitzte auf und drei Sekunden später hielt Neudörfer die Vorführung wieder an.

„... und stopp! Sie hat abgedrückt. Danach zieht sie den Arm langsam zurück. Langsam! Nichts deutet darauf hin, dass die Täterin erschrocken ist. Sie hat nicht versehentlich abgedrückt und der Schuss hat sich auch nicht von selbst gelöst. Das war ein kalkulierter, vorsätzlicher Schuss und damit ist es vorsätzlicher Mord."

Alle Anwesenden teilten Neudörfers Einschätzung. Jeder hatte den Eindruck, als sei es ein vorsätzlicher, sorgfältig gezielter Schuss gewesen.

„Das Opfer ist leider fast nicht zu sehen", bemerkte Mallmann, „sie steht halb im toten Winkel und wird halb von Lackner verdeckt. Vielleicht hat sie die Täterin provoziert?"

„Nein", widersprach Sylvia, „Lackner hat ausgesagt, dass weder er, noch sie, noch Herr Bleyle etwas gesprochen haben. Alle drei verhielten sich ruhig."

„Vielleicht hat Frau Bleyle die Täterin erkannt", schlug Smirna vor.

„Herr Bleyle hält das für ausgeschlossen", erklärte Bussard, „aber wir wissen natürlich nicht mit Sicherheit, ob das auch stimmt."

„Was ist mit den anderen Zeugen?", fragte Neudörfer.

„Wir haben ungefähr dreißig Aussagen", berichtete Sylvia, „es sind Passanten, zum überwiegenden Teil Besucher des Weihnachtsmarktes. Im Großen und Ganzen stimmen ihre Aussagen überein, aber niemand hat die Täterin erkannt. Als sie mit dem Mountainbike beim Laden ankam, trug sie bereits den Helm und sie ist auch mit dem Helm auf dem Kopf geflüchtet."

„Haben wir alle Personalien?"

„Natürlich."

„Gut", sagte Neudörfer und wandte sich an die Kollegen, „Brunner, Bernauer und Wegner nehmen die Aussagen der Passanten zu Protokoll. Sehen Sie zu, dass Sie bis spätestens morgen Abend damit fertig sind. Frau Bauer, Sie durchforsten das Internet. Schauen Sie, ob sich Hinweise auf die Tat oder die Täterin finden lassen. Bussard und Harter, Sie vernehmen Lackner und Bleyle. Anschließend kümmern Sie sich um das persönliche Umfeld, sowohl des Opfers als auch des Goldschmieds. Sandmann und Freytag machen sich auf die Suche nach der Beute und dem Mountainbike. Mallmann, Sie suchen nach Kandidaten, die für den Überfall in Frage kommen. Außerdem stellen Sie eine Liste möglicher Hehler zusammen, bei denen die Beute auftauchen könnte. Smirna, Sie halten Kontakt zur Rechtsmedizin. Sobald wir das Projektil haben, will ich etwas über die Tatwaffe wissen. Noch Fragen?"

Alle Beamten schüttelten die Köpfe.

„Also dann, Kollegen", sagte Neudörfer und klatschte in die Hände, „an die Arbeit."

Ohne vorheriges Anklopfen wurde plötzlich die Tür geöffnet und ein beleibter Mann, der einen schwarzen Anzug und einen schwarzen Mantel trug, rauschte in den Raum. Sein Gesicht war gerötet und sein Auftreten verriet, dass er gewohnt war, Befehle zu erteilen.

„Wie ich höre, haben wir es mit einem Raubmord zu tun", erklärte Oberstaatsanwalt Schmieder ohne Begrüßung, „bringen Sie mich auf den aktuellen Stand."

2

Während der Polizeirat den Oberstaatsanwalt über den Raubmord informierte, verließen die Beamten der SOKO *Goldschmied* den Besprechungsraum. Als Leiter der Ermittlungsgruppe Gewaltverbrechen war Bussard der erste Mann im Team. Drei Jahre zuvor hatte er das Drogendezernat verlassen und bekleidete seither diese Position, bei der ihm Sylvia Harter als Partnerin zur Seite stand.

Sie suchten ihr Büro auf und Bussard setzte sich an seinen Schreibtisch. Seine Zehen juckten noch immer, obwohl er sich vor der Besprechung in den Waschraum zurückgezogen hatte, um sie mit der Salbe einzucremen. Es war nicht einfach, das Jucken zu ignorieren und er bewegte die Zehen in den Schuhen.

„Es ist kurz nach acht", erklärte er nach einem Blick auf seine Armbanduhr.

„Bleyle und Lackner kommen morgen früh zur Vernehmung", erwiderte Sylvia, „und Mallmann hat uns bereits alle gesicherten Informationen geliefert. Wenn wir Glück haben, dann ist das Projektil schon bei den Kollegen der Kriminaltechnik."

„Ich glaube, dein letzter Fall wird uns noch einige Kopfzerbrechen bereiten", vermutete er.

„Kann schon sein", erwiderte sie, „aber ich hoffe, dass wir den Fall abschließen, bevor ich zum LKA gehe."

Sie hatte das Angebot, zum Landeskriminalamt nach Stuttgart zu wechseln, angenommen. Ihr Dienst bei der Freiburger Kripo endete zum Jahreswechsel, was Bussard sehr bedauerte. Formell war er ihr Vorgesetzter, doch er hatte sie stets wie eine Gleichgestellte behandelt.

„Ich werde dich vermissen", gestand er.

„Wirklich", fragte sie mit gespielter Überraschung, „ich dachte immer, du würdest mir aus dem Weg gehen."

Touché, dachte Bussard, der die Ironie in ihren Worten nicht wahrgenommen hatte. Er war Sylvia tatsächlich nach Möglichkeit aus dem Weg gegangen. Es lag nicht daran, dass er nicht gut mit ihr hätte zusammenarbeiten können oder dass er sie nicht mochte. Er mochte sie, ganz im Gegenteil, sogar sehr und mehr als ihm lieb war. Sylvia war gradlinig und aufrichtig. Sie drängte sich nicht in den Vordergrund, aber sie verheimlichte ihre Meinung auch nicht, wenn man sie danach fragte. Ihr analytischer Verstand und ihre umsichtige Vorgehensweise führten fast immer zum Erfolg. Obwohl sie ihm unterstellt war, hatten sie partnerschaftlich und auf Augenhöhe zusammengearbeitet. Trotzdem hatte er es immer vorgezogen, die gemeinsame Arbeitszeit auf ein Mindestmaß zu beschränken. In ihrer Nähe fühlte er sich wohl. Ihr freundliches, warmherziges Wesen zog ihn an, ihre atemberaubende Figur ließ Männerherzen schneller schlagen, obwohl sie selbst das vermutlich nicht einmal ahnte, und wenn sie ihn mit ihren strahlend blauen Augen ansah, spürte er dieses Kribbeln, das sich in Sekundenschnelle zu einem Vibrieren auswuchs. Er mochte sie viel mehr als ihm lieb war, doch das konnte er ihr nicht sagen. Er war verheiratet.

„Das hat nichts mit dir persönlich zu tun", antwortete er, „ich arbeite eben am liebsten allein."

Das war eine halbe Wahrheit und eine ganze Lüge in einem Satz, doch jede weitere Erklärung hätte unweigerlich zu Komplikationen geführt. Drei Jahre lang hatte er ihrer Anziehungskraft erfolgreich widerstanden. Daran wollte er in den letzten beiden Wochen ihrer Zusammenarbeit auch nichts ändern.

„Diesmal wird es anders laufen", erklärte Sylvia, „du hast gehört, was Neudörfer gesagt hat. Keine Alleingänge! Wir ermitteln nur paarweise und das scheint mir in diesem Fall auch angebracht. Wenn ich der Täterin gegenüberstehe, hätte ich dich gerne als Lebensversicherung an meiner Seite."

Bussard nahm eine Packung Kaugummi aus seiner Jacke und zog einen Streifen heraus.

„Auch einen?", bot er an.

„Nein, danke."

„Zimtkaugummi."

„Nein, danke, wirklich nicht."

Er steckte sich einen Kaugummi in den Mund, stützte die Ellenbogen auf die Tischplatte und legte die Handflächen zusammen, während er sich die Szenen aus dem Überwachungsvideo ins Gedächtnis rief. Der Überfall auf den Juwelier hätte unblutig enden können, doch dann hatte die Täterin abgedrückt. Eine plausible Erklärung für den tödlichen Schuss hatte Bussard nicht.

„Hältst du es für möglich, dass der Raubüberfall nur vorgetäuscht war?", fragte er.

„Nein", antwortete sie, „er war nicht vorgetäuscht. Schließlich hat die bewaffnete Täterin drei Schmuckstücke erbeutet, also war es ein Raubüberfall. Die entscheidende Frage ist: Wurde Frau Bleyle als Folge des Überfalls erschossen oder diente der Überfall dazu, den Mord zu kaschieren?"

Bussard lehnte sich zurück. Sylvia hatte den Nagel auf den Kopf getroffen. Obwohl sie durch das Überwachungsvideo den Ablauf der Tat genau kannten, wussten sie nicht, wie die beiden Straftaten Raub und Mord zusammenhingen.

„Auf den ersten Blick gab es keinen Grund, die Frau zu erschießen", erklärte er, „wir haben das Video gesehen. Wäre es ein normaler Überfall gewesen, dann hätte die Täterin die Beute geschnappt und wäre geflohen. Weder von dem Ehepaar noch von Lackner drohte ihr eine Gefahr. Alle haben sich ruhig und passiv verhalten."

„Zumindest soweit wir wissen", schränkte sie ein und setzte sich ebenfalls an ihren Schreibtisch, „die Täterin forderte Frau Bleyle auf, sich neben Lackner zu stellen. Die Handbewegung mit der Waffe war eindeutig. Nachdem Frau Bleyle ihre neue Position eingenommen hatte, war sie auf dem Überwachungsvideo kaum noch zu erkennen. Sie stand halb im toten Winkel und wurde auch noch durch Lackner verdeckt. Lackner und Herr Bleyle schauen die ganze Zeit nur auf die Täterin. Keiner von beiden wendet den Kopf, also kann auch keiner von beiden mit Bestimmtheit sagen, dass Frau Bleyle sich passiv verhalten hat. Vielleicht hat sie die Augenbrauen nach oben gezogen, eine unwillkürliche, aber aktive Bewegung, wenn man von etwas überrascht ist. Weder Bleyle noch Lackner hätten das sehen können, aber der Täterin wäre die Reaktion garantiert nicht entgangen."

„Du meinst, sie hat die Täterin erkannt?", folgerte Bussard.

„Vielleicht", antwortete Sylvia und wiegte langsam den Kopf, „ich meine, dass es eine Möglichkeit ist, die wir in Betracht ziehen müssen. Es ist zumindest ein Ermittlungsansatz, solange wir nichts anderes haben."

„Das ist aber sehr dünn", erwiderte er kauend, „vor allem, wenn man bedenkt, dass wir erstens eine mögliche Reaktion nicht auf Video haben und zweitens die Täterin einen Helm mit getöntem Visier getragen hat."

„Man kann jemanden auch an der Figur erkennen und vor allem an der Art, wie er sich bewegt", widersprach sie.

„Stimmt, aber dann hätten sich Täter und Opfer schon einigermaßen gut kennen müssen."

„Richtig."

„Und wir hätten einen Mord zur Vertuschung einer Straftat. Somit wäre der Überfall primär und der Mord sekundär. Es wäre eine Beziehungstat, auch wenn sie sich zufällig ergeben hätte."

Sylvia stand auf, ging zur Fensterbank und prüfte mit den Fingerspitzen die Erde in einem Blumentopf. Sie war zu trocken und die Kommissarin sah sich nach der Wasserflasche um, die sie als Gießkanne benutzte, konnte sie jedoch nirgends entdecken.

„Zum Kuckuck!", fluchte sie.

„Was suchst du?", fragte Bussard.

„Meine Flasche zum Blumengießen", erklärte sie.

Sie sah sich noch einmal um, doch die Wasserflasche blieb unauffindbar.

„Vielleicht hat eine Putzfrau die Flasche entsorgt", vermutete er.

„Tja, wahrscheinlich hast du recht", antwortete sie, setzte sich auf die Kante ihres Schreibtischs und nahm den Faden ihres Gesprächs wieder auf, „nehmen wir einmal an, dass Täter und Opfer sich kannten. Der Mord war geplant und der Überfall diente nur zum Kaschieren. Wie sähe es dann aus?"

Bussard blies einen Kaugummiballon und ließ ihn zerplatzen, während er einen Augenblick über Sylvias Frage nachdachte. Den Mord als primäre Tat zu betrachten, zeigte den Raubüberfall aus einem ganz anderen Blickwinkel.

„Wie sähe es dann aus", wiederholte er, um gleich darauf die Frage zu beantworten, „es gäbe zwei Möglichkeiten. Entweder hat die Täterin ihr Opfer verfolgt, die Gunst der Stunde genutzt und den Überfall improvisiert, um ihr Opfer zu erschießen, weil sie darauf spekulierte, dass der Mord als Folge des Überfalls durchgehen würde. Wir suchen eine Räuberin, die zur Mörderin geworden ist und keine Mörderin, die einen Raubüberfall begangen hat. Unsere Ermittlungen liefen dann in die falsche Richtung."

„Und die zweite Möglichkeit?", fragte sie.

„Die zweite Möglichkeit wäre, dass die Täterin ihr Opfer zufällig getroffen hat, wobei der Tathergang der gleiche wäre", antwortete er.

„Nein, sicher nicht", wehrte Sylvia ab und schüttelte den Kopf, „die Täterin fuhr ein Mountainbike und trug einen Motorradhelm. Dafür hatte sie einen bestimmten Grund, entweder der Überfall oder der Mord oder beides. Sie hat ihr Opfer nicht zufällig getroffen. Wenn sie vorgehabt hatte, Frau Bleyle zu erschießen, dann war der Überfall Teil des Plans, was eine hohe kriminelle Energie voraussetzt."

„Dann hat die Täterin ihr Opfer verfolgt oder aber gewusst, wann und wo sie es treffen würde ...", stellte Bussard fest und Sylvia führte den Gedanken weiter, „... und damit stand sie in engem persönlichen Kontakt zum Opfer, was uns zur Frage des Motivs bringt."

Bussard zuckte mit den Achseln, während er einige Möglichkeiten aufzählte.

„Eifersucht, Habgier, Neid, Hass oder Rache."

Sylvia nickte zu seinen Worten. Es gab kaum einen Mord, der nicht durch einen dieser niedrigen Beweggründe motiviert war.

„Frau Bleyle war Krankenschwester", stellte sie fest, „ich halte es für ausgeschlossen, dass eine Arbeitskollegin den Mord begangen hat, weil ihr Frau Bleyle bei der Karriere im Weg gestanden hat."

„Glaube ich auch nicht", stimmte Bussard zu, „wenn es ein geplanter Mord war, dann standen Täter und Opfer vermutlich in einem privaten Verhältnis zueinander. Vielleicht hat Bleyle eine Geliebte. Dann stellt sich die Frage, ob der Raubmord mit oder ohne sein Wissen beziehungsweise sein Einverständnis verübt wurde."

„Guter Punkt", sagte Sylvia und zog die Augenbrauen nach oben, „hätte der Ehemann schon vorher Kenntnis von der Tat gehabt, wäre er ein Komplize. Dann wäre es gemeinschaftlicher Mord. Vielleicht hat er die Tat sogar geplant und deshalb wusste die Mörderin, wo sie ihr Opfer finden würde. Demnach sollte der Raub nur vom wahren Motiv ablenken."

Es war möglich, dass der Ehemann in die Tat involviert war und sie vielleicht sogar geplant hatte, denn sie verschaffte ihm ein perfektes Alibi. Die Inszenierung des Raubüberfalls tat ein Übriges dazu. Um jedoch seine Frau vor seinen eigenen Augen erschießen zu lassen, musste er schon ziemlich abgebrüht sein oder aber ein sehr starkes Motiv haben. Den Kommissaren war jedoch klar, dass sie nicht den Fehler begehen durften, sich sofort auf eine Möglichkeit einzuschießen.

„Frau Bleyle könnte sich auch jemanden zum Feind gemacht haben", schlug Sylvia vor, „und dieser Feind hat sich gerächt."

„Oder Herr Bleyle hat einen Feind", spekulierte Bussard, „der sich an ihm gerächt hat, indem er die Ehefrau erschoss, um den Mann leiden zu lassen."

„Der Täter ist eine Frau", bemerkte Sylvia.

„Richtig", stimmte er zu, „vielleicht ist sie scharf auf Bleyle, aber er will nichts von ihr wissen und sie hat nicht ihn, sondern seine Frau erschossen, damit sie jetzt freie Bahn hat, um den armen Witwer zu trösten."

„Aber warum hätte eine Konkurrentin einen Raubüberfall inszenieren sollen?", fragte sie.

„Um von der eigentlichen Tat abzulenken", antwortete er.

„Nein, das glaube ich nicht", widersprach Sylvia, „zu viel Aufwand, zu viel Öffentlichkeit. Es ist Weihnachtsmarkt und die Stadt ist voller Leute. Mehr Aufmerksamkeit kann man kaum erregen. Wenn wir davon ausgehen, dass es kein zufälliger Mord war, sondern eine vorsätzliche Tat, dann war es eine öffentliche Hinrichtung."

Die beiden Kommissare sahen sich an und teilten den gleichen Gedanken, den Sylvia schließlich aussprach.

„Organisierte Kriminalität. Frau Bleyle stammte aus Vietnam. Vielleicht hat sie sich mit der Drogenmafia angelegt oder sie war eine Zeugin, die man öffentlich liquidiert hat, um andere damit einzuschüchtern."

Bussard stand auf und ging zum Fenster. Von ihrem Büro aus, das im achten Stock des Polizeipräsidiums lag, überblickte er die Lichter der Stadtteile im Freiburger Westen. Die Kollegen Sandmann und Freytag waren für die Bekämpfung der organisierten Kriminalität zuständig und er wusste aus ihren Berichten, dass man es in Freiburg hauptsächlich mit Ost- und Südosteuropäern zu tun hatte, die sich den Markt für Drogen, Waffen und Prostitution teilten. Asiaten dagegen traten kaum in Erscheinung, wenn man davon absah, dass jedes Chinarestaurant Schutzgeld bezahlen musste. Über Vietnamesen wusste er nur, dass sie in Ostdeutschland den Handel mit unverzollten Zigaretten beherrschten. Im Südwesten, wo Baden-Württemberg an Frankreich und die Schweiz grenzte, waren sie jedoch noch nicht aufgefallen, zumindest nicht nennenswert.

„Angenommen, es war ein Auftragsmord", begann er und wandte sich wieder um, „was spräche dafür?"

„Du hast das Video selbst gesehen", antwortete Sylvia, „die Täterin hat nicht emotional reagiert. Es gab kein *ich bring dich um, du Schlampe* oder etwas in der Art. Sie hat ganz ruhig gezielt und abgedrückt. Es war ein eiskalter Mord. Vielleicht gibt es tatsächlich einen Auftraggeber."

Das Klingeln des Telefons holte die beiden Kommissare aus ihren Überlegungen. Sylvia nahm den Hörer, meldete sich, hörte eine Weile zu, bedankte sich und legte wieder auf.

„Das war Smirna", berichtete sie, „das Ergebnis der ballistischen Untersuchung liegt vor. Es gibt leider keine Übereinstimmung in unserer Datenbank."

„Wäre auch zu schön gewesen", erwiderte Bussard.

*

Der Überfall auf einen Juwelier und ein Raubmord in unmittelbarer Nähe zum Freiburger Weihnachtsmarkt rechtfertigten eine eilig anberaumte Pressekonferenz. Die Medien wollten gefüttert werden und Oberstaatsanwalt Georg Schmieder konnte sich die Gelegenheit nicht entgehen lassen. Der Fall würde einige Publicity bringen. Damit erhöhten sich seine Chancen, Achim Strahle als Leitenden Oberstaatsanwalt zu beerben, wenn Schmieders Vorgesetzter in den Ruhestand ging. Das Rennen um das höchste Amt, das die Freiburger

Staatsanwaltschaft zu vergeben hatte, war bereits eröffnet, auch wenn Strahle bis zu seiner Pensionierung noch drei Dienstjahre vor sich hatte. Dennoch war es nie zu früh, um Punkte zu sammeln.

Als Leiter der Abteilung III, die Todesfallermittlungssachen in Freiburg-Stadt bearbeitete, fiel die Straftat in Schmieders Ressort. Mord und Totschlag waren die schwersten, aber auch seltensten Verbrechen, die in der heimlichen Hauptstadt Baden-Württembergs, wie Freiburg zuweilen genannt wurde, verübt wurden. Im Durchschnitt hatte die Staatsanwaltschaft zwei Fälle pro Jahr zu bearbeiten. Bei etwa einem halben Dutzend weiterer Fälle blieb es beim Versuch. Die Taten wurden nicht vollendet und die Opfer überlebten.

Die Pressekonferenz fand im Polizeipräsidium statt. Die einzige überregionale Tageszeitung hatte einen Redakteur und einen Fotografen entsandt. Drei weitere Redakteure kleinerer Wochenblätter, die ihre Fotos selbst schossen, ein Fernsehteam des SWR nebst Kollegen vom Rundfunk und ein weiteres Team eines lokalen Fernsehsenders stellten die versammelte Medienmeute dar. Es war ein überschaubarer, fast sogar familiärer Rahmen, bei dem sich nahezu alle Teilnehmer gegenseitig kannten. Der springende Punkt war jedoch nicht die Anzahl der Medienvertreter, sondern die Wirkung der Nachrichten. Schmieder hoffte, in jedem Artikel und jeder Reportage namentlich genannt zu werden. Man sollte die möglichst schnelle Aufklärung des Verbrechens unbedingt mit ihm in Verbindung bringen und so ließ er es sich nicht nehmen, den Tathergang selbst zu beschreiben, um anschließend die Fragen der Journalisten zu beantworten. Zum Schluss rief er die Bevölkerung auf, sachdienliche Hinweise an die Polizei weiterzuleiten, nicht ohne noch einmal auf die Gefährlichkeit der Täterin hinzuweisen. Lediglich den Namen des Opfers gab er nicht bekannt. Die Erklärung, sie sei eine Krankenschwester vietnamesischer Herkunft gewesen, musste mit dem Hinweis auf Opfer- und Datenschutz genügen.

Polizeirat Ulf Neudörfer, der neben Schmieder auf dem Podium saß, kam das Vorgehen des Oberstaatsanwalts nicht ungelegen. Solange sich Schmieder ins Rampenlicht drängte, würde man ihn, Neudörfer, in Ruhe seine Arbeit machen lassen. Er war froh, als nach einer halben Stunde der ganze Spuk, wie er den Medientermin dem Pressesprecher gegenüber nannte, vorbei war.

*

Gegen einundzwanzig Uhr verließ Bussard das Präsidium. Noch vor der Besprechung mit den Kollegen hatte er seine Frau angerufen, um ihr mitzuteilen, dass er später nach Hause kommen würde. Trotzdem ahnte er, dass der Haussegen wieder einmal schiefhängen würde.

„Es ist Viertel nach neun", begrüßte Helen ihn aufgebracht, als er die Wohnung betrat, „und du weißt ganz genau, dass heute Freitag ist."

„Hallo erst mal", erwiderte er, verzichtete aber auf den sonst üblichen Kuss.

Natürlich wusste er, dass Freitag war, der Tag, an dem Helen wie jede Woche mit ihrer Freundin ausging.

„Sind die Kinder schon im Bett?", fragte er und zog seine Jacke aus.

„Was denkst du denn", giftete sie, „schau mal auf die Uhr! Clara sitzt zu Hause und wartet und ich komme zu spät, nur weil du nicht pünktlich sein kannst."

„Aber ich habe doch extra angerufen", verteidigte er sich.

„Ich dachte nicht, dass du so spät kommen würdest", erwiderte sie, „Clara und ich waren um acht verabredet und du hättest spätestens eine Viertelstunde vorher da sein können."

„Heute ging es eben nicht anders", erklärte er, „es gab einen Raubmord."

„Wie gut, dass du immer eine Ausrede hast!"

Sie drängte an ihm vorbei und nahm ihren Mantel von der Garderobe. Bussard wusste, dass er mit seiner nächsten Bemerkung Öl ins Feuer gießen würde, doch er hatte keine andere Wahl.

„Ich muss morgen früh ins Präsidium", erklärte er.

Helen fuhr auf dem Absatz herum und sah ihn mit blitzenden Augen an.

„Morgen? Morgen ist Samstag und du hast keinen Wochenenddienst."

„Die ganze SOKO ist dienstverpflichtet", erwiderte er entschuldigend, „der Raubmord hat Priorität."

„Dann musst du deinen Kollegen eben erklären, dass du später kommst", fauchte sie, „ich muss mich bei Clara auch für deine Unzuverlässigkeit entschuldigen."

Sie warf ihm einen letzten, giftigen Blick zu und verließ grußlos die Wohnung.

Bussard seufzte. Er wusste, warum sie so aufgebracht war. Sie hatten eine Vereinbarung, die besagte, dass Helen an den Freitagabenden ausging. Meist war sie mit ihrer Freundin Clara unterwegs und kam nie vor Mitternacht nach Hause. Hin und wieder konnte es auch vier oder fünf Uhr morgens werden und deshalb war es seine Aufgabe, sich an den Samstagen um die Kinder zu kümmern, damit Helen ausschlafen konnte. Dagegen war auch nichts einzuwenden. Bussard und seine Töchter frühstückten miteinander und verließen meist zeitig das Haus, um Helen nicht zu stören. Im Sommer gingen sie schwimmen und im Winter Schlittschuhlaufen oder Skifahren. Manchmal besuchten sie einen Flohmarkt oder sie fuhren zur Autowaschanlage. Bussard liebte seine beiden Töchter und er liebte das Zusammensein mit ihnen. Dass ihm seine Dienstzeiten hin und wieder einen Strich durch die Rechnung machten, lag in der Natur der Sache. Er war Polizist und die bösen Buben oder Mädchen kannten weder einen Acht-Stunden-Tag noch Wochenenden oder Feiertage. Allerdings war er davon überzeugt, dass seine Kinder dafür mehr Verständnis aufbrachten als seine Frau.

Vorsichtig und leise öffnete er die Tür zum Kinderzimmer. Im spärlichen Licht, das aus dem Flur in den Raum drang, erkannte er nur vage Konturen. Er lauschte einen Augenblick, doch in den beiden Kinderbetten regte sich nichts. Miriam und Tabea schliefen tief und fest. Er zog den Kopf zurück und schloss leise die Tür. Bevor er zu Bett ging, würde er noch einmal nach ihnen sehen.

Auf dem Küchenherd stand ein einsamer Topf mit Nudeln. Helens Kochkünste waren begrenzt und deshalb griff sie am liebsten auf Tiefkühlprodukte zurück, die man in der Mikrowelle nur erhitzen musste. Bussard beklagte sich nicht darüber, doch an den Wochenenden, wenn er dienstfrei hatte, kochte er für die Familie. Einen Augenblick dachte er darüber nach, wie er die Nudeln verarbeiten könnte, doch dann entschied er nach einem Blick auf seine Uhr, dass es für eine warme Mahlzeit schon reichlich spät war. Im Kühlschrank fand er ein Stück Schwarzwurst. Mit etwas Senf und zwei Scheiben Brot genügte sie ihm als Abendessen. Während er aß, dachte er über das letzte Gespräch nach, das er mit Sylvia geführt hatte. Er konnte fast ihre Stimme hören, als er sich an einen Satz von ihr erinnerte. *Wenn ich der Täterin gegenüberstehe, hätte ich dich gerne als Lebensversicherung an meiner Seite.* Bussard war lange genug Polizist, um zu wissen, dass man bei bewaffneten Tätern mit äußerster Vorsicht vorgehen musste. Selbst die kleinste Unachtsamkeit konnte fatale Folgen haben. Wer im falschen Augenblick den Draufgänger spielte, konnte das unter Umständen mit dem Leben bezahlen. Für sich selbst sah er diese Gefahr nicht. Er war routiniert und umsichtig genug, um auf sich selbst aufzupassen. Gefahren einzuschätzen und richtige Entscheidungen zu treffen gehörten zu seinen Stärken und so geriet er nie in Situationen, in denen er darauf angewiesen war, seinen Arsch von seiner Partnerin retten zu lassen. Wenn er alleine arbeitete, entging er damit einerseits der Gefahr, von jemand anderem in eine brenzlige Situation gebracht zu werden. Andererseits würde er, wenn er doch einen Fehler begehen sollte, auch niemand anderen mit hineinreißen. Trotzdem hatte ihn Sylvias Bemerkung nachdenklich gemacht. Es ging nicht darum, dass er das Risiko für sich selbst erhöhte, wenn er alleine arbeitete. Sie wollte ihn als Lebensversicherung an ihrer Seite haben. Er zweifelte nicht daran, dass sie ihn im Fall des Falles beschützen würde, aber sie hatte ihm zu verstehen gegeben, dass sie ihm ihr Leben anvertraute. Er hatte das noch nie aus diesem Blickwinkel betrachtet. Auch wenn er einen Grund hatte, gemeinsame Einsätze mit Sylvia möglichst zu vermeiden, durfte er sich deshalb noch lange nicht der Verantwortung entziehen. Sie vertraute ihm ihr Leben an und solange sie an diesem Fall arbeiteten, war es besser, das nicht zu vergessen.

Er stellte das Geschirr in die Spülmaschine, holte seinen Tabak aus der Jacke und drehte sich eine Zigarette. Seit sie Kinder hatten, rauchten sie nicht mehr in der Wohnung und so ging er auf den Balkon. Er zündete die Zigarette an, inhalierte den Rauch und blies ihn in die klare, kalte Nachtluft. Während er sich dem Tabakgenuss hingab, ließ er das Bild der toten Bian Bleyle vor seinem geistigen Auge auftauchen. Auf dem Überwachungsvideo hatte er das Ehepaar gesehen, als die beiden den Laden betreten hatten. Fünf Minuten später war die Frau ermordet worden wie der sprichwörtliche Blitz aus heiterem Himmel.

„Warum hast du sterben müssen?", murmelte er.

Das Motiv war wie meistens der entscheidende Punkt. Sobald sie das Motiv ermittelt hatten, würden sie auch die Antworten auf alle anderen Fragen finden. Über den Tathergang bestand kein Zweifel, doch die Art, wie der Raubmord ausgeführt worden war, führte zu mehr Fragen als Antworten. Auf dem Überwachungsvideo war das „Wie" eindeutig zu sehen. Auf das „Warum" gab es jedoch nicht den kleinsten Hinweis. In gewisser Weise war der Raub dilettantisch ausgeführt worden. Welcher Räuber würde auf die Beute verzichten, wenn er einen geöffneten Tresor vorfand? Man überfiel einen Juwelier, eben weil man sich eine möglichst große Beute erhoffte. Dass sich die Täterin lediglich mit drei Schmuckstücken zufrieden gegeben hatte, führte zu der Annahme, dass Habgier, das eigentliche Motiv für einen Raub, nicht im Vordergrund gestanden haben konnte. Als einzig schlüssige Erklärung blieb der Mord, der durch den Raubüberfall kaschiert werden sollte. Sie standen mit ihren Ermittlungen noch ganz am Anfang und die wichtigsten Zeugen, der Ehemann und der Goldschmied, waren noch nicht vernommen worden. Bussard war gespannt, was die Befragungen ergeben würden.

Kurz nach elf sah er noch einmal ins Kinderzimmer, wo Miriam und Tabea selig schliefen. Er widerstand dem Wunsch, ihnen einen Gute-Nacht-Kuss zu geben, um sie nicht aufzuwecken und schloss geräuschlos die Tür. Im Bad putzte er sich die Zähne, cremte seine juckenden Zehen mit der Salbe ein, ging aufs Klo und wusch sich noch einmal die Hände. Fünf Minuten später löschte er das Licht im Schlafzimmer. Er war zu müde zum Lesen und schlief fast augenblicklich ein.

Als Bussard erwachte, hatte er das Gefühl, als sei irgend etwas nicht in Ordnung. Es war stockfinster und er spürte, dass sich Helen neben ihm bewegte. Die Leuchtanzeige des

Weckers stand auf 05:15 Uhr. Im Halbschlaf drehte er sich um, drückte seinen Bauch an ihren Rücken, seinen Unterleib gegen ihren Po und schlang seinen Arm um ihre Taille. Ohne an etwas Bestimmtes zu denken wollte er wieder einschlummern, doch Helens Geruch irritierte ihn. Sie roch anders als sonst. Er schnupperte zwei, drei Mal, doch der fremde Geruch ließ sich nicht zuordnen. Es war weder ein Parfüm, noch ein Duschgel oder Weichspüler, den sie für die Wäsche verwendete. Helen roch anders, ganz anders und die Befürchtung, die sich ihm aufdrängte, ließ ihn schlagartig hellwach werden.

*

Um halb acht traf Bussard im Präsidium ein. Er hatte seine Töchter zeitig geweckt und mit ihnen gefrühstückt. Mit der eindringlichen Bitte, nur in ihrem Zimmer und möglichst leise zu spielen, um ihre Mutter nicht zu wecken, hatte er sie alleine gelassen. Sie waren nicht gerade begeistert gewesen, doch er hatte ihnen eine Belohnung für den folgenden Sonntag versprochen. Halb zweifelnd und halb zuversichtlich hatte er das Haus verlassen.

Sylvia war bereits im Büro und goss ihre Pflanzen aus einer Limonadenflasche, die sie von zu Hause mitgebracht hatte.

„Morgen", sagte er knapp, als er ihr Büro betrat.

„Morgen, Bussard", begrüßte sie ihn und stellte die Flasche auf die Fensterbank.

„Schon was Neues?", fragte er und zog seine Jacke aus.

„Keine Ahnung", antwortete sie achselzuckend, „ich bin selbst gerade erst gekommen. Für acht Uhr ist eine Besprechung angesetzt. Möchtest du Kaffee?"

„Ja", erwiderte er.

Sylvia nahm zwei Tassen aus einem kleinen Wandregal, stellte sie neben die Kaffeemaschine und füllte sie. Sie gab zwei Löffel Zucker in jede Tasse, rührte um und stellte eine auf Bussards Schreibtisch.

„Danke", sagte er nickend.

„Bleyle und Lackner sollen heute ihre Aussagen machen", kündigte sie an und setzte sich an ihren Schreibtisch, „übernimmst du den Goldschmied?"

„Okay", stimmte er zu.

„Gut", erwiderte sie und nickte, „ich werde Bleyle vernehmen und ich möchte seine Aussage auf Video haben."

„Auf Video? Hast du einen Verdacht?"

„Nein, nur für alle Fälle."

Zeugenaussagen wurden zwar schriftlich festgehalten und von den Zeugen unterschrieben, aber für die Ermittlungen konnte es von Vorteil sein, die Vernehmungen auf Video aufzuzeichnen, um sie später zu analysieren. Mimik, Gestik, Körpersprache und Tonfall waren ebenso wichtig wie die eigentlichen Aussagen und für die Wahrheitsfindung manchmal unerlässlich. Während Sylvia ihre E-Mails checkte, nippte Bussard an seinem Kaffee. Wenn sich herausstellen sollte, dass es sich um eine Beziehungstat handelte, würde der Aussage Bleyles eine besondere Bedeutung zukommen. Eine Videoaufzeichnung war deshalb keine schlechte Idee.

Zehn Minuten später verließen die beiden Kommissare mit den Kaffeetassen in den Händen ihr Büro und begaben sich in den Besprechungsraum. Neudörfer, Smirna, Mallmann und Susanne Bauer waren bereits anwesend. Sandmann und Freytag trafen wenige Augenblicke später ein.

„Guten Morgen zusammen", begrüßte Neudörfer die Anwesenden, nachdem sich alle gesetzt hatten, „Frau Bauer, bitte."

„Sekunde", antwortete Susanne, tippte noch auf einige Tasten ihres Notebooks und sah in die Runde, „da an diesem Fall mehrere Kollegen gleichzeitig arbeiten, ist die Datenverwaltung besonders wichtig. Auf dem Server gibt es deshalb einen Ordner namens *Goldschmied*. Er führt euch zu den Unterordnern *Ermittlungen*, *Zeugen* und *Kriminaltechnik*. Dort wird alles gespeichert, was mit dem Fall zu tun hat. Wenn ihr eure Rechner in euren Büros benutzt, vergesst nicht, eure Daten an den Server zu übermitteln, damit sie allen Kollegen zur Verfügung stehen. Alles klar?"

Nach einem allgemeinen Kopfnicken ergriff Neudörfer wieder das Wort.

„Der vorläufige Obduktionsbericht liegt vor. Frau Bleyle starb wie vermutet, durch einen Schuss ins Herz. Sie hatte keine Überlebenschance. Auch der ballistische Bericht liegt bereits vor. Es gibt leider keinen Treffer und wir können das Projektil keiner bekannten Waffe zuordnen. Haben wir sonst neue Erkenntnisse, Frau Bauer?"

Die EDV-Spezialistin schüttelte den Kopf.

„Nein, noch nichts", antwortete sie, „bisher habe ich im Internet noch keine relevanten Hinweise gefunden, abgesehen von den üblichen Kommentaren in einigen Foren."

„Wir haben eine Abschrift dessen, was Herr und Frau Bleyle im Geschäft gesagt haben", meldete sich Mallmann zu Wort.

„Woher hast du die Abschrift?", fragte Sylvia überrascht.

„Ein Bekannter von mir", erklärte Mallmann, „arbeitet als Lehrer in der Gehörlosenschule. Er kann von den Lippen lesen. Ich habe ihn gestern Abend angerufen und er war so freundlich, noch vorbeizukommen."

Er nahm ein DIN-A4-Blatt und heftete es mit einem Magneten an die große Besprechungstafel.

„Es sind nur wenige Sätze", erläuterte er und las das Gespräch vom Blatt ab, „Herr Bleyle sagt: *Guten Tag, wir haben die Auslagen im Schaufenster gesehen und wollten uns mal umschauen.* Lackner antwortet etwas, das wir auf dem Video nicht sehen können, weil er der Kamera den Rücken zuwendet. Dann sagt Frau Bleyle: *Sie haben so schöne Anhänger im Schaufenster. Die sind doch echt, oder?* Jetzt antwortet Lackner vermutlich wieder etwas und dann sagt Frau Bleyle: *Ja, die Anhänger mit den Steinen.* Lackner holt die Ketten mit den Anhängern aus dem Tresor und legt sie auf den Tresen. Dann sagt Frau Bleyle: *Oh, der ist wirklich hübsch.* Das ist alles. Nachdem die Täterin das Geschäft betreten hatte, haben weder Herr noch Frau Bleyle etwas gesagt, zumindest haben wir nichts mehr auf Video."

„Danke, Mallmann", sagte Neudörfer und der Kriminaltechniker setzte sich wieder an seinen Tisch, „jetzt wissen wir zumindest, dass sich das Ehepaar zufällig im Geschäft aufgehalten hat. Es war also kein geplanter Besuch beziehungsweise kein vereinbarter Termin. Harter, Bussard, klären Sie das trotzdem mit den Zeugen ab. Wissen wir schon etwas über das Mountainbike?"

„Noch nicht", antwortete Freytag, „wir arbeiten daran."

Bussard wandte sich seinem Kollegen zu und sprach eine Frage aus, die er am Abend zuvor mit Sylvia diskutiert hatte.

„Könnte es einer eurer Kunden gewesen sein?"

Freytag drehte sich um und sah Bussard überrascht an.

„Wie kommst du darauf?", fragte er.

„Es ist nur eine Möglichkeit", antwortete Bussard, „wir haben gesehen, wie kaltblütig die Täterin ihr Opfer erschossen hat. Außerdem kommt mir der Raubüberfall irgendwie seltsam vor. Mein Gefühl sagt mir, dass hier etwas nicht zusammenpasst. Es könnte doch eine als Raubüberfall getarnte Hinrichtung gewesen sein."

Freytag wechselte einen Blick mit Sandmann, dann schüttelten beide die Köpfe.

„Beim OK[*] ist Bian Bleyle nicht bekannt", erklärte er, „sie ist Deutsche vietnamesischer Herkunft, Krankenschwester und nicht vorbestraft. Wir haben keinerlei Hinweise darauf, dass sie etwas mit den Russen oder den Albanern zu tun hat."

„Was ist mit Vietnamesen?", fragte Bussard.

„Nicht bei uns in Freiburg", wehrte Sandmann ab.

„Könnte sie Verbindungen in den Osten haben", hakte Bussard nach, „vielleicht zur Zigaretten- oder Drogenmafia?"

Wieder wechselten Freytag und Sandmann ein Blick.

„Natürlich könnte sie", antwortete Freytag und zuckte mit den Achseln, „theoretisch."

„Überprüfen Sie das", ordnete Neudörfer an, „vielleicht gibt es eine Verbindung. Verschwenden Sie aber keine Zeit. Wir müssen das Mountainbike und den Schmuck finden. Das wird uns am schnellsten zu der Täterin führen. Gibt es sonst noch etwas?"

Niemand antwortete.

„Okay", sagte Neudörfer abschließend, „das ist für den Augenblick alles."

Die Beamten verließen nach und nach den Besprechungsraum. Auf dem Flur warteten bereits die ersten Zeugen, um ihre Aussagen zu Protokoll zu geben. Auf die Kollegen Brunner, Bernauer und Wegner kam eine Menge Arbeit zu. Auch Lackner saß bei den Wartenden. Bussard begrüßte den Goldschmied und nahm ihn mit in sein Büro, wo Sylvia bereits

---

[*] OK = Ermittlungsgruppe Organisierte Kriminalität

wieder an ihrem Schreibtisch saß. Lackner wirkte ruhig und gefasst. Er beantwortete alle Fragen zum Tathergang präzise, während Bussard die Aussage am PC protokollierte. Der Goldschmied bestätigte, dass das Ehepaar Bleyle nach dem Betrachten der Auslagen in sein Geschäft gekommen war, um sich die Anhänger mit den Opalen näher anzusehen. Die Kunden seien ihm aber zuvor nicht bekannt gewesen. Die Täterin habe er bereits durch die Schaufensterscheibe gesehen, als sie ihr Mountainbike mit einem dumpfen Knall dagegengelehnt hatte. Über ihre Identität konnte er nichts sagen und wollte auch keine Vermutung äußern. Das getönte Visier sei undurchsichtig gewesen und habe ihre Stimme so sehr verfälscht, dass er sie nicht wiedererkennen würde. Bei den wenigen Worten, die sie gesprochen hatte, sei ihm kein Akzent aufgefallen. Er gab weiter an, wenige Sekunden, nachdem die Täterin seinen Laden verlassen hatte, mit seinem Handy den Notruf gewählt zu haben, während sich Herr Bleyle um seine sterbende Frau gekümmert habe. Die Aussagen deckten sich mit den Aufzeichnungen aus dem Überwachungsvideo und Bussard gewann keine neuen Erkenntnisse. Er druckte das Vernehmungsprotokoll aus, bat Lackner, es durchzulesen und zu unterschreiben und verabschiedete den Goldschmied. Kaum eine Minute später klopfte es an der Tür und einen Augenblick danach wurde sie geöffnet.

„Guten Morgen, Herr Bleyle", begrüßte Sylvia den Eintretenden, „wie geht es Ihnen?"

Bleyle, der einen schwarzen Mantel, einen schwarzen Anzug und eine schwarze Krawatte über einem weißen Hemd trug, nickte der Kommissarin kurz zu.

„Nicht besonders", antwortete er, „aber das ist ja wohl verständlich, oder?"

„Natürlich, Herr Bleyle", erwiderte sie, „danke, dass Sie gekommen sind."

Bussard begrüßte Bleyle mit einem Kopfnicken, das auf gleiche Weise erwidert wurde.

„Wenn Sie mir bitte folgen wollen", sagte Sylvia und ging an Bleyle vorbei zur Tür.

Die Kommissarin und der Zeuge verließen das Büro. Bussard wartete einige Sekunden und machte sich ebenfalls auf den Weg. Sein Ziel war der Überwachungsraum, der sich an den Vernehmungsraum anschloss. Als er eintrat, sah er Smirna hinter einem Regiepult, wo ein großes Tonbandgerät stand, dessen Spulen sich langsam drehten. Die beiden Kollegen nickten sich zu und Bussard schloss leise die Tür. Sylvias Stimme kam klar und deutlich aus den beiden Lautsprechern, die rechts und links der einseitig verspiegelten Scheibe angebracht waren. Bussard setzte sich auf einen freien Stuhl und wartete gespannt auf die Vernehmung.

„Nehmen Sie doch Platz", bot Sylvia an, „möchten Sie einen Kaffee oder lieber ein Glas Wasser?"

„Nein, danke", lehnte Bleyle ab.

Sie ging zur Kamera, während sich Bleyle an den Tisch setzte.

„Ich hoffe, es macht Ihnen nichts aus, wenn wir die Vernehmung auf Video aufzeichnen", sagte sie und schaltete die Kamera ein.

„Auf Video, wozu?", fragte er.

„Ich kann leider nicht besonders gut tippen", entschuldigte sie sich, obwohl das nicht der Wahrheit entsprach, „die Vernehmung würde sonst zwei Stunden dauern. Wenn wir das Gespräch aufzeichnen, kann ich das Band unserer Schreibkraft geben, die nur zehn Minuten für das Abtippen braucht. Wozu hat man schließlich die Technik, wenn man sie nicht nutzt?"

„Von mir aus", antwortete Bleyle und zuckte mit den Schultern, „wenn es Ihnen hilft."

Die Kommissarin setzte sich dem Zeugen gegenüber an den Tisch.

„Ich weiß, wie schwer es für Sie sein muss ...", begann sie, doch Bleyle fiel ihr ins Wort.

„Wissen Sie das wirklich? Hat man Ihren Mann auch erschossen?"

„Nein, Herr Bleyle", gab sie zu, „wir haben häufig mit Angehörigen von Menschen zu tun, die Opfer von Gewaltverbrechen wurden, aber Sie haben natürlich recht. Wir wissen es immer nur aus zweiter Hand. Wir können es sehen, wir können es nachempfinden und auch wenn wir so gut wie immer die Täter ermitteln, damit sie vor Gericht gestellt werden, können wir den Angehörigen den Schmerz nicht nehmen. Dennoch werden Sie verstehen, dass wir auf Ihre Hilfe angewiesen sind, um den Mord an Ihrer Frau aufzuklären."

„Ich weiß nicht, was ich dazu beitragen soll", erwiderte Bleyle, „jemand hat den Juwelier überfallen und meine Frau erschossen, direkt vor meinen Augen. Das ging so schnell. Ich konnte überhaupt nichts tun. Ich konnte sie nicht beschützen."

„Machen Sie sich keine Vorwürfe, Herr Bleyle,", sagte Sylvia sanft, „Sie trifft überhaupt keine Schuld. Wir haben das Überwachungsvideo und kennen den Tathergang. Wir wissen, dass Sie keine Chance hatten, Ihrer Frau zu helfen."

Während Sylvia sprach, senkte Bleyle den Kopf und seine Schultern sackten nach unten. Er weinte nicht, aber sie vermutete, dass es ihn Kraft kostete, gegen die Tränen anzukämpfen. Männer machten es sich zuweilen selbst unnötig schwer, wenn sie versuchten, ihre Gefühle zu unterdrücken, vor allem, wenn sie sich einer Frau gegenüber sahen. Die Vernehmung Bleyles würde Fingerspitzengefühl erfordern. Sylvia nahm zuerst seine Personalien auf, um ihn dann vorsichtig über die Geschehnisse des Vortages zu befragen.

„Waren Sie mit Ihrer Frau auf dem Weihnachtsmarkt?", begann sie.

„Wir wollten zum Weihnachtsmarkt", antwortete Bleyle, „meine Frau wollte Geschenke für ihre Familie kaufen."

„Lebt die Familie Ihrer Frau auch in Freiburg?"

„Nein, in Vietnam. Wir wollten sie nach den Feiertagen besuchen und hatten uns sehr darauf gefreut. Meine Frau hatte ihre Familie seit unserer Hochzeit nicht mehr gesehen. Sie wollte ihren Eltern eine Kuckucksuhr mitbringen."

Seine Stimme klang gefasst, doch Sylvia spürte den Schmerz zwischen den Zeilen. Bleyle war tadellos gekleidet, aber er hatte sich am Morgen nicht rasiert und der dunkle Schatten in seinem Gesicht unterstrich die Trauer, der er durch seine schwarze Kleidung Ausdruck verlieh.

„Aber Sie sind nicht zum Weihnachtsmarkt gegangen", fuhr sie fort, „sondern zu *Lackners Goldschmiede.*"

„Ja", bestätigte er, „wegen diesem verdammten Anhänger, aber das konnten wir ja nicht ahnen. Es war meine Schuld."

Er senkte den Kopf und bedeckte die Augen mit seiner Hand. Einige Augenblicke verharrte er schweigend und

Sylvia konnte seinen schweren Atem hören, während sich seine Schultern hoben und senkten. Als er wieder aufblickte, war sein Gesicht vom Schmerz gezeichnet.

„Es war sicherlich nicht Ihre Schuld, Herr Bleyle", sagte sie mitfühlend.

„Meine Frau hatte diese Anhänger im Schaufenster gesehen", berichtete er und atmete noch einmal tief durch, „und ich habe vorgeschlagen, dass wir in das Geschäft gehen, um sie uns genauer anzuschauen. Deshalb war es meine Schuld. Hätte ich nicht ..."

Er brach ab und schüttelte den Kopf.

„Niemand hat das vorhersehen können", sagte Sylvia sanft, „auch Sie nicht. Sie dürfen sich keine Vorwürfe machen. Sie sind also in das Geschäft gegangen und haben sich die Anhänger angesehen. Was geschah dann?"

Bleyle beugte sich vor, stützte die Ellenbogen auf den Tisch und faltete die Hände.

„Dann kam plötzlich diese Frau mit dem Motorradhelm in den Laden", erzählte er, „sie hat eine Waffe gezogen und ‚Überfall' gerufen."

„Sind Sie sicher, dass es eine Frau war?"

„Ja, absolut", bestätigte er und nickte.

„Aber Sie konnten ihr Gesicht nicht sehen", stellte sie fest.

„Nein", antwortete Bleyle und schüttelte den Kopf, „sie hatte so ein dunkles Visier. Man konnte nicht hindurchschauen."

Es war nicht schwierig gewesen, zum eigentlichen Thema der Befragung vorzudringen, wie Sylvia erleichtert feststellte. Bleyle schien willens und in der Lage, über den Mord an seiner Frau Rede und Antwort zu stehen. Nicht jeder Zeuge konnte das, wenn er sich in einer solch schwierigen emotionalen Lage befand.

„Auf dem Überwachungsvideo sieht man, dass Sie und Ihre Frau sich hinter den Tresen stellen", erklärte die Kommissarin, „offenbar hat die Täterin Sie dazu aufgefordert."

„Ja", erwiderte Bleyle, „sie hat mit der Waffe rumgefuchtelt und uns aufgefordert, uns neben den Ladeninhaber zu stellen."

„Sie haben sich aber nicht neben Ihre Frau gestellt."

„Nein, einer sollte sich rechts hinstellen und einer links."

„Waren die Anweisungen der Täterin eindeutig gewesen?"

„Ja, sie sagte „du dahin" und „du dorthin" und hat mit der Waffe hingedeutet, wo wir uns hinstellen sollten."

Sylvia bemerkte, dass sich Bleyle kaum bewegte. Mit aufgestützten Ellenbogen und vor dem Kinn gefalteten Hänen sah er sie an und beantwortete ihre Fragen.

„Haben Sie die Stimme der Täterin erkannt?", fragte sie.

„Nein", erwiderte er und schüttelte langsam den Kopf, „außerdem war die Stimme viel zu undeutlich. Sie hat ja einen Helm getragen und das Visier war geschlossen."

„Aber die Anweisungen haben Sie deutlich verstanden", hakte sie nach.

Bleyle hob zuerst den Kopf, dann ließ er seine Unterarme auf den Tisch sinken und drückte seinen Rücken durch.

„Ja, Frau Kommissarin", sagte er kalt und sah Sylvia herausfordernd an, „vor allem den Revolver habe ich deutlich verstanden. Es gab keine Missverständnisse. Was hätten Sie in dem Augenblick getan?"

„Ich muss Sie das fragen", erklärte sie beschwichtigend, „für uns ist jedes Detail wichtig. Würden Sie die Stimme wiedererkennen?"

„Ist das Ihr Ernst", gab er zurück, „Sie wissen doch selbst, dass die Mörderin einen Helm mit geschlossenem Visier getragen hat. Wie soll man da eine Stimme wiedererkennen?"

Er lehnte sich zurück und verschränkte die Arme vor der Brust. Ihre Frage hatte ihn herausgefordert und er war in die typische Abwehrhaltung verfallen.

„Es wäre ja immerhin möglich", antwortete Sylvia mit einem Achselzucken und einem entschuldigenden Lächeln, um die gerade entstandene Anspannung wieder zu lösen, „unter Umständen könnte dies bei einer Identifizierung notwendig sein, aber darum machen wir uns jetzt noch keine Sorgen. Die Täterin hat Sie also aufgefordert, sich rechts und links neben den Juwelier zu stellen. Warum hat sie das wohl getan? Ich meine, warum sollte der Juwelier zwischen Ihnen stehen?"

„Woher soll ich das wissen?", stieß Bleyle hervor und schlug mit der Hand auf den Tisch.

Der Knall und Bleyles plötzliche, heftige Reaktion erschreckten die Kommissarin und sie fuhr unwillkürlich zusammen.

„Bitte, Herr Bleyle", sagte sie ruhig und hob beschwichtigend die Hand, „wir suchen nach Antworten und wir suchen überall danach. Es gibt noch zu viele offene Fragen."

Sie wartete einen Moment, damit sich Bleyles Erregung wieder legen konnte und fuhr mit der Befragung fort.

„Für jede Tat gibt es ein Motiv", erklärte sie, „und das Motiv führt uns unweigerlich zum Täter. Auf dem Video haben wir gesehen, *wie* Ihre Frau erschossen wurde, doch für das *Warum* konnten wir keinen Anhaltspunkt finden."

Bleyle hatte sich wieder zurückgelehnt und die Arme vor der Brust verschränkt. In seinem Gesicht war keine Trauer zu erkennen, sondern Unmut darüber, dass man ihm Fragen stellte, die zu beantworten Sache der Polizei war.

„Wir fragen uns, warum die Täterin Sie beide getrennt hat", erklärte die Kommissarin.

„Aber wieso ist das so wichtig?", gab Bleyle zurück.

Sylvia zögerte, bevor sie antwortete. Falls es eine Beziehung zwischen Täter und Opfer gab, dann war es auch möglich, dass Bleyle in die Tat verstrickt war, ohne dass er es selbst wusste.

„Stellen Sie sich vor, Herr Bleyle", forderte sie ihn auf, „die Täterin hätte Sie beide nicht getrennt. Dann hätten Sie vermutlich neben Ihrer Frau gestanden und einen oder sogar beide Arme um sie gelegt, um sie zu schützen."

„Natürlich", antwortete er, „aber worauf wollen Sie hinaus?"

„Wir nehmen an, dass die Täterin genau das verhindern wollte", erklärte die Kommissarin ohne zu erwähnen, dass ihr diese Möglichkeit gerade in den Sinn gekommen war.

„Aber wozu?", fragte er.

„Wenn man sich das Überwachungsvideo ansieht", antwortete Sylvia vorsichtig, „dann kann man zu dem Schluss gelangen, dass Ihre Frau kein zufälliges Opfer war. Die Täterin hat sorgfältig gezielt und geschossen. Es war keine Tat, die im Affekt begangen wurde."

Bleyle öffnete den Mund und sah die Kommissarin mit großen Augen an. Seine Stimme klang rau, als er ihre Vermutung wiederholte.

„Kein zufälliges Opfer?"

„Nein", antwortete Sylvia, „entweder hat die Täterin geplant, Ihre Frau zu erschießen oder sie hat den Entschluss gefasst, weil sie von Ihrer Frau erkannt wurde. Soweit wir gesehen haben, gab es für den Schuss keinen unmittelbaren Anlass. Ob Ihre Frau die Täterin erkannt hat, können wir als gesichert weder annehmen noch ausschließen. Wenn Ihre Frau die Täterin nicht erkannt hat, dann hatte die Täterin ein anderes Motiv für den Mord. Es muss also eine Verbindung zwischen beiden gegeben haben."

„Sind Sie sicher?", fragte Bleyle ohne seine Haltung zu verändern.

Sylvia hatte eine Reaktion auf ihre Äußerung erwartet. Eine Verbindung zwischen Täter und Opfer bedeutete, dass die Täterin auch eine gewisse Nähe zu dem Ehemann haben musste. Demnach war es wahrscheinlich, dass er die Mörderin kannte. Da er aber mit keiner Wimper gezuckt hatte, schien ihn der Gedanke nicht zu beunruhigen oder zumindest nicht zu überraschen.

„Das werden wir herausfinden müssen", erläuterte sie, „und deshalb sind wir auf Ihre Hilfe angewiesen."

„Das glaube ich nicht", wehrte Bleyle ab und schüttelte den Kopf, „das kann ich mir nicht vorstellen. Wer hätte meine Frau erschießen sollen? Sie hat doch niemandem etwas getan."

Die Kommissarin lehnte sich zurück, schlug die Beine übereinander und verschränkte ihre Hände im Schoß. Bleyles Haltung und die Art, wie er ihre Fragen beantwortete, signalisierten Abwehr. Sylvia musste ihre Strategie verändern, wenn sie mehr von ihm erfahren wollte.

„Erzählen Sie mir von Ihrer Frau", ermunterte sie ihn, „wie haben Sie sich kennengelernt?"

Die Frage sollte es Bleyle erleichtern, etwas Persönliches preiszugeben. Aus der Art, wie er sprechen würde, aus der Wortwahl und den Betonungen konnte man ebenso viel über seine Frau wie über ihn selbst erfahren. Für einen Angehörigen war es oft einfacher, sich an weit zurückliegende Begebenheiten zu erinnern als an die Zeit unmittelbar vor der Tat, doch Bleyle antwortete mit einer Gegenfrage.

„Was hat das mit dem Mord zu tun?"

„Wir nehmen an", erläuterte Sylvia, „dass es kein zufälliger Mord war, wie ich schon sagte. In den meisten Fällen gibt es eine persönliche Beziehung zwischen Täter und Opfer. Je mehr wir über das Opfer wissen, desto schneller finden wir den Täter."

Sie sprach noch immer behutsam auf ihn ein, denn es war wichtig, ihn zum Erzählen zu verleiten. Beziehungen begannen immer mit einer glücklichen Zeit. Manchmal blieben sie glücklich, manchmal nicht, aber stets fiel es den Befragten leicht, über die Anfänge zu sprechen. Jeder wollte glücklich sein und die meisten wollten auch davon erzählen. Sylvia beobachtete, wie sich Bleyles Gesichtszüge entspannten. Schließlich seufzte er und nickte.

„Wir haben uns in der Klinik kennengelernt", begann er, ließ die Arme sinken und schlug die Beine ebenfalls übereinander, „ich arbeitete damals im Zentrallabor."

„Sie sind Arzt?"

„Nein, ich bin MTA, Medizinisch-Technischer Assistent, einer der wenigen Männer in diesem Beruf. Bian arbeitete in der Orthopädie. Wir sind uns im Personalcasino begegnet, wo wir zufällig am gleichen Tisch saßen. So sind wir ins Gespräch gekommen. Zwei, drei Tage später haben wir uns wiedergetroffen und beim dritten Mal habe ich sie gefragt, ob sie mit mir ausgehen würde. Ich hatte mich Hals über Kopf in sie verliebt. Ein halbes Jahr später haben wir geheiratet."

Die Anspannung, die sich zuvor aufgebaut hatte, war gewichen und es schien Bleyle nicht schwerzufallen, über die Anfänge seiner Beziehung zu sprechen. Für die Kommissarin war es jedoch ein Eiertanz. Sie wollte die entspannte Atmosphäre aufrechterhalten, obwohl sie Bleyle kritische Fragen stellen musste.

„Wie war Ihre Ehe?"

„Ganz normal, würde ich sagen", antwortete er, „wir haben leider keine Kinder, aber wir hatten auch nicht viele Probleme miteinander. Eigentlich war alles in bester Ordnung."

„Gab es Affären?"

Obwohl Sylvia die Frage im leichten Plauderton gestellt hatte, veränderte sich Bleyles Gesichtsausdruck schlagartig.

„Was wollen Sie mir hier unterstellen?", fragte er und zog die Augenbrauen zusammen.

„Ich unterstelle nicht, Herr Bleyle, ich ermittele", erklärte Sylvia ruhig, „Eifersucht ist ein starkes Tatmotiv. Gab es eine andere Frau, die Grund gehabt haben könnte, Ihre Frau zu töten?"

Bleyle zögerte mit der Antwort und betrachtete die Kommissarin herausfordernd. Schließlich lösten sich seine Gesichtszüge und er lehnte sich wieder zurück.

„Sie meinen, ob ich eine Geliebte habe", fragte er und verschränkte die Arme erneut vor der Brust, „nein, ich war glücklich mit meiner Frau. Ich brauchte keine Geliebte."

„Könnte es sein, dass Ihre Frau eine Affäre mit einem verheirateten Mann hatte?"

„Ausgeschlossen! Weder meine Frau noch ich hatten irgendwelche außerehelichen Beziehungen."

Seine Antworten klangen überzeugend. Sylvia konnte jedoch nicht einschätzen, ob er die Unwahrheit sagte oder seine tatsächlich intakte Beziehung verteidigte und so wechselte sie das Thema.

„Gab es in der letzten Zeit Streit mit anderen Personen? Hatte Ihre Frau Feinde oder wurde sie bedroht?"

„Nein", antwortete Bleyle, schüttelte den Kopf und schloss für einen kurzen Moment die Augen, „nicht, dass ich wüsste."

„Ist es möglich, dass Ihre Frau vielleicht einen Streit mit jemandem vor Ihnen geheim gehalten hat?"

„Nein, sicher nicht. Warum hätte sie das tun sollen?"

„Vielleicht weil sie Angst hatte oder es ihr peinlich war?", vermutete Sylvia.

„Nein, ganz bestimmt nicht", antwortete er, „ich hätte davon gewusst, wenn es so wäre."

Auch dieser Punkt brachte die Kommissarin nicht weiter. Für Bleyle schien es ausgeschlossen, dass seine Frau sich jemanden zum Todfeind gemacht hatte.

„Was ist mit Ihnen", fragte sie, „haben Sie Feinde oder wurden Sie bedroht?"

„Ich?", erwiderte Bleyle überrascht.

„Ja, Sie. Vielleicht wollte jemand Sie bestrafen, indem er oder sie Ihre Frau erschoss."

„Keine Ahnung", antwortete er, breitete die Arme in einer hilflosen Geste aus und ließ die Hände auf die Tischplatte sinken, „aber was soll die ganze Fragerei? Wir waren zufällig bei einem Juwelier, der überfallen wurde. Die Räuberin hat meine

Frau erschossen und Sie fragen nach unserer Vergangenheit. Ich verstehe nicht, was das soll."

„Wir suchen nach dem Motiv, Herr Bleyle", erwiderte Sylvia, „Sie sagten selbst, dass es keinen Anlass gegeben hat, Ihre Frau zu erschießen. Trotzdem ist es passiert und wir müssen herausfinden, warum. Wenn die Täterin keinen persönlichen Kontakt zu Ihnen oder Ihrer Frau gehabt hat, warum hat sie Ihre Frau dann erschossen?"

Wieder breitete Bleyle die Arme aus und ließ anschließend die Hände auf den Tisch fallen.

„Woher soll ich das wissen?", fragte er.

Sylvia wechselte erneut das Thema, behielt aber ihre entspannte Haltung und den leichten Plauderton bei.

„Hatte Ihre Frau Kontakt zu anderen Vietnamesen?"

Bleyle zögerte einen Augenblick und zog erneut die Augenbrauen zusammen.

„Nein", antwortete er schließlich, „schon seit Jahren nicht mehr. Am Anfang gab es noch eine andere Krankenschwester aus Vietnam, mit der sich meine Frau hin und wieder getroffen hat, aber die zog irgendwann weg."

„Erinnern Sie sich an den Namen?", fragte die Kommissarin.

„Nein, das ist schon ewig her", erklärte Bleyle, „das war vor unserer Hochzeit."

„Gab es in jüngerer Zeit Kontakte zu Vietnamesen?"

„Aber nein, das sagte ich doch gerade", antwortete Bleyle und zuckte ärgerlich mit den Achseln, „unser Bekanntenkreis besteht fast ausschließlich aus Deutschen. Die meisten arbeiten in der Uni-Klinik."

„Ist es möglich, dass Ihre Frau Kontakte hatte, ohne dass Sie davon wussten?"

„Nein, sie hätte mir davon erzählt, wenn es etwas gegeben hätte. Meine Frau war treu und ich war es ebenfalls. Wir hatten keine Geheimnisse voreinander und wir waren glücklich. Jetzt ist sie tot."

Sylvia überlegte, ob sie an diesem Punkt noch einmal nachhaken sollte. Bleyle hatte bis jetzt noch keinen Anhaltspunkt geliefert und keinen möglichen Verdächtigen präsentiert. Wäre er ein Mitwisser oder gar Tatbeteiligter gewesen, dann hätte er vermutlich mit dem Finger auf jemanden gezeigt, um den Verdacht von sich abzulenken. Stattdessen hatte er mehrfach erklärt, dass es nichts und niemanden gebe, der einen Grund gehabt hätte, seine Frau zu ermorden.

„Gibt es jemanden, der vom Tod Ihrer Frau profitiert?", fragte die Kommissarin und beobachtete Bleyle aufmerksam.

„Nein", antwortete er, ohne dass er eine besondere Reaktion zeigte, „wieso auch? Meine Frau war Krankenschwester."

„Gibt es eine Lebensversicherung?", hakte sie nach und Bleyle sah sie mit blitzenden Augen an, als er antwortete.

„Was soll das? Glauben Sie, ich hätte meine Frau erschossen?", er hob den Zeigefinger und unterstrich seine Worte, indem er auf Sylvia deutete, „eines kann ich Ihnen sagen, Frau Kommissarin, ich hätte lieber eine Million bezahlt als mit ansehen zu müssen, wie meine Frau erschossen wird."

„Das beantwortet nicht meine Frage", erwiderte Sylvia ruhig, „gibt es eine Lebensversicherung?"

„Nein."

„Besaß Ihre Frau Vermögen, das Sie oder eine andere Person erben werden?"

„Nein, verdammt! Meine Frau kam aus Vietnam und war arm wie eine Kirchenmaus. Sie hat als Krankenschwester gearbeitet. Wie hätte sie da zu einem Vermögen kommen sollen?"

Einen Augenblick sah er Sylvia zornig an, dann erhob er sich mit einem Ruck.

„Gibt es sonst noch etwas, das Sie wissen wollen?", fragte er unwirsch.

„Nein, Herr Bleyle", antwortete Sylvia und stand ebenfalls auf, „das war alles. Sie brauchen auch nicht zu warten. Es genügt, wenn Sie am Montag kommen, um das Vernehmungsprotokoll zu unterschreiben. Einen Punkt kann ich Ihnen aber leider nicht ersparen."

Bleyle sah sie fragend an und wartete.

„Ich muss Sie bitten, Ihre Frau in der Rechtsmedizin zu identifizieren", erklärte die Kommissarin, „das ist Vorschrift. Wenn Sie möchten, begleite ich Sie."

Bleyle schloss die Augen und schüttelte den Kopf.

„Sie brauchen mich nicht zu begleiten", erklärte er und sah Sylvia wieder an, „die Rechtsmedizin ist nicht einmal hundert

Meter von unserer Wohnung entfernt. Jeden Tag komme ich daran vorbei, aber ich hätte nie gedacht ..."

Ohne den Satz zu beenden, schüttelte er noch einmal den Kopf, dann drückte er den Rücken durch.

„Ich hoffe, dass Sie die Mörderin bald verhaften. Ich will wissen, wer meine Frau erschossen hat."

„Die Fahndung läuft bereits auf Hochtouren", antwortete die Kommissarin, „ich bin sicher, dass wir die Täterin bald finden werden."

Ohne ein weiteres Wort und ohne sich zu verabschieden ging Bleyle zur Tür und verließ den Vernehmungsraum. Sylvia stoppte die Aufnahme der Kamera, spulte das Band zurück und nahm es heraus. Sie beschriftete die Kassette und steckte sie ein.

3

Die Vernehmung der Zeugen hatte keine weiteren sachdienlichen Hinweise geliefert. Weder zu einem möglichen Hintergrund der Tat noch zu möglichen Verdächtigen hatte Bleyle etwas ausgesagt. Bussard hatte ihn während Sylvias Befragung durch die verspiegelte Scheibe aufmerksam beobachtet. Immer wieder hatte er sich die Frage gestellt, ob Bleyle in den Raubmord involviert sein könnte, doch er war zu keinem Ergebnis gelangt. Etwas störte ihn an dem Mann, doch er wusste nicht, was es war, zumindest noch nicht. In zwanzig Berufsjahren hatte Bussard unzählige Vernehmungen und Befragungen durchgeführt. Man bekam ein Gefühl dafür, ob jemand die Wahrheit sagte, log oder etwas verschwieg. In Bleyles Fall tippte Bussard auf die letzte Möglichkeit. Er war ziemlich sicher, dass der Zeuge mehr wusste als er aussagte. Der Kommissar verließ den Überwachungsraum und wartete auf dem Flur, wo er Susanne Bauer traf.

„Schon eine Spur?", fragte sie knapp.

„Nein", antwortete er, „und bei dir?"

„Nichts im Web", erwiderte sie, „keine relevanten Sites oder Foren."

Sylvia kam aus dem Vernehmungszimmer und gab ihrer Kollegin das Band mit der Aufnahme von Bleyle.

„Kannst du mir davon eine Kopie auf DVD brennen?", bat sie.

„Kein Problem", antwortete die EDV-Spezialistin, „jetzt gleich?"

„Wenn du Zeit hast, gerne. Du kannst mir die DVD und die Kassette einfach auf den Schreibtisch legen."

„Okay, gib mir eine halbe Stunde."

Sie verabschiedeten sich voneinander und die beiden Kommissare suchten ihr Büro auf.

„Was hältst du von Bleyle?", fragte Bussard.

Sylvia zuckte mit den Achseln und setzte sich an ihren Schreibtisch.

„Ich weiß es nicht", erwiderte sie, „irgendwie habe ich kein richtiges Bild von ihm. Seine Reaktionen sind so, wie sie sein sollten. Seine Antworten kommen spontan, ohne zu zögern und trotzdem habe ich das Gefühl, als hätte er nichts gesagt."

„Wie meinst du das?", fragte er.

„Er war zehn Jahre mit seiner Frau verheiratet", berichtete sie, „nach seiner Aussage war es eine harmonische Ehe. Es gab weder Streit noch außereheliche Affären."

Weder Streit noch außereheliche Affären, dachte Bussard. Das konnte er von seiner Ehe nicht behaupten. Das Zusammenleben mit Helen war nicht immer einfach und seiner Meinung nach fehlte ihr die Fähigkeit, Belangloses unkommentiert zu lassen. Wenn er den sonntäglichen Frühstückstisch deckte und das Honigglas vergaß, konnte sie es nicht einfach aus dem Schrank nehmen. Sie musste ihn darauf hinweisen, dass er genau wusste, dass sie immer ein Honigbrötchen aß und sein Versäumnis auf einen Mangel an Aufmerksamkeit und Respekt ihr gegenüber zurückzuführen sei. So konnte aus einer Lappalie ein handfester Streit entstehen, wenn er ihren Vorwurf als überzogen zurückwies. Die häufigen Streitereien waren die dunkle Seite der Medaille und natürlich gab es auch eine helle, denn er liebte Helen aufrichtig. Sie war klug, selbstbewusst und schön und sie konnten über alles reden. Sie verstanden sich gut im Bett und hatten ein abwechslungsreiches Liebesleben, was ihnen beiden viel bedeutete. Jetzt war aber ein Schatten darauf gefallen und es bereitete Bussard Mühe, den Gedanken, dass sie eine Affäre hatte, nicht an die Oberfläche seines Bewusstseins dringen zu lassen. Der Geruch, den er am frühen Morgen an ihr wahrgenommen hatte, gehörte zu einem fremden Körper und sein männlicher Instinkt hatte auf den Konkurrenten reagiert. Bussard war alarmiert, schockiert, aber er wusste nicht, wie er sich verhalten sollte.

„Was ist?", fragte Sylvia.

„Bitte?", erwiderte er verwirrt, weil sie seine Gedanken unterbrochen hatte.

„Du bist so ... abwesend", erklärte sie.

„Sorry", entschuldigte er sich, „ich habe gerade an etwas anderes gedacht."

„Das habe ich gesehen."

„Was ist mit Bleyle?", fragte er, um zu ihrem Thema zurückzukehren.

„Ich sagte, dass es in der Ehe weder Streit noch außereheliche Affären gegeben haben soll", wiederholte sie.

„Das ist selten", antwortete er, „soll aber vorkommen."

„Ja, schon", sagte Sylvia gedehnt und mit skeptischer Miene, „aber er hat nichts über seine Ehe erzählt, verstehst du, keine Begebenheiten, keine Erinnerungen, einfach nichts."

„Und das kommt dir seltsam vor", vermutete Bussard, „noch'n Kaffee?"

„Nein, danke."

„Ich habe die Befragung von Bleyle verfolgt", erklärte er, goss sich einen Kaffee ein und gab zwei Löffel Zucker in die Tasse, „er hat keinen Verdächtigen präsentiert."

„Nein", erwiderte Sylvia, „ganz im Gegenteil. Nach seiner Aussage hatten weder er noch seine Frau Streit mit irgendjemandem, keinen Zoff mit Kollegen, keine Auseinandersetzungen mit den Nachbarn, keine eifersüchtige Geliebte, einfach nichts. Bleyle ist davon überzeugt oder gibt es zumindest vor, dass es nichts und niemanden gegeben habe, der Grund gehabt hätte, seine Frau zu ermorden. Für ihn war es ein Raubmord ohne persönliche Motivation."

„Und du glaubst, er lügt?"

„Das ist es ja gerade", erwiderte sie und begann, mit den Fingerspitzen auf ihren Schreibtisch zu trommeln, „ich habe mich die ganze Zeit gefragt, ob er mir etwas verschweigt. Es ist doch merkwürdig, dass jemand, beziehungsweise ein Ehepaar, soziale Kontakte hat, ohne dass es jemals zu Meinungsverschiedenheiten oder Spannungen mit anderen kommt. Irgendetwas hätte er doch erwähnen müssen."

Bussard trank schlürfend einen Schluck von seinem heißen Kaffee und stellte die Tasse auf seinen Schreibtisch.

„Entweder weiß er tatsächlich nichts oder er ist nicht an der Aufklärung interessiert", stellte er fest.

„Was meinst du damit, er wäre nicht an der Aufklärung interessiert?", fragte Sylvia.

Bussard zuckte mit den Achseln, antwortete aber nicht.

*

Das Klinikum der Albert-Ludwigs-Universität in Freiburg hatte etwa die Größe eines mittleren Dorfes. In einer Vielzahl von Fachkliniken und Instituten fanden mehr als achttausend Menschen Arbeit. Jedes Jahr wurden über fünfzigtausend Patienten stationär und weitere dreihunderttausend ambulant behandelt. Damit gehörte das Klinikum zu den größten Einrichtungen seiner Art in ganz Europa. Allein der Wegweiser, der Suchenden als Orientierungshilfe diente, mutete wie ein eigner Stadtplan an.

Das Departement Orthopädie und Traumatologie gehörte zur Chirurgischen Klinik. Der wuchtige Bau war Anfang der Fünfzigerjahre errichtet worden, nachdem im Zweiten Weltkrieg bei einem Bombenangriff ein Großteil der Kliniken und Institute zerstört worden war. Eine Mitarbeiterin am Informationsschalter im Erdgeschoss gab Auskunft, auf welcher Station Bian Bleyle gearbeitet hatte und die beiden Kommissare fuhren mit dem Aufzug ins zweite Obergeschoss.

„Ich kann Krankenhäuser nicht leiden", gestand Sylvia, als sie die gesuchte Station gefunden hatten, „ich mag den Geruch nicht."

„Vorsicht, bitte", rief jemand hinter ihnen.

Bussard drehte sich um und sah einen großen Metallbehälter auf Rollen, der von einem Zivildienstleistenden geschoben wurde. Der Kommissar trat zur Seite und sprach den jungen Mann an.

„Wo finden wir den Stationsarzt?"

„Sie stehen genau vor seiner Tür", antwortete der Zivi, ohne seinen Schritt zu verlangsamen.

Bussard drehte sich abermals um und las das Schild neben der Tür, das den Raum als Arztzimmer auswies. Er klopfte mit den Fingerknöcheln, wartete, bis er ein gedämpftes „ja, bitte" hörte, drückte die Klinke und öffnete die Tür. Zusammen mit seiner Kollegin trat er ein.

„Guten Tag", sagte er, „mein Name ist Bussard und das ist meine Kollegin, Frau Harter. Sind Sie der Stationsarzt?"

„So ist es", antwortete der Mann im weißen Kittel, der hinter seinem Schreibtisch saß, „ich bin Dr. Ananthamurthy. Was kann ich für Sie tun?"

„Wir sind von der Kriminalpolizei", erklärte Sylvia und zeigte dem Arzt ihren Dienstausweis, „haben Sie einen Augenblick Zeit für uns?"

Dr. Ananthamurthy erhob sich von seinem Stuhl und nickte den Kommissaren grüßend zu.

„Was möchten Sie wissen?", fragte er freundlich lächelnd.

Sein orientalisches Aussehen, die dunkle Haut, die dunkelbraunen Augen und die schwarzen Haare ließen ebenso wie sein Name vermuten, dass er aus Indien stammte. Seine Stimme klang melodisch und er sprach ein nahezu akzentfreies Deutsch.

„Es geht um eine Mitarbeiterin von Ihnen", begann Bussard, der nicht wusste, ob man auf der Station bereits über den Tod der Krankenschwester informiert war, „Bian Bleyle."

„Ja, Schwester Bian", erwiderte Dr. Ananthamurthy.

Sein Lächeln und das Fehlen jeder weiteren Reaktion waren Antwort genug. Der Arzt wusste noch nichts von dem Mord und nun mussten die Kommissare die Todesnachricht überbringen. Es war eine jener Aufgaben, die man als Polizist zu bewältigen hatte und es gab keine Möglichkeit, sich ihr zu entziehen. Jede Diplomatie und jedes Fingerspitzengefühl änderten nichts an der schrecklichen Unabänderlichkeit.

„Bian Bleyle ist gestern getötet worden", erklärte Bussard ohne zu zögern.

Dr. Ananthamurthys Lächeln verschwand augenblicklich.

„Schwester Bian?", fragte er mit großen Augen.

„Ja", bestätigte Sylvia, „sie starb während eines Raubüberfalls."

„Das ist schlimm", sagte der Arzt und senkte den Kopf, „das ist sehr schlimm."

Sylvia wartete, damit der Arzt einen Augenblick Zeit hatte, die Nachricht zu verarbeiten. Er hatte den Kopf gesenkt und seine Lippen bewegten sich. Vermutlich sprach er ein stummes Gebet.

„Können Sie uns etwas über Frau Bleyle berichten?", fragte Bussard, als sich die Lippen des Arztes nicht mehr bewegten.

Dr. Ananthamurthy hob den Kopf und sah die beiden Kommissare traurig an.

„Schwester Bian", antwortete er, „ja, ich mochte sie. Sie war eine sehr gute Kraft, korrekt und zuverlässig. Sie war schon hier, als ich Stationsarzt wurde und sie hatte viel Erfahrung. Sie war eine sehr gute Krankenschwester."

„Wie war das Verhältnis zu ihren Kollegen?", fragte Bussard.

Dr. Ananthamurthy legte den Kopf zur Seite und zuckte mit den Achseln.

„Ganz gut, glaube ich. Zumindest habe ich nie gehört, dass sie mit jemandem gestritten hätte, aber am besten fragen Sie die Schwestern selbst ...", er zögerte einen Moment und legte die Stirn in Falten, „... Sie sagten doch, Schwester Bian sei bei einem Raubüberfall getötet worden. Warum stellen Sie mir dann diese Fragen?"

„Reine Routine", erklärte Bussard, „mit wem können wir über Bian Bleyle reden?"

Der Stationsarzt nahm den Telefonhörer ab, drückte eine Taste und meldete sich.

„Dr. Ananthamurthy, schicken Sie bitte Schwester Gabi zu mir. Es ist dringend."

Er legte auf und wandte sich an Bussard.

„Schwester Gabi wird Ihnen Auskunft geben können", erklärte er.

„Kennen Sie den Ehemann von Frau Bleyle", fragte Sylvia.

„Nein", antwortete Dr. Ananthamurthy, „tut mir leid. Ist das wichtig?"

„Nein", erwiderte sie und schüttelte den Kopf, „haben Sie eine Visitenkarte?"

„Sicher", antwortete der Arzt, öffnete die oberste Schublade seines Schreibtischs und nahm eine Karte heraus, „hier, bitte. Wenn Sie Hilfe benötigen, müssen Sie sich aber erst an die Ambulanz wenden. Wir sind hier eine OP-Station."

„Nein, nicht deswegen", erklärte die Kommissarin, nahm die Karte entgegen und steckte sie ein, „ich benötige sie nur fürs Protokoll, damit ich Ihren Namen richtig schreibe."

Nach einem kurzen Klopfen wurde die Tür geöffnet und eine Krankenschwester betrat das Arztzimmer. Sie war etwa vierzig Jahre alt, groß und ziemlich füllig. Ihre langen, dunklen Haare waren im Nacken zu einem Knoten zusammengesteckt. Ein Namensschild an ihrer Brusttasche wies sie als Schwester Gabi aus.

„Ja?", fragte sie und schloss die Tür.

„Der Herr und die Dame sind von der Polizei", erklärte Dr. Ananthamurthy, „sie bringen schlimme Nachrichten."

„Was ist passiert?", fragte die Schwester erschrocken.

„Mein Name ist Sylvia Harter", stellte sich die Kommissarin vor, „und das ist mein Kollege Bussard. Es tut uns leid, dass wir Ihnen die Nachricht überbringen müssen. Bian Bleyle wurde gestern getötet."

„Oh, mein Gott", stieß die Krankenschwester hervor.

Ihr Gesicht wurde blass und sie schlug die Hand vor den Mund. Mit schreckgeweiteten Augen sah sie die Kommissarin an.

„Frau Bleyle starb gestern während eines Raubüberfalls", erklärte Sylvia, „und es ist nicht ausgeschlossen, dass sie getötet wurde, weil sie den Täter erkannt hat. Wir wären Ihnen dankbar, wenn Sie uns ein paar Fragen beantworten könnten."

„Oh, mein Gott", stöhnte die Schwester noch einmal, „Bian war die Krankenschwester, die bei dem Überfall erschossen wurde? Ich habe es heute Morgen in der Zeitung gelesen, aber ich wusste nicht ..."

Sie brach ab und sah sich Hilfe suchend um. Ihre Augen wurden feucht und sie zog ein Taschentuch aus ihrem Kittel.

„Wollen Sie sich setzen?", bot Dr. Ananthamurthy an.

„Nein, es geht schon", antwortete sie und wischte sich die Augen, „oh, mein Gott, die arme Bian. Wissen Sie schon, wer es war?"

„Wir stehen noch am Anfang unserer Ermittlungen", erklärte Bussard, „haben Sie Frau Bleyle gut gekannt?"

„Ja, na ja, wie man sich halt so kennt unter Kollegen", antwortete Schwester Gabi.

„Erzählen Sie uns von ihr", sagte Sylvia ermutigend, „wie war Frau Bleyle?"

Schwester Gabi zog die Nase hoch und schluckte.

„Ich denke, sie war die beste Schwester hier auf der Station", berichtete sie, „wenn Petra und ich frei hatten, dann war es immer gut zu wissen, dass Bian in der Schicht war."

„Wer ist Petra?", fragte Bussard.

„Petra ist Stationsschwester", erklärte Schwester Gabi, „ich bin Zweitschwester, also ihre Stellvertreterin. Manchmal kommt es vor, dass keine von uns Dienst hat, wenn eine krank ist oder im Urlaub und die andere frei hat. Dann war es immer gut, wenn Bian Dienst hatte. Fachlich hat ihr niemand etwas vorgemacht. Sie wusste immer, was zu tun war und man konnte sich jederzeit auf sie verlassen. Sie war ein Muster an Zuverlässigkeit und sie wollte immer alles wissen."

„Sie war neugierig?", unterbrach Bussard.

„Nein", antwortete die Schwester und schüttelte den Kopf, „nein, so meine ich das nicht. Sehen Sie, wir sind hier eine Uni-Klinik. Hier wird geforscht und hier werden neue Behandlungsmethoden entwickelt. Bian wollte immer auf dem neuesten Stand sein. Sie war allem Neuen aufgeschlossen und immer eine der Ersten, die sich in Neuerungen eingearbeitet hat. Für jede Weiterbildung hat sie sich freiwillig gemeldet. Sie war eine hervorragende Krankenschwester."

„Warum hatte sie dann keine leitende Funktion?", fragte Sylvia.

Schwester Gabi putzte sich die Nase und wischte sich noch einmal die Augen.

„Das wollte sie nicht", erklärte sie, „Bian war sehr zurückhaltend, eben eine typische Asiatin. Manchmal habe ich sie darum beneidet. Sie konnte immer lächeln, ganz egal, wie es ihr ging, auch wenn sie oft irgendwie kühl und distanziert wirkte."

„Wie meinen Sie das?", hakte die Kommissarin nach.

„Wie soll ich das beschreiben", begann die Krankenschwester, „sie war jedem gegenüber freundlich, ganz egal, ob es eine Kollegin, ein Arzt oder ein Patient war. Bei ihr schien es keine Unterschiede zu geben. Sie ist niemals laut geworden und hat sich nie mit jemandem gestritten. Sie war einfach eine wunderbare Kollegin, aber auf der anderen Seite hat sie auch niemand wirklich an sich herangelassen, wenn Sie verstehen, was ich meine. Ich kann mich nicht erinnern, dass sie jemals etwas Persönliches erzählt hätte. Sie hat nie über Zuhause gesprochen, über ihren Mann oder ihre Sorgen oder sonst etwas. Na ja, vielleicht war das eben ihre Natur, diese asiatische Zurückhaltung. Sie hat sich niemals über irgendetwas beklagt."

„Demnach hatte sie auch mit niemandem Streit", folgerte Sylvia und die Krankenschwester schüttelte den Kopf.

„Nein, niemals. Ich glaube, man konnte überhaupt nicht mit ihr streiten."

Die beiden Kommissare wechselten einen stummen Blick. Die Krankenschwester bestätigte, was Bleyle ausgesagt hatte. Offenbar war Bian Bleyle eine zurückhaltende Natur gewesen, die in Frieden mit allen hatte leben wollen, ohne Streit mit Kollegen, Vorgesetzten oder Patienten. Nur bei der Aussage, sie sei kühl und distanziert gewesen, hatte Bussard kurz die Augenbrauen gehoben.

„Kennen Sie ihren Mann?", fragte er.

„Ach, kennen ist zu viel gesagt", erklärte Schwester Gabi, „früher, als er noch im Zentrallabor gearbeitet hat, habe ich ihn manchmal im Personalcasino gesehen, wenn er mit Bian zusammen gegessen hat, aber das war selten. Ich esse nicht oft im Casino."

Mit einem sanften Lächeln nickte die Kommissarin der Krankenschwester aufmunternd zu.

„Ich danke Ihnen, Frau ...?"

„Zimmermann, Gabi Zimmermann."

„... Frau Zimmermann. Das war alles. Danke, dass Sie sich Zeit genommen haben."

Die Krankenschwester nickte der Kommissarin zu und wandte sich an den Arzt.

„Ich muss es den anderen sagen", erklärte sie.

„Ja", erwiderte Dr. Ananthamurthy, „tun Sie das."

Schwester Gabi drehte sich um und verließ kopfschüttelnd das Arztzimmer.

„Danke auch für Ihre Zeit", sagte Sylvia und nickte dem Arzt zu.

„Möge Ihnen das Glück beschieden sein, den Täter rasch zu fassen", antwortete er.

„Wiedersehen", sagte Bussard und ging zur Tür.

Auch Sylvia verabschiedete sich von dem Arzt und folgte ihrem Kollegen. Bussard öffnete die Tür, trat auf den Flur, wandte sich nach links und rumpelte gegen den großen Metallwagen, aus dem der Zivildienstleistende gerade ein Essenstablett zog.

„Aus dem Haupteingang raus und schräg rechts halten", erklärte der Zivi, „das hohe Gebäude. Sie können es gar nicht verfehlen. Ihre Frau kann Sie ja führen."

„Was ist?", fragte Sylvia, die das Arztzimmer verlassen hatte und Bussards überraschtes Gesicht sah.

„Keine Ahnung, wovon er spricht", gestand er.

Mit einem schelmischen Grinsen zwinkerte der Zivi Sylvia zu.

„Das große Gebäude schräg rechts", erklärte er, „Augenklinik."

Er drehte sich um und mit einem fröhlichen „Mittagessen" verschwand er in einem Patientenzimmer, während Sylvia ihm grinsend nachsah. Bussard verzichtete auf eine Erwiderung und die beiden Kommissare verließen die Station. Bei den Aufzügen stand eine Sitzgruppe und Sylvia bat ihren Kollegen, einen Moment zu warten. Sie setzte sich, zog einen Stift und ihr Notizbuch aus der Innentasche ihrer Daunenjacke und machte sich einige Aufzeichnungen über das Gespräch mit Schwester Gabi und Dr. Ananthamurthy.

„In einem Punkt hat die Schwester die Aussage von Bleyle bestätigt", erklärte sie, als sie ihre Utensilien wieder einsteckte, „Bian Bleyle war sicherlich kein streitsüchtiger Mensch."

„Jedenfalls nicht bei der Arbeit", stimmte Bussard zu, „mal sehen, was die Nachbarn sagen."

Er ging zum Aufzug und drückte auf den Rufknopf, während Sylvia aufstand und sich neben ihren Kollegen stellte.

„Sollen wir gleich zu den Nachbarn fahren", fragte sie, „oder möchtest du zuerst in die Augenklinik?"

„Sehr witzig", antwortete Bussard ohne zu lächeln, auch wenn es ihm Mühe bereitete, ein Grinsen zu unterdrücken.

*

Die Wohnung der Bleyles lag im Institutsviertel und von der Chirurgischen Klinik aus konnte man sie zu Fuß in weniger als zehn Minuten erreichen. Mit dem Auto brauchten die Kommissare jedoch fast doppelt so lange, denn am vorletzten Samstag vor den Weihnachtsfeiertagen waren die Straßen verstopft, alle Parkhäuser belegt und rings um die Innenstadt gab es fast keine freien Parkplätze mehr. Bussard stellte den Wagen im Halteverbot ab. Das Kennzeichen wies ihn als ziviles Einsatzfahrzeug der Polizei aus und ein Strafzettel war nicht zu erwarten.

Das langgezogene, dreigeschossige Gebäude lag dem Chemischen Institut gegenüber. Es war ein schlichter, schnörkelloser und funktionaler Bau aus den Siebzigerjahren. Jeder der drei Eingänge führte zu sechs Wohnungen, die trotz mangelndem Komforts wegen ihrer zentralen Lage begehrt waren. Viele Menschen, die im Institutsviertel wohnten, arbeiteten in der Universität oder im Klinikum. Bussard fand Bleyles Namen auf einem Klingelschild beim mittleren Eingang.

„Teilen wir uns auf?", fragte er.

„Okay", stimmte Sylvia zu.

Sie drückte auf den obersten Klingelknopf bei „Schmid" und öffnete die Haustür, als der Summer ertönte.

„Ich fange oben an", erklärte Bussard und stieg die Treppe hinauf, „und wir treffen uns in der Mitte."

Bleyles Name stand auf dem Klingelschild neben der linken Tür auf dem mittleren Stockwerk. Ohne anzuhalten ging Bussard eine Treppe weiter hinauf und fand im obersten Geschoss die linke Tür einen Spalt geöffnet.

„Hallo", rief er und klopfte.

„Komm rein", antwortete eine gedämpfte Stimme aus der Wohnung.

Bussard drückte die Tür weiter auf und hörte, wie eine Klospülung betätigt wurde. Einen Augenblick später kam ein junger Mann mit zerzausten Haaren aus einem Raum, der vermutlich das Badezimmer war, und zog den Reißverschluss seiner Jeans hoch.

„Oh", sagte er überrascht, „wer bist du denn?"

„Bussard", stellte sich der Kommissar vor, „Kripo Freiburg. Sie sind vermutlich Herr Schmid."

„Yo", antwortete der junge Mann, „die Kripo zu Besuch, das hat man auch nicht alle Tage. Komm rein."

Bussard folgte der Aufforderung, betrat die Wohnung und schloss die Tür.

„Willst'n Kaffee?", fragte Schmid.

„Nein, danke", antwortete der Kommissar, „und es wäre mir recht, wenn wir beim Sie bleiben würden."

„Wie du willst ... äh ... wie Sie wollen", erwiderte der junge Mann und zuckte mit den Achseln, „was führt Sie in meine bescheidene Hütte?"

Bussard unterzog den Flur einem kurzen prüfenden Blick. Die Einrichtung, eine alte Garderobe, ein selbst gezimmertes Schuhregal und ein abgetretener Läufer, wirkte in der Tat recht bescheiden.

„Wohnen Sie schon lange hier?", fragte er.

„Hm, ungefähr zwei Jahre", antwortete Schmid.

„Und Sie leben allein?"

„Nee, mit meiner Freundin."

„Mit Ihrer Freundin?"

„Yo, wieso?"

„Es steht nur ein Name auf dem Klingelschild", stellte Bussard fest.

„Yo, claro", erklärte Schmid und grinste, „meine Freundin heißt nämlich auch Schmid, voll der krasse Zufall."

Die flapsige Art des jungen Mannes passte zu seinen Sommersprossen und mit seinen ungekämmten, strohblonden Haaren erinnerte er Bussard an Michel aus Lönneberga, einem Romanhelden von Astrid Lindgren.

„Ist Ihre Freundin auch da?", fragte er.

„Nope", verneinte Schmid und schüttelte den Kopf, „sie ist gestern zu ihren Eltern gefahren, wegen X-mas und so. Sie kommt erst übernächste Woche wieder."

„In der Wohnung unter Ihnen wohnen die Bleyles", erklärte der Kommissar, „haben Sie Kontakt zu ihnen?"

Schmid steckte die Hände in die Hosentaschen, ließ sich zur Seite kippen und lehnte sich mit der Schulter gegen den Türrahmen.

„Kontakt? Nee, kann man nicht sagen. Man sieht sich halt im Treppenhaus und so. Sie ist total hübsch, ich meine, echt schön, voll geheimnisvoll."

„Und Herr Bleyle?", fragte Bussard.

„Weiß nicht, irgendwie ganz normal."

„Haben die Bleyles häufiger Besuch?"

„Keine Ahnung."

„Gab es manchmal Streit bei den Bleyles?"

Statt zu antworten zuckte Schmid nur mit den Achseln.

„Ist Ihnen in der letzten Zeit etwas Ungewöhnliches aufgefallen", fragte Bussard, „haben sich die Bleyles anders verhalten als sonst?"

„Nö", antwortete Schmid und schüttelte den Kopf.

„Wissen Sie, ob die Bleyles finanzielle Probleme hatten?"

Wieder zuckte Schmid mit den Achseln.

„Keine Ahnung", erwiderte er, „mich haben sie jedenfalls nie angepumpt."

Auch wenn er ganz sympathisch war, änderte das nichts an der Tatsache, dass er kaum etwas über seine Nachbarn wusste. Dieses Phänomen traf man leider häufig an, vor allem in der Stadt. Menschen lebten Tür an Tür, interessierten sich aber nicht füreinander. Zuweilen kannten sie nicht einmal die Namen ihrer Nachbarn.

„Ihnen ist also nichts aufgefallen", fasste Bussard zusammen, „kein Streit, keine lauten Geräusche, die auf eine Auseinandersetzung hindeuten könnten?"

„No, never", antwortete Schmid, „warum wollen Sie das eigentlich wissen?"

„Wir ermitteln in einem Mordfall", erklärte Bussard.

„Ach, du Scheiße", stieß Schmid hervor und stellte sich wieder gerade hin, „hat sie ihn umgebracht oder er sie?"

„Weder noch", antwortete der Kommissar, „danke, dass Sie sich Zeit genommen haben. Verraten Sie mir bitte noch Ihren Vornamen?"

„Justus."

Bussard zog sein Notizbuch aus der Tasche und notierte sich den Namen. Als er es wieder einsteckte, läutete sein Handy.

„Wiedersehen, Herr Schmid", sagte er und ging zur Tür.

Der junge Mann verabschiedete den Kommissar mit einem Kopfnicken. Bussard zog sein Handy aus der Tasche und öffnete die Tür. Während er die Wohnung verließ, warf er einen Blick auf das Display. Der Anruf kam von Sylvia.

„Ja", meldete er sich und zog die Tür hinter sich ins Schloss.

„Einsatz", antwortete sie, „wir müssen sofort los."

Bussard steckte sein Handy ein und stürmte die Treppe hinunter. Als er im Erdgeschoss ankam, wartete Sylvia bereits an der offenen Haustür.

„Was gibt´s?", fragte er.

„Wir haben eine Tatverdächtige", antwortete sie und lief los, „das MEK ist schon unterwegs."

Bussard folgte ihr zum Wagen. Sie sprangen hinein und schlugen die Türen zu.

„Schwarzwaldstraße", gab Sylvia an, „der Pfandleiher kurz vor dem Tunnel."

Bussard fuhr los, während Sylvia das Fenster öffnete und das Blaulicht aufs Dach setzte. Mit eingeschaltetem Sondersignal jagten sie davon, doch bereits zwei Straßen weiter staute sich der Verkehr. Quälend langsam machten die anderen Verkehrsteilnehmer Platz und gaben eine Gasse in der Mitte der Fahrbahn frei. Es dauerte sieben Minuten, bis die Kommissare die Pfandleihe gegenüber der Brauerei erreicht hatten.

Auf der rechten Fahrbahn der vierspurigen Straße parkten drei Einsatzfahrzeuge des MEK. Bussard stellte den Wagen dahinter ab und die beiden Kommissare stiegen aus. Mehrere mit Maschinenpistolen bewaffnete Beamte, die Schutzkleidung und Helme trugen, hatten den Eingang weiträumig abgesperrt. Sylvia sah sich suchend um und entdeckte den Einsatzleiter, der hinter einem Fahrzeug stehend den Eingang beobachtete. Er wirkte konzentriert, aber nicht angespannt. Sie wollte auf ihn zugehen, doch in diesem Moment wurde die Tür der Pfandleihe geöffnet. Zwei Beamte des MEK führten eine junge Frau, deren Hände auf dem Rücken gefesselt waren, ab. Im Sicherheitsgriff der Beamten musste die Frau weit nach vorn gebeugt gehen, weil ihre Arme hinter dem Rücken nach oben gebogen waren.

„Ihr Schweine", kreischte die Frau und versuchte erfolglos, sich zu befreien, „lasst mich los! Ihr dreckigen Bullen! Ihr sollt mich loslassen! Aua! Verfluchte Drecksbullen! Scheiß Faschistenschweine!"

Sie versuchte, die Beamten zu treten, doch es gelang ihr nicht. Ihre Schimpftirade wurde leiser, als sie in ein Einsatzfahrzeug gebracht wurde und verstummte schließlich, als einer der Beamten die Schiebetür schloss. Die übrigen Beamten lösten ihre Stellung auf. Das MEK hatte eine Verhaftung durchgeführt und der Einsatz war beendet.

Bussard entdeckte Ulf Neudörfer, der mit dem Einsatzleiter des MEK sprach. Beide Männer nickten und schüttelten sich die Hände. Während die Beamten des MEK in ihre Fahrzeuge stiegen und davonfuhren, gingen Bussard und Sylvia auf den Polizeirat zu.

„Ah, Harter, Bussard", begrüßte er sie, „Sie können mich gleich begleiten."

„Was ist passiert?", fragte Sylvia.

„Eine erfolgreiche Verhaftung", erklärte Neudörfer und ging auf den Eingang zu, „kein Schusswaffengebrauch und keine Verletzten. Die Zielperson war nicht bewaffnet."

Die drei Beamten betraten die Pfandleihe. Der Besitzer, ein Mann von etwa fünfzig Jahren, stand hinter seinem mit Sicherheitsglas geschützten Tresen. Er wirkte gefasst und erleichtert gleichermaßen. Neudörfer winkte ihn zu sich heran. Der Mann verließ seinen Platz, öffnete eine Sicherheitstür am Ende des Tresens und kam in den Vorraum.

„Herr Staudinger?", fragte Neudörfer.

„Ja", bestätigte der Pfandleiher und nickte.

„Mein Name ist Neudörfer", fuhr der Polizeirat fort, „das sind meine Kollegen Harter und Bussard. Danke, dass Sie uns so schnell informiert haben."

„Keine Ursache", antwortete Staudinger, „ich bin froh, dass die Sache so glimpflich abgegangen ist. Man weiß ja nie."

„Wo ist der Schmuck?", fragte Neudörfer.

„Hinten", erwiderte der Pfandleiher, „kommen Sie mit."

Er ging voraus und die Beamten folgten ihm durch die Tür in den abgetrennten Bereich des Ladens.

„Hier", sagte Staudinger und deutete auf seinen Schreibtisch.

Drei Ketten mit Anhängern, die aus Gold, Silber und Platin gefertigt und mit Opalen versehen waren, lagen auf der Schreibunterlage. Es handelte sich zweifellos um den am Vortag geraubten Schmuck.

„Woher wussten Sie, dass dies die gesuchten Stücke sind?", fragte Bussard.

Staudinger zog zwei DIN-A4-Blätter aus einem Ablagefach.

„Das Fax kam heute Morgen", erklärte er und übergab Bussard die Blätter, „der Absender ist *Lackners Goldschmiede*. In der Zeitung habe ich dann von dem Raubüberfall gelesen."

Bussard überflog die erste Seite. Es war ein Hinweis auf den Überfall und die Beute. Die zweite Seite zeigte Fotos der Schmuckstücke.

„Können Sie uns kurz schildern, was sich vorhin zugetragen hat?", bat Sylvia.

„Klar", antwortete Staudinger, „die Frau kam rein und legte die Sachen auf den Tresen. Sie wollte wissen, wie viel sie dafür kriegt. Ich habe die Sachen auf den ersten Blick erkannt. Dann habe ich zu ihr gesagt, dass ich den Tageskurs abfragen wollte und hab den Notruf gewählt."

„Hat die Frau keinen Verdacht geschöpft?", fragte Sylvia.

Staudinger zuckte mit den Achseln.

„Keine Ahnung", erwiderte er, „sie hat natürlich nicht gehört, mit wem ich telefoniert und was ich gesagt habe. Ich habe sie dann in ein Gespräch verwickelt, um sie hinzuhalten bis Ihre Kollegen eintreffen."

„Was haben Sie ihr gesagt?", fragte Sylvia.

„Ich habe ihr erklärt, dass der Wert der Schmuckstücke natürlich höher sei als der reine Edelmetallwert und dass ich erst mal sehen müsste, welchen Wert die Opale hätten und so weiter."

„Wirkte sie angespannt oder nervös?", fragte Bussard.

„Eigentlich nicht", antwortete Staudinger und kratzte sich am Kopf, „sie wollte wissen, ob der Schmuck echt ist. Als ich ihr das bestätigte, wirkte sie zufrieden oder besser gesagt, richtig erfreut, obwohl sie versucht hat, sich das nicht anmerken zu lassen. Sie sagte, es seien Erbstücke von ihrer Tante, obwohl man auf den ersten Blick sieht, dass es sich um neue Schmuckstücke handelt. Dann habe ich ihr dreitausend Euro geboten."

„Dreitausend?", fragte Bussard überrascht.

„Irgendeine Zahl musste ich ihr ja nennen", erklärte der Pfandleiher.

„Wie hat sie darauf reagiert?", fragte Sylvia.

„Hm, sprachlos, würde ich sagen", antwortete Staudinger, „im ersten Moment hat sie mich nur mit großen Augen angesehen. Ich glaube, sie hatte keine Ahnung, wie viel die Sachen wirklich wert sind. Dann hat sie genickt."

Bussard und Sylvia tauschten einen stummen Blick. Die junge Frau, die gerade verhaftet worden war, hatte auf den

Pfandleiher einen unbedarften Eindruck gemacht. Entweder hatte sie tatsächlich nicht gewusst, was sie Staudinger angeboten hatte oder sie hatte ihre Rolle überzeugend gespielt.

„Was geschah weiter?", fragte die Kommissarin.

„Ich habe ihr gesagt, dass sie ein Formular ausfüllen muss", berichtete der Pfandleiher, „sie wollte zuerst nicht, aber ich habe ihr erklärt, dass sie die Bestätigung brauchen würde, falls sie den Schmuck wieder auslösen wolle. Ich wollte ihr gerade das Formular geben, als Ihre Kollegen kamen."

„Wie hat sie reagiert, als die Beamten hereinkamen?", fragte Bussard.

Wieder kratzte sich Staudinger am Kopf.

„Überrascht", antwortete er, „völlig perplex. Zuerst stand sie da wie angewurzelt. Als Ihre Leute sie festnehmen wollten, fing sie an, sich zu wehren. Sie hat geflucht wie ein Rohrspatz."

„Gut, danke, Herr Staudinger", sagte Sylvia, „können Sie bitte nachher aufs Präsidium kommen? Wir müssen Ihre Aussage zu Protokoll nehmen."

„Kann ich machen", antwortete der Pfandleiher und reckte das Kinn, „was ist mit Finderlohn?"

„Tut mir leid", antwortete die Kommissarin, „das weiß ich nicht. Am besten besprechen Sie das mit Herrn Lackner."

4

Der Anruf erreichte Oberstaatsanwalt Schmieder in der Parfümabteilung und von einem auf den anderen Augenblick vergaß er, dass er ein Weihnachtsgeschenk hatte kaufen wollen. Das MEK hatte ihm ein besonderes Präsent gemacht und er wollte keine Zeit verlieren, es persönlich in Augenschein zu nehmen. Im Laufschritt hastete er aus dem Kaufhaus und die Fußgängerzone hinunter. Beim Siegesdenkmal stieg er in ein Taxi, das ihn zum Polizeipräsidium brachte.

„Wo ist sie?", fragte er, als er Smirna auf dem Flur traf.

„Im Vernehmungszimmer", antwortete der Beamte, der sofort wusste, wen der Oberstaatsanwalt gemeint hatte.

„Gute Arbeit", lobte Schmieder, „sehr gute Arbeit."

Er schüttelte Smirna die Hand, ging eilig den Flur entlang und betrat den Raum, der an das Vernehmungszimmer grenzte. Durch die einseitig verspiegelte Scheibe warf er einen ersten Blick auf die Tatverdächtige. Wenn alles glatt lief, hatte er binnen einer Stunde ein Geständnis. Man hatte die junge Frau mit der Beute in der Hand erwischt und unter der Last der Beweise würde sie vermutlich nicht allzu lange Widerstand leisten. Es hatte nicht einmal vierundzwanzig Stunden gedauert, sie zu verhaften. Ein einziger Hinweis aus der Bevölkerung hatte genügt. Nun war sie in Polizeigewahrsam und er würde sie persönlich verhören. Vielleicht konnte er sogar am Nachmittag noch eine Pressekonferenz einberufen, um den Fahndungserfolg medienwirksam zu präsentieren.

Smirna kam in das Zimmer und stellte sich neben Schmieder.

„Ist der Ermittlungsrichter schon informiert?", fragte der Oberstaatsanwalt.

„Weiß ich nicht", antwortete Smirna.

„Rufen Sie ihn an", befahl Schmieder, „wir brauchen einen Haftbefehl."

„In Ordnung", antwortete der Leiter der Kriminaltechnik, ohne zu erwähnen, dass dies wohl eher die Sache des Staatsanwaltes sei.

Die Tür wurde geöffnet und Susanne Bauer betrat den Raum. In der Hand hielt sie einen Computerausdruck.

„Vita und Werke", sagte sie und reichte Schmieder das Blatt, „sie ist keine Unbekannte."

„Ich weiß", erwiderte Smirna, während Schmieder den Ausdruck überflog, „wir hatten schon häufiger das Vergnügen."

„Sieh mal einer an", murmelte der Oberstaatsanwalt, „na, dann wollen wir mal."

Er zog seinen Mantel aus und gab ihn kommentarlos der EDV-Spezialistin, die Schmieder verblüfft ansah. Smirna bedachte seine Kollegin mit einem vielsagenden Blick, ersparte sich jedoch eine Bemerkung. Mit dem Ausdruck in der Hand verließ der Oberstaatsanwalt den Raum.

*

Als Bussard und Sylvia im Präsidium eintrafen, wurden sie von gut gelaunten Kollegen begrüßt. Jeder war froh, dass sich der Fahndungserfolg so schnell eingestellt hatte, zumal die Weihnachtsfeiertage vor der Tür standen. Niemand hätte gerne auf seinen Urlaub verzichtet.

„Sie ist im Vernehmungszimmer", berichtete Mallmann, „Schmieder ist auch schon da."

„Schmieder?", fragte Bussard überrascht.

„Ja", bestätigte Mallmann, „er ist gerade reingegangen. Ich denke, er will sie persönlich verhören."

„Danke, Klaus", erwiderte Bussard und machte auf dem Absatz kehrt.

Natürlich hatte der Oberstaatsanwalt das Recht, eine Verdächtige zu vernehmen, doch Bussard war der ermittelnde Beamte und wollte auf jeden Fall beim Verhör zugegen sein. Während Sylvia in den Überwachungsraum ging, öffnete er die Tür zum Vernehmungszimmer. Als er eintrat, warf Schmieder ihm nur einen kurzen Blick zu. Bussard schloss die Tür, bedachte die uniformierte Kollegin, die zur Sicherheit hinter der Festgenommenen stand, mit einen grüßenden Kopfnicken und stellte mit einem Blick fest, dass die Videokamera eingeschaltet war. Er nahm sich einen Stuhl und setzte sich an die Stirnseite des Tisches, an dessen Längsseiten sich Schmieder und die Verdächtige gegenübersaßen.

Die junge Frau war noch keine zwanzig Jahre alt. Ihre strähnigen Haare, die wild in das mädchenhafte Gesicht fielen, waren bunt gefärbt und sie trug einen alten, am Kragen zerschlissenen Pullover unter einer abgewetzten Lederjacke. Ihre verwaschenen, aber trotzdem schmutzigen Jeans waren vermutlich zwei Nummern zu groß und an einigen Stellen unfachmännisch geflickt. Sie hatte die Hosenbeine umgekrempelt und ihre Füße steckten in farbverschmierten Springerstiefeln mit bunten Schnürsenkeln. Augenbrauen, Nase und Lippen schmückten zahlreiche Piercings und um den Hals trug sie eine schwere Gliederkette mit einem Vorhängeschloss als Anhänger. Ihre ganze Erscheinung ließ sich mit einem einzigen Wort zusammenfassen: Punk.

„Ich denke, wir können ihr die Handschellen abnehmen", schlug Bussard mit einem Blick auf die hinter dem Rücken gefesselten Hände der Verdächtigen vor.

„Nein", widersprach Schmieder, „Frau Braun neigt zu Gewaltausbrüchen."

„Fick dich, du Arschloch", stieß die Verdächtige hervor, „ich hab nichts gemacht."

Schmieder sah sie kurz an, ohne auf die Beleidigung zu reagieren und nahm den Ausdruck, den er von Susanne Bauer erhalten hatte, zur Hand.

„Ihr Name ist Carola Braun?", fragte er.

Die junge Frau bedachte ihn stumm mit einem giftigen Blick.

„Es ist nicht nötig, dass Sie uns die Angabe bestätigen", fuhr Schmieder fort, „zum einen haben wir Ihren Personalausweis sichergestellt und zum anderen können wir Ihre Fingerabdrücke überprüfen, wenn Ihnen das lieber ist. Sie sind der Justiz ja hinlänglich bekannt, nicht wahr?"

Die Verdächtige antwortete noch immer nicht.

„Nun, Frau Braun", sagte Schmieder und lehnte sich zurück, „ich deute Ihr Schweigen als Zustimmung, was die Frage Ihres Namens angeht. Wissen Sie, warum Sie hier sind?"

„Weil ihr alle dreckige Faschistenschweine seid", keifte sie, „ich bin unschuldig!"

„Unschuldig", wiederholte der Oberstaatsanwalt und gestattete sich ein amüsiertes Lächeln, „soweit ich sehe, trifft das auf Sie wohl kaum zu."

Er nahm den Computerausdruck und verlas die Strafverfahren, die Carola Braun in ihrem kurzen Leben bisher gesammelt hatte.

„Landfriedensbruch, Hausfriedensbruch, unerlaubtes Führen eines Kraftfahrzeugs ohne gültige Fahrerlaubnis, Beamtenbeleidigung, tätlicher Angriff auf einen Polizeibeamten, versuchte gefährliche Körperverletzung, Widerstand gegen Vollziehungsbeamte, Verstoß gegen das Betäubungsmittelgesetz, Ladendiebstahl, Einbruch", er legte das Blatt wieder auf den Tisch und das amüsierte Lächeln verschwand aus seinem Gesicht, „ich muss schon sagen, für eine Unschuldige haben Sie sich bis jetzt eine Menge Verfahren und Verurteilungen eingehandelt. In Ihrer kriminellen Karriere haben Sie kaum etwas ausgelassen."

„Und", fragte sie spöttisch, „was wollt ihr mir jetzt anhängen?"

„Wir wollen Ihnen überhaupt nichts anhängen", antwortete Schmieder, „wir haben Sie verhaftet, als Sie versuchten, die Beute aus Ihrem Raubüberfall zu verkaufen."

Die Verdächtige rutschte ein wenig auf ihrem Stuhl vor und lehnte sich, soweit es ihre gefesselten Hände zuließen, lässig nach hinten.

„Was'n für'n Raubüberfall?", fragte sie.

„Der Raubüberfall", erklärte Schmieder, „den Sie gestern gegen siebzehn Uhr verübt und bei dem Sie Bian Bleyle ermordet haben!"

Bussard beobachtete aufmerksam das Gesicht der jungen Frau, die plötzlich die Augen aufriss und den Oberstaatsanwalt schockiert ansah. Es hatte den Anschein, als sei Carola Braun von der Beschuldigung überrascht.

„He, Moment mal", rief die Punkerin und sprang auf, „ich hab niemanden ermordet!"

Die Beamtin, die hinter dem Stuhl der Verdächtigen stand, trat zwei Schritte vor und packte die junge Frau am Arm.

„Setzen Sie sich wieder", forderte Bussard.

„Ich hab niemanden ermordet", stieß die Verdächtige noch einmal hervor und versuchte, sich dem Griff der Beamtin zu entwinden, „Ihr wollt mir da was anhängen!"

„Setzen Sie sich", wiederholte Bussard, „bitte!"

„Ihr verdammten Schweine!", kreischte die junge Frau und versuchte, sich loszureißen.

Bussard stand auf und kam seiner Kollegin zu Hilfe. Gemeinsam drückten sie die tobende Frau nach unten auf die Tischplatte und hielten sie fest.

„Beruhigen Sie sich, Frau Braun", sagte er, „wenn Sie sich ruhig verhalten und unsere Fragen beantworten, ist das am besten für Sie."

„Ihr wollt mich fertigmachen, ihr Scheißbullen!", keifte die Punkerin.

„Nein, Frau Braun", widersprach er, „wir ermitteln in einem Fall von Raubmord und Sie wurden mit der Beute verhaftet. Es ist doch logisch, dass wir Ihnen deshalb einige Fragen stellen, oder?"

„Ich weiß nichts von einer Beute", keuchte die junge Frau, deren Widerstand langsam erlahmte.

„Versprechen Sie mir, sich ruhig zu verhalten, wenn wir Sie loslassen?", fragte der Kommissar.

„Scheiße!"

„Werden Sie sich ruhig verhalten, Frau Braun?"

„Ja, ist ja schon gut."

Bussard nickte seiner Kollegin zu und gleichzeitig lockerten beide vorsichtig ihren Griff.

„Bitte, Frau Braun", sagte Bussard noch einmal, „setzen Sie sich."

Die junge Frau sah nacheinander die Beamten und den Oberstaatsanwalt an, dann ließ sie sich auf den Stuhl fallen.

„Nehmen Sie mir die Scheißdinger ab!", forderte sie.

„Nach Ihrem Auftritt gerade eben?", gab Schmieder sarkastisch zurück.

Bussard registrierte, dass die junge Frau zum ersten Mal „Sie" gesagt hatte. Das war ein Anzeichen dafür, dass das Gespräch nun in einer friedlicheren Atmosphäre verlaufen würde. Vermutlich hatte es die Verdächtige mit der Angst zu tun bekommen, weil ihr bewusst geworden war, dass man sie mit der Beute verhaftet hatte, die aus einem Raubmord stammte. Das war etwas anderes als Beamtenbeleidigung oder Fahren ohne Führerschein.

„Kann ich 'ne Kippe haben?", fragte sie.

„Später", antwortete Bussard und setzte sich wieder, „Sie sind noch ziemlich jung. Darf ich Sie Carola nennen?"

Die Verdächtige sah den Kommissar von der Seite an. Ihr Blick war kritisch, aber nicht mehr aggressiv.

„Ich heiße Caro", erklärte sie, „und ich brauch jetzt 'ne Zigarette, sonst sag ich gar nix mehr."

„Je schneller Sie unsere Fragen beantworten, Caro", erwiderte Bussard mit dem Anflug eines Lächelns, „desto eher können Sie rauchen."

Es war ihm gelungen, die Verdächtige mit dem Namen anzusprechen, den vermutlich auch Caros Freunde benutzten. Damit konnte er die Distanz zumindest ein wenig verringern, auch wenn ihm die junge Frau auf keinen Fall vertrauen würde. Punks und Polizisten schlossen keine Freundschaften. Bussard hätte das Verhör jetzt gerne alleine weitergeführt, doch der Oberstaatsanwalt ergriff wieder das Wort.

„Also, Frau Braun, wenn Sie sich beruhigt haben, können wir fortfahren. Wo waren Sie gestern um siebzehn Uhr?"

„Keine Ahnung", antwortete Caro und zuckte mit den Schultern.

„Keine Ahnung heißt kein Alibi", stellte Schmieder fest, „wie sind Sie in den Besitz des Schmucks gekommen?"

„Das war'n Geschenk", erklärte sie.

„Oh", erwiderte Schmieder mit gespielter Überraschung, „das war ein überaus großzügiges Geschenk, finden Sie nicht? Sie müssen reiche Freunde haben."

Wieder zuckte Caro mit den Schultern.

„Und wer hat Ihnen die Schmuckstücke geschenkt?", hakte der Oberstaatsanwalt nach.

„Keine Ahnung", wiederholte Caro.

Schmieder lehnte sich zurück und verschränkte die Arme vor der Brust. Die offensichtlich vorgetäuschte Unwissenheit belastete die Verdächtige mehr, als dass sie ihr half. Da sie keine schlüssigen Erklärungen liefern konnte, wie sie in den Besitz der Schmuckstücke gekommen war, erhärtete sich der Verdacht gegen sie.

„Sie geben also vor, nicht zu wissen, wo Sie zur Tatzeit waren und woher sie den erbeuteten Schmuck haben?", resümierte er, „es gibt also nichts, was Sie entlasten würde. Ich kann Ihnen sogar den Grund dafür nennen. Sie waren zur Tatzeit am Tatort. Sie haben den Überfall begangen, die Schmuckstücke geraubt und Bian Bleyle vorsätzlich ermordet."

„Nein, hab ich nicht", stieß Caro hervor, „ich hab nichts getan! Ich bin unschuldig!"

„Das", sagte Schmieder und stand auf, „oder besser gesagt, das Gegenteil davon wird ein Gericht feststellen. Wenn Sie jetzt ein Geständnis ablegen, wird sich das strafmildernd auswirken. Wenn nicht, dann verbringen Sie die nächsten fünfzehn bis zwanzig Jahre hinter Gittern."

„Aber ich war's nicht", beteuerte Caro.

Ihre anfängliche Aggressivität war vollends verschwunden und sie war den Tränen nahe. Der Vorwurf, einen Raubmord begangen zu haben und die Aussicht, viele Jahre im Gefängnis verbringen zu müssen, hatten ihr Gesicht bleich werden lassen. Schmieder beugte sich vor und stützte die Hände auf den Tisch.

„Tun Sie sich selbst einen Gefallen", sagte er und senkte seine Stimme um eine halbe Oktave, „und erleichtern Sie Ihr Gewissen. Sie müssen sich nicht nur vor Gericht verantworten. Der Mord wird auf ewig auf Ihrer Seele lasten."

Bussard kannte Schmieder gut genug, um zu wissen, was der Oberstaatsanwalt mit dem Wechsel in den Beichtmodus, wie er die Strategie nannte, bezweckte. Er sollte es Caro erleichtern, ein Geständnis abzulegen. Schmieder würde Verständnis für sie, ihre Situation und ihre schwere Kindheit zeigen und er würde so lange wohlwollend nicken, bis sie die Tat zugab. Sobald sie aber ein Geständnis abgelegt hatte, würde er ihr gnadenlos die Konsequenzen aufzeigen. Der Mord war vorsätzlich und eiskalt ausgeführt worden. Das Überwachungsvideo ließ keinen Spielraum für Interpretationen und der Oberstaatsanwalt würde mit tiefer Befriedigung verkünden, dass ein subversives Element wie sie, das Recht und Gesetz verachtete, vor Gericht keine Gnade zu erwarten hatte. Er würde die Höchststrafe fordern, Geständnis hin oder her.

„Ich war es nicht", schluchzte Caro.

Die Tränen rannen ihr über die Wangen und sie sah Bussard Hilfe suchend an.

„Bitte", flüsterte sie flehend.

„Es fällt mir schwer, Ihnen zu glauben, Caro", erwiderte der Kommissar, „wenn Sie uns keinerlei Erklärung dafür liefern können, wie Sie in den Besitz des Schmuckes gekommen sind."

„Aber ich weiß doch nicht, wer es war!", rief Caro verzweifelt.

„Erzählen Sie mir von gestern", sagte Bussard, „was ist gestern passiert?"

Schniefend zog Caro die Nase hoch, bevor sie zu berichten begann.

„Wir waren am Bahnhof, ich und meine Kumpels. Dann kam plötzlich diese Frau mit dem Mountainbike, jedenfalls denke ich, dass es eine Frau war. Sie hatte einen Helm auf, aber keinen Fahrradhelm, sondern einen Motorradhelm mit einem dunklen Visier. Ich konnte ihr Gesicht nicht sehen, aber ich denke trotzdem, dass es eine Frau war. Sie gab mir die Tüte und sagte etwas von „Frohe Weihnachten", dann ist sie weitergefahren. Ich weiß wirklich nicht, wer sie war."

„Moment mal", unterbrach Schmieder, „Sie wollen uns doch nicht etwa erzählen, dass Ihnen eine Unbekannte Schmuck im Wert von zehntausend Euro geschenkt hat?"

„Keine Ahnung", schniefte Caro und zuckte wieder mit den Achseln.

„Das ist lächerlich", erklärte Schmieder und schüttelte den Kopf.

„Aber so war es", beharrte sie.

„Sie sagten, Sie seien mit Ihren Kumpels am Bahnhof gewesen", stellte Bussard fest, „gibt es jemanden, der Ihre Aussage bestätigen kann?"

„Na, klar", antwortete Caro und nickte, „Assi und Stoppel waren dabei. Die haben sich genauso gewundert wie ich."

„Unsinn", blaffte Schmieder, „ich kann mir gut vorstellen, dass Ihre sogenannten Kumpels Ihnen ein falsches Alibi geben werden. Soll ich Ihnen sagen, was dann passiert? Ich werde sie wegen Meineids anklagen und vor Gericht stellen. Ihr falsches Alibi wird schneller zum Teufel gehen, als Sie sich umschauen können."

„Wir werden die Angaben zumindest überprüfen", erklärte Bussard.

Ruckartig wandte Schmieder den Kopf.

„Sie glauben ihr doch nicht etwa?", fragte er und zog die Augenbrauen zusammen.

Bussard antwortete nicht. Weder der ärgerliche Blick des Oberstaatsanwalts noch die flehenden Augen der Verdächtigen beeinflussten seine Entscheidung, sich an die Dienstanweisungen zu halten. Als ermittelnder Kommissar war es seine Pflicht, belastendes und entlastendes Material zu sammeln. Wenn die Verdächtige Zeugen benannte, die ihre Aussage bestätigen konnten, dann musste Bussard das überprüfen.

„Wer sind Assi und Stoppel?", fragte er.

„Meine Kumpels", antwortete Caro, „mit denen häng ich immer rum."

„Nennen Sie mir die Namen der beiden und ihre Adressen", forderte er sie auf.

„Keine Ahnung", erwiderte Caro, „Assi und Stoppel halt."

„Und wo finde ich sie?", fragte Bussard.

„Mittags sind sie meistens am Bahnhof oder beim Trash", schniefte Caro und zog die Nase hoch, „abends sind sie fast immer im Trash, weil das Bier dort am billigsten ist."

„In Ordnung", sagte Bussard, „ich rede mit ihnen. Wenn Sie die Wahrheit gesagt haben, Caro, dann haben Sie nichts zu befürchten."

„Ich war's nicht, ehrlich", beteuerte sie flehend.

„Schaffen Sie sie in die Arrestzelle", befahl Schmieder, „sobald der Haftbefehl vorliegt, wird sie ins Untersuchungsgefängnis überstellt."

Er warf Bussard einen giftigen Blick zu und verließ grußlos das Vernehmungszimmer.

„Bringen Sie Caro weg", sagte der Kommissar zu seiner uniformierten Kollegin, „und geben Sie ihr eine Zigarette, aber händigen Sie ihr das Feuerzeug nicht aus."

Die Kollegin nickte und fasste Caro am Arm.

„Sie glauben mir doch, oder?", fragte Caro, während sie sich vom Stuhl erhob und Bussard bittend ansah.

„Ich werde Ihre Angaben überprüfen", antwortete er.

Die Beamtin brachte die Verdächtige aus dem Raum und Bussard schaltete die Videokamera aus. Auch wenn er Caros letzte Frage nicht bejaht hatte, so glaubte er der jungen Frau.

Sein Instinkt und seine Menschenkenntnis sagten ihm, dass die Punkerin, die noch ein halbes Kind war, den Mord an Bian Bleyle nicht begangen und also auch den Raubüberfall auf den Juwelier nicht verübt hatte. Sein Gefühl war jedoch nicht gerichtsverwertbar.

Als er das Vernehmungszimmer verließ, traf er Sylvia, Smirna und Neudörfer auf dem Flur. Sie hatten das Verhör gemeinsam im Nebenraum durch die Glasscheibe verfolgt.

„Bussard, kommen Sie mit in mein Büro", ordnete der Polizeirat an und der Kommissar begleitete seinen Chef.

„Schmieder ist stocksauer", eröffnete Neudörfer das Gespräch, als sie in seinem Büro waren, „wie können Sie ihm bei einer Vernehmung derart in den Rücken fallen?"

„Ich glaube, mir ist nicht ganz klar, was Sie meinen", antwortete Bussard.

Der Tadel seines Chefs hatte ihn völlig unvorbereitet getroffen und er war sich keiner Schuld bewusst.

„Haben Sie nicht bemerkt, dass die Verdächtige kurz davor stand, ein Geständnis abzulegen?", fragte er, „Schmieder hatte sie fast so weit."

„Das glauben Sie doch selbst nicht", antwortete Bussard, „was ist, wenn sie die Wahrheit gesagt hat?"

„Herr Bussard", sagte Neudörfer und schlug die Hände zusammen, „Sie sind doch schon lange genug bei der Polizei. Sie kennen doch diese Punks. Die halten zusammen wie Pech und Schwefel, wenn sie einen Beamten nur riechen. Natürlich werden sie das Alibi von dieser Caro bestätigen. Was glauben Sie denn?"

„Ich glaube", antwortete Bussard, „dass jeder Verdächtige ein Recht auf ein faires Verfahren hat."

„Was wollen Sie damit sagen?"

„Caro Braun ist noch nicht einmal angeklagt", erklärte der Kommissar, „aber anscheinend hat der Oberstaatsanwalt sie bereits verurteilt. Wozu brauchen wir in unserem Rechtssystem dann noch einen Richter?"

„Lassen Sie diese Polemik, Bussard", knurrte Neudörfer und setzte sich hinter seinen Schreibtisch.

„Aber ..."

„Nein", schnitt er ihm das Wort ab, „es geht nicht um das *Was*, sondern um das *Wie*. Wenn Sie Zweifel an der Schuld von Frau Braun haben, dann haben Sie das Recht und die Pflicht, ihr Alibi zu überprüfen. Dagegen ist nichts einzuwenden, im Gegenteil. Sie sollten sich jedoch davor hüten, Ihren Zweifel gerade dann zu äußern, wenn der Oberstaatsanwalt die Verdächtige verhört."

Bussard verstand, worauf der Tadel seines Chefs abzielte. Polizei und Staatsanwaltschaft oder auch Kollegen untereinander standen bei einem Verhör stets auf der gleichen Seite. Solange es keine Absprache gab, wonach einer den guten und der andere den bösen Polizisten spielte, durfte man sich keine Blöße geben, aus der ein Verdächtiger schließen konnte, einen Keil in die Truppen der Gegenseite geschlagen zu haben. Sein Zweifel an Caros Schuld hatte ihn dazu verführt, in offene Opposition zu Schmieder zu treten. Das war unprofessionell. Richtig wäre gewesen, mit dem Oberstaatsanwalt den Raum zu verlassen, um sich auf dem Flur außer Hörweite der Verdächtigen mit ihm abzustimmen.

„Da haben Sie wohl recht", gab Bussard kleinlaut zu.

„Dann geloben Sie Besserung", erwiderte Neudörfer abschließend, „Sie brauchen sich übrigens nicht zu beeilen. Die Kollegen führen gerade eine Hausdurchsuchung bei Frau Braun durch. Wenn sie die Tatwaffe oder die Kleidung finden, hat sich das Alibi sowieso erledigt. Wenn Sie wollen, können Sie sich auch ins Wochenende verabschieden."

„Ist das Ihr Ernst", fragte Bussard verblüfft, „glauben Sie wirklich, dass dieses Mädchen den Juwelier überfallen und Bian Bleyle eiskalt ermordet hat?"

„Ich sehe nicht, was dagegen spricht", antwortete der Polizeirat, „sie ist einschlägig vorbestraft, sie präsentiert uns Alibizeugen, deren Namen sie nicht einmal kennt und man hat sie mit der Beute in der Hand verhaftet. Ist das etwa kein hinreichender Tatverdacht?"

„Und wenn sie doch die Wahrheit gesagt hat?", beharrte Bussard.

Der Polizeirat musterte den Kommissar eine Weile und schließlich nickte er.

„Überprüfen Sie das, Bussard."

*

In seiner Eigenschaft als Leiter des Drogendezernats, wo Bussard vor seiner Versetzung zur Ermittlungsgruppe Gewaltverbrechen gearbeitet hatte, hatte er viele Vernehmungen durchgeführt. Meist waren es jugendliche Kleinkriminelle gewesen, die gegen das Betäubungsmittelgesetz verstoßen hatten. Viele Verhöre waren ähnlich abgelaufen wie das, das er gerade verfolgt hatte. Die Beschuldigten gaben vor, cool und tough zu sein, doch wenn man ihnen die Konsequenzen aufzeigte, die ihre Straftaten nach sich zogen, bröckelten die Fassaden in der Regel recht schnell. Die Aussicht, das Strafmaß durch ein Geständnis abzumildern, erschien vielen dann verlockender als das Selbstbildnis vom Gangster aufrecht zu erhalten. Bussard war davon überzeugt, dass auch Caro Braun in diese Kategorie gehörte. Ihr widerspenstiges Auftreten und ihre Schimpftiraden gehörten für eine Punkerin einfach zum guten Ton im Umgang mit der Polizei. Dass sie sich während der Vernehmung ziemlich schnell in ein heulendes Häufchen Elend verwandelt hatte, konnte zwei Ursachen haben. Entweder hatte sie den Raubmord begangen und es war ihr bewusst geworden, dass sie für sehr lange Zeit hinter Gittern verschwinden würde oder sie wurde, wie sie selbst schluchzend erklärt hatte, zu unrecht beschuldigt – mit der gleichen Aussicht. Vielleicht waren es Krokodilstränen, vielleicht auch nicht. Trotzdem glaubte Bussard der jungen Frau. Dass der Oberstaatsanwalt eine andere Ansicht vertrat, war offensichtlich gewesen.

Der Kommissar stand am Fenster und drehte sich eine Zigarette, als Sylvia ins Büro kam. Sie ahnte, warum Neudörfer ihn in sein Büro zitiert hatte und fragte nicht danach. Es gab keinen Grund, ihn in eine peinliche Situation zu bringen.

„Wollen wir etwas essen gehen?", schlug Sylvia vor, „es ist gleich eins und mein Magen knurrt."

„Ja, gute Idee", stimmte er zu.

Sylvia empfahl Angelos, ein griechisches Restaurant in der Nähe des Präsidiums, das bei den Kollegen beliebt war, und sie machten sich zu Fuß auf den Weg. Bussard zündete sich seine Zigarette an und verbarg sie beim Gehen in der hohlen

Hand. Es hatte leicht zu schneien begonnen, doch die weißen Flocken schmolzen, sobald sie den Boden berührten. Sylvia zog den Reißverschluss ihrer Jacke nach oben. Sie fröstelte und brauchte dringend etwas zu essen, damit der Körper wieder über genügend Brennstoff verfügte.

Eine Viertelstunde später wärmte sie sich die Hände an einer Tasse Tee und trank vorsichtig schlürfend kleine Schlucke, während sie auf das Essen warteten.

„Du glaubst ihr", sagte sie unvermittelt.

„Du nicht?", fragte er.

„Ich weiß es nicht", antwortete sie achselzuckend, „eigentlich glaube ich nicht, dass sie der Typ ist, der jemanden eiskalt erschießt. Auf der anderen Seite klingt ihre Geschichte ziemlich abenteuerlich. Es ist schwer vorstellbar, dass jemand einen Juwelier überfällt und anschließend die Beute dem Nächstbesten in die Hand drückt. Das ergibt einfach keinen Sinn."

„Das ist richtig", stimmte er zu, „es ergibt einfach keinen Sinn."

Angelos Papadoupulos, der Inhaber des Restaurants, kam an ihren Tisch und brachte ein Glas Weißwein, das Bussard bestellt hatte.

„Zum Wohl", wünschte der Grieche.

„Danke", erwiderte der Kommissar, nahm das Glas und trank einen Schluck.

„Caro Braun ist vorbestraft", stellte Sylvia fest, „unter anderem wegen Drogen. Was ist, wenn sie irgendetwas eingeworfen hatte? Eine Nase Koks hat schon manchen mutig gemacht und du weißt selbst, dass Leute unter dem Einfluss von Drogen Sachen tun, die sie sonst nicht machen würden."

„Schon", antwortete Bussard, „aber das ist hier nicht der Fall. Diese Caro ist noch ein halbes Kind. Sie hat zwar eine große Klappe, aber nicht viel dahinter. Sie ist keine Mörderin, obwohl die Indizien gegen sie sprechen, zumindest solange wir ihr Alibi nicht überprüft haben."

Sylvia trank von ihrem Tee und schenkte Bussard ein unergründliches Lächeln.

„Nicht alle Indizien sprechen gegen sie", stellte sie fest.

„Zum Beispiel?", fragte er.

„Ihre Schuhe."

„Ihre was?", rief Bussard, der im ersten Augenblick glaubte, sich verhört zu haben.

„Ihre Schuhe", wiederholte Sylvia und trank einen weiteren Schluck Tee.

„Tut mir leid", sagte er und schüttelte den Kopf, „aber ich kann dir nicht folgen. Was haben ihre Schuhe damit zu tun?"

Es war nicht verwunderlich, dass Bussard ihre Gedanken nicht erraten konnte. Schuhe waren ein Frauenthema und es gab nur sehr wenige Männer, die eine Vorstellung davon hatten, welchen Stellenwert Schuhe für Frauen besaßen. In der Freiburger Fußgängerzone gab es kaum eine Straße oder Gasse, in der eine Frau nicht mindestens ein Schuhgeschäft aufsuchen und aus einer Vielzahl von Angeboten auswählen konnte. Jede hatte ihren eigenen Geschmack und ihre eigenen Vorlieben und die meisten von ihnen gaben sich dieser Leidenschaft oder dieser Schwäche, je nachdem, aus welchen Blickwinkel man es betrachtete, liebend gerne hin.

„Du hast ihr Outfit gesehen", erklärte Sylvia, „Caro trägt Springerstiefel mit bunten Schnürsenkeln."

„Und?"

„Die Frau, die den Juwelier überfallen hat, trug relativ neue, weiße Adidas Sportschuhe", fuhr sie fort, „das konnte man auf dem Überwachungsvideo deutlich erkennen."

„Aber sie kann doch an einem Tag die einen und am nächsten Tag die anderen Schuhe anziehen", widersprach Bussard, doch Sylvia schüttelte vehement den Kopf.

„Sie könnte, aber sie tut es nicht", erläuterte sie, „Schuhe sind Ausdruck der Persönlichkeit. Jede Frau wird dir das bestätigen. Caro ist ein Punk. Sie verachtet die Konsumgesellschaft und sie verachtet die Statussymbole, obwohl – und das ist das Paradoxe daran – ihre Kleidung auch nichts anderes ist. Um ein Punk zu sein und dies nach außen hin deutlich zu machen, muss man Springerstiefel tragen. Selbst die Farbe der Schnürsenkel ist wichtig, um nicht in die falsche politische Ecke zu geraten. Caro würde niemals neue, weiße Adidas Schuhe tragen, die genau das verkörpern, was sie verachtet. Das widerspräche völlig ihrem Selbstbildnis. Unabhängig davon wird sie sich die Schuhe überhaupt nicht leisten können."

„Und darauf stützt du deine Theorie, dass sie es nicht gewesen ist?", fragte Bussard.

„Ja", bestätigte Sylvia und nickte bedächtig, „für mich ist das ein Indiz. Die Schuhe der Täterin und Caro passen einfach nicht zusammen."

Kopfschüttelnd lehnte sich Bussard zurück.

„Schmieder wird dir dein Indiz um die Ohren hauen", prophezeite er.

„Das weiß ich", antwortete sie, „aber was ist mit dir? Du glaubst doch auch nicht, dass sie es war?"

„Nein", antwortete er ohne zu zögern, „aber das hat nichts mit ihren Schuhen zu tun. Es war keine spontane Tat, dafür spricht der Motorradhelm mit dem getönten Visier. Niemand, der mit einem Mountainbike in der Stadt unterwegs ist, trägt einen solchen Helm. Die Fluchtmöglichkeit vom Laden und der Zeitpunkt der Tat – die Straßen rings um die Fußgängerzone waren verstopft – waren für den Überfall viel zu günstig, als dass es ein Zufall sein könnte. Die Tat selbst wurde kontrolliert ausgeführt, einfach, klar und ohne Improvisation. Es gab nichts Fahriges, nichts Überflüssiges und kein Zögern. Jemand hat den Mord mit hoher krimineller Energie geplant und als Raub mit Todesfolge getarnt, was eine entsprechende Intelligenz voraussetzt. Wer das ausgeheckt hat, wird nicht so dämlich sein, gleich am nächsten Tag mit dem Schmuck in eine Pfandleihe zu marschieren und quasi darum betteln, verhaftet zu werden."

Angelos brachte das Essen und die beiden Kommissare unterbrachen ihr Gespräch, bis der Grieche den Tisch wieder verlassen hatte. Während sie aßen, versuchten sie, Schlüsse aus der Aussage der Punkerin zu ziehen. Wenn Caro die Wahrheit gesagt hatte, warf das eine neue Frage auf. Warum hatte die Räuberin ihre Beute verschenkt? Am plausibelsten erschien die Annahme, dass der Raub der Verschleierung des Mordes diente und die Täterin sich so schnell wie möglich von dem belastenden Material hatte trennen wollen. Anstatt den Schmuck in die nächstbeste Mülltonne zu werfen, hatte sie ihn einfach irgendjemandem in die Hand gedrückt. Bussard nahm an, dass auch dies kein Zufall war.

Nach dem Essen kehrten die beiden Kommissare ins Präsidium zurück, wo sie von Staudinger, dem Pfandleiher, erwartet wurden. Während sich Sylvia mit der DVD, die Susanne in der Zwischenzeit für sie gebrannt hatte, in den Besprechungsraum zurückzog, wo sie zwei Rechner zur Verfügung hatte, übernahm Bussard die Vernehmung des Zeugen. Er fertigte das Protokoll an, ließ es von Staudinger unterschreiben, verabschiedete den Pfandleiher und ging in den Besprechungsraum.

„Wie kommst du voran?", fragte er.

Sylvia stoppte das Video und warf einen Blick auf ihre Uhr. Es war schon nach drei und sie würde noch mindestens eine halbe Stunde für ihre Arbeit benötigen.

„Einigermaßen", antwortete sie, „ich schreibe noch das Protokoll fertig, dann ist Feierabend. Schließlich ist heute Samstag und mein Überstundenkonto ..."

Sie ließ den Satz in der Luft hängen. Bussard wusste auch so, was sie meinte. In ihrem Beruf sammelten sich die Überstunden zwangsläufig an und man fand nur selten Gelegenheit, sie abzufeiern, weil ständig neue Straftaten begangen wurden, die aufgeklärt werden mussten.

„Weißt du schon etwas über die Hausdurchsuchung bei Caro Braun?", fragte er.

„Nein, noch nicht", antwortete sie.

Bussard ging zu einem Schreibtisch, nahm das Telefon und wählte Smirnas Nummer. Der Leiter der Kriminaltechnik meldete sich nach den ersten Läuten.

„Wieso bist du noch da?", fragte Bussard, der eigentlich nicht damit gerechnet hatte, dass der Kollege noch im Haus war.

„Ich bin gar nicht mehr da", antwortete Smirna, „ich bin schon weg."

„Was hat die Hausdurchsuchung ergeben?"

„Wir haben nichts gefunden, was mit dem Raubmord im Zusammenhang steht."

„Kein belastendes Material?"

„Nein, nichts. Keine Waffe, kein blaues Mountainbike, kein schwarzer Helm und keine Kleidung, die mit der infrage Kommenden übereinstimmt."

„Danke, Bertold. Schönes Wochenende."

Bussard legte auf und wandte sich an seine Kollegin.

„Nichts", sagte er.

Sylvia nickte. Sie hatten beide nicht erwartet, dass die Kollegen etwas finden würden, was im Zusammenhang mit der Tat stand.

„Wir müssen noch mit den beiden Zeugen sprechen und Caros Alibi überprüfen", erklärte er.

„Assi und Stoppel?"

„Genau. Ich will sehen, ob ich sie auftreiben kann."

Er wünschte Sylvia ein schönes Wochenende und verließ das Präsidium. Seine Zehen juckten und er dachte daran, dass er die Salbe am Morgen im Badezimmer hatte liegen lassen. Er hätte gleich nach Hause fahren und die Suche nach den Zeugen auf den Sonntag verschieben können. Auf der anderen Seite wollte er aber wenigstens einen ganzen Tag mit seinen Kindern verbringen. Er zog sein Handy aus der Jacke und rief Helen an.

„Ja?", meldete sie sich und er wusste sofort, dass sie schlechte Laune hatte.

„Ich wollte mich nur mal melden", antwortete er.

„Wann kommst du?", fragte sie.

„Ich weiß es noch nicht. Ich habe noch zu tun."

„Können wir wenigstens heute pünktlich essen?"

Bussard schloss für einen Moment die Augen. Er wusste nicht, was er darauf erwidern sollte. Es war Samstag und eigentlich wäre er fürs Kochen zuständig gewesen, doch er hatte keine Ahnung, wie lange er brauchen würde, um die beiden Zeugen zu finden.

„Ich weiß noch nicht, wann ich nach Hause kommen werde", erklärte er, „deshalb rufe ich ja an. Könntest du dich heute ausnahmsweise um das Abendessen kümmern?"

„Wieso ich", antwortete sie, „heute ist Samstag."

„Ich weiß, aber ..."

„Wir haben eine ganz klare Abmachung", erwiderte sie und er bedauerte, überhaupt angerufen zu haben, „heute ist Samstag und du bist für das Kochen verantwortlich. Ich hoffe, du hast wenigstens schon eingekauft."

Scheiße, dachte er. An das Einkaufen hatte er überhaupt nicht gedacht. Da er selbst am Morgen mit dem Auto losgefahren war, hatte Helen keinen Wagen zur Verfügung gehabt.

Außerdem fiel der samstägliche Wocheneinkauf ebenfalls in sein Ressort.

„Also gut", sagte er, nachdem er eine Entscheidung getroffen hatte, „ich werde umdisponieren. Ich gehe jetzt einkaufen und dann komme ich nach Hause, damit wir heute Abend zusammen essen können."

*

Familie und Beruf unter einen Hut zu bringen, fiel Bussard nicht immer leicht. Helen hatte einen Halbtagsjob. Von Montag bis Freitag arbeitete sie an den Vormittagen, wenn die Kinder in der Schule waren, als kaufmännische Angestellte bei einer Krankenkasse. Ihre Arbeitszeiten waren fest und es gab weder Notfälle noch Sondereinsätze oder Wochenenddienste. Bei ihm als Polizeibeamten stimmten jedoch Dienstplan und tatsächliche Arbeitszeit zuweilen nicht überein. Solange man Single war, konnte man das mehr oder weniger leicht verschmerzen. Wenn man aber wie er verheiratet war und Kinder hatte, dann wurde die Familie automatisch in Mitleidenschaft gezogen. Immer wieder kam es vor, dass er an gemeinsamen Unternehmungen nicht teilnehmen konnte, weil berufliche Anforderungen das nicht zuließen. Es war eine ständige Gratwanderung zwischen der Belastbarkeit der Beziehungen zu seiner Frau und seinen Kindern einerseits und andererseits den Erfordernissen, die sein Beruf mit sich brachte, weil er auch die Kollegen nicht einfach im Regen stehen lassen konnte, wenn ein Einsatz durchgeführt werden musste. Jedes Vorhaben, und sei es nur ein gemeinsamer Kinobesuch, unterlag der Einschränkung, es unter Umständen wieder absagen zu müssen. Nach und nach war Bussard deshalb dazu übergegangen, familiäre Aktivitäten weniger zu planen, sondern spontan zu agieren, wenn sich eine Gelegenheit bot. Seinen Töchtern schien das nicht allzu viele Schwierigkeiten zu bereiten. Sie akzeptierten diesen Umstand, auch wenn sie manchmal enttäuscht waren, wenn er einer Schulaufführung oder einem Sportereignis nicht beiwohnen konnte. Der Beruf ihres Vaters brachte eben gewisse Einschränkungen mit sich und sie kannten das nicht anders. Helen dagegen war weniger flexibel. In ihrem Leben herrschte eine große Ordnung. Da sie beide berufstätig waren, hatten sie einige Absprachen über Aufgaben und Pflichten innerhalb der Familie getroffen. Jede Störung dieser Ordnung brachte Helen aus dem Gleichgewicht. Sie erfüllte ihren Teil, ohne dass er sie je daran hätte erinnern müssen und sie hielt sich stets an ihre selbst vorgegebene Organisation. Wenn diese Organisation jedoch durcheinander geriet, weil er beruflich überraschend eingespannt war, dann reagierte sie sehr empfindlich darauf. Sie war kaum in der Lage zu improvisieren. Wenn Bussard eine häusliche Aufgabe nicht erfüllen konnte, dann erwartete sie, dass er zumindest eine alternative Lösung anbot. Wäre er Finanzbeamter mit einem geregelten Tagesablauf gewesen, dann hätte sich das Zusammenleben mit Helen sehr einfach gestaltet. Die von seinem Dienstplan manchmal abweichenden Arbeitszeiten führten jedoch immer wieder mit unschöner Regelmäßigkeit zu Spannungen zwischen ihnen, die nicht selten in lautstarken Auseinandersetzungen endeten.

Als Bussard nach Hause kam, hatte Helen noch immer schlechte Laune. Sie fuhr die Kinder an, weil das Kinderzimmer angeblich aussah, als hätte eine Bombe eingeschlagen. Er brachte die Einkäufe in die Küche und begrüßte seine drei Frauen, wie er sie gerne nannte. Seine Ankündigung, später noch einmal das Haus zu verlassen, nahm Helen kommentarlos zur Kenntnis.

Beim Abendessen beobachtete er sie, doch sie verhielt sich nicht anders als sonst. Sie wirkte weder schuldbewusst, noch wich sie seinem Blick aus. An ihrem Hals gab es, soweit er erkennen konnte, keine verräterischen Spuren und nichts deutete darauf hin, dass sie die Nacht mit einem anderen Mann verbracht hatte. Trotzdem war er sicher, dass sein Verdacht nicht unbegründet war, denn sein Geruchssinn hatte ihn nicht getrogen. Er war verletzt, wütend und fühlte sich gedemütigt, während er gleichzeitig versuchte, sich nichts anmerken zu lassen, weil er nicht wusste, wie er mit Helen darüber reden sollte, ohne dass es zu einem Desaster kommen würde. Eine Trennung von Helen hätte ihm schwer zu schaffen gemacht, doch eine Trennung von seinen Töchtern wollte er sich gar nicht erst vorstellen.

Nach dem Abendessen brachte er die Kinder zu Bett und las ihnen einige Seiten aus dem Buch *Der Herr der Ringe* vor. Kurz vor einundzwanzig Uhr machte er sich wieder auf den Weg.

Fünfzehn Minuten später stand er vor dem Trash, der bevorzugten Diskothek der linken Szene. Einige Jugendliche, die alle unschwer als Punks auszumachen waren, lungerten vor dem Eingang herum. Fast alle waren in Bewegung und traten von einem Fuß auf den anderen, weil ihnen das nasskalte Wetter durch die meist löchrige Kleidung kroch. Es schneite noch immer und langsam, aber unaufhaltsam eroberte die weiße Pracht ihr Territorium.

„Haste mal'n bisschen Kleingeld?", fragte jemand.

Der Punk hatte den Kopf zwischen die Schultern gezogen und die zu Fäusten geballten Hände seiner auf der Brust gekreuzten Arme unter seine Achseln gesteckt.

„Willst du dir zwei Euro verdienen?", bot Bussard an.

„Zwei Euro?", fragte der Punk.

„Ich muss mit Assi und Stoppel reden", erklärte Bussard, „wenn du sie herbringst, kriegst du für jeden einen Euro."

Der Punk betrachtete ihn argwöhnisch. Bussards Alter und seine saubere Kleidung ließen keinen Zweifel daran, dass er nicht zur Szene gehörte.

„Was willst'n von denen?", fragte der Punk.

„Ich sagte doch gerade, dass ich mit ihnen reden muss", erklärte Bussard, doch der Punk machte keine Anstalten, sich die in Aussicht gestellte Belohnung verdienen zu wollen.

„Was musst'n mit denen reden?", fragte er noch einmal.

Bussard ließ den Punk kommentarlos stehen, wandte sich dem Nächsten zu und fragte, ob er sich zwei Euro verdienen wolle.

„Is ja schon gut", maulte der Punk, der ihn angesprochen hatte, „ich geh ja schon."

Er schlurfte zum Eingang und verschwand aus Bussards Blickfeld. Während der Kommissar wartete, fischte er ein Zweieurostück aus seinem Geldbeutel. Zwei Minuten später kehrte der Punk zurück, begleitet von zwei anderen, die etwa Anfang zwanzig waren.

„Der da", sagte er zu ihnen, ging auf Bussard zu und streckte die Hand aus.

„Seid ihr Assi und Stoppel?", fragte der Kommissar.

„Ich bin Assi", antwortete der größere und deutete mit einem Kopfnicken auf seinen Kumpel, „und das ist Stoppel."

„Danke", sagte Bussard zu dem Punk, der die beiden geholt hatte und gab ihm die versprochene Belohnung, dann wandte er sich an Assi, „ich muss mit euch reden."

„Bist du'n Bulle oder was?", fragte Stoppel.

„Ja, bin ich", antwortete Bussard.

„Wir reden nich mit Bullen", erklärte Assi und sah Bussard herausfordernd an.

Es wäre einfach gewesen, ihnen zu drohen. Bussard hätte die Kollegen von der Bereitschaftspolizei rufen und die beiden Punks zur Vernehmung vorführen lassen können, doch vermutlich wäre die Situation dann eskaliert und unter Umständen hätte man später Verletzte beklagen müssen.

„Caro steckt in Schwierigkeiten", sagte er stattdessen, „und sie hat euch beide als Alibizeugen benannt. Ich brauche eure Aussagen."

„Was ist mit Caro?", fragte Assi.

„Das ist doch so'n Scheiß Bullentrick", vermutete Stoppel, „der will uns doch bestimmt irgendwie linken."

Die beiden Punks sahen sich gegenseitig an und wandten sich wieder dem Kommissar zu.

„Wisst ihr, wo Caro ist?", fragte Bussard.

„Keine Ahnung", antwortete Assi, „und wenn ich's wüsste, würd ich's dir bestimmt nicht auf die Nase binden."

Der Kommissar unterdrückte einen Seufzer. Assi und Stoppel zeigten sich nicht kooperativ. Sie misstrauten ihm, dem Polizisten, aber er war auch nicht gewillt, allzu viel Zeit in vertrauensbildende Maßnahmen zu investieren. Es war einfacher, an ihre Loyalität untereinander zu appellieren.

„Caro sitzt in einer Zelle", berichtete er, „und sie betet, dass ihr beiden sie da wieder rausholt."

Selbst bei der spärlichen Beleuchtung der Straßenlaternen konnte Bussard die Überraschung auf den Gesichtern der Punks sehen. Die Information hatte sie völlig unvorbereitet getroffen.

„Wir gehen jetzt zusammen zum Präsidium, damit ich eure Aussagen aufnehmen kann", erklärte er bestimmt.

„Und wenn nicht?", fragte Stoppel.

„Dann verabschiedet ihr euch für die nächsten fünfzehn Jahre von eurer Freundin", antwortete er, „ich vermute allerdings, dass Caro dann nicht mehr eure Freundin sein wird, wenn ihr sie jetzt in der Scheiße sitzen lasst. Also?"

„Oh, fuck!", stieß Stoppel hervor.

Wieder sahen sich die beiden Punks gegenseitig an. Bussards Ansprache hatte Wirkung bei ihnen hinterlassen. Noch schlimmer als der Polizei zu helfen war, einen der ihren im Stich zu lassen. Er hatte sie bei ihrer Punkerehre gepackt und endlich setzten sie sich in Bewegung.

Es waren nur fünf Minuten Fußweg bis zum Präsidium. Bussard ließ Stoppel auf dem Flur warten und nahm Assi mit in sein Büro. Er nahm die Personalien auf und führte die Zeugenbefragung durch, die er gleichzeitig protokollierte. Nachdem Assi, der mit bürgerlichem Namen Timo Neumann hieß, seine Aussage unterschrieben hatte, rief Bussard Stoppel alias Michael Stoppmann in sein Büro und wiederholte die Prozedur. Kurz vor zweiundzwanzig Uhr leistete Stoppel seine Unterschrift und Bussard verabschiedete die beiden Punks mit der Zusage, Caro von ihren Aussagen zu berichten. Danach verglich er die beiden Protokolle. Die Aussagen waren ähnlich, aber nicht deckungsgleich und Bussard war sicher, dass sich Assi und Stoppel nicht abgesprochen hatten. Beide hatten ausgesagt, zur Tatzeit zusammen mit Caro beim Bahnhof gewesen zu sein, wo eine Frau mit einem blauen Mountainbike auf sie zugekommen sei. Die Unbekannte habe einen schwarzen Helm mit getöntem Visier getragen und Caro eine Plastiktüte mit Schmuck in die Hand gedrückt, bevor sie über die Blaue Brücke davongefahren sei. Damit hatten sie Caros Version der Geschichte und ihr Alibi bestätigt.

Als der Kommissar die Punkerin davon in Kenntnis setzen wollte, erklärte der wachhabende Kollege der Nachtschicht, dass man die Verdächtige ins Untersuchungsgefängnis überstellt habe, nachdem der Haftbefehl gegen sie ergangen war. Bussard rief Schmieder an und berichtete von den Zeugenaussagen, doch der Oberstaatsanwalt erklärte kategorisch, dass er vor Montag nichts unternehmen werde, weil er erhebliche Zweifel an der Glaubwürdigkeit der Punks hege. Es war aussichtslos, mit ihm diskutieren zu wollen und so tröstete sich Bussard mit dem Gedanken, dass Caros Unschuld bewiesen war und die Inhaftierte bis zu ihrer Freilassung zumindest ein warmes Bett und drei Mahlzeiten täglich bekommen würde. Er rief Sylvia an und berichtete von den Vernehmungen der beiden Punks sowie seinem Telefonat mit Schmieder.

Eine halbe Stunde später war er wieder zu Hause. Helen saß im Wohnzimmer vor dem Fernseher. Er begrüßte sie kurz, verzichtete aber darauf, sich zu ihr zu setzen. Mit der Ausrede, noch ein wenig lesen zu wollen, ging er zu Bett.

5

Der Sonntagmorgen zeigte sich von seiner schönsten Seite. Es war kalt, aber es schneite nicht und nur wenige Federwolken bedeckten einen kleinen Teil des Himmels. Bussard frühstückte mit seinen Töchtern, dann richtete er eine Thermoskanne mit Pfefferminztee und belegte Brote, während die Kinder ihre Schneeanzüge anzogen. Er packte ihre Skiausrüstungen in seinen VW Passat und sie verließen die Stadt in östlicher Richtung. Gut gelaunt fuhren sie in den Hochschwarzwald hinauf. Kurz nach neun Uhr kaufte er drei Liftkarten und sie reihten sich in die kurze Warteschlange ein. Zwei Stunden Skifahren am Stollenbach, einem Hang, der bei Touristen nicht sehr bekannt war und an dem man deshalb überwiegend Einheimische traf, war genau das Richtige an diesem vorletzten Advent.

Während der Schlepplift Bussard die achthundert Meter bis zum Gipfel des Hangs hinaufzog, genoss er die kalte, klare Luft. Miriam und Tabea, die den Bügel vor ihm genommen hatten, waren warm eingepackt und unterhielten sich wild gestikulierend. Sie liebten das Skifahren ebenso wie er und warteten nicht auf ihn, als sie aus dem Lift ausstiegen. Er sah ihnen lächelnd nach, als sie talwärts davonjagten.

Es war nahezu windstill und nach der ersten Abfahrt war Bussards Körper so weit aufgewärmt, dass er die Temperatur von fünf Grad unter Null als angenehm empfand. Das Skifahren, eine Mischung aus sportlicher Bewegung an der frischen Luft, Geschicklichkeit und ständiger Konzentration auf die Anforderungen des Geländes, ließen keinen Raum für andere Gedanken. Man dachte immer nur an den nächsten Schwung und die Linie, die man sich im Hang suchte. Unkonzentriertheit führte fast unweigerlich zu einem Sturz. Das Skifahren hätte die ideale Sportart für Esoteriker sein müssen, dachte Bussard, es war das vollkommene Sein im Hier und Jetzt.

Zwei Stunden und fünfzehn Abfahrten später fühlte er sich großartig. Die Muskeln in seinen Oberschenkeln zeugten von der gerade verrichteten Arbeit und das Blut war mit viel Sauerstoff angereichert, den er in der sauberen Luft in über zwölfhundert Metern Höhe über Meeresniveau geatmet hatte. Als seine Töchter nach der letzten Abfahrt bei der Hütte beim Skilift angekommen waren, fuhren sie gemeinsam zum Parkplatz hinunter, schnallten ihre Skier ab und Bussard verstaute sie im Auto. Sie tranken heißen Pfefferminztee und aßen belegte Brote.

Während Bussard die Serpentinenstraße hinunter in die Ebene fuhr, unterhielten sich Miriam und Tabea über Technik und Tücken des Skifahrens. Um einen Gedanken an Helen und ihre Affäre gar nicht erst aufkommen zu lassen, dachte er über den Raubmord nach. Er fragte sich, welche Möglichkeiten sie bisher bei der Aufklärung noch nicht in Erwägung gezogen hatten. Die Vernehmung von Dr. Ananthamurthy und Schwester Gabi hatte ergeben, dass Bian Bleyle keinen Ärger mit Kollegen oder Vorgesetzten gehabt hatte. Was aber war mit den Patienten? Gab es vielleicht jemanden, der ihr einen Behandlungsfehler anlastete? Das war durchaus möglich, aber sicherlich kein Mordmotiv. Der Überfall auf den Juwelier passte ebenfalls nicht dazu. Außerdem würde sich der Zorn eines Patienten vermutlich eher gegen den Arzt richten, dessen Anweisungen die Krankenschwester ausführte. Ob Martin Bleyle, der Ehemann, ein Mordmotiv hatte, wusste Bussard ebenfalls nicht. Es gab zwar keine Lebensversicherung, doch das besagte nicht viel. Dass Bleyle seine Frau nicht ermordet hatte, war zweifelsfrei. Unklar war indessen, ob er bei der Ermordung seiner Frau zufällig zugegen gewesen war oder ob er sich damit ein wasserdichtes Alibi verschafft hatte, weil er wusste, dass eine Kamera die Tat aufzeichnen würde. Bussard beschloss, Bleyle genauer unter die Lupe zu nehmen, um herauszufinden, ob und in welcher Beziehung der Ehemann zu der Tat stand. Dass Caro Braun den Überfall und den Mord nicht begangen hatte, war durch das Alibi, das Assi und Stoppel ihr gegeben hatten, bestätigt worden. Da Caro als unschuldig gelten musste, stellte sich die Frage, warum sie in den Fall verwickelt war. Auf den ersten Blick war die Punkerin willkürlich ausgewählt worden. Die Täterin hatte einfach der Erstbesten den Schmuck in die Hand gedrückt. Auf den zweiten Blick aber schien die Wahl doch nicht so zufällig gewesen zu sein. Eine durchschnittliche Passantin, eine Angehörige der bürgerlichen Mittelschicht, hätte vermutlich anders reagiert.

Spätestens am nächsten Tag, als in der Zeitung über den Raubmord berichtet worden war, wäre sie mit der Beute wahrscheinlich zur Polizei gegangen. Bei einer Punkerin konnte man diese Möglichkeit ausschließen. Die Täterin konnte mit an Sicherheit grenzender Wahrscheinlichkeit davon ausgehen, dass eine Punkerin früher oder später versuchen würde, den Schmuck zu Geld zu machen. Es war eine naheliegende Erklärung. Wer glaubte einer Punkerin, die man mit dem Raubgut in der Hand erwischt hatte?

„Papa?", fragte Tabea und holte Bussard aus seinen Gedanken.

„Ja?"

„Können wir etwas singen?"

„Natürlich könnt ihr etwas singen", antwortete er.

„Singst du mit uns?"

Bussard sah in den Rückspiegel. Miriam und Tabea hatten rote Backen und rote Nasen. Er wusste, dass ihnen das Skifahren Spaß gemacht hatte, doch jetzt wollten sie sich die langweilige Autofahrt verkürzen. Singen war dafür ein probates Mittel. Er war zwar kein guter Sänger und wenn er die Töne einigermaßen richtig treffen wollte, musste er sich sehr konzentrieren, doch mit den Kindern im Auto war es einfach nur ein Heidenspaß. Tabeas erwartungsvoller Blick ließ ihm das Herz aufgehen. Wenn seine Kinder glücklich waren, dann war er es auch und grinsend begann er lautstark mit der ersten Strophe, in die seine Töchter sofort begeistert mit einstimmten.

„Bolle reiste jüngst zu Pfingsten, nach Pankow war sein Ziel, da verlor er seinen Jüngsten ganz plötzlich im Gewühl ..."

*

Zu Beginn der neuen Woche zeigte die Salbe gegen Fußpilz Erfolg. Bussards Zehen juckten nicht mehr. Nur die Zwischenräume waren noch gerötet. Trotzdem musste er, um einen Rückfall zu vermeiden, die Behandlung noch einige Tage fortsetzen. In der Woche zuvor war er ohne seine Badesandalen in der Sauna gewesen. Die sanitären Anlagen des Fitnessstudios, wo er zweimal pro Woche zum Training ging, waren zwar sehr sauber, doch die Erreger, die den Fußpilz hervorriefen, konnte man mit bloßem Auge nicht erkennen. Er wusste, dass er öffentliche Duschen nicht barfuß betreten sollte und der neuerliche Ausbruch der Krankheit, für die er anfällig war, hatte ihn daran erinnert, entweder seine Badesandalen mitzunehmen oder zu Hause zu duschen.

„Wie weit sind Sie mit Ihren Ermittlungen?", fragte Neudörfer, als Bussard am Montagmorgen aus dem Aufzug trat.

„Zwei Zeugen haben das Alibi von Caro Braun bestätigt", berichtete der Kommissar, „ich habe sie am Samstagabend vernommen. Damit ist unsere Verdächtige entlastet."

„Wer sind die Zeugen?"

„Die beiden Punks, die Caro Braun benannt hat."

„Haben Sie die Zeugen überprüft?"

„Nein", gestand Bussard, „ich habe lediglich ihre Personalien festgestellt und ihre Aussagen protokolliert."

Der Polizeirat bedachte den Kommissar mit einem vielsagenden Blick. Es war nicht zu übersehen, wie wenig er von den Aussagen der Zeugen hielt.

„Wir brauchen die Tatwaffe", erklärte Neudörfer.

Bussard antwortete nicht. Auch wenn er davon überzeugt war, dass sie die wahre Täterin noch nicht verhaftet hatten, wollte er sich auf keine Diskussion einlassen. Sie hatten noch keine Erkenntnisse über das familiäre Umfeld und die sozialen Kontakte der Bleyles. Wenn es, wie er vermutete, eine Beziehungstat war, würden sie mit Sicherheit auch den einen oder anderen Hinweis darauf finden. Er verabschiedete sich von seinem Chef und ging in sein Büro. Zwei Minuten später kam Sylvia, begleitet von Martin Bleyle.

„Morgen, Sylvia", begrüßte Bussard seine Kollegin und bedachte Bleyle mit einem Kopfnicken, das nicht erwidert wurde.

„Morgen, Bussard", erwiderte sie lächelnd, während sie ihre Jacke auszog und an die Garderobe hängte, „wie war dein Wochenende?"

„Weiß", antwortete er, „ich war mit meinen Kindern Skilaufen."

„Oh, schön", sagte sie und wandte sich an Bleyle, „bitte, nehmen Sie doch Platz."

Sie ging zu ihrem Schreibtisch, nahm aus dem Ablagefach das Protokoll, das sie am Samstag geschrieben hatte und reichte Bleyle die beiden Blätter. Bussard beobachtete ihn, während Bleyle das Protokoll studierte.

„Haben Sie einen Stift?", fragte Bleyle.

„Sicher", antwortete Sylvia und reichte ihm einen Kugelschreiber.

Bleyle unterschrieb das Protokoll und legte den Stift auf die Blätter auf dem Schreibtisch.

„Kennen Sie eine gewisse Carola Braun, genannt Caro?", fragte Bussard unvermittelt.

Bleyle zog die Augenbrauen zusammen und blickte den Kommissar argwöhnisch an.

„Ist das die Frau, die meine Frau erschossen hat?", fragte er.

„Nein", antwortete Bussard, „Frau Braun ist eine Zeugin."

Bleyles Gesicht entspannte sich wieder und er schüttelte den Kopf.

„Carola Braun? Nein, nie gehört."

„Danke, Herr Bleyle, das war alles", sagte Sylvia und nickte ihm zu.

„Wann kann ich meine Frau beerdigen?", fragte er.

„Ich weiß nicht, ob die Leiche schon freigegeben ist", antwortete die Kommissarin, „das entscheidet Oberstaatsanwalt Schmieder."

„Nächste Woche ist Weihnachten", stellte Bleyle fest, „ich wollte gerne vorher ..."

Er beendete den Satz nicht. Es war verständlich, dass er die Feiertage nicht verbringen wollte, während die Leiche seiner Frau in einer Kühlkammer lag. Sylvia griff zum Telefon und wählte Schmieders Nummer. Nachdem er sich gemeldet hatte, erklärte sie ihm den Sachverhalt. Schmieder hatte keine Einwände, weil der Obduktionsbericht bereits vorlag und es hinsichtlich der Todesursache keine offenen Fragen mehr gab. Sylvia dankte und legte auf.

„Der Staatsanwalt hat die Leiche freigegeben", berichtete sie, „Sie können ein Bestattungsunternehmen beauftragen."

Bleyle nickte ihr zu, wandte sich um und verließ das Büro.

Bussard nahm einen Haftnotizzettel, schrieb das Wort *Beerdigung* darauf und klebte ihn an den Monitor auf seinem Schreibtisch. Beim Beobachten der Trauergesellschaft konnte man immer wieder erstaunliche Erkenntnisse gewinnen. Vielleicht würden sie sogar die Mörderin zu Gesicht bekommen. Auf einen zweiten Zettel schrieb er das Wort *Geliebte* und klebte ihn unter den ersten, als sein Telefon läutete. Es war Schmieder, der ihn anwies, die Protokolle der Zeugenvernehmungen von Assi und Stoppel an die Staatsanwaltschaft zu faxen. Bussard erklärte, sich gleich darum zu kümmern. Seine Bemerkung, dass Caro Braun entlastet sei, überging der Oberstaatsanwalt.

„Aber zuerst gibt's Kaffee", erklärte er, nachdem er aufgelegt hatte.

Er nahm die Kanne aus der Maschine und ging in die Küche, um Wasser zu holen.

„Ich hatte vorhin ein kurzes Gespräch mit Neudörfer", berichtete er, als er zurückkehrte und die Kaffeemaschine in Gang brachte, „er will die Tatwaffe."

„Und was sagt er zu den Alibizeugen?", fragte Sylvia.

„Ich vermute, dass Neudörfer an ihrer Glaubwürdigkeit zweifelt", antwortete Bussard.

Er ging zu seinem Schreibtisch und fuhr seinen Rechner hoch, um die von seinem Chef angesprochene Überprüfung nachzuholen. Zwei Minuten später hatte er die gewünschten Informationen. Dass Caro Braun mit Timo Neumann alias Assi und Michael Stoppmann alias Stoppel befreundet war, konnte man schon aus den Vorstrafenregistern der beiden ablesen. Sie entsprachen dem von Caro Braun in nahezu allen Punkten. Bussard hatte nichts anderes erwartet. Er druckte die Informationen aus, als die Tür geöffnet wurde und Neudörfer erschien.

„Haben Sie schon etwas über die angeblichen Zeugen?", fragte er.

Bussard nahm die beiden Blätter aus dem Drucker und reichte sie seinem Chef.

„Beide sind einschlägig vorbestraft", erklärte er, „das Übliche."

Neudörfer überflog die Ausdrucke und nickte, gab aber keinen weiteren Kommentar ab. Grußlos verließ er das Büro.

„Ich denke, dass Schmieder dahintersteckt", erklärte Sylvia, „er hat sich auf Caro Braun eingeschossen."

Bussard schüttelte mürrisch den Kopf.

„Du glaubst doch auch nicht, dass sie es war, oder?", erwiderte er.

„Nein", antwortete Sylvia, „man muss sich doch nur das Überwachungsvideo anschauen. Dass sie und die Täterin nicht ein und dieselbe Person sind, ist doch offensichtlich. Außerdem haben zwei Zeugen ihre Geschichte bestätigt, Glaubwürdigkeit hin oder her."

„Ja, ihre Geschichte", wiederholte Bussard nachdenklich, „sie ist zwar merkwürdig, aber in einem Punkt bringt sie uns doch weiter. Die Beute war definitiv nicht der Grund für den Überfall, sondern lediglich eine falsche Fährte, um den Verdacht auf unsere Punkerin zu lenken."

Er nahm zwei Tassen aus dem Wandregal und stellte sie neben die Kaffeemaschine, die blubbernd und glucksend ihre Arbeit verrichtete. Sylvia schloss die Akte, in der sie das Protokoll von Bleyles Zeugenvernehmung abgeheftet hatte und sah Bussard nachdenklich an.

„Was hältst du davon, wenn wir mit Johannes reden?", schlug sie vor.

„Gute Idee", stimmte er zu.

Sylvia nahm ihr Telefon und rief Johannes Perlemann an.

„Er ist in seinem Büro", erklärte sie und legte wieder auf, „wir können gleich zu ihm runter."

„Okay", erwiderte Bussard, zögerte einen Augenblick und sprach schließlich weiter, „nimm die DVD von Bleyles Vernehmung mit. Mal sehen, was Johannes von unserem Zeugen hält."

Drei Minuten später betraten die Kommissare das Büro von Johannes Perlemann, dem Polizeipsychologen. Der nicht sehr groß gewachsene, ruhige Mittvierziger mit den angegrauten Haaren und den sanften braunen Augen erinnerte Bussard an Dustin Hoffman. Perlemann hatte für alles und jeden ein offenes Ohr, auch wenn nur wenige Kollegen seine Dienste freiwillig in Anspruch nahmen. Seine zurückhaltende Art täuschte manchmal über die Tatsache hinweg, dass er bei Hilfestellungen zur Lösung persönlicher Probleme ebenso kompetent war wie bei der Erstellung von Täterprofilen. Perlemann begrüßte seine Besucher und forderte sie auf, Platz zu nehmen. Nachdem sie sich gesetzt hatten, kam Sylvia ohne Umschweife zum Grund ihres Besuchs.

„Wir brauchen deine fachliche Einschätzung", erklärte sie, „hast du das Überwachungsvideo von dem Raubüberfall auf *Lackners Goldschmiede* gesehen?"

„Nein", antwortete Perlemann.

„Kannst du es bitte aufrufen", bat sie, „wir möchten gerne wissen, was du davon hältst. Du findest es auf dem Server unter *Goldschmied / Ermittlungen*."

Perlemann rief das Video auf und drehte seinen Monitor, damit alle drei die Aufnahme verfolgen konnten. Er startete das Video, lehnte sich zurück und verfolgte konzentriert das Geschehen.

„Und? Was hältst du davon?", fragte Sylvia, nachdem die Aufnahme zu Ende war.

„Was hältst du davon?", gab Perlemann zurück.

„Bitte, Johannes", sagte sie, „ich bin nicht gekommen, um meine Meinung mit dir zu diskutieren, sondern um mir deine Meinung anzuhören. Warum hat die Täterin geschossen?"

„Um ihr Opfer zu töten", antwortete er.

„Aber warum?", fragte sie.

„Das weiß ich nicht", gab Perlemann zu.

„Hast du eine Vermutung?"

„Nein."

„Könnte es sein", fragte Bussard, „dass Bian Bleyle sterben musste, weil sie die Täterin erkannt hat?"

„Nein, das glaube ich nicht", antwortete Perlemann und schüttelte den Kopf.

Seine Aussage überraschte Bussard und Sylvia gleichermaßen, denn damit schloss Perlemann die nächstliegende Erklärung aus.

„Was macht dich so sicher?", fragte Bussard.

„Oh, ich bin nicht sicher", antwortete Perlemann und hob abwehrend die Hand, „es ist nur meine Einschätzung."

„Und wie kommst du zu deiner Einschätzung?", hakte Bussard nach.

Perlemann drehte seinen Körper ein wenig nach links, stützte den Ellenbogen auf den Schreibtisch und faltete die Hände.

„Einem Erkennen folgt unwillkürlich eine körperliche Reaktion", dozierte er, „aber eine solche Reaktion hat die Täterin nicht gezeigt. Wenn das Opfer die Täterin erkannt und dies auch mit einer Reaktion zum Ausdruck gebracht hätte – ein überraschter Gesichtsausdruck beispielsweise oder ein Heben der Augenbrauen – dann hätte die Täterin diese Reaktion wahrgenommen und ebenfalls darauf reagiert. Ein kurzes Heben des Kopfes und ein Verharren für ein, zwei Sekunden wäre eine solche Reaktion gewesen, doch auf dem Video ist nichts davon zu sehen. Deshalb nehme ich nicht an, dass Frau Bleyle sterben musste, weil die Täterin befürchtete, erkannt worden zu sein."

„Aber wenn Bian Bleyle die Täterin nicht erkannt hat ...", begann Sylvia, doch sie brachte den Satz nicht zu Ende, weil Perlemann den Kopf schüttelte.

„Ob Frau Bleyle die Täterin erkannt hat", stellte er fest, „werden wir nicht mehr erfahren. Sicher oder zumindest höchst wahrscheinlich ist, dass die Täterin ein mögliches Erkanntwordensein durch das Opfer nicht wahrgenommen hat. Das zeigt uns ihre fehlende Reaktion und deswegen ist das nicht das Motiv für den Mord."

Es klang einleuchtend, was Perlemann gesagt hatte. Niemand hatte beim Betrachten des Videos den Eindruck gehabt, als sei die Täterin zu irgendeinem Zeitpunkt überrascht gewesen.

„Dann könnte es sein, dass die Täterin mit dem Vorsatz, Bian Bleyle zu ermorden, den Laden betreten hat", spekulierte Bussard.

„Das ist durchaus möglich", stimmte Perlemann nickend zu, „es ist ein ungewöhnlicher Tathergang und ich habe den Eindruck, als sei der Überfall nur schmückendes Beiwerk gewesen ..."

„Eine niedliche Umschreibung für einen Raubmord", unterbrach Bussard.

„... wie dem auch sei", fuhr Perlemann fort, „wenn die Täterin nur zu dem Zweck, den Mord zu begehen, den Juwelierladen betreten hat, dann war es eine Hinrichtung."

„Eine Hinrichtung", wiederholte Sylvia.

Dieses Wort war schon einmal aufgetaucht und traf den Eindruck, den sie beim Betrachten des Überwachungsvideos gewonnen hatten, ganz genau. Die Täterin hatte ohne Vorwarnung und ohne Erklärung gezielt und abgedrückt.

„Wenn Bian Bleyle, wie du sagst, hingerichtet wurde", vermutete Bussard, „und wenn wir weiterhin unterstellen, dass es eine persönliche Beziehung zwischen Täter und Opfer gegeben hat, dann ist es doch wahrscheinlich, dass Martin Bleyle, der Ehemann, ebenfalls in irgendeiner Beziehung zu der Tat steht, oder?"

„Ja", bestätigte Perlemann, „das ist wahrscheinlich, sofern seine Frau kein Doppelleben geführt hat, von dem er nichts weiß oder wusste."

Sylvia beugte sich vor und reichte dem Psychologen eine DVD.

„Können wir uns das zusammen ansehen?", fragte sie.

„Vernehmung Martin Bleyle", las Perlemann und nickte.

Er legte die DVD in seinen Rechner und startete das Programm. Eine Weile betrachteten sie das Video schweigend, bis er plötzlich die Aufnahme stoppte.

„Was ist?", fragte Sylvia.

Perlemann drehte den Kopf und sah sie an.

„Seine Trauer ist nicht echt", erklärte der Psychologe, „er ist zu distanziert. Von Anfang an spricht er immer nur von seiner Frau. Er berichtet, wie er mit seiner Frau in den Laden gegangen ist, dann gibt er sich selbst die Schuld am Tod seiner Frau. In diesem Augenblick senkt er den Kopf und bedeckt seine Augen mit seiner Hand. Auf mich wirkt die Geste wie einstudiert oder zumindest genau kalkuliert, um die Wirkung seiner Aussage zu unterstreichen. Er fordert dich damit auf, ihn von jeder Schuld freizusprechen, was du dann ja auch getan hast. Anschließend stützt er die Ellenbogen auf den Tisch und faltet die Hände. In diesem Augenblick ist er sehr sicher. Er hat bereits einen ersten Sieg errungen. Im Folgenden berichtet er von dem Überfall. Je näher er zu dem Augenblick des Schusses kommt, desto aufgewühlter müsste er sein, doch seine Emotionen und seine Haltung verändern sich kaum. Dann taucht die Frage auf, ob er die Mörderin wiedererkennen würde und er reagiert. Zuerst stützt er die Hände auf und drückt den Rücken durch, eine Drohgebärde, dann lehnt er sich zurück und verschränkt die Arme vor der Brust, die typische Verteidigungshaltung."

„Du meinst, er kennt die Täterin?", vermutete Bussard.

„Vielleicht", antwortete Perlemann, „oder er hat zumindest einen begründeten Verdacht."

Der Psychologe ließ die Aufnahme weiterlaufen. Wieder verfolgten sie das Video, bis er erneut auf STOP klickte.

„Hier fragst du ihn, ob er eine Erklärung dafür habe, warum die Täterin ihn von seiner Frau getrennt hat", fuhr er an Sylvia gewandt fort, „und er schlägt mit der Hand auf den Tisch. Warum tut er das und warum reagiert er bei dieser Frage so heftig? Was hat seine Reaktion ausgelöst? Danach lehnt er sich wieder zurück und verschränkt die Arme vor der Brust. Man sieht, dass ihm die Richtung, die das Gespräch nimmt, nicht gefällt. Es gibt keine Spur von Trauer. Er ist wütend, aber als du die Vermutung aussprichst, dass seine Frau kein zufälliges Opfer war, reagiert er überhaupt nicht. Er hat die Frage erwartet und ist darauf vorbereitet. Dann forderst du ihn auf, von seiner Ehe zu berichten und plötzlich ändert sich alles. Hast du es gesehen?"

„Er entspannt sich", antwortete sie, „weil er auf sicherem Terrain ist."

„Ja und nein", erwiderte Perlemann, „er entspannt sich, das ist richtig, aber der entscheidende Punkt ist ein anderer. Bis zu diesem Augenblick hat er immer nur von seiner Frau gesprochen. Als er aber davon erzählt, wie sie sich kennengelernt haben, nennt er sie zum ersten Mal beim Namen."

Bussard hob die Augenbrauen und sah Perlemann fragend an.

„Und was bedeutet das?"

„Später", antwortete der Psychologe, „lass uns die Aufnahme erst zu Ende ansehen."

Er klickte auf das PLAY-Symbol und das Video lief weiter, während er die Aufnahme kommentierte.

„Hier kommen eine potenzielle Geliebte und Eifersucht als mögliches Motiv ins Spiel ... er lehnt sich wieder zurück und verschränkt die Arme vor der Brust ... ihr könnt mir gar nichts, denkt er vermutlich ... hier ist er überrascht, weil er selbst als mögliches Ziel gelten könnte. Der Gedanke ist ihm bis zu diesem Augenblick noch gar nicht in den Sinn gekommen ... und hier thematisiert er wieder den Überfall mit seiner Frau als zufälliges Opfer ... und da!", rief er plötzlich und stoppte die Aufnahme erneut, "Siehst du seine Reaktion? Du hast gefragt, ob seine Frau Kontakt zu anderen Vietnamesen hatte und er zögert, bevor er antwortet."

„Und?"

„Entweder hat ihn die Frage überrascht oder er denkt nach, bevor er antwortet oder er hat diese Reaktion kalkuliert", erwiderte Perlemann und ließ die Aufnahme bis zum Ende durchlaufen, „ ... keine Vietnamesen ... keine Feinde ... keine Lebensversicherung ... fertig."

Er nahm die DVD aus seinem Rechner und gab sie der Kommissarin, die sie in der Hülle verstaute.

„Was war das vorhin mit dem Namen?", fragte Bussard, „warum ist das wichtig?"

Der Psychologe drehte sich wieder zur Seite und stützte einen Ellenbogen auf den Tisch.

„Wenn wir von unserem Ehepartner sprechen", erläuterte er, „dann ist es ganz natürlich, dass wir ihn beim Namen nennen, wenn unser Gesprächspartner die Person ebenfalls kennt. Bleyle tut das, als er von ihrem Kennenlernen erzählt. Er unterstreicht damit die Nähe und die Verbundenheit mit Bian, ein ganz normales Verhalten. In seinen Aussagen über den Überfall und den Mord nennt er sie jedoch immer nur *meine Frau*. Kein einziges Mal nennt er sie bei ihrem Namen. Obwohl er durch seine Trauer und seinen Verlust eine noch engere Verbindung mit ihr spüren müsste – eigentlich kann er am Tag nach ihrem Tod überhaupt nichts anderes im Kopf haben – distanziert er sich von ihr. Das ist kein natürliches Verhalten."

„Und wenn es nur so eine Art Selbstschutz ist?", vermutete Bussard, doch Perlemann schüttelte den Kopf.

„Es wäre Selbstschutz, wenn er überhaupt nicht über die Tat sprechen würde", erklärte er, „wenn er sie ausblenden würde, weil er den Schmerz nicht erträgt. Das wäre eine natürliche Reaktion. Bleyle jedoch berichtet nüchtern und sachlich über den ganzen Vorgang. Das sieht alles kalkuliert aus – und distanziert."

Perlemanns Einschätzung rückte Bleyle in ein anderes Licht. Möglicherweise war der Ehemann doch viel tiefer in den

Mord an seiner Frau verstrickt, als die Kommissare bisher angenommen hatten.

„Meinst du, er hat den Mord in Auftrag gegeben?", fragte Sylvia.

„Das kann ich nicht beurteilen", antwortete der Psychologe, „ich würde allerdings darauf wetten, dass er nicht alles gesagt hat."

„Zum Beispiel über die Vietnamesen", schlug Bussard vor, „das war die Stelle, wo er gezögert hat."

Perlemann wiegte den Kopf hin und her.

„Möglich", antwortete er, „wie ich schon sagte, es könnte auch ein absichtliches, kalkuliertes Zögern gewesen sein. Ich bin mir jedoch ziemlich sicher, dass Bleyle entweder weiß oder zumindest vermutet, wer die Täterin ist oder dass er einige Kenntnisse oder Vermutungen über den wahren Hintergrund der Tat hat. Ich würde meine Suche nach der Täterin bei ihm beginnen."

*

Das Gefühl, dass Bleyle irgendwie mit dem Mord an seiner Frau im Zusammenhang stand, hatte sich durch das Gespräch mit Perlemann verstärkt, auch wenn der Psychologe keine eindeutige Aussage hatte treffen wollen. Dass Bleyle den Mord nicht selbst begangen hatte, stand außer Frage. Der springende Punkt war jedoch, ob er die Tat in Auftrag gegeben hatte. Um in dieser Richtung ermitteln zu können, brauchten die Kommissare allerdings das Okay von Oberstaatsanwalt Schmieder. Ein Auftragsmord hatte seinen Preis und dieser Preis musste bezahlt werden. Auf Bleyles Bankdaten hatten sie jedoch keinen Zugriff und eine richterliche Verfügung bekamen sie nur, wenn gegen den Ehemann ein offizielles Ermittlungsverfahren eröffnet wurde. Dafür gab es allerdings weder stichhaltige Indizien noch ein überzeugendes Tatmotiv.

Die beiden Kommissare kehrten in ihr Büro zurück und Sylvia goss sich endlich den ersten Kaffee des Tages ein. Mit der Tasse in der Hand stand sie am Fenster und ließ ihren Blick über das winterliche Freiburg schweifen. Es war ein klarer, sonniger, kalter Montagmorgen und im Westen jenseits des Rheins zeichneten sich die Hänge der Vogesen gegen den hellblauen Himmel ab. Während die Kommissarin schlürfend ihren heißen Kaffee genoss, diskutierte sie mit Bussard die Frage, ob es ein Auftragsmord gewesen sein könnte. Für jemanden ohne Unterweltkontakte war es nahezu unmöglich, einen Profikiller zu engagieren. Es war zwar denkbar, dass Bleyle einen der sozialen Brennpunkte der Stadt aufgesucht hatte, um jemanden für sein Vorhaben zu finden, doch damit wäre er ein extrem hohes Risiko eingegangen. Wie sollte man einen Fremden darauf ansprechen, dass man einen Killer suchte?

„Vielleicht war es gar kein Fremder", vermutete Sylvia, „vielleicht kennt Bleyle jemanden, der die entsprechenden Kontakte hat, vielleicht der Freund eines Freundes."

„Was kostet ein Mord?", gab Bussard zurück, „Fünfzigtausend? Fünfundzwanzigtausend? Zehntausend? Vielleicht gibt sich ein Junkie sogar mit fünftausend zufrieden."

Sylvia zuckte mit den Achseln. Sie wusste es nicht.

„Auf der Suche nach einem gedungenen Mörder hätte Bleyle Spuren hinterlassen", stellte Bussard fest, „mindestens eine, vermutlich sogar zwei oder drei Personen hätten von dem geplanten Mord gewusst. Damit hätte sich Bleyle erpressbar gemacht."

„Vielleicht hat er dieses Risiko aber auch nicht bedacht", widersprach Sylvia, „und er ist von der naiven Annahme ausgegangen, dass er ein Geschäft abschließen würde, bei dem er den vereinbarten Preis zahlt und die Angelegenheit wäre damit erledigt ohne zu ahnen, dass er sehr bald Besuch von äußerst unliebsamen Zeitgenossen erhalten wird."

„Ich denke nicht, dass es so war", erklärte Bussard, „wir stochern hier nur im Nebel. Selbst wenn es ein Auftragsmord gewesen sein sollte, müssen wir trotzdem das Motiv finden. Warum fangen wir nicht bei Bleyle an, wie Johannes vorgeschlagen hat?"

„Weil wir keinen begründeten Anfangsverdacht für ein Ermittlungsverfahren haben", antwortete Sylvia, „Bleyle ist ein Tatzeuge, kein Verdächtiger."

Nun zuckte Bussard mit den Schultern. Wenn eine Frau ermordet wurde, dann stand der Ehemann zwangsläufig im

Fokus der Ermittlungen, auch wenn der Tathergang auf den ersten Blick in eine andere Richtung deutete.

Die Tür wurde geöffnet und Susanne Bauer betrat das Büro der Kommissare. In der Hand hielt sie die Ermittlungsakte zum Fall Bleyle.

„Oh", sagte sie überrascht, „ihr seid ja doch da!"

„Ja, wieso?", gab Sylvia zurück.

„Ich habe euch vorhin nicht angetroffen, deshalb dachte ich, dass ihr unterwegs seid", erklärte die EDV-Spezialistin und wedelte mit dem Schnellhefter, „es gibt interessante Neuigkeiten. Eine Zeugin hat sich gemeldet, die gesehen haben will, wie sich unsere Täterin mit ein paar Punks in der Nähe des Bahnhofs unterhalten hat."

„Wer ist die Zeugin?", fragte Bussard.

„Eine gewisse Frau Dörflinger", berichtete Susanne, „sie hat erst heute Morgen von dem Raubüberfall erfahren und anschließend bei uns angerufen."

„Hast du sie einbestellt?"

„Das wollte ich, aber sie wohnt in St. Peter und hat kein Auto. Deshalb habe ich Sasha zu ihr geschickt. Er wird ihre Aussage aufnehmen."

„Damit ist Caro wohl endgültig aus dem Spiel", folgerte Sylvia.

Bussard wollte ihr zustimmen, doch Susanne kam ihm zuvor.

„Richtig, aber es kommt noch besser. Ihr ratet nie, für wen ich gerade die Akte kopiert habe."

„Kopiert?", fragte Bussard und runzelte die Stirn.

„Ja", erwiderte Susanne und legte die Akte auf Sylvias Schreibtisch, „der Anwalt von Carola Braun war hier."

„Aha, und weiter?", drängte Bussard.

Susanne sah ihre beiden Kollegen nacheinander an.

„Sein Name ist Hans Martin Bleyle", verkündete sie triumphierend.

„Bleyle", fragte Bussard ungläubig, „das ist nicht dein Ernst, oder?"

Hans Martin Bleyle war eine bekannte Persönlichkeit in der Stadt. Er leitete eine alteingesessene Kanzlei, die er von seinem Vater übernommen hatte und war berühmt für seine

Schlammschlachten bei Scheidungskriegen. Dass er jedoch jemals einen Strafprozess geführt hätte, war den Kommissaren nicht bekannt.

„Hans Martin Bleyle ...", wiederholte Sylvia und Susanne führte den Satz weiter, „... ist der Vater von Martin Bleyle und damit der Schwiegervater des Opfers, Bian Bleyle. Das habe ich schon überprüft."

Ungläubig staunend sahen sich Bussard und Sylvia an, während Susanne mit den Fingern schnippte.

„Das ist noch nicht alles, Leute. In der Akte ist eine Kopie des Mandats, das Caro ihrem Anwalt erteilt hat. Das Schreiben trägt das Datum vom Samstag und ich habe Bleyle danach gefragt. Er sagt, er sei am Samstagabend bei seiner Mandantin im Untersuchungsgefängnis gewesen und bei diesem Besuch habe sie ihm das Mandat erteilt."

Weder Bussard noch Sylvia wussten, was sie mit diesen Informationen anfangen sollten. Die Kommissare konnten sich keinen Reim darauf machen, warum Hans Martin Bleyle das Mandat für die mutmaßliche Mörderin seiner Schwiegertochter übernommen hatte, selbst wenn Caro nach Lage der Dinge unschuldig war. Wie die Punkerin zu ihrem Anwalt gekommen war und warum sie sich ausgerechnet ihn ausgesucht hatte, war ebenso rätselhaft. Je länger Bussard aber darüber nachdachte, desto sicherer war er, dass diese Konstellation ein Wink mit dem Zaunpfahl war. Das Auftreten von Bleyle senior als Caros Anwalt war eine Botschaft, die den familiären Aspekt des Falls hervorhob und die Spitze des Zaunpfahls zeigte auf Martin Bleyle.

6

Das Büro von Oberstaatsanwalt Schmieder war der Position, die er bekleidete, durchaus angemessen. Die mit dunklem Holz furnierten Möbel, die Ledersessel und der Rauchglastisch unterstrichen die Würde seines Amtes. Unzählige Gesetzbücher und Kommentare standen fein säuberlich und akribisch sortiert in den Regalen. Ein übergroßer, dicker, in gedeckten Farben gehaltener Orientteppich dämpfte jeden Schritt bis zur Lautlosigkeit und das einzige Bild an der Wand, das bei gegebenem Anlass ausgewechselt wurde, zeigte den amtierenden Bundespräsidenten.

Schmieder hatte sein Mittagessen alleine eingenommen. Sein Lieblingsrestaurant, ein Italiener, bei dem weder Pizza noch Spaghetti Bolognese auf der Karte standen, lag nur fünf Gehminuten von der Staatsanwaltschaft entfernt in einer kleinen Seitenstraße nahe der Fußgängerzone. Die tägliche warme Mahlzeit zum Mittag und die zweite abends mit der Familie hatten im Lauf der Jahre deutliche Spuren hinterlassen. Als Student der Jurisprudenz war er noch rank und schlank gewesen. Nachdem er jedoch in den Staatsdienst übernommen worden war, hatte seine Leibesfülle mit jeder Beförderung zugenommen. Er wusste selbst, dass die zweimal fünf Minuten zum Italiener und wieder zurück als körperliche Betätigung nicht ausreichend waren, um die Einhundertzwanzig-Kilogramm-Grenze wieder zu unterschreiten, doch auf den Luxus eines guten Essens wollte oder konnte er nicht verzichten. Andere sportliche Aktivitäten scheiterten an seiner Statur. Er war zu dick, um beweglich und zu kurzatmig, um ausdauernd zu sein. Außerdem wäre er sich in kurzer Hose hinter einem Ball herhechelnd oder im Trainingsanzug mit Stöcken durch den Wald stapfend ziemlich lächerlich vorgekommen. Dass er sich abgesehen von seinem Übergewicht dennoch für kerngesund hielt, schrieb er der Tatsache zu, dass er nicht rauchte und nie mehr als zwei Gläser Wein trank, zu denen sich manchmal ein Glas Cognac nach dem Essen gesellte.

Nach einem leisen Klopfen wurde die Tür geöffnet. Sandra Keller, eine sehr gut aussehende, schlanke, langbeinige Blondine Anfang dreißig, die seit zwei Jahren als Sekretärin für Schmieder arbeitete, trat zwei Schritte in das Büro.

„Draußen steht Herr Bussard", berichtete sie, „möchten Sie ihn empfangen?"

„Bitte", erwiderte Schmieder und nickte ihr zu.

Er legte den Stift aus der Hand, lehnte sich zurück und wartete. Die Sekretärin ließ Bussard eintreten, verließ das Büro und schloss die Tür.

„Herr Bussard", begrüßte der Oberstaatsanwalt den Kommissar, „Sie hätten sich doch nicht persönlich bemühen müssen."

Bussard registrierte den ironischen Unterton, wusste aber nicht, was Schmieder mit seiner Bemerkung gemeint hatte. Er durchquerte den ausladenden Raum und blieb vor dem Schreibtisch stehen.

„Tag, Herr Schmieder", erwiderte er.

„Sie bringen mir vermutlich die Protokolle der Zeugenvernehmungen vom Samstag, nicht wahr?", fragte der Oberstaatsanwalt mit honigsüßer Stimme.

Scheiße, dachte Bussard. Bei ihrem Telefonat am Morgen hatte Schmieder ihn angewiesen, die Protokolle der Vernehmungen der beiden Punks an die Staatsanwaltschaft zu faxen, doch Bussard war mit Sylvia zu Perlemann gegangen und hatte die Faxe völlig vergessen.

„Tut mir leid", antwortete er kleinlaut, „ich rufe sofort einen Kollegen an ..."

„Nicht nötig", unterbrach Schmieder, „einer Ihrer zuverlässigen Kollegen hat sich bereits darum gekümmert."

Der Oberstaatsanwalt betrachtete den Kommissar abwartend, doch Bussard wollte ihm den kleinen Triumph eines peinlichen Schweigens nicht gönnen.

„Es gibt neue Erkenntnisse", berichtete er, ohne Schmieders vorwurfsvollen Blick zu beachten, „eine Zeugin hat sich gemeldet und die Aussagen von Braun, Stoppmann und Neumann bestätigt."

„Ist die Zeugin glaubwürdig?", fragte Schmeider.

„Das kann ich noch nicht beurteilen", antwortete Bussard, „ein Kollege ist gerade bei ihr, um ihre Aussage aufzunehmen."

Er rückte sich einen Stuhl zurecht und setzte sich, was Schmieder mit einem missbilligenden Blick quittierte.

„Sehr viel interessanter ist jedoch, dass Carola Braun einen Anwalt hat", fuhr er fort, „Hans Martin Bleyle."

„Wer?", stieß Schmieder hervor und sah Bussard mit großen Augen an.

„Hans Martin Bleyle", wiederholte der Kommissar, „der Vater von Martin und Schwiegervater von Bian Bleyle."

„Unmöglich!", rief Schmieder, „Bleyle ist Scheidungsanwalt! Ich kann mir beim besten Willen nicht vorstellen ..."

Er brach ab und schüttelte ungläubig den Kopf.

„Ich verwette meinen alten Hut, dass das kein Zufall ist", erklärte Bussard, „Sylvia ist gerade im Untersuchungsgefängnis bei Carola Braun, um herauszufinden, wie Bleyle an das Mandat gekommen ist. Die spannendere Frage ist allerdings, warum Bleyle das Mandat übernommen hat."

„Und, was denken Sie?", fragte Schmieder, der sich langsam von seiner Überraschung erholte.

Bussard lehnte sich zurück und schlug die Beine lässig übereinander.

„Bian Bleyle ist tot", zählte er auf, „Martin Bleyle war Augenzeuge der Tat und jetzt mischt sich Hans Martin Bleyle in den Fall ein. Ein Verbrechen, drei Bleyles. Ich denke, wir sollten diese Familie genauer unter die Lupe nehmen."

„Sie können Hans Martin Bleyle nicht befragen", widersprach Schmieder und hob abwehrend die Hand, „er ist Anwalt und hat ein Mandat, also wird er sich auf seine Schweigepflicht berufen."

„Richtig", erwiderte Bussard nickend, „aber Sie könnten ein Ermittlungsverfahren gegen Martin Bleyle eröffnen."

„Haben Sie denn einen begründeten Verdacht?"

„Ja", bestätigte Bussard, „wir haben heute Morgen mit Johannes Perlemann gesprochen und mit ihm zusammen die Aufnahme von Bleyles Vernehmung angesehen. Johannes glaubt, dass Bleyle uns etwas verschweigt."

„Und was verschweigt er uns?", fragte Schmieder.

„Keine Ahnung", gestand der Kommissar, „irgendetwas. Johannes ist sicher, dass Bleyle mehr weiß als er zugibt."

„Aber er hat den Mord nicht begangen", widersprach der Oberstaatsanwalt, „das wissen wir mit Sicherheit."

„Und wenn er den Mord in Auftrag gegeben hat?", beharrte Bussard, „Bleyle hat zwar erklärt, dass es keine Lebensversicherung gibt und seine Frau kein Vermögen besaß, doch das sind im Augenblick nur Behauptungen. Wir wissen nicht, ob er vom Tod seiner Frau profitiert. Wir wissen ebenfalls nicht, ob er eine Geliebte hat und der Mord dazu diente, eine Scheidung zu verhindern. Im Grunde wissen wir überhaupt nichts über Martin Bleyle und jetzt, wo Carola Braun durch eine weitere Zeugin entlastet wurde, stehen wir quasi wieder bei Null. Wenn Bleyle uns etwas verschweigt, das heißt, wenn er uns wichtige Informationen vorenthält, behindert er damit unsere Ermittlungsarbeit, was den Schluss nahe legt, dass er in die Tat involviert ist. Wir können nicht ausschließen, dass er den Mord an seiner Frau geplant hat."

Schmieders Unzufriedenheit zeichnete sich deutlich in seinem Gesicht ab. Aus der schnellen Aufklärung des Verbrechens, auf die er durch die Verhaftung der Punkerin gehofft hatte, würde wohl nichts werden. Es gab weder einen Verdächtigen noch eine heiße Spur. Martin Bleyle war in diesem Augenblick der einzige Strohhalm.

„In Ordnung", sagte der Oberstaatsanwalt nickend, „ich eröffne ein Ermittlungsverfahren gegen Martin Bleyle. Um die richterlichen Beschlüsse hinsichtlich Wohnungsdurchsuchung, Bankdaten und Telefonverbindungen werde ich mich sofort kümmern. Nehmen Sie die Ermittlungen auf – und bringen Sie mir Ergebnisse!"

*

Sylvia verließ das Untersuchungsgefängnis, überquerte die Wallstraße und traf Bussard beim Kiosk am Holzmarktplatz. Sie berichtete von Caros Aussage, wonach Hans Martin Bleyle die Punkerin am Samstagabend aufgesucht habe. Eine Erklärung, wie er von ihrer Inhaftierung erfahren oder warum er das Mandat für sie übernommen hatte, habe er nicht geliefert. Caro hatte sich mit der Zusage begnügt, dass der Staat für sein Honorar aufkommen und er sich um ihre Freilassung kümmern würde.

Die Kommissare fuhren zum Präsidium zurück, wo Neudörfer eine Besprechung aller am Fall Bleyle beteiligten Kollegen einberufen hatte.

„Oberstaatsanwalt Schmieder hat ein Ermittlungsverfahren gegen Martin Bleyle eröffnet", berichtete Bussard.

Die Nachricht überraschte die Beamten.

„Mit welcher Begründung?", fragte Neudörfer.

„Es besteht der Verdacht, dass Bleyle unsere Ermittlungen behindert, indem er uns wichtige Informationen vorenthält", erläuterte Bussard, „es könnte sogar sein, dass Martin Bleyle die Tat geplant und in Auftrag gegeben hat. Soweit ich das sehe, ist das die einzig plausible Erklärung für den tödlichen Schuss."

„Dann muss er aber schon ganz schön abgebrüht sein, wenn er zusieht, wie seine Frau erschossen wird", stellte Mallmann fest.

„Nicht mehr als die Frau, die den Finger am Abzug hatte", konterte Bussard.

„Damit wären wir also bei einer Beziehungstat", stellte Neudörfer fest.

„Mich überzeugt das nicht", widersprach Mallmann kopfschüttelnd, „ich sehe weit und breit kein Motiv."

„Kein Wunder", antwortete Bussard, „wir haben noch nicht danach gesucht. Wer weiß, was wir finden werden, wenn wir uns Bleyle genauer ansehen?"

„Dann ist Martin Bleyle jetzt unser Mann", erklärte Neudörfer, in dessen Gesicht sich ebenfalls Zweifel spiegelten, „gibt es schon richterliche Beschlüsse?"

„Schmieder kümmert sich darum", antwortete Sylvia, „Bankdaten, Telefondaten und Hausdurchsuchung."

„Okay", sagte Neudörfer und wandte sich an Smirna, „haben wir eigentlich schon eine Auswertung von Frau Bleyles Handy?"

„Nein", antwortete Smirna und schüttelte den Kopf, „wir haben überhaupt kein Handy."

„Kein Handy?", fragte Neudörfer überrascht.

„Nein", bestätigte Smirna, „alles, was wir außer der Kleidung bei der Toten sichergestellt haben, ist ein gebrauchtes Taschentuch, sonst nichts."

„Auch keine Handtasche?", fragte Sylvia.

„Nein", erklärte Smirna, „auch keine Handtasche."

Die Kommissarin zog die Stirn in Falten. Dass Bian Bleyle ohne ihre Handtasche aus dem Haus gegangen sein sollte, um einen Stadtbummel zu machen, kam Sylvia seltsam vor. Sie konnte sich jedoch nicht daran erinnern, ob die Getötete eine Handtasche bei sich gehabt hatte.

„Können wir das Video noch einmal ansehen?", fragte sie.

„Kein Problem", antwortete Susanne Bauer und schaltete den Beamer ein.

Sie startete die Aufnahme und die Beamten verfolgten, wie das Ehepaar Bleyle den Laden betrat. An Bian Bleyles rechtem Arm hing eine schwarze Handtasche.

„Könnte die Handtasche in der Rechtsmedizin sein?", fragte Sylvia.

„Das ist unwahrscheinlich", antwortete Smirna, „im Verzeichnis ist keine Handtasche aufgeführt."

„Die Tatortfotos", verlangte Neudörfer und die EDV-Spezialistin stoppte die Aufnahme des Überwachungsvideos.

„Moment noch", rief Bussard, „kannst du bitte mal bis zum Ende der Aufnahme fahren? Ich will sehen, was passiert ist, nachdem die Täterin geschossen hat."

Im schnellen Vorlauf bewegten sich die Bilder bis zu der angegeben Stelle, dann lief die Aufnahme mit normaler Geschwindigkeit weiter. Man sah, wie Lackner und Bleyle ihren Kopf nach rechts unten wandten, wo Bian Bleyle zu Boden gesunken war, während die Täterin zur Tür ging. Als sie die Tür öffnete, drängte Bleyle an Lackner vorbei und verschwand nach unten aus dem Bild. Der Bereich hinter dem Tresen, wo die Tote lag, wurde von der Kamera nicht erfasst und so waren weder Bleyle noch seine Frau zu sehen. Sekunden später nahm Lackner sein Handy und telefonierte. Wahrscheinlich setzte er in diesem Augenblick den Notruf ab, während er immer wieder nach rechts unten sah. Er steckte das Handy ein, wartete einige Sekunden unschlüssig, wandte sich dann ruckartig nach links und verschwand aus dem Bild. Einige Augenblicke war niemand zu sehen, dann endete die Aufnahme abrupt.

„Das ist alles?", fragte Bussard.

„Ja", bestätigte Susanne, „mehr haben wir nicht. Bleyle ist im toten Winkel. Man sieht nicht, ob er die Handtasche an sich genommen hat."

Sie rief die Tatortfotos auf und ließ sie langsam nacheinander durchlaufen. Auf keinem Bild war eine Handtasche zu sehen.

„Wahrscheinlich hat Bleyle sie mitgenommen", vermutete Smirna, „schließlich war es ja die Handtasche seiner Frau. Warum hätte er sie liegen lassen sollen?"

„Die Frage ist, warum er es so eilig hatte, die Handtasche verschwinden zu lassen", erwiderte Sylvia, „warum hat er sie an sich genommen, bevor die Polizei am Tatort eintraf?"

„Wir wissen nicht, ob er es war", stellte Mallmann fest, „vielleicht hat Lackner oder ein Sanitäter die Tasche irgendwo hingestellt, weil sie im Weg lag und es ist niemandem aufgefallen. Vielleicht ist sie auch unter den Tresen gerutscht."

„Ich überprüfe das", kündigte Sylvia an.

„Tun Sie das", stimmte Neudörfer zu, „anschließend nehmen Sie sich zusammen mit Bussard unseren neuen Verdächtigen vor. Ich will sehen, wie er reagiert, wenn wir ihn mit dem Vorwurf der Tatbeteiligung konfrontieren."

„Das halte ich für keine gute Idee", widersprach Sylvia, „im Augenblick haben wir noch nichts gegen ihn in der Hand. Sollten wir nicht zuerst seine Bank- und seine Handydaten auswerten? Ich fände es besser, wenn wir uns ihm langsam nähern und uns erst einmal sein Umfeld vornehmen. Vielleicht gewinnen wir daraus verwertbare Erkenntnisse."

„Bussard, was meinen Sie?", fragte Neudörfer.

„Ich denke, Sylvia hat recht", antwortete er, „bei einem Verhör würde er einfach alles abstreiten, weil er weiß, dass wir ihm nichts nachweisen können. Wir sollten zuerst etwas in der Hand haben, womit wir ihn verunsichern. Ich denke nicht, dass er uns wegläuft."

„Also gut", stimmte Neudörfer zu, „schauen Sie sich das Umfeld der Bleyles an. Sehen Sie zu, dass Sie etwas finden, was uns weiterbringt. Mallmann, Sie kümmern sich um Handy- und Bankdaten. Außerdem forschen Sie nach, ob ein Handy auf Frau Bleyle angemeldet ist. Falls ja, überprüfen Sie auch ihre Verbindungsdaten. Man kann nie wissen. Noch Fragen?"

Da niemand etwas anmerken wollte, beendete Neudörfer die Besprechung. Bussards Magen knurrte laut und vernehmlich. Es war fast drei Uhr am Nachmittag und er hatte seit seinem Frühstück zu Hause nichts mehr gegessen. Sylvia wollte Lackner sofort nach der verschwundenen Handtasche fragen und so fuhren die beiden Kommissare gemeinsam in die Innenstadt.

*

Die *Schwarzwald-City* war ein Gebäudekomplex beim Kartoffelmarkt in der Freiburger Fußgängerzone mit diversen Geschäften und Büros, Arztpraxen, Restaurants und einem Eiscafé. Auf der Außenseite des Erdgeschosses lag *Lackners Goldschmiede*, zu der sich Sylvia aufmachte, während Bussard im Innern des Gebäudes die Rolltreppe ins Obergeschoss hinauffuhr. Sein Ziel war eine Salatbar, wo auch warme Tagesmenüs angeboten wurden. Er wählte eine Kartoffelsuppe mit Brötchen und stellte sich einen kleinen, bunten Salat zusammen. Um diese Uhrzeit zwischen Mittag- und Abendessen waren nur wenige Gäste anwesend und es gab reichlich freie Tische. Der Geruch der dampfenden Suppe ließ seinen Magen erneut knurren.

„Gib Ruhe, gleich gibt's Futter", raunte er, stellte sein Tablett auf den nächstbesten Tisch, setzte sich und nahm den Löffel zur Hand.

Vorsichtig, weil die Suppe heiß war, aber mit großem Appetit machte er sich darüber her und als die Schale leer war, spürte er ein wohlig-warmes Gefühl in seinem Magen. Er tauschte den Löffel gegen eine Gabel und die Suppenschale gegen den Salatteller. Während er aß, dachte er über die verschwundene Handtasche nach. Vielleicht hatten sie Glück und Sylvia fand die Tasche tatsächlich beim Juwelier. Falls nicht, dann würde Bleyle eine Erklärung dafür liefern müssen. Solange Bussard auf seine Kollegin wartete, konnte er zumindest nach Lust und Laune spekulieren. Dass Bleyle in die Tat verstrickt war, nahm der Kommissar als wahrscheinlich an. Als er ihn zum ersten Mal gesehen hatte, war Bleyle ihm wie ein Opfer vorgekommen, ein schockierter, vielleicht sogar traumatisierter Ehemann, der im Fond der Ambulanz gesessen hatte und dessen Gesicht und Hände mit dem Blut seiner ermordeten Frau verschmiert gewesen waren. Sein Eindruck hatte sich jedoch nahezu ins Gegenteil verkehrt, als Sylvia Bleyle am nächsten Tag zu dem Vorfall befragt hatte. Es war nur ein Gefühl gewesen, eine vage Vermutung, die er nicht einmal in Worte hatte fassen können. Er war nur sicher gewesen, dass irgendetwas an Bleyle oder seiner Aussage nicht stimmig war. Als Perlemann dann aber Bleyles Vernehmung kommentiert und Bussards Vermutung damit untermauert hatte, war der Kommissar sicher gewesen, dass sein Riecher ihn nicht getrogen hatte. Bleyle verheimlichte etwas und die verschwundene Handtasche goss Wasser auf die Mühlen von Bussards Gefühls. In der Handtasche musste sich etwas befunden haben, das Bleyle der Polizei unbedingt vorenthalten wollte, weil es ihn womöglich belastete. Vielleicht war es Bian Bleyles Handy mit einer verräterischen Nummer oder der Brief eines Anwaltes, weil sich Bian von ihrem Mann scheiden lassen wollte. Es gab vieles, was sich außer einem Lippenstift und einem Schminkspiegel in der Handtasche befunden haben konnte.

Zwei Minuten später erkannte er Sylvia, die gerade in die Salatbar kam. Sie blieb im Eingangsbereich stehen, sah Bussard an und formte mit ihren Lippen das Wort „Kaffee", das sie mit einer fragenden Geste unterstrich. Bussard nickte und Sylvia ging zum Kaffeeautomaten. Kurz darauf kam sie mit einem Tablett, auf dem zwei Tassen standen, an seinen Tisch.

„Lackner erinnert sich vage an die Handtasche", berichtete sie, während sie sich setzte und eine Tasse vor Bussard auf den Tisch stellte, „er weiß aber nicht, wo sie abgeblieben ist. In seinem Geschäft ist sie jedenfalls nicht, auch nicht unter seinem Tresen. Er hat aber auch nicht gesehen, ob Bleyle sie an sich genommen hat."

„Warum überrascht mich das nicht?", fragte Bussard.

„Es könnte auch so sein, wie Bertold vermutet hat", erwiderte sie, „vielleicht hat Bleyle die Handtasche einfach an sich genommen, weil sie seiner Frau gehört hat ohne sich etwas dabei zu denken."

Bussard erinnerte sich an die Szene, in der er Bleyle zum ersten Mal gesehen hatte. Im Fond der Ambulanz sitzend hatte Bleyle die Arme um seinen Körper geschlungen. Bussard hatte die blutigen Hände von Bleyle bemerkt, doch eine Handtasche war ihm nicht aufgefallen. Bleyle musste sie unter seinem Mantel verborgen gehalten haben.

„Das glaube ich nicht", erwiderte er und zog seinen Tabak aus der Jacke, „Bleyle tut nichts, ohne sich etwas dabei zu denken."

7

Nur wenige Fenster des Instituts für Medizinische Mikrobiologie und Hygiene waren erleuchtet. Es war bereits nach sechzehn Uhr und die Dämmerung hatte schon eingesetzt. Bussard und Sylvia hatten Glück, dass die Pförtnerloge besetzt war. Ein grinsender junger Mann mit blondierten Haaren hatte die Füße auf den Schreibtisch gelegt und las ein Buch, das den Titel *Die Ziege im Anzug* trug. Offenbar amüsierte er sich köstlich.

„Guten Tag", sagte die Kommissarin, „wir suchen Herrn Martin Bleyle."

„Bleyle", antwortete der Pförtner und sah von seinem Buch auf, „fünfter Stock bei Professor Bäumler."

Sylvia bedankte sich, doch der junge Mann hatte sich bereits wieder in seine Lektüre vertieft. Als die beiden Kommissare zum Aufzug gingen, hörten sie ihn lachen.

Im fünften Obergeschoss fanden sie die AG Myobacterium Tuberculosis Multiresistentia, die von Prof. Dr. Wolfgang Bäumler geleitet wurde. An der Tür prangte unübersehbar ein Warnschild, das auf die Gefahren hinwies.

„Das sieht nicht gerade vertrauenerweckend aus", sagte Sylvia unbehaglich, „da steht etwas von Tuberculosis und Infektionsgefahr. Hast du keine Angst, dass wir uns hier etwas einfangen?"

Bussard antwortete nicht. Neben der Tür war ein Klingeltaster angebracht und er drückte darauf. Als sich eine halbe Minute lang nichts tat, versuchte er es erneut. Einige Augenblicke später wurde die Tür von einer jungen Frau, die einen weißen Laborkittel trug, geöffnet. Sylvia trat unwillkürlich einen Schritt zurück.

„Kriminalhauptkommissar Bussard", stellte er sich vor und zückte seinen Dienstausweis, „das ist meine Kollegin, Frau Harter. Wir möchten zu Professor Bäumler."

„Kommen Sie rein", antwortete die junge Frau, „Professor Bäumler ist in seinem Büro."

„Ich warte hier", erklärte Sylvia.

Bussard blickte seine Kollegin über die Schulter an, zog kurz eine Augenbraue nach oben, schüttelte einmal den Kopf und folgte schließlich der Laborantin.

„Hier", sagte die junge Frau schon nach wenigen Sekunden und wies mit der Hand auf die erste Tür auf dem Flur.

Bussard bedankte sich, trat zur Tür und klopfte. Als er ein gedämpftes „ja" hörte, drückte er die Klinke.

Chaos ist ein Mangel an Überblick, war der erste Gedanke, der ihm in den Sinn kam, als er das Büro betrat. Auf allen freien Flächen und selbst auf dem Fußboden stapelten sich Bücher, Zeitschriften, Dokumente, Unterlagen und Notizen. Die Regalbretter bogen sich unter der Last, die sie zu tragen hatten und selbst auf den Fensterbänken gab es keinen Platz mehr, wo man eine kleine Topfpflanze hätte hinstellen können. Hinter dem Schreibtisch sitzend und vom Monitor seines PCs aufschauend begrüßte der Professor den Kommissar.

„Guten Tag. Mit wem habe ich das Vergnügen?"

Bäumler war etwa siebzig Jahre alt, hatte hellgraues, schütteres Haupt- und Barthaar und trug eine Brille mit schmaler Fassung. Er sah den Eintretenden mit einem sympathischen, aber irgendwie auch amüsierten Lächeln an.

„Mein Name ist Bussard, Kripo Freiburg", stellte sich der Kommissar vor, „ich muss Ihnen einige Fragen stellen."

„Nur zu", antwortete Bäumler mit einer einladenden Geste, „nehmen Sie sich den Stuhl. Legen Sie die Sachen einfach auf den Boden."

Bussard befreite einen Stuhl von einem Stapel Bücher und Fachzeitschriften, dann zog er den Reißverschluss seiner Jacke auf und setzte sich Bäumler gegenüber.

„Möchten Sie einen Kaffe?", bot der Professor an.

„Nein, danke", antwortete Bussard.

„Lieber einen Schnaps?"

„Nein, danke, auch keinen Schnaps."

Bäumler lehnte sich zurück und faltete die Hände im Schoß.

„Was kann ich sonst für Sie tun?", fragte er.

„Martin Bleyle arbeitet für Sie", stellte Bussard fest, „das ist doch richtig, oder?"

„Im Prinzip ja", antwortete Bäumler.

„Was heißt im Prinzip?"

„Martin ist hier angestellt. Allerdings ist er heute nicht zur Arbeit gekommen", erklärte der Professor, hielt kurz inne und nickte dem Kommissar zu, „Sie kommen wegen seiner Frau, nicht wahr?"

Der amüsierte Ausdruck auf seinem Gesicht war verschwunden. Offenbar hatte er von dem Mord an Bian Bleyle gehört.

„Ja", bestätigte Bussard, der davon ausgegangen war, dass Bleyle am Montag nach dem Mord an seiner Frau nicht arbeiten würde, „ich ermittle in dem Raubmord vom Samstag. Erzählen Sie mir etwas über Martin Bleyle."

„Glauben Sie, dass er etwas damit zu tun hat?", fragte Bäumler.

„Wir ermitteln in alle Richtungen", antwortete der Kommissar ausweichend, „deshalb beleuchten wir zuerst das Umfeld des Opfers."

„Das Umfeld des Opfers", wiederholte Bäumler, „aber warum kommen Sie dann zu mir?"

Bussard betrachtete den Professor skeptisch. Der Kommissar wollte Fragen stellen, aber keine Erklärungen liefern.

„Um Informationen über Martin und Bian Bleyle zu sammeln", erwiderte er.

„Ich dachte, Martins Frau wäre bei einem Überfall auf einen Juwelier erschossen worden", sagte Bäumler.

„Richtig", stimmte Bussard zu, „und ich bin auf der Suche nach dem Täter."

„Dann nehmen Sie also an, dass es etwas Persönliches war", folgerte der Professor, „sonst wären Sie nicht hier bei mir."

Bussard unterdrückte einen Seufzer. Das Gespräch mit dem Professor begann zäh und der Kommissar befürchtete, dass es sich sehr in die Länge ziehen könnte.

„Wir ermitteln in alle Richtungen", sagte er noch einmal, „was können Sie mir über Martin Bleyle sagen?"

„Was wollen Sie wissen?"

„Was für ein Mensch ist er?"

„Ich bin Mikrobiologe", antwortete Bäumler, „kein Psychologe."

Den zweiten Seufzer unterdrückte Bussard nicht. Der Professor wich den Fragen aus. Er wirkte entspannt und selbstsicher, doch er schien nicht gewillt, Informationen über Bleyle preiszugeben. Bussard spürte einen leisen Anflug von Ärger in sich aufsteigen. Es war bereits später Nachmittag und er wollte nicht mehr Zeit als unbedingt nötig mit dieser Zeugenbefragung verbringen.

„Herr Professor", begann er und sah dem Wissenschaftler direkt in die Augen, „ich bin auf der Suche nach einem Mörder und ich habe keine Lust, meine Zeit mit Spitzfindigkeiten zu vergeuden. Also, beantworten Sie bitte meine Fragen."

„Aber das tue ich doch", erwiderte Bäumler und der amüsierte Ausdruck kehrte auf das Gesicht des Professors zurück, „wenn Sie unpräzise Fragen stellen, werden Sie unpräzise Antworten erhalten. Woher soll ich wissen, was für ein Mensch Martin ist? Er ist mein Mitarbeiter, ich bin sein Vorgesetzter, das ist alles."

„Okay", brummte Bussard und mahnte sich selbst zur Ruhe.

In einem Punkt konnte er dem Professor nicht widersprechen. Wenn er unpräzise Fragen stellte, durfte er sich nicht wundern, wenn er unpräzise Antworten erhielt.

„Bleyle ist Ihr Mitarbeiter", begann er noch einmal, „wie beurteilen Sie ihn als solchen?"

„Zuverlässig", antwortete Bäumler.

„Was ist sein Aufgabenbereich?"

„Martin ist MTA", erläuterte der Professor, „er kümmert sich um die Mäuse, assistiert bei Versuchen, seziert, mikroskopiert, dokumentiert und kocht Kaffee."

„Wie verhält er sich anderen Mitarbeitern gegenüber?"

„Korrekt."

„Auch den weiblichen?"

„Ja."

„Gab es Streit oder Meinungsverschiedenheiten zwischen Bleyle und anderen Mitarbeitern?"

„Nein."

„Nie?"

„Nein, nie."

„Wissen Sie, ob er Eheprobleme hatte?"

„Nein."

Bussard zögerte einen Augenblick, als ihm klar wurde, dass er die Frage falsch gestellt hatte.

„Das heißt, Sie wissen es nicht", stellte er klar.

„Genau", antwortete Bäumler, „ich weiß es nicht."

„Kannten Sie Bian Bleyle, die Ehefrau von Martin Bleyle?"
„Nein, nicht persönlich."
„Hat Bleyle jemals davon gesprochen, dass er oder seine Frau in Schwierigkeiten stecken?"
„Ja."
„Ja?", wiederholte Bussard verblüfft.

Er hatte nicht mit dieser Antwort gerechnet. Sein anfänglicher Ärger war wie weggeblasen und sein Instinkt sagte ihm, dass er vielleicht endlich auf eine Spur gestoßen war. Bäumler war offenbar doch nicht so widerspenstig wie er zuerst befürchtet hatte.

„Was sind das für Schwierigkeiten?", fragte er gespannt, doch der Professor schüttelte den Kopf.

„Tut mir leid, Herr Kommissar", erklärte er, „das kann ich Ihnen nicht sagen. Es war ein vertrauliches Gespräch zwischen Martin und mir."

„Ich ermittle in einem Mordfall", drängte Bussard.

„Ich weiß", erwiderte Bäumler, „aber wie ich schon sagte, es war vertraulich."

„Könnten die Schwierigkeiten im Zusammenhang mit dem Mord an Bleyles Frau stehen?"

„Kein Kommentar."

Bussard atmete tief ein und hörbar wieder aus. Er hatte einen Silberstreif am Horizont entdeckt, doch er fühlte sich, als seien seine Füße festgebunden. Bäumler weigerte sich strikt, über Bleyles Schwierigkeiten zu sprechen und Bussard kam an diesem Punkt keinen Schritt weiter. Einen Augenblick dachte er daran, es trotzdem noch einmal zu versuchen, doch dann änderte er seine Strategie.

„Halten Sie Bleyle für fähig, einen Mord zu begehen?", fragte er geradeheraus.

„Ja", antwortete Bäumler wie aus der Pistole geschossen.

„Ja?", wieder hatte ihn Bäumlers Antwort überrascht, „Sie trauen Bleyle tatsächlich einen Mord zu?"

„Natürlich", antwortete Bäumler, „Martin ist dazu genauso fähig wie Sie und ich. Nahezu jeder Mensch wird einen Mord begehen, wenn er in eine Situation gerät, in der er keinen anderen Ausweg mehr sieht."

Die Antwort des Professors war ebenso präzise wie nichtssagend und Bussard schüttelte den Kopf.

„So meinte ich das nicht", sagte er, „trauen Sie Bleyle einen Mord eher zu als anderen Menschen?"

„Zum Beispiel eher als Ihnen?", fragte Bäumler.

Der Professor saß noch immer entspannt mit gefalteten Händen hinter seinem Schreibtisch. Er hatte ein kleines Mosaiksteinchen geliefert, eine Andeutung über irgendwelche Schwierigkeiten, über die er mit Bleyle gesprochen hatte, doch er war nicht gewillt, das Bild zu vervollständigen. Die beiden Männer saßen sich gegenüber und taxierten einander. Bussard fragte sich, was wohl der Grund für Bäumlers Weigerung sein mochte. Hatten die Schwierigkeiten vielleicht mit dem Professor selbst zu tun? Wusste Bleyle etwas über den Professor, das nicht ans Licht der Öffentlichkeit gelangen sollte? Wurde Bäumler vielleicht sogar von Bleyle erpresst? Das war denkbar, doch warum hatte Bäumler dann die Andeutung über Bleyles Schwierigkeiten gemacht?

„Warum sagen Sie mir nicht einfach die Wahrheit, Herr Professor?", fragte der Kommissar.

Bäumler betrachtete Bussard weiterhin gelassen. In der chaotischen Umgebung seines Büros wirkte er ein wenig verschroben, doch die hellen Augen hinter seiner Brille blickten klar, scharf und konzentriert. Er sah nicht im Mindesten schuldbewusst aus und antwortete mit einer Gegenfrage.

„Was ist die Wahrheit?"

„Ich bin nicht hier, um mit Ihnen philosophische Fragen zu erörtern", erklärte Bussard.

„Dann sollten Sie mir auch keine philosophischen Fragen stellen, Herr Kommissar", konterte Bäumler.

Das Katz-und-Maus-Spiel, das der Professor mit ihm trieb, ging Bussard auf die Nerven. Er wusste nicht, ob es ein Charakterzug des Wissenschaftlers war, Überlegenheit auf diese betont lässige Art zu demonstrieren oder ob sich Bäumler einfach nur über ihn lustig machte.

„Anscheinend wollen Sie meine Fragen nicht beantworten", stellte Bussard fest, „ich kann Sie auch gerne aufs Präsidium vorladen."

Es war eine sanfte Drohung, die oftmals ihre Wirkung nicht verfehlte, doch Bäumler ließ sich nicht davon einschüchtern.

„Sie möchten mich also auf Ihr Präsidium bringen", erklärte er, wobei er immer noch freundlich wirkte, auch wenn er sich keine Mühe gab, die Ironie in seinen Worten zu verbergen, „damit ich bei Ihrem Verhör zusammenbreche und meinen Mitarbeiter denunziere?"

„Ich mache nur meine Arbeit", erklärte Bussard.

„Ich auch", erwiderte Bäumler, „Martin Bleyle ist mein Mitarbeiter und als Leiter dieser Abteilung trage ich Verantwortung für ihn. Sind Sie von Ihrem Vorgesetzten schon einmal denunziert worden?"

Bussard antwortete nicht. Das Gespräch verlief ganz und gar nicht so wie er sich das vorgestellt hatte. Bäumler hatte ihn zum dritten Mal überrascht, denn der Kommissar hatte nicht damit gerechnet, dass sich der Professor lediglich schützend vor seinen Mitarbeiter stellte. Vielleicht hatte Bleyle etwas ausgefressen, aber Bäumler verhielt sich seinem Mitarbeiter gegenüber loyal. Im Grunde war das bewundernswert und hätte dem Kommissar Respekt für den Professor abnötigen sollen. Bussard wusste selbst nicht, warum er Bäumler gegenüber unfreundlich geworden war. Im Bewusstsein, als Kriminalhauptkommissar eine mit Staatsmacht ausgestattete Respektsperson zu sein, hatte er die übliche Routine abspulen wollen und war bei dem Professor an den Falschen geraten. Der freundliche ältere Herr hatte ihn mühelos ins Leere laufen lassen.

„Tut mir leid", entschuldigte sich Bussard, „eigentlich ist es schön zu sehen, dass ein Vorgesetzter sich seinen Angestellten gegenüber loyal verhält. Sie müssen aber auch mich verstehen. Ich muss eine Mordermittlung durchführen und das bedeutet, dass ich einen Mörder suche. Sie haben vorhin selbst gesagt, dass jeder zu einem Mord fähig sei."

„Ich verstehe Sie durchaus", erwiderte Bäumler und lächelte wieder, „möchten Sie jetzt vielleicht einen Kaffee?"

Bussard lehnte zum zweiten Mal ab. Eigentlich hätte er sich verabschieden können, da nicht zu erwarten war, dass Bäumler weitere Auskünfte über Bleyle erteilen würde. Vielleicht ließ sich der Professor aber doch zu einer Bemerkung hinreißen, wenn er es durch die Hintertür versuchte.

„Was machen Sie eigentlich hier", fragte er, „ich meine, was erforschen Sie?"

„Myobacterium Tuberculosis Multiresistentia", antwortete der Professor, „das sind Tuberkuloseerreger, die gegen mehrere Impfstoffe Widerstand leisten. Es sind ziemlich hartnäckige, kleine Burschen."

Bussard hatte den Eindruck, dass Bäumler die hartnäckigen, kleinen Burschen, wie er sie genannt hatte, mochte. Es war eine absurde Vorstellung, denn der Kommissar verspürte wie fast jeder Mensch eine instinktive Abneigung gegen die Erreger der ansteckenden Lungenerkrankung.

„Ich dachte, Tuberkulose sei längst kein Thema mehr", erklärte er, „die Krankheit ist doch schon lange ausgerottet."

„Oh, da irren Sie sich", widersprach Bäumler, „es gibt keine andere behandelbare Krankheit, an der so viele Menschen sterben. Die Mortalität liegt bei etwa zweihundert Millionen Menschen jährlich, das entspricht der halben Bevölkerung Europas. Rund dreißig Prozent der Weltbevölkerung sind infiziert."

„Zweihundert Millionen jährlich?", fragte Bussard schockiert.

Die Zahl lag außerhalb seiner Vorstellungskraft, denn soweit er wusste, genügte eine einfach Impfung als sicherer Schutz gegen die Krankheit. Wie konnte es sein, dass jedes Jahr zweihundert Millionen Menschen daran starben?

„Tuberkulose ist doch heilbar?", fragte er unsicher.

„Natürlich", antwortete Bäumler.

„Aber wie ...", begann Bussard, doch er konnte seine Frage nicht in Worte fassen, denn die Zahl, die der Professor ihm gerade genannt hatte – dreißig Prozent der Weltbevölkerung – war geeignet, sein Weltbild ins Wanken zu bringen.

„Sie wollten fragen, warum so viele Menschen infiziert sind", erriet Bäumler und fuhr fort, als Bussard stumm nickte, „Tuberkulose ist eine Armutskrankheit. In vielen Teilen der Welt ist einfach nicht genügend Geld vorhanden, um die erforderlichen Antibiotika zu kaufen. So einfach ist das."

Bussard schüttelte fassungslos den Kopf. Nach seinem Verständnis war die Medizin seit einhundert Jahren auf dem Siegeszug rund um die Welt. Namen wie Robert Koch und Louis Pasteur kamen ihm in den Sinn. Die Forschung wurde ständig weitergetrieben, immer mehr Krankheiten konnten erfolgreich behandelt werden und immer wieder kamen neue Medikamente auf den Markt. Wenn man sich etwas Ernsteres eingefangen hatte, verschrieb der Arzt Antibiotika. Man ging in die Apotheke, nahm eine kleine Schachtel mit nach Hause, schluckte morgens und abends eine Tablette und zehn Tage später war der Fall erledigt. Man verschwendete keinen weiteren Gedanken daran, schon gar nicht an die Tatsache, dass diese simple Behandlungsmethode in weiten Teilen der Welt nicht durchgeführt werden konnte, weil kein Geld für die Medikamente vorhanden war.

Bussard stand abrupt auf. Er war gekommen, um Informationen zu sammeln und hatte mehr erfahren als ihm lieb war.

„Wollen Sie schon gehen", fragte Bäumler überrascht, „ich hätte Ihnen gerne noch unsere Mäuse gezeigt."

„Nein, danke", wehrte Bussard ab, „ich bin nur an Martin Bleyle interessiert, aber zu dem haben Sie offensichtlich nichts zu sagen. Ich würde jetzt gerne mit Ihren anderen Mitarbeitern sprechen."

„Tut mir leid", erwiderte der Professor achselzuckend, „meine Mitarbeiter führen im Labor gerade einen Versuch durch. Ich kann Sie auf keinen Fall dort hineinlassen, wegen den hartnäckigen, kleinen Burschen, Sie verstehen schon. Ich wäre untröstlich, wenn Sie sich infizieren würden."

Bussard verstand den Wink. Bäumler wollte Bleyle nicht denunzieren und er wollte ebenfalls nicht, dass seine Mitarbeiter über Bleyle sprachen.

„Auf Wiedersehen, Herr Kommissar", sagte der Professor, während er aufstand und Bussard die Hand entgegenstreckte, „und schöne Weihnachten."

„Wiedersehen, Herr Professor", antwortete Bussard und schüttelte Bäumler die Hand.

Er wandte sich um und ging zur Tür.

„Sie dürfen mich gerne wieder besuchen", bot Bäumler an, „vielleicht haben Sie das nächste Mal Lust auf einen Kaffee."

„Vielleicht", antwortete Bussard und verließ Bäumlers Büro.

Auf dem Flur blieb er unschlüssig stehen. Er wollte auf jeden Fall mit Bleyles Kollegen sprechen, doch er wagte nicht, eine Tür zu öffnen, denn die verschiedenen Warnschilder hatte man nicht umsonst angebracht. Kurz entschlossen drehte er sich um und betrat Bäumlers Büro erneut.

„So schnell habe ich Sie gar nicht zurückerwartet", sagte der Professor amüsiert.

„Ich brauche ein Liste mit den Namen und Adressen Ihrer Mitarbeiter", erklärte Bussard.

„Dann sind Sie bei mir falsch", antwortete Bäumler, „ich weiß nicht, wo meine Mitarbeiter wohnen. Am besten wenden Sie sich vertrauensvoll an die Personalabteilung."

Das hätte ich mir sparen können, dachte Bussard. Bäumlers Antwort war vorhersehbar gewesen und unverrichteter Dinge musste der Kommissar wieder abziehen. Obwohl er sich über den Professor ärgerte, empfand er dennoch einen gewissen Respekt für den älteren Herrn. Seine Loyalität war bewundernswert und im Grunde konnte man sich einen solchen Chef nur wünschen. Auch wenn Bäumler sich Mühe gegeben hatte, nichts zu sagen, hatte Bussard trotzdem etwas in Erfahrung gebracht. Bäumler wollte seinen Mitarbeiter nicht denunzieren. Genau das waren seine Worte gewesen und sie ließen darauf schließen, dass es etwas gab, das er verschweigen wollte, etwas, das mit Martin Bleyle zu tun hatte.

Im Treppenhaus vor Bäumlers Abteilung stand Sylvia und sah aus dem Fenster. Die Dämmerung war bereits fortgeschritten und das trübe Grau des Nachmittags wurde dunkler, obwohl es erst sechzehn Uhr dreißig war.

„Und?", fragte sie, während sie sich umwandte.

„Nichts", antwortete Bussard, „Bäumler, der Chef der Abteilung, mauert. Er will über Bleyle keine Auskunft geben."

„Dann laden wir ihn vor", erklärte sie, „wir kriegen ihn schon zum Reden."

„Das glaube ich nicht", widersprach er, „er verhält sich loyal und sagt, dass er keinen Mitarbeiter denunzieren will."

„Und wenn er etwas zu verbergen hat?", fragte sie.

„Jeder hat etwas zu verbergen", antwortete Bussard.

Er drückte auf den Rufknopf des Aufzugs und wartete. Bäumler hatte fast nichts über Martin Bleyle berichtet, doch er hatte eine andere Tür geöffnet und Bussard einen Einblick gewährt. Hinter der Tür verbargen sich Abermillionen hartnäckiger, kleiner Burschen, unsichtbar winzig und doch absolut tödlich, wenn man kein Geld für Antibiotika besaß. Die Tür des Aufzugs öffnete sich und Bussard spürte, dass seine Zehen wieder juckten.

*

Nach dem Besuch im Institut fuhren die beiden Kommissare noch einmal in die Albertstraße, um die Befragung von Bleyles Nachbarn fortzusetzen, die sie wegen der Verhaftung von Caro Braun am Samstag abgebrochen hatten, doch sie gewannen keine neuen Erkenntnisse. Niemand wusste etwas über die Bleyles zu berichten, die allem Anschein nach von sich aus auch keinen Kontakt zu den Nachbarn gesucht hatten. Gegen achtzehn Uhr trafen Bussard und Sylvia wieder im Präsidium ein, doch auch hier gab es nichts Neues. Die richterlichen Beschlüsse lagen zwar vor, doch sowohl die Handy- als auch die Bankdaten würden die Kollegen erst am folgenden Tag erhalten. Von der Tatwaffe, dem Mountainbike und der Kleidung fehlte weiterhin jede Spur.

Bussard fuhr nach Hause. Als er die Wohnungstür öffnete, empfing ihn der Geruch von Weihnachtsplätzchen. Er zog seine Jacke aus, hängte sie an die Garderobe und ging in die Küche, wo Helen gerade ein Blech Zimtsterne in den Ofen schob.

„Papa! Papa!", begrüßten ihn seine Töchter und liefen auf ihn zu.

Lächelnd nahm er sie in seine Arme.

„Nicht!", rief Helen, doch es war bereits zu spät.

Bussard küsste seine Kinder und ließ sie wieder los. Ihr Tagewerk war unübersehbar. Auf ihren Pullovern und ihren Hosen kündeten Teigreste und Mehlspuren von der Weihnachtsbäckerei.

„Oh, oh", sagte er grinsend, als er an sich heruntersah und sein Sweatshirt betrachtete, „jetzt sehe ich auch aus wie ein Bäcker."

Er warf Helen einen Blick zu und schlagartig kehrte das ungute Gefühl wieder zurück. Trotzdem umrundete er den Küchentisch und gab ihr einen Kuss.

„Hallo", begrüßte er sie, „wie war euer Tag?"

„Schön", antwortete sie lächelnd, „wir waren fleißig."

„Wir haben Zimtsterne gebacken", rief Miriam.

„Und Monde", fiel Tabea ein, „und Schlangen."
„Schlangen?", fragte Bussard.
„Spritzgebäck", erklärte Helen und stellte den Timer des Backofens, „so, Kinder, das war das letzte Blech. Jetzt müssen wir hier wieder klar Schiff machen, damit wir bald essen können. Euer Vater hat bestimmt Hunger."

Bussard ging ins Bad und zog Schuhe und Strümpfe aus. Auch die Sporen, die den Fußpilz verursachten, waren hartnäckige, kleine Burschen. Er nahm die Salbe aus dem Spiegelschrank, setzte sich auf den Rand der Badewanne und cremte seine Zehen ein, während er sich fragte, wie er sich seiner Frau gegenüber verhalten sollte. In der Küche hatten ihn der Geruch frisch gebackener Plätzchen und die vergnügten Gesichter von Helen und den Kindern empfangen. Das war seine Familie, die er um nichts in der Welt verlieren wollte. Vielleicht war Helens Affäre nur ein einmaliger Ausrutscher. So etwas konnte vorkommen und es lag an ihm zu entscheiden, ob er sie darauf ansprechen oder einfach so tun sollte, als ob er völlig ahnungslos sei. Er wusste, dass er ihr ohnehin verzeihen würde. Sie waren moderne, erwachsene Leute und auch wenn ihn die Vorstellung, dass sie mit einem anderen Mann zusammen gewesen war, bis ins Mark traf, so bedeutete das nicht gleichzeitig, dass er seine Verletztheit über ihre Ehe stellen würde. Keine Beziehung verlief ohne Schwierigkeiten und kein Mensch war ohne Fehler. Der Gedanke jedoch, die ganze Angelegenheit unausgesprochen auf sich beruhen zu lassen, behagte ihm auch nicht. Nur wenn er die Sache mit Helen klärte, würde er wieder das nötige Vertrauen in sie haben, auch wenn er nicht ausschließen konnte, dass es nicht mehr so sein würde wie vorher. Wann und wie er das unausweichliche Gespräch mit ihr führen sollte, wusste er allerdings noch nicht.

Kurz nach acht schloss Bussard die Tür zum Kinderzimmer. Nach dem Abendessen hatte er seine Töchter zu Bett gebracht und ihnen wieder einige Seiten vorgelesen. Es war ihr allabendliches Ritual, das er nicht missen wollte. Er war gerne Vater und er verbrachte gerne Zeit mit seinen Kindern. Er war bei beiden Geburten dabei gewesen, hatte Helens Hand gehalten und sie immer wieder animiert, die Ratschläge zu befolgen, die man ihnen während der Geburtsvorbereitung gegeben hatte. Als er

Miriam und anderthalb Jahre später Tabea zum ersten Mal in seinen Armen gehalten hatte, waren dies die schönsten, wichtigsten und glücklichsten Momente in seinem Leben gewesen. Jetzt waren sie neun und sieben Jahre alt. Bussard konnte ihnen beim Wachsen zusehen und er wusste, dass in ein paar Jahren der Tag kommen würde, an dem sie einer BRAVO-Zeitschrift den Vorzug vor ihrem vorlesenden Vater geben würden.

Er ging ins Wohnzimmer und setzte sich auf die Couch. An den meisten anderen Tagen hätte er den Fernseher eingeschaltet, doch an diesem Abend war ihm nicht danach. Um nicht über Helen und ihren unbekannten Liebhaber nachdenken zu müssen, rief er sich das Gespräch vom Nachmittag ins Gedächtnis. Bäumler arbeitete für das Wohl der Menschheit. Das waren große Worte, aber keine Übertreibung, wenn man bedachte, dass Hunderte Millionen Menschen weltweit an Tuberkulose erkrankt waren.

„Was ist los", fragte Helen, als sie ins Wohnzimmer kam, „ist der Fernseher kaputt?"

„Nein", antwortete Bussard, „ich habe nur gerade über ein seltsames Gespräch nachgedacht."

„Was war denn so seltsam?"

„Komm", forderte er sie auf, „setz dich zu mir."

Helen setzte sich neben ihn auf die Couch und er legte einen Arm um ihre Schultern. Es fühlte sich vertraut und gleichzeitig seltsam an, doch er beschloss, das Gefühl zu ignorieren, solange er selbst nicht den Mut aufbrachte, seine Vermutung auszusprechen.

„Als ich vorhin nach Hause gekommen bin", berichtete er, „habe ich zwei glückliche und gesunde Kinder gesehen."

„Natürlich", erwiderte Helen, „ich kümmere mich ja auch um sie."

„Ich weiß", sagte er und drückte sie sanft, „aber manchmal vergisst man das einfach. Man streitet sich um Belanglosigkeiten, anstatt froh zu sein, dass es einem so gut geht."

„Naja, meistens geht es um mehr als nur Belanglosigkeiten", widersprach sie, doch Bussard ging nicht auf den versteckten Vorwurf ein.

„Hast du gewusst, dass jeder Dritte auf der Welt mit Tuberkulose infiziert ist?", fragte er.

„Wie kommst du darauf?"

„Ich habe heute mit einem Professor gesprochen, der die Krankheit erforscht", erläuterte er, „er sagt, dass jedes Jahr zweihundert Millionen Menschen an Tuberkulose sterben. Zweihundert Millionen, kannst du dir das vorstellen? Und das nur, weil die Menschen zu arm sind, um sich die nötigen Medikamente zu kaufen."

„Ich weiß nicht, ob diese Zahl stimmt", erwiderte Helen leichthin, „aber du brauchst dir keine Sorgen zu machen. Tuberkulose ist bei uns kein Thema. Das kann ich dir mit Sicherheit sagen. Es gibt ganz selten mal einen Fall, dass sich jemand im Ausland infiziert hat, aber das kriegen die Ärzte ziemlich schnell mit Antibiotika wieder in den Griff. Für unsere Kinder besteht keine Gefahr und du brauchst dir wirklich keine Sorgen zu machen."

Sie tätschelte beschwichtigend sein Knie, beugte sich vor und sah sich suchend um.

„Weißt du, wo die Fernbedienung ist?", fragte sie.

Bussard schüttelte den Kopf.

„Wie viel kostet eine Packung Antibiotika?", fragte er.

„Bitte?"

„Antibiotika", wiederholte er, „du arbeitest doch bei der Krankenkasse. Wie viel kostet eine Packung?"

„Keine Ahnung", erwiderte sie und stand auf, „ich mache ja keine Abrechnungen, aber ich schätze, so zwischen dreißig und dreihundert Euro, je nach Medikament und Packungsgröße. Warum fragst du?"

„Dreißig Euro", wiederholte Bussard und seufzte, „dreißig Euro für ein Menschenleben."

*

Geduld ist eine Tugend, dachte Neudörfer und legte den Hörer auf. Es war Dienstagmorgen und er hatte gerade mit Schmieder telefoniert. Der Oberstaatsanwalt hatte ihn aufgefordert, die Ermittlungen zu forcieren. Schmieder wollte Ergebnisse und Neudörfer sollte sie liefern. Der Fall Bleyle sollte unter allen Umständen noch vor den Weihnachtsfeiertagen abgeschlossen werden. Neudörfer hatte kein Verständnis für diese Eile, denn immer bestand die Gefahr, voreilige Schlüsse zu ziehen oder nicht gründlich genug zu ermitteln. Auf der anderen Seite lag ihm jedoch selbst daran, dass seine Beamten Erfolge zu vermelden hatten. Je weniger offene Fälle man in das neue Jahr mitnehmen musste, desto besser.

Der Kripochef verließ sein Büro. Auf dem Flur begegnete ihm Mallmann, der mehrere Blätter in der Hand hielt.

„Sind das die Auswertungen im Fall Bleyle?", fragte Neudörfer.

„Ja, Chef", bestätigte Mallmann, „ich wollte gerade zu Bussard."

„Ich begleite Sie", erklärte der Polizeirat.

Gemeinsam suchten die beiden Beamten das Büro der Kollegen auf.

„Guten Morgen, Chef, guten Morgen, Klaus", begrüßte Sylvia die Eintretenden.

„Guten Morgen, Frau Harter", antwortete Neudörfer, während Mallmann und Bussard den anderen mit einem halblaut gemurmelten „Morgen" zunickten.

„Ich habe hier die Auswertungen", kündigte Mallman an und wedelte mit den Blättern.

Er ging zu Sylvias Schreibtisch und breitete sie aus.

„Bleyle steht das Wasser bis zum Hals", berichtete er, „zumindest finanziell. Er hat Schulden wie ein preußischer Stabsoffizier. Beide Gehälter, das von ihm und das von seiner Frau, wurden gepfändet. Eigentlich kann er nach ihrem Tod nur noch den Finger heben und Privatinsolvenz anmelden."

„Deshalb also", murmelte Sylvia.

„Deshalb was?", fragte Mallmann.

„Die Adresse", erklärte sie, „ich habe mich schon gefragt, warum die Bleyles als Doks in der Albertstraße wohnen."

„Doks?"

„Doks, ja, Doppelverdiener ohne Kinder", fuhr sie fort, „beide sind oder waren im Öffentlichen Dienst und voll berufstätig. Auch wenn Bian Bleyles Grundgehalt vermutlich nicht allzu hoch war, bekam sie doch Zuschläge für Nachtschichten, Sonn- und Feiertagsdienste. Die beiden hätten sich locker eine komfortablere Wohnung leisten können."

„Was uns aber nicht weiterbringt", stellte Neudörfer fest, „Bleyle hat keinen Vorteil aus dem Tod seiner Frau, im Gegenteil."

„Vielleicht hatten die Bleyles Schulden bei den falschen Leuten", vermutete Sylvia.

„Geldeintreiber", fragte Bussard und fuhr fort, als Sylvia nickte, „nein, sicher nicht. Geldeintreiber sind nicht am Tod ihrer Kunden interessiert. Sie scheuen zwar nicht davor zurück, Gewalt anzuwenden, um ihre Forderungen einzutreiben, aber einen Raubüberfall auf einen Juwelier zu inszenieren, um einen säumigen Zahler zu ermorden, ergibt überhaupt keinen Sinn."

„Nicht verzagen, Mallmann fragen", reimte der Kollege grinsend, „das ist noch nicht alles. Wir haben zwar kein Handy bei der Toten gefunden, aber wir haben trotzdem eins entdeckt. Ein Gerät ist auf Bian Bleyle angemeldet. Sie hat es selten benutzt, höchstens zwei-, dreimal pro Woche."

Er suchte das entsprechende Blatt aus dem Stapel und fuhr fort.

„In den letzten vier Wochen hat sie entweder das Handy ihres Mannes angewählt oder die Station der Uniklinik, wo sie gearbeitet hat. Wir haben nur eine einzige andere Nummer gefunden. Sie gehört einer gewissen Hoa Nguyen, wohnhaft in Offenburg. Letzte Woche hat Frau Bleyle diese Nummer zweimal angerufen."

„Eine Vietnamesin?", vermutete Bussard.

„Der Name lässt darauf schließen", antwortete Mallmann, „wir haben sie aber noch nicht überprüft."

„Bleyle hat doch erklärt, dass sie keinen Kontakt zu Vietnamesen hatten", stellte Sylvia fest und sprach damit Bussards Gedanken aus.

Mallmann zuckte mit den Achseln.

„Das ist euer Job", erklärte er, „ich liefere nur die Daten."

„Was ist mit dem Handy von Martin Bleyle?", fragte Neudörfer und Mallmann nahm das nächste Blatt aus dem Stapel.

„Er scheint auch nicht gerne zu telefonieren", berichtete er, „auch bei ihm sind es nur wenige Nummern, die er angerufen hat: das Handy seiner Frau, das Mikrobiologische Institut der

Uni, die Station in der Orthopädie, wo seine Frau gearbeitet hat und den Privatanschluss seines Vaters. Der letzte Anruf war gestern Morgen. Er ging an die Firma Melchior GmbH, ein Bestattungsunternehmen in der Nähe des Hauptfriedhofs."

„Über welchen Zeitraum gehen die Aufzeichnungen?", fragte Sylvia.

„Vier Wochen", antwortete Mallmann, „die Bleyles haben übrigens keinen Festnetzanschluss. Er wurde vor einem halben Jahr wegen unbezahlter Rechnungen vom Anbieter gekündigt."

Bussard nahm Mallmann das Blatt aus der Hand und warf einen Blick darauf.

„Findet ihr das nicht merkwürdig?", fragte er, „beide telefonieren weder mit Freunden noch mit Verwandten. Die Bleyles müssen doch irgendwelche sozialen Kontakte haben. Es muss doch den Einen oder Anderen geben, den Bleyle anruft, um über den Tod seiner Frau zu berichten, einen Freund oder die beste Freundin seiner Frau."

„Er hat seinen Vater angerufen", erklärte Mallmann.

„Ja", sagte Bussard und überflog die Liste noch einmal, „aber sonst niemanden."

„Anscheinend nicht", erwiderte Mallmann, „vielleicht hat er auch das Telefon an seinem Arbeitsplatz benutzt."

„Nein", widersprach Bussard und schüttelte den Kopf, „er hat gestern nicht gearbeitet."

„Oder er hat E-Mails verschickt", spekulierte Mallmann und hob abwehrend beide Hände, „das ist euer Ding. Ich muss wieder runter. Ich bin in meinem Büro, falls mich jemand braucht."

Er nickte den anderen zu und verließ das Büro.

„Ich überprüfe die Anrufe", kündigte Bussard an und nahm die restlichen Blätter mit den Telefondaten von Sylvias Schreibtisch, „ich will wissen, was es mit dieser Vietnamesin auf sich hat."

Er setzte sich an seinen Schreibtisch und gab den Namen der Vietnamesin und ihren Wohnort in die Suchmaske auf seinem Monitor ein. Wenige Sekunden später hatte er die Daten der Meldebehörde. Er nahm die Telefonliste und wählte die Nummer von Frau Nguyen.

„Laden Sie Bleyle vor?", fragte Neudörfer.
„Wir haben noch nichts gegen ihn in der Hand", antwortete Sylvia.
„Und die Hausdurchsuchung?", hakte er nach.
„Noch nicht", erklärte sie, „mich interessiert diese Vietnamesin auch."
„In Ordnung", stimmte Neudörfer zu und nickte, „aber sehen Sie zu, dass es vorangeht. Schmieder erwartet Erfolgsmeldungen."
Er ging zur Tür und verließ das Büro.
„Ich kann Hoa Nguyen nicht erreichen", berichtete Bussard, „vielleicht ist ihr Handy ausgeschaltet. Zieh deine Jacke an, wir fahren nach Offenburg."
„Hältst du es für sinnvoll, einfach auf gut Glück zu fahren?", fragte Sylvia.
Bussard dachte einen Augenblick nach. Es waren mehr als sechzig Kilometer bis nach Offenburg und er konnte nicht einschätzen, wie hoch die Wahrscheinlichkeit war, Hoa Nguyen anzutreffen. Vielleicht arbeitete die Frau oder erledigte gerade ihre Weihnachtseinkäufe.
„Wir haben keine heiße Spur", erklärte er, „Bian Bleyle hat in der Woche vor ihrem Tod zweimal mit dieser Frau Nguyen telefoniert, obwohl Martin Bleyle erklärt hat, es gäbe keinen Kontakt zu anderen Vietnamesen. Ich will wissen, was dahintersteckt. Vielleicht weiß sie etwas, das uns weiterbringt. Lass uns hinfahren. Wenn wir sie nicht antreffen, statten wir den Offenburger Kollegen einen Besuch ab. Vielleicht wissen sie etwas über unsere Vietnamesin."

8

Es war keine vornehme Gegend in Offenburgs Südwesten, in der Hoa Nguyen wohnte. Mehrere Wohnblocks waren nach dem gleichen Muster gebaut und im trüben Grau des Dezembertages wirkte das Viertel trist und hoffnungslos. Schon während die beiden Kommissare durch die gesuchte Straße fuhren, erkannten sie, dass es einer jener sozialen Brennpunkte war, wie es sie in nahezu jeder Stadt gibt. Sie parkten ihren Wagen und gingen auf einen Eingang zu, wo nach den Angaben der Meldebehörde Hoa Nguyen wohnte.

„Hier", sagte Bussard, als er ihren Namen auf einem der Klingelschilder entdeckt hatte.

Nach dem ersten Läuten meldete sich eine weibliche Stimme.
„Ja?"
„Frau Nguyen?", fragte er.
„Ja?"
„Mein Name ist Bussard, Kriminalpolizei Freiburg. Können Sie uns bitte öffnen? Wir müssen mit Ihnen sprechen."
„Polizei?"
„Ja, Kripo Freiburg."

Es klickte in der Sprechanlage und einen Augenblick später summte der Türöffner. Bussard stieß die Tür auf und die beiden Kommissare betraten den Hausflur. Das Treppenhaus wurde durch schmale Fenster nur spärlich erhellt. Die Stufen waren schmutzig und an den Wänden, deren Anstrich schon lange nicht mehr erneuert worden war, prangten unzählige Graffitis. Im dritten Obergeschoss wartete eine Asiatin an der offenen Wohnungstür.

„Frau Nguyen?", fragte Bussard und zückte seinen Dienstausweis.

„Ja", antwortete sie und wirkte erschrocken, „ich habe eine Arbeitserlaubnis. Ich bin nicht illegal."

„Keine Sorge", sagte er beschwichtigend und steckte den Dienstausweis wieder ein, „wir kommen nicht wegen Ihnen. Wir möchten Sie nur als Zeugin befragen."

„Zeugin?", fragte sie argwöhnisch.

„Ja, mein Name ist Bussard und das ist meine Kollegin, Frau Harter. Dürfen wir reinkommen?"

Frau Nguyen sah abwechselnd die beiden Kommissare an. Ihr Blick war eine Mischung aus Angst und Misstrauen.

„Es geht um Bian Bleyle", erklärte Sylvia.

„Oh, Bian", rief die Asiatin und schüttelte den Kopf, „sie ist nicht hier."

„Das wissen wir", erklärte Sylvia, „wir müssen mit Ihnen über Bian sprechen. Dürfen wir bitte reinkommen? Es ist wichtig."

Frau Nguyens Blick ging zwischen beiden hin und her. Ihr Misstrauen war offensichtlich und die sonst bei Asiaten typische Zurückhaltung konnte ihre Angst nicht verbergen.

„Bitte", sagte sie schließlich und gab die Tür frei.

Die Kommissare folgten ihr in die Wohnung, die im Gegensatz zum Treppenhaus sehr sauber und aufgeräumt war. Der größte Teil der farbenfrohen Einrichtung stammte augenscheinlich aus Asien. Die Möbel waren verziert und mit Lackmalereien versehen, die Wänden schmückten Fächer und Rollbilder mit Drachen- und Pfauenmotiven und in jedem Raum hingen Papierlampen, die unbekannte Schriftzeichen trugen. Frau Nguyen führte die Besucher ins Wohnzimmer und bot ihnen Platz auf einem Futonsofa an.

„Möchten Sie Tee?", fragte sie.

„Nein danke", wehrte Sylvia ab, „wir bleiben nicht lange. Wir haben nur ein paar Fragen."

Die Asiatin setzte sich den Kommissaren gegenüber. Sie schien sich gefasst zu haben und sah die Beamten mit ihren dunklen, mandelförmigen Augen an.

„Wie gut kennen Sie Bian Bleyle?", fragte Sylvia.

„Wie gut", wiederholte Frau Nguyen, „nicht so gut."

„Frau Bleyle hat Sie letzte Woche zweimal angerufen", erklärte Bussard, „worüber haben Sie gesprochen?"

Wieder sah Frau Nguyen von einem zum anderen. Ihre Brust unter ihrer schwarzen, asiatischen Hausjacke hob und senkte sich. Es war nicht zu übersehen, dass sie sehr aufgeregt war, auch wenn sie sich Mühe gab, ruhig zu erscheinen.

„Worüber haben Sie gesprochen?", fragte Bussard noch einmal.

„Ich weiß nichts", antwortete sie.

„Doch, Sie wissen etwas", widersprach er, aber Frau Nguyen schüttelte nur stumm den Kopf.

„Sie haben Angst", sagte Sylvia und der Blick der Asiatin, der sie an ein gehetztes Reh erinnerte, war der Kommissarin Antwort genug.

„Wann haben Sie Bian Bleyle zum letzten Mal gesehen?", fragte sie sanft.

„Ich weiß nichts", antwortete Frau Nguyen, „warum kommen Sie zu mir? Fragen Sie Bian."

Sylvia sah Bussard an, der mit hochgezogenen Augenbrauen zurückblickte. Beide teilten den gleichen Gedanken.

„Frau Nguyen", sagte Sylvia und sah die Asiatin wieder an, „Bian Bleyle ist tot. Sie wurde am Freitag ermordet."

Hoa Nguyen öffnete die Lippen, atmete einmal erschrocken ein und hielt die Luft an, dann senkte sie den Kopf und sah zu Boden. Ihre Schultern hoben und senkten sich und ihre Lippen bewegten sich stumm.

„Frau Nguyen?", fragte Sylvia.

„Ja?", antwortete die Asiatin und sah wieder auf.

„Bian Bleyle wurde ermordet", erklärte die Kommissarin, „und wir sind auf der Suche nach ihrem Mörder. Wenn Sie etwas wissen, dann müssen Sie uns das sagen. Warum hat Bian Sie angerufen?"

Frau Nguyen faltete die Hände im Schoß und presste ihre Oberarme an ihren Körper. Wieder ging ihr unsteter Blick zwischen Sylvia und Bussard hin und her.

„Bian hatte Angst", sagte sie endlich.

„Angst vor wem?", fragte Bussard, doch die Asiatin schüttelte erneut den Kopf.

„Ich weiß nichts", antwortete sie, „fragen Sie ihren Mann."

„Ihren Mann", wiederholte Sylvia überrascht, „was hat er damit zu tun?"

„Ich weiß nichts", sagte Frau Nguyen noch einmal, „fragen Sie ihren Mann. Er weiß es, ich weiß nichts."

Es war offensichtlich, dass Frau Nguyen mehr wusste als sie sagen wollte. Irgendetwas oder vermutlich irgendjemand hatte sie eingeschüchtert.

„Sie brauchen keine Angst zu haben", erklärte Bussard, „wir sind von der Polizei. Wir werden Sie beschützen. Je schneller wir den Mörder von Bian Bleyle fassen, desto eher haben Sie Ruhe."

„Bitte", antwortete sie und bedachte ihn mit einem flehenden Blick, „Sie müssen jetzt gehen."

Sylvia wollte noch einmal versuchen, beruhigend auf die Asiatin einzuwirken, doch Frau Nguyen stand plötzlich auf und verbeugte sich leicht.

„Sie müssen jetzt gehen", sagte sie noch einmal, „bitte entschuldigen Sie."

Die beiden Kommissare tauschten einen Blick und verständigten sich stumm. Sie würden Hoa Nguyen nicht zu einer Aussage überreden können.

„In Ordnung", erwiderte Sylvia nickend und stand ebenfalls auf.

Auch Bussard erhob sich und sah Frau Nguyen eindringlich an.

„Wo waren Sie am Freitag gegen siebzehn Uhr?", fragte er.

„Am Freitag? Hier", antwortete sie, „ich habe geputzt. Bitte, Sie müssen jetzt gehen."

„Kann das jemand bezeugen?", hakte er nach.

„Bezeugen?", wiederholte sie.

„War jemand hier", erklärte er, „hat Sie jemand gesehen?"

„Nein", antwortete sie und verbeugte sich erneut, „bitte entschuldigen Sie. Sie müssen jetzt gehen."

„Okay", entschied Sylvia, die einsah, dass eine weitere Befragung zu nichts führen würde.

Die beiden Kommissare gingen durch den Flur und Frau Nguyen folgte ihnen bis zur Wohnungstür, wo Sylvia eine Visitenkarte aus ihrer Jacke zog.

„Wenn Sie Hilfe benötigen oder wenn jemand Sie bedroht", erklärte sie und überreichte die Karte, „dann rufen Sie mich an. Wir können Ihnen helfen, wenn Sie uns helfen. Verstehen Sie das?"

Frau Nguyen nickte, öffnete die Tür und verbeugte sich noch einmal.

„Bitte entschuldigen Sie", wiederholte sie.

„Schon gut, Frau Nguyen", erwiderte Sylvia, „auf Wiedersehen."

Die Kommissare verließen die Wohnung und Frau Nguyen schloss die Tür hinter ihnen. Bussard hörte, wie der Schlüssel im Schloss gedreht wurde.

„Die hatte es aber eilig, uns loszuwerden", brummte er, als sie die Treppe hinuntergingen.

„Sie hat Angst", erklärte Sylvia.

„Ja, aber vor was oder vor wem?"

„Das wird uns Bleyle beantworten."

Die beiden Kriminalbeamten verließen das Haus, gingen zu ihrem Wagen und machten sich auf den Rückweg. Von Offenburg aus fuhren sie auf der A5 zurück nach Freiburg. Während der Fahrt versuchten sie, Schlüsse aus dem Besuch bei Hoa Nguyen zu ziehen. Bussard monierte, dass sie zu wenige Fragen gestellt hatten, doch Sylvia teilte diese Ansicht nicht. Sie war davon überzeugt, dass Frau Nguyen nicht bereit gewesen war, irgendetwas auszusagen.

„Frau Nguyen sagte, dass Bian Bleyle Angst gehabt hat", erklärte sie, „und sie hat ebenfalls Angst. Vielleicht hat ihre Angst die gleiche Ursache."

„Aber wovor?", fragte Bussard.

„Angst um ihr Leben", antwortete Sylvia, „Bian Bleyle ist tot. Wahrscheinlich wird Frau Nguyen bedroht."

„Glaubst du, dass die Mafia dahinter steckt?", vermutete er.

„Keine Ahnung", antwortete sie unschlüssig, „vielleicht weiß sie, wer Bian Bleyle ermordet hat und hat Angst, dass ihr dieses Wissen zum Verhängnis werden könnte."

„Aber wie passt dann Martin Bleyle ins Bild?", fragte er.

„Und warum hat er verschwiegen, dass seine Frau doch Kontakt zu einer Vietnamesin gehabt hat?", gab sie zurück.

Es hatte den Anschein, als ob der Besuch bei Hoa Nguyen mehr Fragen aufgeworfen als Antworten geliefert hatte.

„Frau Nguyen sagte, wir sollten ihn fragen, wovor Bian Angst gehabt hat", erklärte Bussard, „möglicherweise wurde Bian bedroht und Frau Nguyen weiß oder vermutet, dass Martin Bleyle das ebenfalls gewusst hat. Wenn das stimmt, dann deckt er die Mörderin."

Aus den dunklen, tiefhängenden Wolken fiel ein leichter Schneeregen. Weder die Alpen noch die Vogesen waren zu sehen. Alles war grau in grau und Bussard hatte das Gefühl, dass es sich bei ihrem Fall genauso verhielt.

„Vielleicht ist Hoa Nguyen unsere große Unbekannte", sagte er plötzlich.

„Du glaubst, sie hat Bian Bleyle ermordet?", fragte Sylvia und sah ihn von der Seite an.

„Es könnte sein", antwortete er, „Größe und Statur kommen einigermaßen hin. Sie hat kein Alibi und außerdem hat Bian Bleyle sie in der Woche vor dem Mord zweimal angerufen."

„Vielleicht hat sie ein Verhältnis mit Bleyle", spekulierte sie, „und seine Frau ist dahintergekommen oder das Ganze hat überhaupt nichts mit Bleyle zu tun. Vielleicht war es etwas Persönliches zwischen den beiden Frauen."

„Ja, vielleicht", stimmte Bussard zu und wiegte unschlüssig den Kopf, „trotzdem passt das alles irgendwie nicht zusammen. Johannes sagte, er würde bei der Suche nach dem Täter bei Bleyle beginnen, weil er auch davon überzeugt ist, dass Bleyle mehr weiß als er zugibt. Angenommen, Hoa Nguyen wäre Bleyles Komplizin und hätte Bian ermordet, warum sagt sie dann, wir sollten ihn fragen, vor wem seine Frau Angst hatte? Warum zeigt sie mit dem Finger auf ihn und bringt sich damit selbst in Gefahr, anstatt jemand anderen zu belasten? Warum präsentiert sie uns kein Alibi und warum schließt sie sich in ihrer Wohnung ein und ist nicht schon längst über alle Berge?"

„Vielleicht hat sie nicht damit gerechnet, dass wir so schnell auf sie kommen", antwortete Sylvia, „und beim Improvisieren ist ihr ein Fehler unterlaufen, als sie Bleyle ins Spiel gebracht hat."

Die Ausfahrt Freiburg-Nord kam in Sicht. Bussard reduzierte die Geschwindigkeit, setzte den Blinker und wechselte auf die Abbiegespur.

„Martin Bleyle hat die Tat geplant", fuhr Sylvia fort, „und Hoa Nguyen ist seine Komplizin. Entweder begeht sie den Mord, weil er sie dafür bezahlt hat oder sie tut es aus Liebe. Der Überfall auf den Juwelier dient der Verschleierung der wahren Hintergründe."

„Er hat sie nicht dafür bezahlt", widersprach Bussard, während er langsam auf eine Kreuzung zufuhr und vor einer roten Ampel stoppte.

„Woher willst du das wissen?"

„Weil er pleite ist", argumentierte er, „deshalb scheiden die anderen Möglichkeiten auch aus. Eine Scheidung hätte ihn nicht ruiniert, das hat er schon längst selbst besorgt. Warum hätte er den Mord in Auftrag geben sollen, wenn er sich einfach von seiner Frau hätte trennen können? Wenn er die Tat geplant hat, dann scheidet Habgier ebenfalls aus, weil es nichts zu erben gibt."

„Und wenn sie den Mord alleine geplant und ausgeführt hat?", schlug Sylvia vor.

„Aus Eifersucht?"

„Zum Beispiel."

Die Ampel sprang auf Grün um. Bussard legte den ersten Gang ein, bog links ab und fuhr weiter Richtung Freiburg.

„Unwahrscheinlich", widersprach er, „der ganze Aufwand, der Raubüberfall und die falsche Fährte mit dem Schmuck passen nicht zu einem Verbrechen aus Leidenschaft. Außerdem deutet sie auf Bleyle, der mehr weiß als er sagt. Hinter dem Mord steckt etwas anderes und es wird Zeit, dass wir Bleyle auf den Zahn fühlen."

Über den Zubringer und Freiburgs Norden gelangten sie ins Institutviertel. Bussard fand einen Parkplatz in der Nähe von Bleyles Wohnung. Es war fast Mittag, als sie an der Tür klingelten.

„Die Polizei", begrüßte sie Bleyle, nachdem er die Tür geöffnet hatte, „Sie haben Glück. Ich bin gerade nach Hause gekommen. Gibt es schon Neuigkeiten über den Mord an meiner Frau?"

„Die gibt es", antwortete Bussard, „wir müssen Sie bitten, uns aufs Präsidium zu begleiten."

„Wozu", fragte Bleyle, „bitte, Sie können gerne reinkommen. Wir können uns auch hier unterhalten."

„Nein", widersprach der Kommissar, „wir fahren aufs Präsidium."

*

Bussard brachte Bleyle ins Vernehmungszimmer, während Sylvia Neudörfers Büro aufsuchte. Sie informierte ihren Chef über den Besuch bei Hoa Nguyen und über die Möglichkeit, dass die Vietnamesin die gesuchte Täterin sein könnte. Die Kommissare wollten versuchen, eine Verbindung zwischen Hoa Nguyen und Martin Bleyle nachzuweisen, auch wenn das mangels Indizien schwierig werden würde. Auf der Fahrt zu Bleyles Wohnung hatten sie ihre Strategie festgelegt und Sylvia erklärte Neudörfer, wie sie vorgehen wollten. Vielleicht hatten sie Glück und Bleyle ließ sich zu einer verräterischen Bemerkung oder im besten Fall zu einem Geständnis hinreißen, woran sie jedoch zweifelte, denn noch hatten sie nichts Stichhaltiges gegen ihn in der Hand. Neudörfer rief zuerst Schmieder an und bestellte anschließend Mallmann in den Nebenraum des Vernehmungszimmers, um den Kollegen über seine Rolle beim Verhör zu instruieren.

Als Sylvia in den Vernehmungsraum kam, hatte Bussard bereits die Videokamera in Betrieb genommen. Bleyle saß gelassen am Tisch und schien nicht damit zu rechnen, in Schwierigkeiten zu geraten. Er hatte seinen Mantel ausgezogen und beobachtete den Kommissar gelassen. Sylvia setzte sich und Bussard nahm neben ihr Platz. Er betrachtete Bleyle einen Augenblick und dachte darüber nach, mit welcher Eröffnung er die Selbstsicherheit des Verdächtigen erschüttern wollte.

„Sie haben das Recht, einen Anwalt zu dieser Vernehmung hinzuzuziehen", sagte er spontan.

Bleyle hob überrascht die Augenbrauen.

„Einen Anwalt?", fragte er irritiert.

„Ja", antwortete Bussard ohne besondere Betonung, „die Staatsanwaltschaft hat ein Ermittlungsverfahren gegen Sie eröffnet. Sie werden beschuldigt, an der Ermordung Ihrer Frau beteiligt gewesen zu sein."

„Das ... das ist doch nicht Ihr Ernst", erwiderte Bleyle ungläubig, „Sie wissen doch ganz genau, dass ich nichts damit zu tun habe. Ich stand neben meiner Frau, als sie ermordet wurde. Das ist doch völlig unzweifelhaft."

Bussard hatte seiner Pflicht, dem Beschuldigten die Eröffnung des Ermittlungsverfahrens anzuzeigen, Genüge getan. Bleyle war sichtlich überrascht und der Kommissar nutzte die Gelegenheit, um ihn sofort unter Druck zu setzen.

„Warum haben Sie uns angelogen?", fragte er.

Bleyle zuckte mit den Achseln.

„Ich weiß nicht, was Sie meinen", antwortete er.

„Sie haben uns erzählt", berichtete Bussard und beugte sich nach vorn, „dass Ihre Frau keine Feinde hatte. Das war die erste Lüge."

Konzentriert, damit ihm keine Reaktion entging, sah er Bleyle in die Augen, während Sylvia lässig zurückgelehnt mit vor der Brust verschränkten Armen scheinbar teilnahmslos der Befragung folgte. Sie erweckte den Anschein, als sei für sie längst alles klar und das fällige Geständnis nur noch eine Formsache. Ihr Verhalten, ihre Mimik und Körperhaltung stellten für den Verdächtigen, der sich instinktiv von dem befragenden Kommissar abwenden würde, ein Dilemma dar, denn auch ohne ein Wort zu sagen verriet Sylvia, dass sehr viel Überzeugungsarbeit nötig sein würde, um sie von ihrer Meinung abzubringen, sofern das überhaupt möglich war.

Bleyle erwiderte nichts. Sein Blick ging zwischen den beiden Kommissaren hin und her und Bussard sah ihm an, dass er verunsichert war.

„Ihre Frau hatte Angst", fuhr Bussard fort, „das war die zweite Lüge. Sie wusste, dass ihr Leben in Gefahr war, nicht wahr?"

Wieder wechselte Bleyles Blick zwischen Bussard und Sylvia.

„Wie kommen Sie darauf?", fragte er.

„Beantworten Sie meine Frage!", forderte der Kommissar wie aus der Pistole geschossen.

Bussard bemerkte, dass sich die Muskeln unter der Haut an Bleyles Wangen bewegten. Der Verdächtige biss die Zähne zusammen und das war ein eindeutiges Zeichen für einen Konflikt. Sie hatten ihn bei einer Lüge ertappt und Bleyle wusste nicht, wie er sich aus der Situation befreien sollte.

„Ich kann nichts dazu sagen", antwortete Bleyle schließlich.

Bussard zeigte keine Regung. Er hatte Bleyle unter Druck gesetzt und musste das Tempo hochhalten, wenn er etwas erreichen wollte. Es war ein Vabanque-Spiel – alles oder nichts – denn sie hatten keinen einzigen Beweis gegen Bleyle in der Hand. Abrupt wechselte Bussard das Thema.

„Wie viel war Ihnen der Tod Ihrer Frau wert?"

Wieder entging Bussard Bleyles Reaktion, ein kurzes Flackern der Augen, nicht.

„Ist Ihre Frau misstrauisch geworden?", fragte er.

„Wieso misstrauisch?", gab Bleyle zurück.

Bleyles Selbstsicherheit war ins Wanken geraten. Seine Körperhaltung hatte sich verändert, denn sein zuvor gerader Rücken war nun einem leichten Katzenbuckel gewichen. Er hatte die Schultern unbewusst ein wenig nach oben gezogen. Sie zeigten nach vorn, während die Ellenbogen näher an den Körper herangerückt waren. Bleyle igelte sich ein, eine typische Verteidigungshaltung.

„Warum haben Sie die Handtasche Ihrer Frau verschwinden lassen?", fragte Bussard.

Die ständigen, abrupten Themenwechsel sollten Bleyle weiter verunsichern. Bussard schlug dem Verdächtigen ein Argument nach dem anderen um die Ohren. Sein Blick, seine Körperhaltung und die Modulation seiner Stimme signalisierten, dass er alles wusste.

„Bei Ihrer ersten Befragung haben Sie uns nur Lügen aufgetischt", fuhr er fort, wobei seine Stimme eine Nuance schärfer geworden war, „halten Sie uns für blöd? Es war ein Kinderspiel, Ihre Lügen aufzudecken."

Das war eine mehr als vage Andeutung, die Bleyle nicht einschätzen konnte. Bussard wartete genau zwei Atemzüge, um Bleyle den nächsten Schlag zu verpassen.

„Sie hatten keinen Kontakt zu Vietnamesen? Auch das war eine Lüge, nicht wahr?"

Er beugte sich noch weiter vor, während Bleyle ebenso weit zurückwich. Bussard verlieh seiner Stimme einen drohenden Unterton.

„Ich will jetzt die Wahrheit hören!"

Bleyle hatte die Hände auf den Tisch gelegt und hob sie an, sodass er dem Kommissar die Handflächen entgegenstreckte. Der Verdächtige war in der Defensive, aber noch hatten sie ihn nicht geknackt. Sie brauchten sein Geständnis.

„In der Woche vor ihrem Tod", fuhr Bussard fort, „hat Ihre Frau Hoa Nguyen zweimal angerufen. Ihre Frau hat um ihr Leben gefürchtet."

„Hoa?", fragte Bleyle, wobei er seine Hände instinktiv zurücknahm und näher an seinen Körper brachte.

„Ich glaube, Herr Bleyle braucht eine Pause", sagte Sylvia unvermittelt.

Sie hatten ihr ganzes Pulver in einer einzigen Salve verschossen und hofften darauf, Bleyle damit genügend unter Druck gesetzt zu haben. Das Angebot der Pause war eine doppelte Finte. Sie sollte dem Verdächtigen signalisieren, dass weitere, vermutlich noch schwerere Geschütze folgen würden und sie war das Stichwort für Mallmann, der plötzlich die Tür öffnete und seinen Kopf in den Raum streckte.

„Der Oberstaatsanwalt wird gleich da sein. Er hat bereits einen Haftbefehl beantragt", berichtete er, warf Bleyle einen kurzen Blick zu und schloss die Tür wieder.

Es war Zeit, dem Verdächtigen ein Angebot zu machen.

„Wenn Sie uns etwas mitteilen möchten", erklärte Sylvia in ruhigem, freundlichem Tonfall, „dann wäre jetzt der richtige Augenblick. Mit Hoa Nguyen haben wir bereits gesprochen. Wenn Sie ein Geständnis ablegen, bevor der Staatsanwalt eintrifft, würde das Ihre Situation erheblich verbessern. Ein freiwilliges Geständnis wirkt sich strafmildernd aus."

Würde Bleyle den Bluff durchschauen? Sie hatten versucht, ihn so schnell in die Enge zu treiben, dass er erst gar nicht auf den Gedanken gekommen war, einen Anwalt zu der Vernehmung hinzuzuziehen. Ihre Argumente, die nur Indizien, aber keine Beweise waren, hatten sie wie eine Lawine über ihn hereinbrechen lassen und hofften nun, dass er versuchen würde, sich durch ein Geständnis von der Last des Mordes zu befreien. Äußerlich ruhig und anscheinend unbeteiligt verfolgten die beiden Kommissare gespannt jede seiner Regungen.

Bleyle lehnte sich zurück und legte seine Handgelenke auf die Tischkante. Die Handflächen zeigten nach unten, seine Schultern sackten herab und abwechselnd blickte er Bussard und Sylvia an.

„Sie haben mit Hoa gesprochen", sagte er schließlich mit einer Spur Resignation in der Stimme.

Wir haben ihn, dachte Bussard, ohne sich etwas anmerken zu lassen. Bleyle sah kurz zur Kamera und wandte sich wieder Bussard zu.

„Schalten Sie das Ding aus", bat er.

Die beiden Kommissare wechselten einen kurzen, stummen Blick. Sie wussten nicht, was Bleyle damit bezwecken wollte, doch es war wichtig, seiner Bitte zu entsprechen, um ihn zum Reden zu animieren. Bussard stand auf, schaltete die Kamera aus und setzte sich wieder an den Tisch. Sie würden zwar vom folgenden Teil der Vernehmung kein Bildmaterial besitzen, doch im Nebenraum lief ein Tonbandgerät, das jedes Wort aufzeichnete.

„Was ich Ihnen jetzt erzähle", begann Bleyle und faltete seine Hände über der Tischkante, „darf nicht bekannt werden, sonst ist mein Leben keinen Pfifferling mehr wert."

Weder Bussard noch Sylvia ließen sich ihre Überraschung über Bleyles theatralische Eröffnung anmerken.

„Können Sie das garantieren?", fragte Bleyle.

„Wie sollen wir eine Aussage über etwas treffen, von dem wir nicht wissen, was es ist", antwortete Sylvia, die keinen blassen Schimmer hatte, in welche Richtung sich die Befragung entwickeln würde, „ich kann Ihnen aber versichern, dass Vernehmungen grundsätzlich vertraulich behandelt werden. Genügt Ihnen das?"

Bleyle sah Sylvia in die Augen und schließlich nickte er.

„Ich werde Ihnen wohl vertrauen müssen", erwiderte er und atmete einmal tief durch, bevor er fortfuhr, „Sie sagten, Sie hätten mit Hoa gesprochen, aber Sie wissen nichts, überhaupt nichts. Sie haben keine Ahnung."

„Dann klären Sie uns auf", ermunterte ihn Bussard, „sagen Sie uns, was wir wissen sollten."

„Hoa hat mit der ganzen Sache überhaupt nichts zu tun", antwortete Bleyle und schüttelte den Kopf, „sie war nur eine zufällige Bekannte meiner Frau. Die beiden haben sich in der Klinik kennen gelernt und festgestellt, dass sie aus der gleichen Stadt in Vietnam stammen. Das ist alles."

„Und über Ihre Frau haben Sie Hoa Nguyen kennengelernt", spekulierte Bussard, doch Bleyle schüttelte wieder den Kopf.

„Nein, ich kenne sie überhaupt nicht. Meine Frau hat mir von ihr erzählt, aber ich habe Hoa nie persönlich getroffen. Ich sagte doch gerade, dass sie mit der ganzen Sache überhaupt nichts zu tun hat, jedenfalls nicht direkt."

Bleyles letzte Bemerkung verfehlte ihre Wirkung nicht. Die Kommissare registrierten das erste kleine Zugeständnis und wussten, dass der Verdächtige nun reden würde.

„Was meinen Sie damit?", hakte Sylvia nach.

Wieder atmete Bleyle einmal tief durch, bevor er eine überraschende Frage stellte.

„Was wissen Sie über Vietnam?"

Bussard und Sylvia tauschten erneut einen kurzen, stummen Blick.

„Vietnam, Südostasien", zählte Sylvia auf, „Vietnamkrieg, Studentenproteste, Vietcong, amerikanische Niederlage ..."

„Woodstock", ergänzte Bussard.

„Woodstock", wiederholte Bleyle sarkastisch und schnaubte verächtlich, „wie ich sehe, sind Sie auf der Höhe der Zeit. Woodstock war vor vierzig Jahren. Glauben Sie nicht, dass sich die Welt in der Zwischenzeit weitergedreht hat?"

„Worauf wollen Sie hinaus?", fragte Sylvia.

„Sie haben es gerade selbst gesagt", antwortete Bleyle, „die Amerikaner haben den Vietnamkrieg verloren. 1975 mussten sie aus Saigon abziehen und Südvietnam kapitulierte bedingungslos. Ein Jahr später wurde das Land unter dem Namen Sozialistische Republik Vietnam wiedervereint. Seither herrschen dort die Kommunisten und Sie können von Glück sagen, dass Sie nicht wissen, wie es dort zugeht. Sie können sich nicht einmal eine Vorstellung davon machen."

Er hielt inne und sah Sylvia wieder in die Augen.

„Wenn Sie eine Vietnamesin sind", fuhr er fort, wobei er weiterhin ihren Blick festhielt, „und wenn Sie Ihr Land verlassen wollen, dann müssen Sie einen Pakt mit dem Teufel schließen. Dabei haben Sie die Wahl, wem Sie Ihre Seele verkaufen wollen: der Mafia oder dem Geheimdienst. Meine Frau hatte sich für die zweite Möglichkeit entschieden. So konnte sie das Land legal verlassen und nach Deutschland auswandern ohne Angst haben zu müssen, wieder nach Vietnam abgeschoben zu werden, was für einen Illegalen, der auf die Mafia setzt, einem Todesurteil gleichkommt. Unter dem Strich spielt es aber keine Rolle, in wessen Hände Sie sich begeben. Sie haben Ihre Seele verkauft und Sie werden bis an Ihr Lebensende nie wieder ein freier Mensch sein."

Bleyle hatte sehr eindringlich gesprochen. Die Kommissare registrierten die Bitterkeit, die in seinen Worten lag. Er hatte eine Erklärung geliefert, auf welche Weise seine Frau Vietnam verlassen hatte, doch die Konsequenz aus seinen Worten war schwer zu glauben.

„Soll das heißen, dass Ihre Frau für den vietnamesischen Geheimdienst gearbeitet hat?", fragte Bussard verblüfft.

„So ist es", bestätigte Bleyle und nickte, „sie war eine der Auserwählten. Die Genehmigung eines Ausreiseantrages ist neben Parteizugehörigkeit und politisch korrektem Verhalten in erster Linie vom Beruf abhängig. Ganz oben auf der Liste stehen Ingenieure, vorzugsweise Maschinenbauer und Elektrotechniker, sowie Angehörige von medizinischen Berufen, also Ärzte, Krankenschwestern und Medizintechniker. Wenn einer von ihnen die Genehmigung erhält, dauerhaft in ein kapitalistisches Land auszureisen, dann ist dies immer mit einer Gegenleistung verbunden. Es gibt übrigens zu dauerhaft kein Gegenteil, denn Urlaubsreisen werden nur ganz wenigen, von der Partei handverlesenen Personen genehmigt. Der Ausreisende verpflichtet sich, jede Form von Wissen, das er sich aneignet und jede Information, über die er Kenntnis erhält, dem sozialistischen Vaterland zur Verfügung zu stellen."

Weder Bussard noch Sylvia noch einer der anderen Kollegen war auf den Gedanken gekommen, dass Bian Bleyles Tod politische Hintergründe haben könnte. Sie wussten nichts über Vietnam und sie wussten ebenfalls nicht, was sie von Bleyles Aussage halten sollten.

„Wollen Sie behaupten, dass alle Vietnamesen in Deutschland Spione sind?", fragte Bussard.

„Nein", widersprach Bleyle, „nicht alle, sondern nur diejenigen, die auf legalem Weg ausgereist sind. Das ist allerdings die Minderheit. Die meisten, vermutlich fünfundneunzig oder sogar neunundneunzig Prozent, verkaufen sich an die Mafia und werden über China und Russland nach Europa geschleust. Wenn sie in Deutschland sind, stellen sie einen Asylantrag, der wegen ihrer Herkunft aus einem kommunistischen Land in aller Regel genehmigt wird. Danach können sie sich legal hier aufhalten. Das bedeutet aber nicht, dass die Mafia sie deshalb aus ihren Fängen entlässt. Die Flüchtlinge, die sowieso schon ihr gesamtes Hab und Gut als Vorschuss entrichtet haben, stehen bei der Organisation in der Schuld und sie zahlen bis sie sterben. Kann ich ein Glas Wasser haben?"

„Sicher", antwortete Sylvia, drehte sich um, wandte ihr Gesicht dem Spiegel zu und nickte.

„Vietnam ist ein armes Land", fuhr Bleyle fort, „die Menschen hungern, Landwirtschaft wird noch mit dem Ochsenpflug betrieben, Infrastruktur ist kaum vorhanden und es gibt wenig, womit das Land Devisen erwirtschaften kann, um technologisches Know-how im Ausland einzukaufen. Was nicht vom großen Bruderland China zur Verfügung gestellt wird, muss mit anderen Mitteln beschafft werden. Das ist der Grund, warum bestimmte Berufsgruppen bevorzugt werden."

„Und Ihre Frau war Krankenschwester", bemerkte Bussard.

„Ja", bestätigte Bleyle, „sie hat zehn Jahre in der Orthopädie gearbeitet. Universitätskliniken stehen natürlich hoch im Kurs. Es wird geforscht und es kommen stets die neuesten Operations- und Therapiemethoden zur Anwendung. Bian war immer sehr aufmerksam und hat keine Fortbildung ausgelassen. Ich wusste allerdings nicht, warum sie sich so sehr ins Zeug gelegt hatte."

Die Tür wurde geöffnet und Mallmann brachte ein Glas Wasser, das er vor Bleyle auf den Tisch stellte. Kommentarlos zog er sich wieder zurück.

„Sie wussten nicht, dass Ihre Frau für den Geheimdienst gearbeitet hat?", fragte Bussard.

Bleyle trank einen Schluck Wasser, stellte das Glas wieder ab und schüttelte den Kopf.

„Nein", antwortete er, „bis vor Kurzem hatte ich keine Ahnung. In den letzten Monaten ist Bian aber immer nervöser und ängstlicher geworden, ohne dass sie mir einen Grund dafür nennen wollte. Schließlich habe ich sie zur Rede gestellt. Trotzdem habe ich einen schrecklichen Fehler begangen."

„Sie haben ihr nicht geglaubt", vermutete Sylvia, doch Bleyle schüttelte abermals den Kopf.

„Nein, nein", widersprach er, „so war es nicht. Zuerst war ich schockiert. Die Frau, mit der ich seit zehn Jahren verheiratet bin, eröffnet mir, dass sie eine kommunistische Spionin ist. So etwas will man nicht einfach glauben und man fragt sich zwangsläufig, ob man im falschen Film ist. Hat die eigene Menschenkenntnis versagt, weil man nicht bemerkt hat, dass man zehn Jahre lang belogen wurde, oder leidet die Ehefrau plötzlich an Wahnvorstellungen und hält sich für einen weiblichen James Bond? Nach und nach aber wurde mir klar, dass sie es tatsächlich ernst meinte. Zehn Jahre lang hatte sie alles, was sie in der Orthopädie gelernt hatte, an den Geheimdienst weitergegeben."

Er unterbrach sich, trank einen Schluck Wasser und fuhr fort.

„Als ich ihr endlich glaubte, musste ich eine Entscheidung treffen. Sollte ich meine eigene Frau, die ich liebte, verraten? Ich musste nicht lange darüber nachdenken. Natürlich tat ich es nicht. Kniegelenksoperationen berühren nicht gerade die innere oder äußere Sicherheit Deutschlands. Wem schadete es, wenn Bian Informationen über neue Operationstechniken weitergab? Vielleicht kam das dem einen oder anderen Patienten in Vietnam zugute, was soll's? Für mich war das nichts anderes als eine, wenn auch nicht ganz legale, Entwicklungshilfe."

Er lehnte sich zurück und schloss die Augen. Staunend hatten die beiden Kommissare und ihre Kollegen hinter dem Spiegel den Erklärungen gelauscht, aber es gab noch keine Verbindung zu dem Raubmord in *Lackners Goldschmiede*.

„Wer hat Ihre Frau getötet?", fragte Sylvia.

Bleyle öffnete die Augen und sah die Kommissarin an.

„Was glauben Sie wohl?", antwortete er, doch Bussard gab sich mit der Andeutung nicht zufrieden.

„Sagen Sie es uns", forderte er ihn auf.

Bleyle schluckte und atmete ein weiteres Mal tief durch.

„Der vietnamesische Geheimdienst", erklärte er schließlich, „er hat Bian auf dem Gewissen."

Er verarscht uns, dachte Bussard. Bleyles Geschichte war zu fantastisch, als dass sie der Kommissar ernsthaft in Erwägung ziehen wollte. Der Verdächtige hatte nicht nur den großen Unbekannten präsentiert, er hatte ihm sogar einen Namen gegeben. Dass der vietnamesische Geheimdienst hinter dem Mord an Bian Bleyle stehen sollte, erschien Bussard so wahrscheinlich wie Schnee im August.

„Warum hätten die Vietnamesen Ihre Frau töten sollen", fragte er skeptisch, „Sie sagten doch gerade, dass sie beständig Informationen geliefert habe. Man schlachtet keine Gans, die goldene Eier legt."

„Weil ich die Situation unterschätzt habe", antwortete Bleyle, nahm sein Glas und leerte es, „ich habe viele Jahre im Zentrallabor gearbeitet. Tag für Tag habe ich Blut untersucht, jahrein, jahraus, immer das Gleiche. Zum ersten Januar wurde dann eine Stelle in der Mikrobiologie frei. Ich habe mich intern beworben und hatte Glück. Ich bekam die Stelle bei Professor Bäumler. Die Arbeit in der Forschung ist natürlich wesentlich interessanter. Nicht nur ich sah das so, sondern auch Bian. Sie war von Anfang an sehr an meiner Arbeit und unserer Forschung interessiert. Den wahren Grund ihres Interesses kannte ich jedoch noch nicht. Das wurde mir erst vor einigen Wochen klar, nachdem wir die Aussprache wegen ihrer Angst hatten. Nicht sie war an meiner Arbeit interessiert, sondern der Geheimdienst. Bian hatte von meiner neuen Stelle berichtet und das war für die Vietnamesen so etwas wie sechs Richtige im Lotto."

„Die Tuberkuloseforschung", erriet Bussard.

„Richtig", bestätigte Bleyle, „in der Dritten Welt, und dazu muss man Vietnam zählen, sterben mehr Menschen an Tuberkulose als an jeder anderen behandelbaren Krankheit. TB oder TBC, wie sie auch genannt wird, hat in Asien und Afrika epidemische Ausmaße angenommen. Allein in China gibt es mehr Infizierte als Europa Einwohner hat. Die Ansteckungsgefahr ist extrem hoch und in Vietnam, das bei Weitem nicht über die gleichen sanitären Standards verfügt wie wir hier in Europa, sterben jedes Jahr zwei Millionen Menschen an Tuberkulose. Das größte Problem sind die multiresistenten Bakterien. Die herkömmlichen Antibiotika sind nutzlos geworden und wirken bei den neuen, mutierten Bakterienstämmen nicht mehr. Deshalb wird weltweit intensiv daran geforscht. Professor Bäumler hat einen Wirkstoff entdeckt, der als Grundlage für ein völlig neuartiges Breitbandantibiotikum dienen wird. Die Erfolge im Labor sind spektakulär und es würde mich nicht wundern, wenn man Bäumler dafür den Nobelpreis verleihen würde."

Einige Augenblicke herrschte verblüfftes Schweigen im Raum. Bleyles Aussage verlieh dem Fall eine Dimension, mit der niemand gerechnet hatte und Bussard war nicht mehr ganz so sicher, ob Bleyles Geschichte tatsächlich nur reine Erfindung war.

„Und das wollten die Vietnamesen haben", folgerte er.

„Genau", antwortete Bleyle, „die Vietnamesen wollten in den Besitz der Forschungsergebnisse kommen. Sie haben Bian unter Druck gesetzt, die wiederum mich bedrängt hat. Ich sollte ihr die Ergebnisse liefern, aber ich habe mich geweigert. Schließlich hat sie erklärt, dass man sie töten würde, wenn ich ihr nicht half. Sie hat darauf gedrängt, dass ich eine Lebensversicherung für sie abschließe. Das hat mich am Ende überzeugt."

„Moment mal", warf Bussard ein und zog die Augenbrauen zusammen, „Sie sagten doch, es gäbe keine Lebensversicherung."

„Stimmt, es gibt auch keine", antwortete Bleyle, „ich hatte Bian zugesagt, mich noch vor den Feiertagen darum zu kümmern. Im Internet hatte ich mir sogar schon verschiedene Angebote herausgesucht, obwohl es unsere finanzielle Situation eigentlich überhaupt nicht erlaubt, aber Hoa Nguyen gab schließlich den Ausschlag."

„Hoa Nguyen?", fragte Sylvia überrascht und Bleyle nickte seufzend.

„Bian wollte, dass ich im Falle ihres Todes einen Teil des Geldes darauf verwende, ihrer Familie die Flucht aus Vietnam zu ermöglichen", erklärte er, „denn für sie war es ein böses Omen, Hoa Nguyen getroffen zu haben. Hoa stammt aus der gleichen Stadt wie Bian und war mit Hilfe der Mafia illegal aus Vietnam geflüchtet. Für Bian war das ein Zeichen der Götter. Sie hatten jemanden geschickt, der mir helfen würde, ihre Familie zu retten, weil sie selbst würde sterben müssen. Für uns sind das Hirngespinste oder Hokuspokus, aber Bian hat daran geglaubt. Jetzt ist sie tot."

Er lehnte sich zurück, legte die Hände in den Schoß und ließ den Kopf hängen. Bussard und Sylvia sahen sich an. Die unvermutete Wendung hatte Licht in den Fall gebracht, sofern Bleyle die Wahrheit gesagt hatte, doch es gab noch eine entscheidende Frage.

„Wenn der vietnamesische Geheimdienst, wie Sie behaupten, Ihre Frau getötet hat", sagte Bussard, „warum gab es dann den Überfall auf den Juwelier? Warum wurde Ihre Frau nicht heimlich, still und leise liquidiert? Warum dieses Aufsehen?"

Bleyle seufzte und hob den Kopf.

„Im Prinzip haben Sie die Frage schon selbst beantwortet", erwiderte er, „haben Sie die Zeitung vom Samstag gesehen? Der Mord stand auf der Titelseite. Wahrscheinlich hat man auch im Radio und im Lokalfernsehen darüber berichtet. Das war eine Machtdemonstration. Schaut her! Niemand ist vor uns sicher! Wir kriegen euch immer und überall und keiner kann uns davon abhalten! Sie können sicher sein, dass jeder, den der vietnamesische Geheimdienst in seinen Fängen hat, weiß, wer Bian ermordet hat. Jeder ohne Ausnahme!"

*

Neudörfer und Mallmann hatten die Vernehmung durch die Glasscheibe verfolgt. Nachdem Bleyle erklärt hatte, dass die Ermordung seiner Frau eine Machtdemonstration gewesen sei, hatten Bussard und Sylvia die Befragung unterbrochen und waren zu ihren Kollegen in den Nebenraum gegangen. Die vier Beamten versuchten, sich darüber klar zu werden, was von Bleyles Aussage zu halten war.

„Ich bin mir nicht sicher", zweifelte Sylvia, „die ganze Geschichte ist so ..."

„Unglaubwürdig?", schlug Mallmann vor.

„Ich weiß es nicht", antwortete sie und zuckte mit den Schultern, „ich weiß es wirklich nicht."

„Glauben Sie, dass er sich das alles aus den Fingern gesogen hat?", fragte Neudörfer.

„Wir haben keinen Anhaltspunkt dafür, dass die Geschichte stimmt", erklärte Mallmann, „er kann uns alles Mögliche erzählen. Immerhin hat er erst damit angefangen, als der Name Hoa Nguyen gefallen ist. Wahrscheinlich hat er sich dann auf die Schnelle diese abstruse Geschichte zusammengereimt."

„Das denke ich nicht", widersprach Bussard, „jedenfalls kommt es mir nicht so vor. Alles, was er gesagt hat, hört sich zwar unglaubwürdig, aber schlüssig an. Wenn er improvisiert hätte, dann hätte er sich wahrscheinlich mal widersprochen oder eine Erklärung einschieben müssen. Er hat aber nie nachgedacht und auch nie nach einer Antwort gesucht. Entweder war er sehr gut vorbereitet oder die Geschichte stimmt tatsächlich."

„Und was machen wir jetzt mit ihm?", fragte Mallmann.

„Nichts", antwortete Neudörfer, „was sollen wir mit ihm machen? Wir haben nichts gegen ihn in der Hand. Wir müssen ihn laufen lassen."

„Nicht so voreilig", sagte Bussard und hob abwehrend die Hand, „vielleicht gerät seine Geschichte ins Wanken, wenn man nur fest genug daran rüttelt. Es gibt noch einige offene Fragen."

Er wandte sich um, verließ den Raum und ging in das Vernehmungszimmer zurück. Bleyle saß noch immer auf seinem Stuhl. Er wirkte niedergeschlagen, doch Bussard war nicht sicher, ob Bleyle ihm etwas vorspielte.

„Warum haben Sie uns nicht von Anfang an erzählt, dass der vietnamesische Geheimdienst hinter dem Mord an Ihrer Frau steckt?", fragte der Kommissar und setzte sich dem Verdächtigen gegenüber.

„Weil Bian mich gewarnt hatte", antwortete Bleyle, „sie sagte, wenn ich mit jemandem darüber sprechen würde, wäre auch mein Leben in Gefahr. Ich musste ihr versprechen, kein Wort darüber zu verlieren, zu niemandem."

„Und warum haben Sie Ihre Meinung geändert?"

Mit den Fingerspitzen rieb sich Bleyle die Augen. Er stützte die Ellenbogen auf den Tisch und den Kopf in die Hände.

„Weil Sie mit Hoa gesprochen haben", antwortete er und lehnte sich wieder zurück, „mir war klar, wie das Ganze für Sie aussah. Sie dachten vermutlich, dass Hoa die Mörderin wäre und ich mit ihr gemeinsame Sache gemacht hätte."

„Warum hätten wir das annehmen sollen?"

Bleyle zuckte mit den Achseln und schüttelte gleichzeitig den Kopf, während er antwortete.

„Haben Sie denn eine andere Erklärung für den Mord? Sie hätten die Wahrheit niemals erfahren, wenn ich geschwiegen hätte, aber Sie brauchen einen Täter, den Sie verurteilen können. Mir war sofort klar, dass für Sie nur Hoa infrage kommen würde. Außerdem ...", er atmete tief ein, hielt für eine Sekunde die Luft an, schloss die Augen und atmete langsam aus, während er die Augen wieder öffnete und Bussard anblickte, „... meine Frau ist tot. Ich habe sie mehr geliebt als Sie sich vorstellen können. Was spielt es jetzt noch für eine Rolle, ob ich mich mit meiner Aussage selbst in Gefahr bringe? Letzten Endes ist das alles egal. Sie werden Bians Mörder sowieso nie kriegen."

„Was macht Sie so sicher?", fragte Bussard.

Bleyle schüttelte den Kopf.

„Sie werden Bians Mörder niemals kriegen", sagte er noch einmal.

Bussard wusste noch immer nicht, was er von Bleyle und dessen Aussage halten sollte. Der Verdächtige hatte eine Geschichte präsentiert, einen Spionageroman in Kurzform, die schwer zu glauben war. Allerdings musste der Kommissar zugestehen, dass die Sache mit der verschenkten Beute ebenso seltsam gewesen war. Auf der anderen Seite war das jedoch noch kein Beweis, nicht einmal ein Indiz, für den Wahrheitsgehalt von Bleyles Aussage. Bisher hing sie noch völlig in der Luft und es musste sich erst noch zeigen, wie stabil Bleyles Kartenhaus tatsächlich war.

„Wir wissen nicht, ob Ihre Geschichte stimmt", erklärte Bussard, „alles, was Sie gesagt haben, sind nur Ihre Behauptungen. Es ist eine schöne Geschichte, wirklich spannend, aber nichts deutet daraufhin, dass Sie die Wahrheit gesagt haben."

„Und meine tote Frau?", fragte Bleyle.

„Die könnte jeder ermordet haben", antwortete Bussard, „auch Hoa Nguyen."

„Dann fragen Sie doch Ihre Leute!", stieß Bleyle hervor.

Bussard wusste nicht, wen Bleyle meinte.

„Welche Leute?", fragte er.

„Na, Ihren Geheimdienst", erklärte Bleyle, „oder die Spionageabwehr oder wie das bei Ihnen heißt. Solche Organisationen gibt es doch auch in Deutschland, oder etwa nicht?"

Er hatte zweifellos recht. Sie mussten auf jeden Fall das Bundeskriminalamt über die Sachlage informieren, denn sie würden sich eine Menge Ärger einhandeln, wenn sich herausstellen sollte, dass er die Wahrheit gesagt hatte, sie die Informationen aber nicht weitergegeben hatten. Dennoch wollte der Kommissar den Verdächtigen nicht so leicht von der Angel lassen.

„Warum sollten wir", fragte er, „ich sagte doch gerade, dass es nur eine Geschichte ist, die Sie uns aufgetischt haben. Es gibt nicht den kleinsten Beweis für die Richtigkeit Ihrer Aussage. Wir werden garantiert nicht umsonst die Pferde scheu machen."

Bleyle hob die Arme mit einer theatralischen Geste und schlug die offenen Handflächen zusammen.

„Keinen Beweis", rief er und schüttelte missbilligend den Kopf, „nein, es gibt keinen Beweis. Ich kann meine Unschuld nicht beweisen."

Er ließ die Arme sinken und legte die Handgelenke auf die Tischkante.

„Sie haben das Überwachungsvideo gesehen", erklärte er und sah Bussard herausfordernd an, „ich stand neben meiner Frau, als sie erschossen wurde, aber wahrscheinlich zählt das Video vor Gericht nicht. Der Juwelier hat alles gesehen, aber wahrscheinlich stand er unter Schock und deshalb zählt seine Aussage auch nicht. Der Weihnachtsmarkt war voll von Leuten. Irgend jemand muss gesehen haben, wie die Mörderin meiner Frau aus dem Laden kam, aber wahrscheinlich waren die alle besoffen und deshalb zählen ihre Aussagen ebenfalls nicht."

Er stützte die Hände auf und es sah so aus, als würde er jeden Augenblick aufspringen.

„Nein, Herr Kommissar", sagte er schneidend, „ich kann meine Unschuld nicht beweisen."

Bussard erkannte die Aggressivität in Bleyles Augen und er erinnerte sich an einen Satz, den Professor Bäumler gesagt hatte. *Jeder Mensch wird einen Mord begehen, wenn er in eine Situation gerät, in der er keinen anderen Ausweg mehr sieht.* Er hatte Bleyle in die Enge getrieben und der Verdächtige reagierte instinktiv auf die Bedrohung.

„Ich weiß, dass Sie Ihre Frau nicht ermordet haben", erklärte Bussard ruhig, „aber Sie werden beschuldigt, an der Tat beteiligt gewesen zu sein. Ohne Beweis ist Ihre Aussage nichts weiter als eine Schutzbehauptung."

„Eine Schutzbehauptung", wiederholte Bleyle und beugte sich noch weiter vor, „wovor sollte ich mich noch schützen? Ich habe meine Frau verloren, ich habe meinen Job verloren und wahrscheinlich stehe ich jetzt auf der Todesliste der Vietnamesen. Ihre Beschuldigungen gehen mir völlig am Arsch vorbei. Entweder verhaften Sie mich jetzt und stecken mich in eine Zelle oder ..."

Er brach unvermittelt ab, lehnte sich wieder zurück und ließ die Hände sinken. Seine Aggressivität war so schnell verflogen wie sie gekommen war. Auch wenn er den Satz nicht beendet hatte, wusste Bussard, dass für Bleyle die Alternative das Warten auf einen Killer bedeutete. Mit einer anderen Aussage hatte er den Kommissar jedoch überrascht.

„Wieso haben Sie Ihren Job verloren?", fragte Bussard.

„Weil ich eben kein James Bond bin", antwortete Bleyle achselzuckend, „dazu bin ich einfach zu dämlich."

„Was meinen Sie damit?"

Bleyle hob entschuldigend die Hände und ließ sie seufzend wieder sinken.

„Bian hat mich angefleht, ihr die Forschungsergebnisse zu besorgen", berichtete er, „aber ich habe mich geweigert. Ich habe ihr gesagt, dass nicht nur mein Job auf dem Spiel stand, wenn ich erwischt werden würde, sondern dass mich das ins Gefängnis bringen würde. Sie sagte jedoch, dass sie meine Weigerung mit dem Leben würde bezahlen müssen. Schließlich habe ich zugestimmt. Was hätte ich anderes tun sollen? Ich konnte doch nicht wissentlich ihr Leben in Gefahr bringen. Im Institut habe ich Daten kopiert und auf einem USB-Stick gespeichert."

Wieder schloss er die Augen und schüttelte den Kopf, bevor er fortfuhr.

„Bäumler hat mich dabei erwischt, in flagranti. Ich hatte gewartet, bis alle gegangen waren. Jedenfalls dachte ich, dass niemand mehr in der Abteilung wäre. Eigentlich war es ein Kinderspiel. Trotzdem war ich so aufgeregt, dass mir die Hände gezittert haben. Ich habe irgendetwas heruntergeworfen. Das hat Bäumler wahrscheinlich gehört und plötzlich stand er hinter mir."

„Bäumler hat Sie auf frischer Tat ertappt?", fragte Bussard überrascht.

„Ja, Scheiße", fluchte Bleyle, „das war so dämlich. Ich hätte einfach gehen und drei Stunden später wiederkommen sollen.

Ich hatte ja einen Schlüssel für die Abteilung und einen für die Haustür, aber ich hatte Angst, dass mich jemand sehen und Fragen stellen könnte. Was hätte ich dann antworten sollen?"

„Wie hat Bäumler reagiert?"

„Eigentlich wie ein Gentleman", antwortete Bleyle, „er wollte gar nicht wissen, warum ich versucht hatte, die Daten zu stehlen. Vielleicht hat er geahnt, dass ich versuchen würde, ihn zu belügen, indem ich irgendeine fadenscheinige Erklärung lieferte und das wollte er sich nicht antun. Vielleicht habe ich ihm auch leid getan. Ich muss jämmerlich ausgesehen haben, ein Häufchen Elend. Ich habe ihm den Stick ausgehändigt und meine Schlüssel. Gleich am nächsten Morgen wurden alle Zugangspasswörter geändert und ich hatte keinen Zugriff mehr. Ehrlich gesagt war ich sogar froh darüber. Bäumler hat mich in sein Büro zitiert und erklärt, dass ich bis zum Ende des Monats Zeit hätte, mir einen neuen Job zu suchen, sofern ich mit meiner eigenen Kündigung einer fristlosen Entlassung zuvorkommen würde. Natürlich habe ich eingewilligt, weil er mir versprochen hatte, die Sache auf sich beruhen zu lassen und nicht an die große Glocke zu hängen, sonst wäre ich beruflich erledigt gewesen. Das rechne ich Bäumler hoch an. Er ist wirklich ein sehr feiner Kerl."

Er fuhr sich mit der Hand durch das Gesicht und massierte mit Daumen und Zeigefinger die Nasenwurzel.

„Wann war das", fragte Bussard, „wann hat Bäumler Sie erwischt?"

„Am siebten Dezember", antwortete Bleyle und sah auf, „das war der Tag, an dem ich den schlimmsten Fehler gemacht habe."

„Welchen Fehler?"

Bleyle faltete die Hände und schluckte. Einen Augenblick starrte er auf die Tischplatte, dann hob er den Kopf und antwortete resigniert.

„Ich war so erleichtert, dass ich die Situation völlig falsch eingeschätzt habe. Ich dachte, es sei vorbei. Wenn ich nicht mehr im Institut arbeitete, würden sie auch Bian in Ruhe lassen. Schließlich konnte ich ja nichts mehr liefern und sie war weiterhin in der Orthopädie tätig, wo sie auch in Zukunft ihre Informationen hätte sammeln können. Das war eine fatale

Fehleinschätzung. Vielleicht hatte Bian den Vietnamesen erzählt, dass ich die Daten liefern würde und sie dachten, sie wären schon am Ziel. Wahrscheinlich hatten sie die Forschungsergebnisse bereits als Erfolg verbucht. Ich weiß es nicht. Sicher ist nur, dass Bian für den Misserfolg mit dem Leben bezahlen musste. Die Schweine haben sie einfach umgebracht."

9

Zusammen mit den Beamten Neudörfer, Bussard, Harter und Mallmann saß Oberstaatsanwalt Schmieder im Besprechungsraum, um Bleyles Vernehmung zu analysieren. Keiner der Anwesenden wollte die Spionagegeschichte glauben, doch es gab ein Indiz, das sie nicht ignorieren konnten. Beim Versuch des Datendiebstahls war Bleyle von Bäumler erwischt worden.

„Bleyle hat sich das nicht ausgedacht", erklärte Bussard, „ihm muss doch klar sein, dass wir diese Angabe überprüfen werden. Sollte sich dieser Punkt als Erfindung herausstellen, würde seine ganze Geschichte in sich zusammenfallen. So blöd ist er nicht."

„Vielleicht hat er geblufft", spekulierte Mallmann, „entweder er vertraut darauf, dass die Sache mit dem Datenklau so einfach zu überprüfen ist, dass wir uns gar nicht erst die Mühe machen, oder er setzt auf Bäumlers Loyalität. Soweit ich weiß, hat sich der Professor nicht gerade auskunftsfreudig gezeigt, als es um seinen Mitarbeiter ging. Vielleicht will sich Bleyle genau das zunutze machen oder der Professor steckt mit ihm unter einer Decke."

„Wer hat mit Bäumler gesprochen?", fragte Schmieder.

„Das war ich", antwortete Bussard.

„Sprechen Sie noch einmal mit ihm", wies der Staatsanwalt ihn an, „überprüfen Sie die Geschichte. Wo ist Bleyle jetzt?"

„Wir haben ihn gehen lassen", antwortete Neudörfer achselzuckend, „es liegt kein Haftbefehl gegen ihn vor. Wir hatten keine Veranlassung, ihn festzuhalten."

„Und", fragte Schmieder, dem die neue Entwicklung überhaupt nicht gefiel, „was haben Sie jetzt vor?"

„Wir müssen das BKA* informieren", antwortete Neudörfer.

Schmieder wusste, dass Neudörfer recht hatte. Sie hatten einen Mord und eine Aussage, die auf Spionage hinwies. Auch der Oberstaatsanwalt zweifelte nicht daran, dass sich Bleyles Aussage hinsichtlich des versuchten Datendiebstahls als wahr erweisen würde. Wenn der vietnamesische Geheimdienst hinter der Sache steckte, wurden die Belange der Bundesrepublik berührt. Unter der Federführung der Bundesanwalt-

---

* BKA = Bundeskriminalamt (Wiesbaden)

schaft würde das BKA die Ermittlungen übernehmen und er, Schmieder, seines Zeichens Oberstaatsanwalt in der Provinz, würde in den Mond schauen. Er würde weder Lorbeeren ernten noch Karrierepunkte sammeln.

„Muss das denn sofort sein", fragte er, „wenn Bleyles Angaben falsch waren, sind wir blamiert bis auf die Knochen. Wir sollten wenigstens warten, bis Herr Bussard diesen Professor vernommen hat. Sollte sich die ganze Sache als wahr herausstellen, werden wir natürlich nicht zögern, Wiesbaden zu informieren."

„Einverstanden", stimmte Neudörfer zu und wandte sich an Bussard, „fahren Sie zu diesem Professor Bäumler. Je schneller wir Bescheid wissen, desto besser."

„Und ich werde Hoa Nguyen noch einmal einen Besuch abstatten", kündigte Sylvia an, „sie wird Bleyles Angaben bestätigen oder auch nicht. Vielleicht weiß sie mehr als Bleyle ahnt."

„Hältst du das für klug?", fragte Bussard.

„Natürlich", antwortete sie, „du etwa nicht?"

„Nein", widersprach er, „ich glaube, das ist keine gute Idee. Frau Nguyen hat Angst und vermutlich ist ihre Angst begründet. Wenn Bleyle die Wahrheit gesagt hat, dann sitzt sie zwischen den Stühlen. Auf der einen Seite hat sie die Mafia im Genick, weil sie illegal aus Vietnam ausgereist ist und auf der anderen Seite steht der Geheimdienst. Bian Bleyle wollte, dass Frau Nguyen ihrem Mann hilft, ihre Familie aus Vietnam zu schleusen. Also weiß sie von der ganzen Geschichte und damit ist sie in Gefahr. Wir sollten zumindest vorbereitet sein, um sie schützen zu können. Ich glaube, das Zeugenschutzprogramm wäre keine schlechte Idee."

„Wir kümmern uns darum", entschied Schmieder, obwohl er das Gegenteil dachte.

Wenn Bleyle gelogen hatte, brauchten sie sich um die Mafia und den Geheimdienst keine Sorgen zu machen. Dann war alles reine Erfindung. Wenn er die Wahrheit gesagt hatte, würde das BKA den Fall übernehmen. Dann war Hoa Nguyen deren Zeugin und nicht mehr sein Problem. Ihn interessierte im Augenblick nur Bäumlers Aussage, mit der alles stand oder fiel, je nachdem.

*

Gegen halb drei traf Bussard im Mikrobiologischen Institut ein, doch der Pförtner berichtete, dass der Professor das Haus bereits um zwölf Uhr verlassen habe und nach Hause gefahren sei. Bussard ging zu seinem Dienstwagen zurück und rief im Präsidium an, um die Privatadresse von Professor Bäumler in Erfahrung zu bringen. Eine Minute später fuhr er los und verließ Freiburg in nördlicher Richtung. Er durchquerte ein Dorf und folgte der Straße, die einen der unzähligen Hügel des Schwarzwaldes hinaufführte. Von der Kreisstraße zweigte ein Wirtschaftsweg ab und je mehr Bussard an Höhe gewann, desto höher wuchs auch die Schneedecke links und rechts des Weges. Die Landschaft war traumhaft schön, doch er hatte nur Augen für den steilen, verschneiten Weg. Die Winterreifen verrichteten zuverlässig ihren Dienst, während Bussard hoffte, dass ihm kein Fahrzeug entgegenkommen würde. Ein Ausweichen war auf der schmalen Fahrspur ebenso unmöglich wie ein Wendemanöver.

In einiger Entfernung tauchte ein ländliches Anwesen auf und der Weg schien direkt daran vorbeizuführen. Konzentriert fuhr Bussard weiter hügelaufwärts. Eine halbe Minute später erkannte er eine Abzweigung, die zu einem Hof führte und ein Schild mit der Hausnummer, das jemand an einen Pfahl genagelt hatte. Er bog ab, folgte einer steilen Schleife und fand eine ausreichend große, freie Fläche, wo er seinen Wagen abstellen konnte.

Bussard wusste selbst nicht, was er erwartet hatte. Das schief in den Angeln hängende Hoftor war ein Stück geöffnet. Er ging hindurch und betrachtete den alten, verschneiten Schwarzwaldhof, der überhaupt nicht zu dem Professor der Universität passen wollte. Das verwitterte Holz der windschiefen Scheune schien Jahrhunderte überdauert zu haben und das Gebäude war ein Beleg dafür, dass Zeit, Wind und Wetter die natürlichen Feinde des Rechten Winkels waren. An die Scheune schloss sich der niedrige, gedrungene Stall an und daneben, einige Meter versetzt, stand das Wohnhaus. Es war nicht sehr groß und hatte ein für den Schwarzwald typisches steiles Dach, damit es im Winter nicht von der Schneelast erdrückt wurde. Die kleinen Fenster des zweigeschossigen, alten Gebäudes behaupteten sich mit Mühe gegen den

Efeu, der fast von der gesamten Fassade Besitz ergriffen hatte. Unwillkürlich musste Bussard an J.R.R. Tolkien denken und er fragte sich, ob er bei der richtigen Adresse war. In der verschneiten Winterlandschaft hatte das Anwesen etwas Märchenhaftes, etwas der Zeit Entrücktes, wo man, wenn die Dämmerung einsetzte, von Elfen, Zwergen oder Hobbits beobachtet wurde.

Das selbst gefertigte Schild an der Haustür verkündete dem Besucher, dass die Familie Bäumler das Anwesen bewohnte. Ein Fenster im Erdgeschoss war erleuchtet und Bussard drückte auf den Klingelknopf. Das Läuten wurde von Hundegebell im Inneren des Hauses beantwortet. Einige Augenblicke später öffnete der Professor die Tür, während der Hofhund an ihm vorbeidrängte, um zu sehen, wer die winterliche Idylle zu stören wagte.

„Herr Bussard", begrüßte Bäumler den Kommissar, „welch überraschender Besuch."

„Guten Tag, Herr Professor", erwiderte Bussard.

Bäumler trat einen Schritt zur Seite und forderte den Gast mit einer einladenden Handbewegung auf, ins Haus zu kommen.

„Bitte, immer herein", sagte er lächelnd.

Bussard trat in den Flur, während der Hund an ihm schnupperte, um zu entscheiden, ob er Freund oder Feind war. Das Innere des Hauses entsprach völlig dem äußeren Eindruck. Die Holzbohlen des Flurbodens waren vermutlich noch älter als die ausgetretene, schmale Stiege, die ins Obergeschoss führte. Unter der niedrigen Decke erschien der Professor, der etwa einen Meter fünfundachtzig maß, noch größer und als er Bussard in den Hauptraum brachte, der Küche und Esszimmer in einem war, fühlte sich der Kommissar sofort wohl. Der große Kachelofen mit der Eckbank spendete eine behagliche Wärme. Um den alten Tisch gruppierten sich ebenso alte, unterschiedliche Stühle. Alle freien Flächen auf den Schränken und Regalen waren mit hunderterlei Dingen belegt, seien es Steingutkrüge oder Zeitschriften, Schnapsflaschen oder eine Messinglampe, ein Mensch-Ärgere-Dich-Nicht-Spiel, alte und noch ältere Werkzeuge oder eine Vielzahl von Weck-Gläsern mit Gummiringen, deren unterschiedliche Inhalte man kaum erahnen konnte. An einer Schnur über der Anrichte hingen getrocknete Pflanzen, auf der Fensterbank standen Kakteen neben einem Trockenblumenstrauß in einer irdenen Vase und hie und da lagen überraschenderweise einige bunte Spielsachen. An der Spüle stand eine sympathische Frau in Bussards Alter mit langen, braunen Haaren und wusch Geschirr ab. Sie trug eine Batikhose und einen dicken, braunen Norwegerpullover. Vermutlich war sie Bäumlers Tochter und die Spielsachen gehörten seinen Enkeln. Die Frau bedachte den Kommissar mit einem freundlichen, warmherzigen Lächeln.

„Das ist Herr Bussard", stellte Bäumler den Gast vor, „er ist bei der Polizei."

Die Frau nahm ein Geschirrtuch, trocknete sich die Hände ab und ging auf Bussard zu.

„Und das", erklärte der Professor, „ist meine Frau."

„Hallo", sagte der Kommissar und gab sich Mühe, seine Überraschung zu verbergen, als er der Dame des Hauses die Hand schüttelte.

Frau Bäumler mochte etwa dreißig Jahre jünger sein als ihr Mann. Auch wenn Bussard eher eine wesentlich ältere Frau mit grauen Haaren und runzligem Gesicht als Bäumlers Ehefrau erwartete hatte, so schien die jüngere dennoch perfekt in diese Umgebung zu passen und die Art, wie sie und der Professor sich ansahen, ließ auf eine harmonische Ehe schließen.

„Kommen Sie", sagte Bäumler, „ziehen Sie Ihre Jacke aus und setzen Sie sich an den Ofen. Möchten Sie eine Tasse Tee oder lieber einen Schnaps?"

„Einen Schnaps", wiederholte Bussard, „nein danke, wirklich nicht, aber eine Tasse Tee würde ich nehmen."

Er zog seine Jacke aus und ließ seinen Blick noch einmal durch den Raum schweifen. Die Ähnlichkeit mit Bäumlers Büro war unverkennbar, auch wenn es in der Wohnküche zumindest freie Stühle gab. Er setzte sich in die Nähe des Kachelofens, während Bäumlers Frau Teewasser aufsetzte.

„Was verschafft uns die Ehre Ihres Besuchs?", fragte Bäumler und setzte sich auf die Eckbank.

„Martin Bleyle", erwiderte der Kommissar.

Der Professor nickte. Die Antwort war offensichtlich gewesen.

„Jetzt kommen Sie zu mir nach Hause", folgerte er, „weil Sie glauben, dass Sie mich hier leichter zum Reden bringen können."

Es war keine Provokation. Er sprach in freundlichem Tonfall und ein amüsiertes Lächeln zeigte sich sowohl in seinen Mundwinkeln als auch in seinen hellen Augen hinter der Brille.

„Ich war im Institut", erklärte Bussard, „und da ich eine Aussage von Ihnen benötige, komme ich zu Ihnen nach Hause. Es ist übrigens ein sehr schönes Anwesen, das Sie hier haben, richtig heimelig."

„Ich kann Sie gerne herumführen", bot der Professor an, „wir haben einen eigenen Streichelzoo, Hühner, Gänse, Ziegen und ein Pferd. Unseren Hund haben Sie ja schon kennengelernt, aber die wildesten von allen sind noch im Kindergarten."

„Ein anderes Mal vielleicht", lehnte Bussard ab und warf Bäumlers Frau, die Geschirr abtrocknete, einen skeptischen Blick zu, „ich muss mit Ihnen über Martin Bleyle sprechen und über Ihre Arbeit. Vielleicht kommen dabei Dinge zur Sprache, die der Geheimhaltung unterliegen."

„Keine Sorge", erwiderte Bäumler, der die Andeutung sofort verstanden hatte, „meine Frau kennt die meisten meiner Geheimnisse, obwohl ich von ihren nur sehr wenig weiß."

Er grinste seine Frau an und sie lächelte zurück. Auch wenn die beiden ein ungleiches Paar abgaben, so spürte Bussard die Innigkeit, die zwischen ihnen herrschte.

„Wir haben Martin Bleyle vernommen", berichtete der Kommissar und sprach damit den Grund seines Besuchs an, „und ich muss herausfinden, ob er uns die Wahrheit gesagt hat. Bitte beantworten Sie meine Fragen, denn wir suchen einen Mörder."

„Ich weiß", antwortete Bäumler nickend.

Bussard entschied, die wichtigste Frage gleich zu Beginn zu stellen und hoffte, dass Bäumler sie wahrheitsgemäß beantworten würde, ohne sich hinter seiner Loyalität als Vorgesetzter zu verschanzen.

„Martin Bleyle hat ausgesagt, dass er versucht hat, Daten aus Ihrem Institut zu stehlen und dass Sie ihn dabei erwischt haben. Können Sie diese Aussage bestätigen?"

Bäumlers Lächeln, das die meiste Zeit sein Gesicht erhellte, verschwand und wich einem Anflug von Traurigkeit.

„Das hat er Ihnen erzählt?", fragte er.

Sowohl die Frage als auch eine Antwort darauf waren überflüssig und beide wussten es.

„Ja", sagte er schließlich, „das stimmt."

„Wann war das?", fragte Bussard.

„Vorletzte Woche", antwortete Bäumler und wiegte den Kopf, „ich glaube, es war Freitag. Ich habe ihn dabei überrascht, als er im Institut heimlich Daten auf einen USB-Stick kopiert hat."

„Danke", sagte der Kommissar und nickte ihm zu, „würden Sie mich bitte einen Augenblick entschuldigen?"

Er nahm sein Handy aus der Jacke und rief Neudörfer an. In wenigen Worten erklärte er seinem Chef, dass Bäumler die Aussage von Bleyle hinsichtlich des versuchten Datendiebstahls bestätigt hatte. Er steckte das Handy wieder ein, während Frau Bäumler eine dampfende Teekanne, eine Dose mit braunem Zucker und zwei Tassen auf den Tisch stellte. Sie nahm zwei Teelöffel aus einer Schublade, legte sie ebenfalls auf den Tisch und gab ihrem Mann einen Kuss.

„Ich muss die Kinder abholen", erklärte sie und Bäumler ermahnte sie, vorsichtig zu fahren.

Sie verabschiedete sich von Bussard und verließ den Raum. Nachdem sie die Tür hinter sich geschlossen hatte, nahm der Kommissar den Faden ihres Gesprächs wieder auf.

„Wissen Sie, warum Bleyle versucht hat, die Daten zu stehlen?"

„Nein", antwortete Bäumler, „ich habe ihn nicht danach gefragt."

„Haben Sie ein Vermutung?"

Bäumler nahm die Teekanne und füllte die beiden Tassen.

„Die Branche ist ein Haifischbecken", antwortete er, „Sie wissen wahrscheinlich, dass einer der großen Vier, die neunzig Prozent des Weltmarktes unter sich aufgeteilt haben, auch hier in Freiburg ein Werk unterhält."

„Sie sprechen von der Pharmaindustrie?", vermutete Bussard.

„Natürlich", bestätigte Bäumler, „wer sonst könnte ein Interesse an den Ergebnissen unserer Forschung haben?"

„Andere ... Interessenten", antwortete Bussard sibyllinisch.

Bäumler trank schlürfend einen Schluck von seinem heißen Tee, während Bussard braunen Zucker in seine Tasse gab.

„Andere Interessenten", wiederholte der Professor und stellte seine Tasse ab, „es gibt zwar noch einige kleinere Mitspieler auf dem Feld, aber eigentlich können die mit unseren Ergebnissen nichts anfangen."

„Warum nicht?"

„Dafür haben die großen Vier gesorgt", erklärte er und lehnte sich zurück, „diese vier Pharmakonzerne unterhalten eine Lobby, die so mächtig ist, dass sie den Regierungen ihre eigenen Regeln vorschreiben können. Damit meine ich nicht Bananenrepubliken, sondern Industrienationen wie Deutschland, USA, Japan und so weiter. Wenn Sie heute ein neues Medikament auf den Markt bringen wollen, benötigen Sie zwischen fünfhundert Millionen und einer Milliarde Euro, um eine Zulassung zu erhalten. Außer den großen Vieren kann kaum ein Unternehmen diese Summe aufbringen. Auf der anderen Seite wissen die Konzerne natürlich, dass sich ihre Investitionen amortisieren werden, denn sie haben den Weltmarkt untereinander aufgeteilt und brauchen keine Konkurrenz zu fürchten. Die Zulassungskriterien, die zwar von den Regierungen erlassen, aber von den Pharmakonzernen diktiert werden, sind so hoch angesetzt, dass es weltweit keinen Hersteller geben wird, der in diese Phalanx einbrechen könnte."

Nachdenklich nippte Bussard an seinem Tee. Über das, was Bäumler ihm gerade erzählt hatte, wusste er nichts. In Apotheken gab es Unmengen verschiedenartiger Medikamente und man konnte keine Zeitschrift aufschlagen ohne nicht mindestens ein Dutzend Anzeigen für weitere Pillen, Tropfen, Cremes, Tabletten oder Salben zu finden. Man konnte den Eindruck gewinnen, als gäbe es Medikamentenhersteller an jeder Ecke. Bäumlers Ausführungen besagten jedoch genau das Gegenteil davon.

„Wenn die Zulassung für ein neues Medikament mindestens fünfhundert Millionen Euro kostet", spekulierte er,

„dann verdient die Regierung ganz schön satt an den Krankheiten ihrer Bürger."

„Oh nein, zumindest nicht direkt", widersprach Bäumler, „dem Ganzen liegt ein ausgeklügeltes System zugrunde. Die Pharmakonzerne unterstützen politische Parteien mit großzügigen Spenden, sowohl für die Regierung als auch für die Opposition. Damit erkaufen sie sich den Einfluss für ihre Lobbyisten, die wiederum ihre Büros direkt im Gesundheitsministerium unterhalten, wobei es keine Rolle spielt, welche politische Konstellation gerade die Regierung stellt. Die Lobbyisten schreiben als externe Berater an neuen Gesetzesvorlagen mit und wandeln sie den Wünschen ihrer Brotherren gemäß ab. So stellen sie sicher, dass alle relevanten Gesetze in ihrem Sinne beschlossen werden. Damit ein neues Medikament in Deutschland zugelassen werden kann, muss es den geltenden Gesetzen zufolge eine Vielzahl von Testreihen durchlaufen, die mehrere Jahre in Anspruch nehmen und Hunderte Millionen Euro kosten. Das Schöne daran ist, dass man dieses Vorgehen der Bevölkerung – übrigens sehr erfolgreich – als höchste Qualitätsstandards verkauft. Das klingt gut und fürsorglich, nicht wahr? Wer sollte es deshalb hinterfragen?"

„Kaum zu glauben", erwiderte Bussard kopfschüttelnd, „das hört sich so an, als sei die Bundesregierung nichts weiter als eine Marionette, die an den Fäden der Pharmaindustrie hängt."

„Das müssen Sie auch nicht glauben", fuhr Bäumler fort, ohne die Ironie in seinen Worten auch nur ansatzweise zu verbergen, „machen Sie die Probe aufs Exempel. Werden Sie Politiker. Lassen Sie sich in den Deutschen Bundestag wählen und versuchen Sie, ein Gesetz gegen den Willen der Pharmaindustrie durchzusetzen. Sofern es Ihnen überhaupt gelingt, ohne den Einfluss der Lobbyisten einen Gesetzentwurf zu formulieren, was nahezu unmöglich ist, garantiere ich Ihnen, dass Sie Ihre helle Freude daran haben werden. Zuerst wird man Sie an die großzügigen Parteispenden erinnern, mit denen Sie Ihren Wahlkampf finanziert haben. Danach wird man Ihnen drohen, Werke in Deutschland zu schließen, Steuern zukünftig im Ausland zu bezahlen und Arbeitnehmer freizusetzen, wie es so schön heißt. Zum Schluss wird man Sie den

Medien zum Fraß vorwerfen, weil Sie durch die Absenkung der hohen Qualitätsstandards das Wohl und die Gesundheit der Bevölkerung gefährden und weil das Land dann in das medizinisch gesehene Mittelalter zurückfällt. Stellen Sie sich die Schlagzeilen in den bekannten Zeitungen vor: Irrer Vorschlag – Politiker erklärt Bevölkerung zu Versuchskaninchen! Man wird die kläglichen Reste Ihrer kurzen Karriere ausweiden, dann rülpst die Lobbykratie einmal und hat Sie anschließend bereits vergessen."

Vielleicht lag es an der gemütlichen Atmosphäre, der wohligen Wärme des Kachelofens oder an dem Wohlgeruch des alten Holzes der Einrichtung, dass das Gespenst, das der Professor beschworen hatte, um so erschreckender wirkte. Als Beamter hatte Bussard einen Eid auf die Verfassung der Bundesrepublik Deutschland abgelegt. Die Regierung, die Legislative, erließ Gesetze. Die Polizei, die Exekutive, stellte deren Durchführung sicher und die Gerichte, die Judikative, ahndete Übertritte und Verstöße. Wenn es aber eine Macht gab, die Lobbyisten, die der Regierung die Gesetze diktierte, wie Bäumler behauptet hatte, und wenn dies nicht nur für die Pharmaindustrie, sondern auch für andere Branchen galt, wie man annehmen musste, dann stellte sich die Frage, für wen die Polizei in Wirklichkeit arbeitete. Wessen Interessen, wenn nicht die des Volkes, zu dessen Wohl die Gesetze eigentlich erlassen werden sollten, vertrat Kriminalhauptkommissar Bussard tatsächlich? Er durfte nicht darüber nachdenken, denn er hätte alles, seine Ausbildung, seinen Beruf und seine Aufgabe, infrage stellen müssen. Er war gekommen, weil er in einem Mordfall ermittelte. Ein Verdächtiger, der durch Bäumlers Bestätigung zum Zeugen zurückgestuft wurde, hatte auf einen Spionagefall als Hintergrund der Tat hingewiesen. Es war Bussards Aufgabe, die Umstände der Tat und den Täter zu ermitteln, damit er von der Staatsanwaltschaft vor Gericht angeklagt wurde. Für Systemkritik blieb daher weder Raum noch Zeit.

Bussard nahm seine Tasse und trank ein paar Schlucke Tee, um sich zu sammeln. Bäumlers Aussagen über die Verflechtungen zwischen der Pharmaindustrie und der Politik mochten vielleicht zutreffend sein, doch sie berührten den Raubmord nicht.

„Bleyle behauptet, ihre Forschungsergebnisse seien nobelpreisverdächtig", sagte er, um zu ihrem eigentlichen Thema zurückzukehren und er war überrascht, als der Professor zu lachen begann.

„Er übertreibt", erklärte Bäumler.

„Aber haben Sie denn nicht einen neuen Wirkstoff entdeckt?", hakte Bussard nach.

„Das schon", bestätigte der Professor grinsend, „er wirkt auch ganz hervorragend, zumindest bei unseren humanisierten Mäusen. Für eine Erprobung an Menschen ist es jedoch noch viel zu früh."

Bussard konnte mit dem Ausdruck, den Bäumler gerade benutzt hatte, nichts anfangen und sah den Professor fragend an.

„Was sind humanisierte Mäuse?"

Bäumler trank seinen Tee und stellte die Tasse auf den Tisch zurück.

„Wir haben unsere kleinen Freunde vermenschlicht", erklärte er, „in ihren Adern fließt menschliches Blut und sie verfügen über ein menschliches Immunsystem."

„Sie nehmen mich auf den Arm", sagte Bussard zweifelnd.

„Ganz und gar nicht, Herr Kommissar", erwiderte Bäumler.

Bussard betrachtete seinen Gesprächspartner und konnte sich der sympathischen Ausstrahlung des Wissenschaftlers nicht entziehen. Bäumlers Lächeln war stets auch in seinen Augen, dort, wo man erkennen konnte, ob es aufrichtig war. Er hatte etwas Schalk- oder zumindest Lausbubenhaftes an sich, das leicht die Sicht darauf verstellte, dass sich hinter den meist belustigt dreinschauenden Augen ein klarer, wacher und scharfer Verstand verbarg. Bussards anfängliche Überraschung über den Altersunterschied zwischen Bäumler und dessen Frau wich allmählich der Erkenntnis, dass sich eine Frau vermutlich leicht zu diesem Mann hingezogen fühlen konnte.

„Diese Forschungsergebnisse", sagte er, „um was handelt es sich dabei genau? Was wollte Bleyle stehlen?"

„Ich weiß nicht, was er alles kopieren wollte oder kopiert hat", antwortete Bäumler, „auf jeden Fall waren die Testreihen mit den Extremresistenzen dabei. Das sind ja auch die spannendsten."

„Können Sie mir das mit einfachen Worten erklären", bat Bussard, „so, dass ich es auch verstehen kann?"

„Sicher", antwortete Bäumler lächelnd, „bei mir kriegen Sie einen kleinen Exkurs über die winzigen Bastarde zum Tee. Schenken Sie sich nach, wenn Sie mögen."

Bussards Tasse war noch nicht ganz leer, doch er füllte sie noch einmal auf und gab Zucker dazu, während Bäumler über die winzigen Bastarde dozierte.

„Tuberkulose wird durch Bakterien hervorgerufen. Im Prinzip ist die Behandlung ganz einfach. Man verabreicht eine Kombination aus vier verschiedenen Antibiotika und der Fall ist erledigt. Unglücklicherweise stehen aber nicht immer alle vier Wirkstoffe gleichzeitig zur Verfügung, zum Beispiel in den ärmeren Ländern in Afrika und Asien. Wenn man also zum Beispiel nur einen der vier Wirkstoffe verabreicht, dann ist das nicht nur nutzlos, sondern führt im Gegenteil dazu, dass die winzigen Bastarde Resistenzen ausbilden. Sie mutieren und das bedeutet, dass dieses Antibiotikum bei den mutierten Stämmen nicht mehr wirkt. Die Bakterienstämme, die zwei oder drei Wirkstoffen widerstehen, nennt man multiresistent und diejenigen, die allen bekannten Antibiotika Widerstand leisten, bezeichnet man als extremresistent. Bei den Letztgenannten liegt die Mortalität, das heißt die Sterblichkeitsrate, bei nahezu einhundert Prozent. Unabhängig von den Resistenzen der Bakterienstämme ist die Ansteckungsgefahr und die Ausbreitung von Tuberkulose in Gegenden mit hoher HIV-Infiziertenrate besonders groß, weil eine bestehende Immunschwäche den Ausbruch der Krankheit begünstigt. Umgekehrt beschleunigt Tuberkulose den Krankheitsverlauf bei HIV-Infizierten. War das einigermaßen verständlich?"

„Ja danke, mehr als mir lieb ist", antwortete Bussard unbehaglich.

„Keine Sorge", erwiderte Bäumler beruhigend, „Sie sind nicht in Gefahr, solange sie nicht allzu viele Frauen küssen, die aus den durchseuchten Gebieten stammen."

Er schenkte sich Tee nach, während er in leichtem Plauderton fortfuhr.

„Das Ende des Warschauer Paktes hat Europas Ostgrenzen durchlässig gemacht. Menschen können von West nach Ost und vor allem von Ost nach West reisen. Je weiter sie aus dem Osten kommen, also aus dem asiatischen Teil der ehemaligen UdSSR, desto größer ist die Gefahr, dass sie infiziert sind. Deshalb ist Tuberkulose seit den frühen neunziger Jahren auch in Westeuropa wieder auf dem Vormarsch. Es ist sozusagen die mikrobiologische Form der Globalisierung."

„Und das alles erzählen Sie mir lächelnd?", fragte Bussard.

„Warum nicht", gab Bäumler zurück, „Fakten gewinnen nicht an Bedeutung, wenn man ein ernstes Gesicht aufsetzt. Ich bin Wissenschaftler und kein Politiker."

*

Auf dem Rückweg ins Präsidium dachte Bussard über Bäumlers Ausführungen nach. Die Tuberkuloseforschung hatte eine weit größere Bedeutung, als er bisher für möglich gehalten hatte. Helen hatte behauptet, dass Tuberkulose in Deutschland schon lange kein Thema mehr sei. Es war eine unbehagliche Vorstellung, dass sich dies durch den Zustrom von Einwanderern oder Besuchern aus dem Osten ändern könnte. In Asien und Afrika jedoch, vor allem in den Ländern, in denen HIV-Infektionen weit verbreitet waren, stellte die Krankheit eine allgegenwärtige Bedrohung dar. Durch unzureichende Behandlungen mutierten die Bakterienstämme und wurden gegen Antibiotika resistent, was wiederum weitere Behandlungen schwieriger oder zum Teil sogar unmöglich machte. Extremresistenzen war der Ausdruck gewesen, den Bäumler für die Bakterien gebraucht hatte, gegen die kein Kraut gewachsen war. Wenn der Professor mit seiner Forschung erfolgreich war, dann war ein möglicher Nobelpreis nur das Sahnehäubchen auf einer Torte mit unvorstellbaren Gewinnaussichten. Ein Drittel der Weltbevölkerung, das waren zwei Milliarden Menschen, war infiziert und ein Pharmakonzern würde mit dem Patent eine Lizenz zum Gelddrucken erwerben. Genau das aber war Bussards Meinung nach der Stolperstein. Er kannte die Namen der vier großen Pharmakonzerne, doch keiner war in Vietnam beheimatet. Außerdem wäre es für einen solchen Konzern eine Leichtigkeit, Bleyle zu kaufen. Selbst ein Bestechungsgeld von zehn Millionen Euro hätte ein solcher

Konzern aus der Portokasse bezahlt. Warum hätte man sich also die Hände schmutzig machen und einen Mord in Auftrag geben sollen? Auch wenn handfeste wirtschaftliche Interessen hinter der Tat standen, so war sie doch in erster Linie politisch motiviert. In Südostasien hatte Kim Jong-Il mit seinem Kernwaffenprogramm das Interesse der Weltöffentlichkeit auf sich und Nordkorea gezogen. Über das ebenfalls kommunistische Vietnam hörte und las man nahezu nichts in den Medien. Möglicherweise hatte die vietnamesische Regierung ausschließlich aus Eigeninteresse ihren Geheimdienst mit der Beschaffung der Forschungsergebnisse beauftragt. Denkbar war aber auch, dass der große Bruder China der eigentliche Drahtzieher war. *Allein in China gibt es mehr Infizierte als Europa Einwohner hat.* Das hatte Bleyle bei seiner Vernehmung ausgesagt. Ob die kommunistischen Staaten Asiens gemeinsame Sache machten oder ob Vietnam auf eigene Rechnung agierte, spielte bei der Aufklärung des Raubmordes jedoch keine Rolle. Neudörfer musste die Ermittlungsergebnisse an das BKA weiterleiten und es war abzusehen, dass die POS, die Abteilung für politisch motivierte Straftaten, den Fall übernehmen würde.

Es widerstrebte Bussard, den Fall abgeben zu müssen und sein Ehrgeiz, den Täter zu überführen und zu verhaften, lag im Widerstreit mit der Aussicht auf ein arbeitsfreies Weihnachtsfest mit der Familie. Nach Lage der Dinge musste er jedoch einsehen, dass es unmöglich sein würde, den Fall ohne Hilfe des BKA und vermutlich auch des BND[*] zu lösen.

Im Präsidium bestätigten sich seine Annahmen nur zum Teil. Neudörfer hatte wie erwartet das BKA informiert und Wiesbaden schickte zwei Leute, die zunächst von den Freiburger Kripobeamten unterstützt werden sollten. Damit war Bussard auch weiterhin an den Ermittlungen beteiligt.

„Was ist mit dem Zeugenschutz?", fragte er, als die Sprache auf Hoa Nguyen kam.

Sylvia zuckte mit den Achseln.

„Keine Ahnung", gestand sie, „Schmieder hat zwar gesagt, dass er sich darum kümmern würde, aber ich schätze, er wird es dem BKA überlassen. Er ist sowieso stocksauer."

---
[*] BND = Bundesnachrichtendienst

„Warum?"

„Weil er den Fall wahrscheinlich bald los sein wird", erklärte sie, „wenn die Abteilung POS das Kommando übernimmt, dann leitet der Generalbundesanwalt die Ermittlungen. Statt Ruhm und Ehre kriegt Schmieder nur Socken und Unterhosen zu Weihnachen."

„Ja", stimmte Bussard zu, „ich schätze auch, dass ihm das nicht gefallen wird."

„Übrigens", merkte Sylvia an, „Caro Braun ist aus der U-Haft entlassen worden. Sie wird nicht mehr beschuldigt, den Raubmord begangen zu haben."

„Gut", antwortete Bussard und nickte, „wann kommen die BKA-Leute?"

„Morgen früh, soweit ich weiß."

„Okay, dann mach ich jetzt Feierabend. Es ist schon nach fünf und ich will heute noch ins Fitnessstudio."

„Ich habe auch nichts dagegen, früh zu Hause zu sein", erklärte Sylvia.

Im Augenblick gab es nichts mehr zu tun. Neudörfer hatte eine Besprechung für acht Uhr am nächsten Morgen angesetzt, zu der auch die BKA-Leute erscheinen würden, um im Detail über den Fall und die bisherigen Ermittlungsergebnisse unterrichtet zu werden.

*

Das Thermometer in der Sauna stand auf dreiundneunzig Grad. Bussard drehte die Sanduhr um, legte sein Handtuch auf die oberste Bank und setzte sich. Er hatte an zwei Kursen teilgenommen, Rückentraining und Total Body Condition, wo er sich mittlerweile ganz gut aufgehoben fühlte. Seit zwei Jahren nahm er mehr oder weniger regelmäßig daran teil, um dem immer wiederkehrenden Hexenschuss vorzubeugen. Früher hatte es ihn oft zwei- oder dreimal im Jahr erwischt. Eine falsche Bewegung und ein plötzlicher, ziehender Schmerz im unteren Rücken hatten ihn in die Knie gezwungen und anschließend für mehrere Tage ans Bett gefesselt. Das Mittel der Wahl, das sein Hausarzt rechts und links der Wirbelsäule gespritzt hatte, war eine Kombination aus schmerzstillenden und entzündungshemmenden Wirkstoffen gewesen. Die einfache Behandlung hatte zwar immer Erfolg gezeigt, doch Bussard war dennoch nicht zufrieden gewesen. Eines Tages hatte er deshalb nicht seinen Hausarzt, sondern einen Chiropraktiker aufgesucht, der die blockierten Wirbel mit einer manuellen Therapie wieder gelöst hatte.

„Das Problem ist nicht Ihre Wirbelsäule", hatte der Chiropraktiker dem verblüfften Kommissar erklärt, „sondern Ihre Rumpfmuskulatur. Sie ist zu schwach und ich rate Ihnen, Ihre Bauch- und Rückenmuskulatur zu kräftigen. Je schwächer die Muskeln sind, desto stärker wird die Wirbelsäule belastet. Umgekehrt nimmt eine kräftige Rumpfmuskulatur den Druck von den Wirbeln und es kommt seltener, im besten Fall sogar überhaupt nicht mehr zu Blockaden und eingeklemmten Nerven. Tun Sie etwas für sich! Treiben Sie Sport. Gehen Sie regelmäßig schwimmen oder melden Sie sich in einem Fitnessstudio an. Dort werden spezielle Kurse angeboten, denn diese Rückenbeschwerden sind mittlerweile die Volkskrankheit Nummer eins."

Bussard hatte den Rat des Arztes zuerst dankbar angenommen und war in den folgenden Wochen regelmäßig schwimmen gegangen. Dann aber hatte er es, warum auch immer, schleifen lassen und war prompt vier Monate später vom nächsten Hexenschuss heimgesucht worden. Wütend auf sich selbst über seine Inkonsequenz hatte er sich, als er nach einigen Tagen wieder aufrecht gehen konnte, in einem Fitnessstudio angemeldet. Zu Beginn hatte es ihn Überwindung gekostet. In einem Kurs mit zwanzig Teilnehmern gab es selten mehr als ein, zwei Männer und bei den Turnübungen zu Techno-Musik war er sich lächerlich vorgekommen. Trotzdem hatte er seine Vorbehalte, die in Wahrheit nichts anderes waren als männliche Überheblichkeit in einem Hausfrauenkurs, mit einem „Augen-zu-und-durch" hinuntergeschluckt. Im Lauf der Wochen und Monate hatte er dann aber doch die Erfolge buchstäblich am eigenen Leib gespürt. Die Rückenbeschwerden waren nahezu vollständig verschwunden und viele Bewegungen wie das Aufstehen aus dem Bett oder einem Sessel waren ihm allmählich leichter gefallen. Nach etwa einem Jahr hatte er begonnen, das Training auszudehnen, um auch Brust,

Arme, Schultern und Beine zu kräftigen. Sein Bauchumfang war zurückgegangen, er hatte eine etwas sportlichere Figur bekommen und er hatte festgestellt, dass es durchaus auch sehr nette Hausfrauen gab.

Der Schweiß tropfte von Bussards Stirn, während er über die unvorhergesehene Entwicklung im Fall Bleyle nachdachte. Aus dem Raub mit Todesfolge war ein politisch motiviertes Attentat geworden. Martin Bleyle hatte die Hintergründe offengelegt und einen versuchten Datendiebstahl gestanden. Bian Bleyle hatte der Aussage ihres Mannes zufolge als Informantin für den vietnamesischen Geheimdienst gearbeitet und Bäumlers Erklärungen hatten schließlich die Dimension aufgezeigt, die die Ermittlungsbeamten zuvor nicht einmal geahnt hatten. Dass das BKA den Fall übernahm, weil die Freiburger Kripo damit überfordert war, hatte für Bussard einen faden Beigeschmack. Er wollte sich nicht damit abfinden, dass die Beute, deren Witterung er aufgenommen hatte, zu groß für ihn sein sollte. Der Raubmord hatte sich in Freiburg ereignet. Das war sein Spielfeld und er wollte auf keinen Fall ausgewechselt werden.

Die Körnchen in der Sanduhr rieselten ebenso lautlos wie die Schweißtropfen, die an Bussards Körper herabbrannten. Durch die gläserne Tür erkannte er eine Frau mittleren Alters, die er schon häufiger in der Sauna getroffen hatte, deren Namen er aber nicht wusste. Die Frau hielt eine Stofftasche in der Hand, aus der sie ein Fläschchen Duftöl zog. Etwas an der Szene kam Bussard merkwürdig vor. Er zog die Augenbrauen zusammen und fragte sich, warum ihn der Anblick der Stofftasche irritierte. Einen Augenblick später fiel es ihm ein.

Die Frau öffnete die Tür und betrat die Sauna. Sie begrüßte Bussard mit einem Lächeln, einem Nicken und einem halblauten „hallo", das er auf die gleiche Weise erwiderte.

„Was dagegen, wenn ich einen Aufguss mache?", fragte sie.

„Von mir aus gern", antwortete er.

Sie öffnete das Fläschchen, nahm eine Schöpfkelle voll Wasser, gab einige Tropfen Duftöl hinein und goss die Flüssigkeit über die heißen Steine. Weißer Dampf stieg zischend auf und die Frau schüttete zwei weitere Kellen aromatisierten Wassers auf die Steine. Bussard spürte, wie ihn der Dampf wie ein heißer Mantel einhüllte und der Schweiß brach ihm aus allen Poren.

„Was ist das?", fragte er, während die Frau ihr Fläschchen zuschraubte und sich einen Platz auf der oberen Bank suchte.

„Honig mit Kräutern", antwortete sie, wickelte sich aus ihrem Handtuch, breitete es auf der Bank aus und legte sich hin.

„Riecht gut", erklärte er, „danke."

Sie lächelte ihm zu und schloss die Augen. Bussards Gedanken kehrten zu der Stofftasche zurück, die er eine Minute zuvor gesehen hatte. Sie hatte ihn an die Handtasche erinnert, die während des Überfalls auf *Lackners Goldschmiede* verschwunden war. Vielleicht war es nur ein unbedeutendes Detail, für das es eine simple Erklärung gab, aber vielleicht steckte auch mehr dahinter.

Im heißen, aromatischen Dampf ließ der Kommissar seine Gedanken treiben. Er hatte keine Ahnung, was sich in der Handtasche befunden haben mochte, aber allmählich bekam er das intensive Gefühl, dass die Handtasche der Schlüssel zur Lösung des Falles sein könnte, auch wenn das bei genauerer Betrachtung völlig absurd erschien. Die Täterin hatte die Handtasche, die zwar auf dem Überwachungsvideo, nicht aber auf den Tatortfotos zu sehen war, definitiv nicht mitgenommen. Lackner konnte oder wollte sich nicht erinnern. Hatte er die Handtasche verschwinden lassen? Gab es doch eine Verbindung zwischen ihm und dem Mord? So sehr sich Bussard vorzustellen versuchte, wie der Goldschmied in den Fall verstrickt sein konnte, so wenig wollte es ihm gelingen. Weder Steffen Lackner noch Caro Braun passten in diese Spionagegeschichte, wenn man davon absah, dass der Goldschmied ein Bauer und die Punkerin ein Bauernopfer in diesem undurchsichtigen Spiel darstellten, die ohne eigenes Zutun in die Sache geraten waren. Schloss man ferner den Notarzt und die Sanitäter aus, so blieben die Beamten übrig, die als sich Erste am Tatort eingefunden hatten. Es waren zwei junge Kollegen, die Bussard nicht näher kannte. Die Wahrscheinlichkeit, dass einer von ihnen mit dem Mord in Verbindung stand und genau zur richtigen Zeit am richtigen Ort war, um eine Aufgabe zu erfüllen, ging gegen Null, vor allem, wenn man den vietnamesischen Geheimdienst als Auftraggeber voraussetzte. Nahm man dennoch diesen höchst unwahrscheinlichen Fall an, dann bedeutete dies, dass Ort und Zeit des Raubmords vorher bekannt gewesen sein mussten, was wiederum Bleyle ins Spiel brachte. Auch er hätte eine Rolle spielen müssen und der Mord wäre zumindest mit seiner Billigung geschehen. Er hätte demnach mit den Vietnamesen gemeinsame Sache gemacht.

Das ist völliger Unsinn, dachte Bussard. Man hätte keinen Beamten gebraucht, um die Handtasche verschwinden zu lassen. Bleyle hätte das leicht selbst bewerkstelligen können. Auf der anderen Seite war die Annahme, dass er mit den Vietnamesen zusammengearbeitet hatte, ebenso absurd. Er hätte schlecht mit der Bitte, seine Frau zu töten, auf sie zugehen können. Umgekehrt hätten sie ihn auch nicht um Hilfe gebeten. Man konnte es drehen und wenden wie man wollte: Martin Bleyle war ein Zeuge und als Ehemann der Getöteten ein Opfer, aber er war der Einzige, der die Handtasche hatte verschwinden lassen können. Das „Wie" war dabei leicht zu beantworten. Er hätte sie einfach unter seinen Mantel stecken können, ohne dass es jemand bemerkte. Die entscheidende Frage begann mit dem Wort „warum".

10

Auf dem Weg zum Präsidium fuhr Bussard am nächsten Morgen zuerst in die Albertstraße, um Bleyle nach der verschwundenen Handtasche zu befragen. Schon als er von der Sautierstraße abbog, erkannte er das Aufgebot an Einsatzfahrzeugen vor Bleyles Haustür. Er stellte seinen Passat ab und ging auf den Eingang zu. Im Vorübergehen nahm er einen schwarzen BMW wahr, der hinter den Einsatzfahrzeugen parkte. Er trug ein Kennzeichen aus Wiesbaden. Als Bussard die Treppe zum ersten Obergeschoss hinaufging, kam ihm Smirna entgegen. Er trug einen Plastikbehälter, in dem sich einige Utensilien befanden.

„Morgen, Bertold", begrüßte Bussard den Kollegen.

„Morgen", antwortete Smirna, blieb auf einer Treppenstufe stehen und raunte Bussard ins Ohr, „die Rolex-Leute sind da."

„Ich weiß", erwiderte der Kommissar, „ihr Auto steht draußen. Wieso seid ihr hier?"

„Der Durchsuchungsbeschluss lag ja schon vor", erklärte der Kriminaltechniker, „die BKA-Leute wollten, dass wir sofort nach belastendem Material suchen. Anscheinend wirbelt der Fall in Wiesbaden Staub auf."

Bussard ließ Smirna passieren, ging die letzten Stufen hinauf und betrat Bleyles Wohnung. Neben zwei uniformierten Kollegen waren Sylvia, Mallmann und Weber anwesend. Geleitet wurde die Hausdurchsuchung von den BKA-Leuten.

„Guten Morgen", sagte Bussard, als er ins Wohnzimmer trat.

Sylvia stellte ihm die BKA-Leute vor und Bussard schüttelte ihnen die Hände.

„Wieso bist du hier", fragte sie, „ich dachte, du wärst gar nicht eingeteilt."

„Das ist eigentlich nur Zufall", antwortete er, „ich wollte mit Bleyle sprechen. Habt ihr die Handtasche gefunden?"

Die Kommissarin schüttelte den Kopf.

„Bis jetzt noch nicht", erklärte sie, „zumindest keine, die auf die Beschreibung passt."

„Habt ihr Bleyle danach gefragt?"

Sylvia sah die Kollegen an. Alle schüttelten die Köpfe.

„Wo ist Bleyle?", fragte Bussard.

„In der Küche", antwortete Mallmann.

Bussard verließ das Wohnzimmer und fand Bleyle, der am Küchentisch saß und Kaffee trank. Statt einem schwarzen Anzug trug er Jeans und ein blaues Sweatshirt mit dem Logo eines Modelabels.

„Guten Morgen, Herr Bleyle", begrüßte er ihn.

„Guten Morgen", antwortete Bleyle, „wollen Sie Kaffee?"

„Nein, danke", lehnte Bussard ab, „ich habe nur eine Frage. Als Ihre Frau am Samstag den Juwelierladen betreten hat, trug sie eine schwarze Handtasche am Arm. Wir haben diese Handtasche aber nirgends finden können."

„Und?", fragte Bleyle.

„Haben Sie die Handtasche mitgenommen?"

„Ja", antwortete Bleyle achselzuckend.

Obwohl Bussard davon ausgegangen war, dass Bleyle sie mitgenommen hatte, war er von dessen Antwort überrascht. Er hatte erwartet, dass Bleyle leugnen würde.

„Warum?", fragte er.

„Es ist die Handtasche meiner Frau", antwortete Bleyle, „warum hätte ich sie liegen lassen sollen?"

„Wo ist die Handtasche jetzt?"

„Im Keller, glaube ich. Ich habe ein paar Sachen meiner Frau für die Altkleidersammlung eingepackt. Ich habe ja keine Verwendung mehr dafür und ich glaube, die Handtasche steckt auch in einem dieser Säcke. Warum ist das wichtig?"

Bussard antwortete nicht. Er wollte ins Wohnzimmer zurück, als Smirna wieder zur Wohnungstür hereinkam.

„Seid ihr schon im Keller gewesen?", fragte Bussard.

Smirna schüttelte den Kopf. Bussard ging ins Wohnzimmer und bat einen uniformierten Kollegen, ihn zu begleiten. In der Küche forderte er Bleyle auf, zusammen mit ihm und dem Kollegen in den Keller zu gehen. Fünf Minuten später zog Bleyle eine schwarze Damenhandtasche aus einem der Altkleidersäcke. Bussard war sicher, dass es die gesuchte Handtasche war. Er öffnete den Verschluss und sah hinein. Die Tasche war leer.

„Was war in der Tasche?", fragte er.

Wieder zuckte Bleyle mit den Achseln.

„Frauensachen", antwortete er, „Lippenstift, Kamm, Schminkspiegel, Krimskrams eben, Ausweis, EC-Karte und ihr Schlüsselbund."

„Wo sind die Sachen jetzt?"

„Der Schlüsselbund hängt oben am Brett, Ausweis und EC-Karte liegen in meinem Schreibtisch, der Rest ist im Mülleimer."

Natürlich, dachte Bussard. Was immer sich sonst noch in der Handtasche befunden haben mochte, war nicht mehr vorhanden. In der Sauna hatte er darüber nachgedacht, doch nun führten seine Überlegungen in eine Sackgasse. Da er selbst nicht genau wusste, wonach er eigentlich suchte, gab es auch nichts, was er Bleyle fragen konnte. Den Mülleimer würden die Kollegen inspizieren, doch er bezweifelte, dass sich daraus eine Spur ergab. Er war fast sicher gewesen, dass diese Handtasche eine entscheidende Rolle spielte, doch Bleyles freimütige Erklärung, dass er die Tasche selbst mitgenommen hatte und die Tatsache, dass die Tasche nun leer war, hatten Bussard den Wind aus den Segeln genommen.

„Wonach suchen Sie eigentlich?", fragte Bleyle.

Bussard fiel ein, dass es doch einen Punkt gab, wonach er fragen konnte.

„Wo ist das Handy Ihrer Frau?"

„Keine Ahnung", antwortete Bleyle und hob abwehrend die Hände, „das habe ich selbst schon gesucht, aber ich weiß nicht, wo es abgeblieben ist."

*

Im Präsidium herrschte Uneinigkeit über das weitere Vorgehen. Durch das Eintreffen der BKA-Leute hatten sich die Kompetenzen verschoben, ohne dass genau geklärt war, wer wem was zu sagen hatte. Die Freiburger Beamten waren angewiesen, das BKA vor Ort zu unterstützen, doch sie waren nicht gewillt, sich zu Lakaien degradieren zu lassen. Das traf in besonderem Maße auf Smirna zu. Als Leiter der Abteilung Kriminaltechnik sah er es als seine Aufgabe an, das bei der Hausdurchsuchung sichergestellte Notebook von Bian Bleyle zu untersuchen. Künzer und Nosch, die beiden BKA-Beamten, beharrten jedoch darauf, das Notebook mit nach Wiesbaden zu nehmen, damit sich ihre Kollegen darum kümmerten. Ihrem Argument, dass die Auswertung eine Frage der nationalen Sicherheit sei, begegnete Neudörfer mit der Gegenfrage, ob man ihm und seinen Kollegen grundsätzlich misstraue. Nach einer kurzen, aber hitzigen Debatte einigte man sich schließlich darauf, dass Susanne Bauer in Anwesenheit der Freiburger und der Wiesbadener Beamten im Besprechungsraum eine erste Analyse der gespeicherten Daten vornehmen solle. Ihr standen sechs Stunden Zeit zur Verfügung, denn gegen sechzehn Uhr wollten die BKA-Leute zurück nach Wiesbaden fahren.

Eine andere Frage war, wie man mit Hoa Nguyen verfahren sollte. Sie war eine wichtige Zeugin und es war anzunehmen, dass sie mehr wusste, als sie bei ihrer ersten Vernehmung ausgesagt hatte. Das betraf sowohl den vietnamesischen Geheimdienst als auch die Mafia und man konnte nicht ausschließen, dass sie sich in Lebensgefahr befand. Eine Zusammenarbeit mit der deutschen Polizei hätten weder Geheimdienst noch Mafia toleriert. Neudörfer schlug vor, dass Künzer und Nosch auf ihrem Rückweg am späten Nachmittag die Vietnamesin in Offenburg abholen und mit nach Wiesbaden nehmen könnten, um sie dort sicher unterzubringen. Außerdem konnten sie so die zwei Stunden Fahrzeit nutzen, um Frau Nguyen zu befragen, doch die BKA-Leute lehnten ab. Sie sahen keine unmittelbare Gefährdung für die Zeugin, wollten sie aber auf jeden Fall zu einem späteren Zeitpunkt persönlich vernehmen.

Auch Martin Bleyles nähere Zukunft war ungewiss. Er saß im Vernehmungsraum und wartete auf die BKA-Leute, die ihn einer weiteren Befragung unterziehen wollten, aber noch hatte er den Status eines Zeugen. Obwohl er versucht hatte, Daten aus dem Institut zu stehlen, hatte Bäumler keine Strafanzeige gestellt. Bleyle hatte sich lediglich mit seiner Aussage selbst belastet. Eine Selbstanzeige war es jedoch nicht. Landesverrat schied ebenfalls aus und es war fraglich, ob der Generalbundesanwalt ein Verfahren wegen geheimdienstlicher Tätigkeit gegen Bleyle eröffnen würde. Selbst ein Anfänger der Strafverteidigung hätte bei der dünnen Beweislage vor Gericht einen Freispruch erreicht.

Während Susanne Bauer das Notebook von Bian Bleyle bearbeitete und die Kollegen Neudörfer, Harter, Smirna und Mallmann sowie Künzer und Nosch ihr Tun gespannt über den Beamer verfolgten, verließ Bussard den Besprechungsraum und ging in sein Büro zurück. Er war unzufrieden, denn er wusste nicht, was er tun sollte. Sein Talent als Ermittler, seine Hartnäckigkeit und seine Spürnase waren plötzlich nicht mehr gefragt. Vor allem der letzte Punkt machte ihm zu schaffen. Seine Ahnung, dass Bian Bleyles Handtasche eine entscheidende Rolle spielen würde, hatte sich in Luft aufgelöst. Entweder hatte Martin Bleyle wichtiges Beweismaterial verschwinden lassen, möglicherweise zur Weitergabe bestimmte Dokumente aus der Orthopädie, oder Bussard hatte sich schlicht geirrt.

Er setzte sich an seinen Schreibtisch und sein Blick fiel auf den Notizzettel, auf dem er das Wort *Beerdigung* notiert hatte. Die Nutzlosigkeit des kleinen Stück Papiers entsprach völlig seiner Stimmung. Er zerknüllte den Zettel und warf ihn in den Papierkorb. Lustlos fuhr er seinen Rechner hoch. Für den aktuellen Fall war er nicht mehr zuständig und es gab auch keinen alten, den er noch hätte abschließen müssen. Ohne besonderes Interesse öffnete er das Verzeichnis, in dem alle Dateien zum Fall Bleyle gespeichert waren, von Autopsiebericht bis Zeugenaussagen. Unschlüssig fuhr er mit dem Mauszeiger auf und ab, als sein Telefon klingelte.

„Bussard", meldete er sich.

„Susanne", antwortete die EDV-Spezialistin, „ich habe etwas gefunden, das du dir ansehen solltest."

„Okay", antwortete er und legte auf.

Eine Minute später stand er im Besprechungsraum neben seiner Kollegin. Sie hatte das E-Mail-Verzeichnis auf Bian Bleyles Notebook geöffnet und wies mit dem Finger auf einige Nachrichten.

„Die Mails stammen aus der Orthopädie", erläuterte sie, „vermutlich hat sie selbst Daten von ihrem Arbeitsplatz an ihre eigene E-Mail-Adresse geschickt. Die angehängten Dokumente sind hauptsächlich OP-Berichte und solches Zeug. Für mich sind die E-Mails eindeutig, aber Künzer meint, du sollst trotzdem in die Klinik zu diesem Dr. Dingsda fahren und ihm das Ganze unter die Nase halten. Er soll erklären, was es damit auf sich hat. Von uns versteht ja keiner diesen lateinischen Kram. Ich habe dir die Sachen schon mal ausgedruckt."

Sie nahm einen Stapel Blätter und drückte ihn Bussard in die Hand, der ihn mit wenig Begeisterung entgegennahm.

„Wenn´s sein muss", antwortete er mürrisch.

„Was ist", fragte sie, „du machst ja ein Gesicht wie bei einer Beerdigung."

„Nichts", erklärte er mit einer wegwerfenden Handbewegung.

Er wollte Susanne nicht auf die Nase binden, dass er sich wie der Laufbursche des BKA vorkam. Auf der anderen Seite hatte er nichts Dringendes zu tun und irgend jemand musste mit dem Arzt sprechen, damit sie einschätzen konnten, was es mit diesem lateinischen Kram auf sich hatte. Er verließ den Besprechungsraum und ging in sein Büro zurück, um seine Jacke anzuziehen. Als er die Blätter auf seinen Schreibtisch legte, fiel ihm das Wort *Beerdigung* wieder ein und er erinnerte sich an das Bestattungsunternehmen, das Bleyle zwei Tage zuvor angerufen hatte. Einer spontanen Eingebung folgend nahm er ein Telefonbuch aus seiner Schreibtischschublade, suchte nach der Nummer der Melchior GmbH und rief an. Nach dem ersten Läuten meldete sich eine männliche Stimme.

„Melchior."

„Bussard, Kripo Freiburg", antwortete er, „können Sie mir sagen, wann die Beerdigung von Bian Bleyle stattfindet?"

„Es findet keine Beerdigung statt", berichtete der Bestatter, „nicht einmal eine Trauerfeier, zumindest nicht hier in Freiburg. Der Leichnam wurde gestern eingeäschert und die Urne wird nach Vietnam überführt. Sie soll in der Heimatstadt der Verstorbenen beigesetzt werden."

Bussard nahm die Information überrascht zur Kenntnis.

„Es gibt keine Trauerfeier, wo Freunde und Verwandte der Toten die letzte Ehre erweisen und Abschied nehmen können?", fragte er.

„Nein", erklärte Melchior, „Herr Bleyle wünscht das nicht."

Bussard bedankte sich und legte auf. Selbst wenn er nicht mehr damit gerechnet hatte, bei Bian Bleyles Beerdigung neue Erkenntnisse zu gewinnen, beschlich ihn das Gefühl, dass es bei ihren Ermittlungen zu viele Spuren gab, die im Sand verliefen.

*

Ein leichter Temperaturanstieg hatte genügt, um den Schnee in Regen zu verwandeln. Zu keiner anderen Zeit im Jahr war der Niederschlag, den ein böiger Wind den Fußgängern ins Gesicht blies, so deprimierend wie kurz vor den Feiertagen. Wenn die Temperaturen nicht wieder absanken, würde die erhoffte weiße Weihnacht buchstäblich ins Wasser fallen, zumindest in der Stadt.

Den Kopf zwischen die Schultern gezogen, stapfte Bussard durch den steinernen Torbogen, der den Eingang zum Klinikgelände markierte. Die Computerausdrucke, die er von Susanne bekommen hatte, steckten in der Innentasche seiner Daunenjacke, damit sie vom Regen nicht aufgeweicht wurden. Bussard bog rechts ab, passierte die Klinikapotheke und folgte dem Fußweg, der direkt zum Eingang der Chirurgischen Klinik führte. Als die automatischen Türen sich öffneten, kam ihm Dr. Ananthamurthy entgegen.

„Hallo", begrüßte der Kommissar den Arzt, „gut, dass ich Sie treffe. Zu Ihnen wollte ich gerade."

Dr. Ananthamurthy trug einen schwarzen Wollmantel über seinem Arztkittel und hatte den Kragen hochgeschlagen. Bussard sah in seinem Blick, dass er ihn erkannt hatte.

„Guten Tag, Herr ..."

„Bussard."

„Richtig, Herr Bussard von der Kriminalpolizei. Was kann ich für Sie tun?"

„Haben Sie fünf Minuten Zeit für mich?"

„Fünf Minuten", wiederholte der Arzt und sah sich um, „in Ordnung. Kommen Sie, wir setzen uns dort drüben hin."

Er führte Bussard zu einem mit Polstermöbeln und niedrigen Tischen ausgestatteten Wartebereich. Der Kommissar zog den Reißverschluss seiner Jacke auf und setzte sich auf eine Couch. Dr. Ananthamurthy nahm auf einem Sessel Platz.

„Sagen Sie mir bitte, was das ist", bat Bussard, zog die Papiere aus seiner Jacke und gab sie dem Arzt.

Dr. Ananthamurthy faltete sie auseinander und glättete sie mit dem Handballen auf dem Tisch.

„Woher haben Sie das?", fragte er überrascht, nachdem er einen Blick darauf geworfen hatte.

Bussard antwortete nicht. Er beobachtete den Arzt, der die Seiten nacheinander studierte.

„Das sind vertrauliche Patientendaten", stellte Dr. Ananthamurthy fest, „woher haben Sie die?"

„Wir haben sie auf dem Notebook von Bian Bleyle gefunden", antwortete der Kommissar.

„Auf dem Notebook von Schwester Bian?", wiederholte der Arzt ungläubig.

„Ja", bestätigte Bussard, „können Sie mir erklären, was diese Ausdrucke bedeuten?"

Dr. Ananthamurthy blätterte die Seiten noch einmal durch.

„Das sind Unterlagen verschiedener Patienten, die wir kürzlich operiert haben", erklärte er, „Anamnesen, OP-Berichte, Medikationen, Nachsorge und Heilungsverlauf. Soweit ich sehe, sind es vier Fälle, bei denen ich selbst operiert habe und ein Fall, bei dem Frau Dr. Simmerling den Eingriff durchgeführt hat. Eine Patientin, Frau Schwab, wird derzeit noch stationär versorgt. Die anderen vier sind bereits entlassen."

„Gibt es eine Besonderheit bei diesen Fällen?", fragte Bussard.

„Was meinen Sie damit?", gab der Arzt zurück und sah den Kommissar skeptisch an.

„Haben Sie neue Behandlungsmethoden ausprobiert oder etwas in der Art?", präzisierte Bussard.

Dr. Ananthamurthy lehnte sich zurück und schlug die Beine übereinander.

„Alle Eingriffe wurden minimal-invasiv durchgeführt", erläuterte er, „aber so neu ist diese Operationstechnik nicht, im Gegenteil. Sie ist bereits seit Jahren etabliert, weil sie erhebliche Vorteile bietet."

„Gibt es in diesen Aufzeichnungen Hinweise auf neue Medikamente, die sie eingesetzt oder getestet haben?", hakte Bussard nach.

Dr. Ananthamurthy schüttelte nachsichtig den Kopf. Sein Gesprächspartner war Polizist und der Arzt hatte Verständnis für dessen laienhafte Fragen, auch wenn er nicht wusste, welche Rolle die Patientendaten beim Tod von Schwester Bian spielten.

„Wir sind eine chirurgische Abteilung", erklärte er, „und bei uns werden nur sehr wenige Medikamente verabreicht. Es sind in erster Linie Anästhetika, also schmerzstillende Mittel, und hin und wieder mal ein Schlafmittel, wenn ein Patient danach verlangt. Medikamentöse Therapien werden bei uns nicht durchgeführt, schon gar keine Testreihen."

Nachdenklich rieb sich Bussard das Kinn. Wenn weder neue Behandlungsmethoden noch neue Medikamente zum Einsatz gekommen waren, hatten die Dokumente wenig Wert.

„Für wen könnten diese Unterlagen interessant sein?", fragte er.

Dr. Ananthamurthy zuckte mit den Achseln.

„Eigentlich nur für den weiterbehandelnden Arzt", antwortete er, „sofern die Nachsorge nicht in unserer Ambulanz stattfindet. Unter Umständen auch für den Physiotherapeuten, doch in der Regel werden die Unterlagen nicht angefordert. Normalerweise genügt ein Arztbrief, in dem die wesentlichen Informationen enthalten sind."

Er nahm die Seiten noch einmal zur Hand und begutachtete sie in rascher Folge.

„Das sind vertrauliche Daten, aber kein brisantes Material", stellte er fest, „und ich kann Ihnen versichern, dass alle Heilungsverläufe zufriedenstellend waren. Es gab weder Komplikationen bei den Eingriffen, noch sind in der Folge Infektionen oder Funktionsstörungen aufgetreten. Es ist demnach nicht zu erwarten, dass diese Unterlagen als Beweismittel vor Gericht Verwendung finden, weil einer der Patienten die Klinik verklagen würde. Jeder der fünf Patienten hat durch die Operation ein Stück Lebensqualität zurückgewonnen, auch wenn das bei manchen noch eine Weile dauern wird."

„Wie meinen Sie das?", fragte Bussard.

Dr. Ananthamurthy legte die Seiten auf den Tisch, wobei er den linken Arm so weit streckte, dass der Ärmel seines Mantels nach oben rutschte und er verstohlen auf seine Armbanduhr blicken konnte.

„Ein operativer Eingriff ist immer gleichzeitig auch eine Verletzung", erklärte er, „selbst wenn er minimal-invasiv durchgeführt wird. Gewebe wird beschädigt, anderes wird entfernt. Die Rekonvaleszenz kann je nach Eingriff und Alter des Patienten wenige Wochen oder aber auch mehrere Monate in Anspruch nehmen. Sie ist nicht zuletzt auch davon abhängig, wie sehr sich der Patient selbst um seine Genesung bemüht, beispielsweise durch Physiotherapie, um bleibenden Funktionsstörungen vorzubeugen."

Bussard nickte zustimmend. Auch er hatte sich am Abend zuvor im Fitnessstudio bemüht, bleibenden Funktionsstörungen seiner Wirbelsäule vorzubeugen.

„Ich möchte nicht unhöflich sein", sagte Dr. Ananthamurthy entschuldigend, wobei er gleichzeitig sein Lächeln beibehielt, „aber meine Zeit ist knapp."

„Natürlich, Doktor", erwiderte der Kommissar, stand auf und streckte dem Arzt die Hand entgegen, „danke, dass Sie sich Zeit für mich genommen haben."

Dr. Ananthamurthy nahm Bussards Hand ohne sie festzuhalten. Es war alles andere als ein männlicher Händedruck und für einen Moment befürchtete der Kommissar, er könnte die zartgliedrige Chirurgenhand des freundlichen kleinen Inders verletzen, wenn er zu kräftig zudrücken würde.

„Sie werden diese Unterlagen doch vertraulich behandeln, nicht wahr?", fragte der Arzt.

„Natürlich", antwortete der Kommissar.

„Und wie weit sind Sie bei Ihren Ermittlungen? Weiß man schon, wer Schwester Bian getötet hat?"

„Auch das ist vertraulich", erklärte Bussard.

„Natürlich", stimmte Dr. Ananthamurthy zu.

Gemeinsam verließen der Arzt und der Kommissar den Wartebereich der Orthopädischen Klinik. Im Freien trennten sich ihre Wege. Während Dr. Ananthamurthy sich nach rechts wandte, um das Personalcasino aufzusuchen, machte sich Bussard auf den Rückweg zu seinem Wagen. Das Gespräch mit dem Arzt war wenig aufschlussreich gewesen. Bian Bleyle hatte die Patientendaten von fünf Routinefällen, bei denen es keine besonderen Vorkommnisse gegeben hatte, kopiert. Das Material hatte allenfalls statistischen Wert, denn nach den Worten des Arztes war die Behandlungsmethode schon seit Jahren etabliert. Welchen Nutzen sollte der vietnamesische Geheimdienst daraus ziehen? Bussard konnte sich keinen Reim darauf machen. Die einzig mögliche Erklärung, die ihm einfiel, war, dass Bian Bleyle vielleicht Informationen in bestimmten Zeitabständen – wöchentlich oder monatlich – hatte liefern müssen. Wenn es kein Material mit medizinischen oder technischen Neuerungen gab, dann hatte sie eben auf Routinefälle zurückgegriffen, um ihrer Verpflichtung Genüge zu tun.

Nachdem er das Klinikgelände verlassen und seinen Wagen schon fast erreicht hatte, entdeckte er ein Café unweit des Torbogens. Es war fast Mittag und er beschloss, eine Kleinigkeit zu essen. Er betrat das Café, setzte sich an einen freien Tisch in der Nähe des Fensters und bestellte einen Kaffee und ein Croissant. Während er wartete, zog er noch einmal die Dokumente aus seiner Jacke. Die Namen der Patienten sagten ihm nichts, doch er nahm an, dass die Kollegen sie bereits überprüft hatten oder noch überprüfen würden, auch wenn Bussard nicht damit rechnete, dass sich daraus eine neue Spur ergeben würde.

Die Bedienung brachte den Kaffee und das Croissant. Bussard bezahlte und widmete sich wieder den Dokumenten. Eine Bemerkung von Dr. Ananthamurthy – *das sind Unterlagen verschiedener Patienten, die wir kürzlich operiert haben* – fiel ihm ein. Bussard überprüfte die Daten und stellte fest, dass kein Dokument älter als vier Wochen war. Das deutete darauf hin, dass Bian Bleyle die Dateien auf ihrem Notebook löschte, sobald sie die Unterlagen weitergegeben hatte. Vermutlich wurden die Daten nicht per E-Mail versandt, um keine Spuren zu hinterlassen. Das hieß, dass Bian sich zumindest einmal monatlich mit ihrem Verbindungsmann hatte treffen müssen, um den jeweiligen Datenträger zu übergeben. Vielleicht hatte sie auch die entsprechende CD in einem toten Briefkasten hinterlegt. Trotzdem musste es in den letzten Wochen persönliche Kontakte gegeben haben, denn der Geheimdienst hatte Bian unter Druck gesetzt, wahrscheinlich sogar mit dem Tod bedroht.

Bussard süßte seinen Kaffee mit Zucker, rührte um und trank einen Schluck. Er war zu dünn und schmeckte nicht besonders. Missmutig biss er von seinem Croissant ab, als sein Handy klingelte. Es war Sylvia, die wissen wollte, was er über die Dokumente in Erfahrung gebracht hatte. Bussard berichtete von dem Gespräch mit Dr. Ananthamurthy und von der Erkenntnis, dass die Unterlagen nichts Innovatives beinhalteten.

„Und", fragte er, „gibt es bei euch schon weitere Erkenntnisse?"

„Nein", antwortete Sylvia, „und ehrlich gesagt, finde ich das etwas merkwürdig. Susanne hat das Notebook von Bian Bleyle links gemacht, aber außer den Unterlagen, die sie dir gegeben hat, haben wir kein weiteres Material gefunden. Es gibt auch keine relevanten älteren Dateien, die gelöscht worden wären."

„Und was bedeutet das?"

„Offensichtlich ist Mitte November etwas vorgefallen, was Bian Bleyle veranlasst hat, ihre Vorgehensweise zu ändern", erklärte sie, „erst ab diesem Zeitpunkt hat sie Daten per E-Mail von ihrer Arbeitsstelle an ihre private Adresse versandt. Wir vermuten, dass sie sich vorher Kopien auf Papier oder CD angefertigt hat, die sie anschließend mit nach Hause nahm. Warum sie dann aber Mitte November damit begann, E-Mails zu verschicken, wissen wir nicht. Es muss ihr doch klar gewesen sein, dass sie damit eine Spur hinterließ, die so breit wie eine Autobahn ist."

„Vielleicht hat sie diese Spur absichtlich gelegt", spekulierte Bussard, „der Geheimdienst hat sie wegen ihrem Mann unter Druck gesetzt. Möglicherweise war das der Tropfen, der das Fass zum Überlaufen gebracht hat. Vielleicht hat sie schon lange nach einer Möglichkeit gesucht, aus der Sache auszusteigen. Sie könnte darauf gehofft haben, gefasst zu werden und hat deshalb damit begonnen, E-Mails mit belastendem Material an sich selbst zu versenden."

„Aber warum ist sie dann nicht gleich zu uns gekommen?"

„Weil man ihr das als Verrat ausgelegt hätte."

„Tja, schon möglich", stimmte Sylvia zu, „mal sehen, ob Susanne sonst noch etwas findet. Bisher gibt es jedenfalls noch keinen Hinweis auf die Hintermänner, aber letzten Endes wird das auch nicht unsere Sorge sein. Wozu hat man schließlich das BKA?"

Bussard beendete das Gespräch mit der Zusage, binnen einer Stunde wieder im Präsidium zu sein. Er aß sein Croissant und trank seinen Kaffee.

Statt zu seinem Wagen zu gehen, schlug er noch einmal den Weg zur Orthopädie ein. Vielleicht war es gar nicht Bians freiwillige Entscheidung gewesen, die sie veranlasst hatte, E-Mails zu versenden. Es konnte ebenso gut sein, dass es in der Klinik einen Vorfall gegeben hatte. Möglicherweise hatte jemand sie dabei beobachtet, wie sie Kopien oder CDs eingesteckt hatte und sie wollte das Risiko, mit belastendem Material in ihrer Handtasche erwischt zu werden, nicht mehr eingehen.

Die Handtasche, schon wieder, dachte Bussard, als er aus dem Aufzug trat. Warum konnte er sich einfach nicht von der Vorstellung lösen, dass die Handtasche der Schlüssel zu diesem Fall war? Irgend etwas musste sich in Bian Bleyles Handtasche befunden haben, das für irgend jemanden – Martin Bleyle oder den vietnamesischen Geheimdienst oder beide – so wichtig war, dass es nicht gefunden werden durfte.

Wie bei seinem ersten Besuch traf Bussard auf der OP-Station ein, als das Mittagessen verteilt wurde. Der Geruch der Krankenhauskost vermischte sich mit dem der Desinfektionsmittel und beides wirkte nicht appetitanregend. Der Kommissar begrüßte den Zivildienstleistenden und eine Schwester, die Tabletts verteilten, mit einem freundlichen „hallo" und fragte nach Schwester Gabi, mit der sie sich schon am Samstag in Dr. Ananthamurthys Arztzimmer unterhalten hatten.

„Im Stationszimmer", antwortete der Zivi knapp.

Bussard ging den Flur entlang und fand Schwester Gabi am Schreibtisch sitzend. Die Tür stand offen und der Kommissar klopfte leicht gegen den Rahmen.

„Hallo", sagte er grüßend.

„Ah, der Kommissar", antwortete die Krankenschwester und sah von der Akte auf, in der sie gerade einige Eintragungen vorgenommen hatte, „und, gibt es schon etwas Neues?"

„Dazu kann ich Ihnen leider nichts sagen", erwiderte Bussard ausweichend, „aber wir verfolgen zumindest eine konkrete Spur."

„Ich hoffe, Sie kriegen die Bestie bald", sagte Schwester Gabi, „jeder von uns hier hofft das. Wir können es immer noch nicht glauben."

„Wir kriegen den Täter oder die Täterin", erklärte Bussard, obwohl er wenig Veranlassung für seine Zuversicht hatte, „ich muss Ihnen noch ein paar Fragen stellen."

Eine zweite Krankenschwester nickte ihm zu und drängte an ihm vorbei aus der Tür.

„Über Bian?", fragte Schwester Gabi.

„Ja, auch", antwortete der Kommissar.

„Haben Sie vielleicht eine Vase?", fragte jemand in Bussards Rücken.

Er wandte sich um und sah eine ältere Frau, die einen Blumenstrauß in der Hand hielt.

„Augenblick", antwortete Schwester Gabi und erhob sich, „darf ich?"

Bussard trat zur Seite und ließ die Schwester passieren, die mit der Besucherin zu einem Schrank im Flur ging, aus dem sie eine Blumenvase nahm.

„Danke", sagte die Frau, „wissen Sie schon, wann bei meinem Mann die Fäden gezogen werden?"

„Nach den Feiertagen", antwortete Schwester Gabi, „wenn die Wunde sich geschlossen hat."

Sie nickte der Frau noch einmal zu und kehrte zum Stationszimmer zurück.

„Was wollen Sie wissen?", fragte sie, während sie sich wieder hinter ihren Schreibtisch setzte und mit der Hand auf einen freien Stuhl deutete.

„Am Samstag sagten Sie, Bian Bleyle sei als Mitarbeiterin immer korrekt und zuverlässig gewesen", begann der Kommissar und nahm auf dem angebotenen Stuhl Platz, „vor etwa fünf, sechs Wochen muss jedoch etwas passiert sein, was eine Veränderung im Leben von Bian Bleyle bewirkt hat. Haben Sie etwas bemerkt oder wissen Sie vielleicht, was es gewesen sein könnte?"

„Keine Ahnung", antwortete die Krankenschwester, „mir ist jedenfalls nichts aufgefallen. Hat es etwas mit ihrer Arbeit zu tun?"

„Möglicherweise", erwiderte Bussard, „das möchte ich ja von Ihnen wissen. Wirkte Bian Bleyle verändert, vielleicht verängstigt?"

„Nein, bestimmt nicht", erwiderte Schwester Gabi und schüttelte den Kopf, „sie war wie immer, etwas distanziert, aber nicht unfreundlich. Das war halt ihre Art. Und sie war korrekt und zuverlässig wie eh und je."

Die Krankenschwester wirkte aufrichtig. Sie wich Bussards Blick nicht aus und dachte auch nicht lange über ihre Antworten nach.

„Konnte Frau Bleyle von diesem PC aus E-Mails versenden?", fragte der Kommissar und deutete mit einem Kopfnicken auf den Monitor, der auf dem Schreibtisch stand.

„Sicher", antwortete Schwester Gabi, „jeder hier kann das."

„Können wir uns das einmal ansehen?", bat er.

Die Krankenschwester startete das E-Mail-Programm und sah Bussard fragend an.

„Wonach suchen Sie eigentlich?"

„Ich suche E-Mails mit Dateianhängen, die Frau Bleyle in den letzten Wochen versandt hat", antwortete er und rückte seinen Stuhl näher an den Schreibtisch.

Schwester Gabi klickte den Ordner Gesendete Objekte an und beide betrachteten aufmerksam den Monitor. Aus der Übersicht ging hervor, dass von diesem Rechner aus zur fraglichen Zeit nur wenige E-Mails versandt worden waren. Keine Eintragung wies auf Bian Bleyle als Adressat hin.

„Möglicherweise hat sie die E-Mails aus dem Ordner gelöscht, nachdem sie sie versandt hat", erklärte Bussard, „ich werde den Rechner mitnehmen müssen, um ihn genauer untersuchen zu lassen."

„Völlig ausgeschlossen", widersprach die Krankenschwester, „wir brauchen den Rechner hier. Alle Patientendaten sind da gespeichert. Womit sollen wir denn arbeiten, wenn sie ihn mitnehmen?"

„Erstens wird Ihnen Ihr EDV-Spezialist sicher einen anderen Rechner zur Verfügung stellen", zählte Bussard auf, „zweitens sind Ihre Daten wahrscheinlich auch auf einem Server gespeichert und drittens ist dieser Rechner ein Beweisstück."

„Ein Beweisstück?", fragte Schwester Gabi.

Bussard zog die Dokumente, die er bereits Dr. Ananthamurthy gezeigt hatte, aus seiner Jacke und legte sie auf den Schreibtisch.

„Bian Bleyle hat diese Dokumente per E-Mail von hier aus an ihre private E-Mail-Adresse gesandt", erklärte er, „wie Sie sehen, sind das Daten von Patienten, die in den letzten Wochen hier operiert wurden."

„Bian", fragte Schwester Gabi ungläubig, nahm die Seiten zur Hand und blätterte sie durch, „warum hätte sie das tun sollen?"

„Wir müssen wissen, ob sie noch weitere Daten oder Dokumente kopiert und mitgenommen hat", erklärte der Kommissar ohne die Frage zu beantworten, „wissen Sie etwas darüber?"

Die Krankenschwester schüttelte fassungslos den Kopf.

„Sind Sie sicher?", fragte sie zweifelnd.

„Es besteht der Verdacht, dass Bian Bleyle seit Jahren Daten kopiert und entwendet hat", erklärte Bussard, „möglicherweise steht ihre Ermordung damit im Zusammenhang. Ist Ihnen nie etwas aufgefallen?"

„Nein, nie."

Bussard faltete die Blätter zusammen und steckte sie wieder in seine Jacke.

„Ist es möglich, dass sie Patientenakten fotokopiert oder Dateien auf einem Datenträger gespeichert hat, ohne dass es dafür eine Veranlassung gab?", fragte er.

„Möglich? Tja, möglich ist es schon", antwortete Schwester Gabi, „im Arztzimmer steht ein Kopierer und jeder von uns arbeitet an diesem PC, aber trotzdem ... ich kann mir nicht vorstellen, dass Bian das gemacht hat. Ich meine, ich hätte doch etwas bemerken müssen. Schließlich sind wir seit Jahren Kolleginnen. Wenn es wirklich so ist, wie Sie sagen, dann hätte es doch irgendjemandem auffallen müssen, oder?"

„Vielleicht", erwiderte Bussard ausweichend, „vielleicht auch nicht. Am besten rufen Sie jetzt gleich Ihren EDV-Spezialisten an, damit er Ihnen einen anderen Rechner anschließt. Den hier nehme ich mit."

„Dürfen Sie das so einfach?", fragte Schwester Gabi und sah den Kommissar skeptisch an.

„Beweismittelsicherung", antwortete Bussard knapp.

„Ich versteh das nicht", erwiderte die Krankenschwester kopfschüttelnd, „was hat das alles zu bedeuten? Ich dachte, Bian sei bei einem Überfall auf einen Juwelier erschossen worden. Was hat denn unser PC damit zu tun? Und wieso haben Sie unsere Patientendaten? Die sind doch vertraulich."

Durch die Glasscheibe in der Wand zum Flur sah Bussard, wie der Zivildienstleistende den Wagen mit den Essenstabletts hinter sich herzog. Schwester Gabi stand auf, verließ das Stationszimmer und sprach auf den Zivi ein. Während er zuhörte, warf er einen Blick durch die Scheibe und antwortete schließlich, ohne dass Bussard verstehen konnte, was er sagte. Der Zivi nickte, drehte sich zur Seite und verschwand aus Bussards Blickfeld.

„Können Sie wenigstens so lange warten, bis ein anderer PC da ist", fragte Schwester Gabi, als sie ins Stationszimmer zurückkam, „ich habe unseren Zivi losgeschickt, damit er uns Ersatz besorgt."

„Wenn es nicht zu lange dauert", antwortete der Kommissar.

„Wollen Sie einen Kaffee?"

„Ja, gerne."

„Kommen Sie", sagte sie und winkte ihn zu sich heran, „lassen Sie uns ins Schwesternzimmer gehen. Da sind wir ungestört."

Sie ging voraus und Bussard folgte ihr. Das Schwesternzimmer war so groß wie ein Patientenzimmer und über die gesamte Länge des Raumes standen an einer Wand aufgereiht die Spinde des Personals, die mit Namensschildern versehen und zum Teil mit Aufklebern oder Cartoons geschmückt waren.

„Kann ich einen Blick in den Spind von Bian Bleyle werfen?", fragte der Kommissar, dessen Interesse sofort geweckt war.

„Der vorletzte beim Fenster", antwortete Schwester Gabi, „aber Sie brauchen ihn gar nicht erst aufzumachen. Er ist schon leer. Herr Bleyle hat am Montag die persönlichen Sachen von Bian abgeholt. Nur ihr Namensschild ist noch dran, weil es noch niemand abmachen wollte."

Martin Bleyle ließ anscheinend keine Zeit verstreichen, um alles, was mit dem Tod seiner Frau zu tun hatte, möglichst schnell zu erledigen. Trotzdem ging Bussard zu dem Spind, in dessen Schloss ein Schlüssel steckte. Die Tür war nicht abgeschlossen. Er zog sie auf und fand bestätigt, was die Krankenschwester gesagt hatte. Der Spind war gähnend leer.

„Es gibt keine Trauerfeier", berichtete Schwester Gabi, die eine Tasse aus einem Wandschrank nahm und neben ihre eigene stellte, „Bian wird in Vietnam beerdigt, hat ihr Mann gesagt, im Kreis ihrer Familie. Deshalb haben wir hier gestern eine Gedenkstunde für sie abgehalten."

Sie nahm die Kaffeekanne aus der Maschine und füllte ihre Tassen.

„Zucker ist hier", sagte sie, „Milch steht im Kühlschrank."

Sie wandte sich um, zog eine Schublade auf, nahm einen Kaffeelöffel heraus und legte ihn neben Bussards Tasse. Während der Kommissar zum Tisch zurückging, drehte Schwester Gabi sich um. Mit der Tasse in der Hand deutete sie auf einen Beistelltisch, der mit einem Adventskranz, Kerzen, Tannenreisig, Kugeln und Gebäck weihnachtlich geschmückt war. Eine Ecke des Tisches hatte man dem Andenken an Bian Bleyle gewidmet. Ein Foto von der Größe einer Postkarte steckte in einem schwarzen Rahmen. Die obere rechte Ecke wies einen diagonalen schwarzen Balken als Zeichen der Trauer auf. Zwei Stövchenkerzen brannten rechts und links des Bildes.

„Sie hatte ein hübsches Gesicht", stellte Bussard anerkennend fest und dachte dabei an die Fotos, die in der Polizeiakte abgeheftet waren.

Wenn ein Mensch stirbt und die Muskeln seines Gesichts erschlaffen, schien er im Nu um Jahre zu altern. Die Haut veränderte ihre Farbe und verlor ihre Spannkraft, die Wangen fielen ein und die Augen lagen tiefer in den Höhlen. Die Tatortfotos und die Bilder, die in der Rechtsmedizin angefertigt wurden, waren steril und meist voll belichtet. Weder Rechtsmediziner noch Polizeifotografen verschwendeten auch nur einen Gedanken an die künstlerische Gestaltung ihrer Werke. Keine indirekte Beleuchtung, keine Weichzeichnerlinse und kein vorteilhafter Winkel schmeichelten den Toten.

„Arme Bian", seufzte Schwester Gabi, „sie hat niemals irgendjemandem etwas Böses getan."

„Vielleicht haben Sie recht", antwortete Bussard, nahm den Löffel und gab Zucker in seinen Kaffee, „vielleicht hat Bian Bleyle niemandem etwas Böses getan."

Er wandte sich dem Foto zu, das ihn sofort in seinen Bann zog. Aus der Nähe betrachtet schien es auf merkwürdige Weise vertraut und er fragte sich, ob er das gleiche Bild in Bleyles Wohnung gesehen hatte. Er löste seinen Blick von dem Bild, sah Schwester Gabi an und schüttelte den Kopf. In Bleyles Wohnung hatten sie kein Foto von Bian gefunden.

„Was ist?", fragte die Krankenschwester, die Bussards Blick nicht deuten konnte.

„Ich weiß es nicht", antwortete der Kommissar, „ich glaube, ich habe das Bild schon einmal irgendwo gesehen, aber ich kann mich nicht erinnern, wo es war."

„Das Foto hat Steffi gemacht", erklärte die Schwester, „eine Kollegin. Das war bei unserem Betriebsausflug ins Elsass letztes Jahr. Steffi hat es von zu Hause mitgebracht. Wir hatten kein einziges Bild von Bian hier auf der Station."

Wieder betrachtete Bussard das Foto. Er hatte das Gefühl, als wollte ihm das Bild etwas sagen, doch was immer es auch sein mochte, es drang nicht bis zu seinem Bewusstsein durch. Er war sicher, dass er das Bild kannte, doch er hatte nicht den leisesten Schimmer, wo er es schon einmal gesehen hatte.

Ich kann es nicht erzwingen, dachte er und wandte sich ab. Er musste sich mit etwas anderem beschäftigen. Vielleicht hatte er dann Glück und die Erinnerung kam von selbst.

Schwester Gabi setzte sich an den Tisch und nippte von ihrem Kaffee.

„Wenn Bian heimlich Patientendaten kopiert hat", spekulierte sie, „dann muss sie doch auch einen Grund dafür gehabt haben. Was hat sie damit gemacht?"

„Sie hat die Daten weitergegeben", antwortete Bussard.

„Aber an wen?", fragte sie.

Bussard überlegte, inwieweit er die Krankenschwester einweihen sollte. Es war ein schwebendes Verfahren und er durfte die Ermittlungen nicht gefährden, indem er Interna ausplauderte. Auf der anderen Seite würde er wohl kaum einen Gesprächspartner finden, der ihm mehr über Bian Bleyle erzählen würde als die ehemalige Kollegin. Von Martin Bleyle und den Nachbarn hatten sie jedenfalls kaum etwas über die Tote in Erfahrung gebracht.

„Bian Bleyle steht im Verdacht, für den vietnamesischen Geheimdienst gearbeitet zu haben", erklärte er kurz entschlossen und sah die Krankenschwester eindringlich an, „aber dieser

Verdacht ist noch nicht bewiesen und deshalb muss ich Sie dazu verpflichten, mit niemandem darüber zu sprechen. Haben Sie das verstanden? Mit niemandem!"

Schwester Gabi, die gerade ihre Tasse zum Mund geführt hatte, verharrte mitten in der Bewegung. Mit großen Augen sah sie den Kommissar an und stellte die Tasse schließlich wieder ab ohne zu trinken.

„Sagen Sie das noch mal", murmelte sie ungläubig.

„Sie dürfen mit niemandem darüber sprechen", wiederholte Bussard, „Sie machen sich sonst strafbar. Landesverrat ist eine sehr ernste Angelegenheit."

Das war übertrieben, doch er hoffte, die Krankenschwester genügend eingeschüchtert zu haben, damit der Verdacht nicht sofort die Runde machte.

„Geheimdienst?", fragte Schwester Gabi.

„Kann ich mich auf Sie verlassen?", hakte Bussard nach.

Schwester Gabi nickte ernst. Es dauerte einige Augenblicke, bis sie ihre Fassung wiedergewonnen hatte.

„Bian hat für den Geheimdienst gearbeitet?", fragte sie noch einmal und der Kommissar nickte bestätigend.

„Das ist völliger Blödsinn", erklärte sie plötzlich und schüttelte vehement den Kopf, „was hätte sie bei uns denn ausspionieren sollen?"

„Neue Operationstechniken oder neue Behandlungsmethoden, beispielsweise", erklärte Bussard.

„So ein Quatsch", schnaubte Schwester Gabi und schlug mit der Hand auf den Tisch, „daran ist doch nichts geheim. Wenn einer beim Nähen die Nadel mit der linken Hand hält statt mit der rechten, dann schreibt er sofort einen Artikel darüber, damit ihm bloß keiner seine neue Idee klaut."

Sie hob ihre Tasse wieder hoch, trank aber nicht.

„Bian und Geheimdienst", fuhr sie fort und sah den Kommissar herausfordernd an, „wer hat Ihnen bloß so einen Mist erzählt? Ich glaube das jedenfalls nicht."

Bussard hatte Verständnis für die Reaktion der Krankenschwester. Schon häufig hatte er Angehörigen oder Freunden von Tätern oder Opfern Nachrichten überbringen müssen, die mit aller Macht zurückgewiesen worden waren. Jeder Mensch hatte Geheimnisse und manche waren selbst für die engsten

Angehörigen schwer zu glauben. Die Frage, wie gut man einen Menschen kannte, stellte sich in solchen Augenblicken immer wieder.

„Es gibt leider eindeutige Hinweise", erklärte er behutsam, „Tatsache ist, dass Bian Bleyle Patientendaten per E-Mail an ihre eigene Adresse gesandt hat."

Schwester Gabi ließ die Erklärung nicht gelten.

„Die paar Blätter", sagte sie verächtlich und redete sich langsam in Rage, „für mich ist das kein Beweis. Im Grunde sind die Daten doch völlig wertlos. Damit kann doch niemand etwas anfangen, schon gar kein Geheimdienst. Wer weiß, was sie damit wollte? Ich verstehe überhaupt nicht, was das soll. Bian ist doch bei einem Raubüberfall ermordet worden, mitten in der Stadt, am helllichten Tag. Das stand doch in allen Zeitungen. Wieso kommen Sie jetzt daher und erzählen hier solche Hirngespinste? Wenn es nicht so traurig wäre, könnte ich glatt darüber lachen."

„Tut mir leid", erwiderte Bussard, „aber Sie werden verstehen, dass wir der Sache nachgehen müssen."

„Tun Sie, was Sie nicht lassen können. Schließlich sind Sie es, der sich dabei lächerlich macht", erklärte die Krankenschwester, trank einen Schluck Kaffee, stellte ihre Tasse ab und erhob sich, „ich muss wieder rüber. Von mir aus können Sie hier warten, bis der neue PC angeschlossen ist."

Ohne ein weiteres Wort verließ sie das Schwesternzimmer und zog die Tür hinter sich zu. Bussard trank seinen Kaffee, ging zu der kleinen Spüle neben dem Beistelltisch und stellte die Tasse ins Becken. Die leidenschaftliche Rede der Schwester hatte ihn nachdenklich gemacht. Dass Schwester Gabi jede geheimdienstliche Tätigkeit ihrer ehemaligen Kollegin von sich wies, war nicht weiter verwunderlich. Wer würde auf Anhieb glauben, dass ein langjähriger Arbeitskollege ein ausländischer Spion war? Das Merkwürdige war, wenn man den Worten der Schwester glauben konnte, dass es anscheinend nichts gab, was Bian Bleyle hätte ausspionieren können. Wenn wirklich alles aus Angst vor dem Diebstahl geistigen Eigentums sofort veröffentlicht wurde, dann brauchte man nur die entsprechenden Fachjournale zu lesen, um auf dem neuesten Stand zu sein. Der Einsatz von Spionen war nicht erforderlich. Auf der anderen Seite wusste Bussard aber auch von der Sammelwut der Geheimdienste, vor allem in Ländern mit kommunistischen Regierungen. In der ehemaligen DDR hatte die Stasi jede Kleinigkeit – und sei sie noch so unbedeutend – erfasst, bewertet und in einer Akte abgeheftet. In der Sowjetunion war es nicht anders gewesen und vermutlich verfuhr man in China, Kuba und Vietnam ebenso.

Bussard verließ das Schwesternzimmer und kehrte zum Stationszimmer zurück, wo ein junger Mann gerade die beiden Rechner austauschte. Der Kommissar nahm das Beweisstück an sich und verabschiedete sich von Schwester Gabi, die ihm einen missbilligenden Blick zuwarf, weil er die Regel gebrochen hatte, wonach man einem Toten nichts Schlechtes nachsagen sollte.

11

Die beiden Beamten des Bundeskriminalamtes hatten Bleyle zwei Stunden lang vernommen und den Verdächtigen anschließend wieder nach Hause geschickt. Da Bleyle den versuchten Datendiebstahl gestanden hatte, bestand weder Flucht- noch Verdunklungsgefahr. Als Bussard mit dem PC aus der Orthopädie unter dem Arm im Besprechungsraum des Präsidiums eintraf, konfiszierten sie den Rechner sofort. Bussard hatte nichts anderes erwartet.

„Wie geht's jetzt weiter?", fragte er.

„Das liegt beim Generalbundesanwalt", antwortete Künzer, „machen Sie Feierabend."

Bussard sah seine Kollegen an und die meisten hatten den gleichen unschlüssigen Gesichtsausdruck. Niemand wollte von einem Fall abgezogen werden, der so heiß war.

„Wollen Sie die Ermittlungen von Wiesbaden aus leiten?", fragte Neudörfer.

„Wir werden es Sie wissen lassen, wenn wir Ihre Unterstützung benötigen", antwortete Nosch, ging auf den Polizeirat zu und schüttelte ihm die Hand, „danke für Ihre Hilfe. Sie haben gute Arbeit geleistet."

„Haben wir alles?", fragte Künzer.

„Ja", antwortete Nosch, „wir müssen nur noch den PC ins Auto packen."

Die BKA-Leute sahen noch einmal nickend in die Runde.

„Also dann", verabschiedete sich Künzer, „schöne Feiertage."

Nosch hielt ihm die Tür auf und die beiden Beamten des Bundeskriminalamts verließen den Besprechungsraum. Als die Tür hinter ihnen ins Schloss fiel, herrschte einige Augenblicke Schweigen.

„Und das war es jetzt?", fragte Sylvia schließlich.

„Tja", antwortete Neudörfer, „der Fall liegt jetzt beim BKA. Für uns ist die Sache erst einmal erledigt, sofern unsere Freunde nicht doch noch unsere Unterstützung benötigen."

„Die Geheimniskrämer werden uns sicherlich nicht über den Stand der Ermittlungen auf dem Laufenden halten, oder?", vermutete Bussard.

„Warum fragen Sie?", erwiderte Neudörfer.

Bussard blies die Backen auf und ließ die Luft geräuschvoll entweichen. Er dachte über eine Antwort nach, doch dann zuckte er nur stumm mit den Achseln.

„Dann bleibt mir als letzte Amtshandlung im Fall Bleyle nur noch, die SOKO *Goldschmied* aufzulösen", erklärte Neudörfer, „ich danke Ihnen."

Die Beamten nickten und verließen den Besprechungsraum.

„Dein letzter Fall hat ein jähes Ende gefunden", stellte Bussard fest, als sie wieder in ihrem Büro waren.

„Stimmt", antwortete Sylvia, „es gefällt mir zwar nicht, aber es ist immer noch besser, als mich mit einem offenen Fall zu verabschieden."

„Würdest du mir einen Gefallen tun?", fragte er.

„Sicher", antwortete sie.

Bussard setzte sich an seinen Schreibtisch, zog seinen Tabak aus der Jacke und drehte sich eine Zigarette.

„Wenn du beim LKA in Stuttgart bist", begann er, „dann werden deine Kontakte nach Wiesbaden vermutlich besser sein als meine. Würdest du mir Bescheid sagen, wenn sich im Fall Bleyle etwas ergibt?"

„Klar", sagte sie zu, „kein Problem."

Sylvia ging zu Bussards Schreibtisch und setzte sich auf die Kante.

„Warum hast du dich eigentlich nie beim LKA oder BKA beworben?", fragte sie.

„Uns gefällt es in Freiburg", antwortete er, „Helen, mir und den Kindern. Du bist Single und deine Entscheidung betrifft nur dich alleine. Das macht es einfacher. Ich freue mich, dass du die Stelle beim LKA bekommen hast. Niemand ist dafür besser geeignet als du, doch ehrlich gesagt finde ich es schade, dass du gehst, wirklich schade."

Er hielt inne und wunderte sich über sich selbst. Das freimütige Geständnis war ihm einfach über die Lippen gekommen, ohne dass er darüber nachgedacht hatte.

„Danke", antwortete sie und er hoffte, dass sie seine Aussage lediglich als Kompliment aufgefasst hatte, „ich verstehe dich, aber finde es trotzdem schade, dass du bleibst."

„Was meinst du damit?", fragte er überrascht.

Sylvia sah zuerst zu Boden, als ob sie nach den richtigen Worten suchte, dann hob sie den Kopf und sah Bussard in die Augen.

„Ich habe noch nie einem Menschen so sehr vertraut wie dir", erklärte sie, „abgesehen von meiner Großmutter."

Bussard öffnete den Mund und klappte ihn wieder zu. Er hatte nicht die geringste Ahnung, was Sylvia zu dieser Aussage bewogen hatte. Natürlich mussten sich Polizisten aufeinander verlassen können, wenn sie miteinander arbeiteten, doch in seinen Ohren hatte es sich so angehört, als steckte mehr dahinter. Er konnte sich allerdings nicht daran erinnern, dass sie ihm jemals persönliche oder sogar intime Geheimnisse anvertraut hätte.

„Ich weiß, was du jetzt denkst", sagte sie und schenkte ihm ein aufrichtiges Lächeln, „aber du darfst es mir ruhig glauben. Du bist der vertrauenswürdigste Mensch, den ich kenne und es wird Zeit, dass ich dir das endlich einmal sage, bevor es zu spät ist."

„Bevor es zu spät ist?"

„Bevor ich nach Stuttgart gehe, das meinte ich damit."

Sie glitt von der Kante des Schreibtischs, stellte sich vor ihren Kollegen und reichte ihm die Hand. Bussard stand auf und wollte die Hand ergreifen, doch Sylvia trat einen Schritt vor, schlang ihre Arme um seinen Nacken und drückte ihn fest an sich.

„Danke", sagte sie leise, „für alles."

Bussard wusste kaum, wie ihm geschah. Er spürte ihren Busen an seiner Brust und sein Herz begann schneller zu schlagen. Vorsichtig legte er seine Arme um ihren Körper. Er drückte Sylvia einmal, doch dann löste er sich rasch wieder aus ihrer Umarmung. Den Kopf zur Seite gelegt sah er sie fragend an, während sie nach seinen Händen fasste.

„Ich habe mich nie wirklich auf dich verlassen müssen", erklärte sie, „doch bei dir war ich mir immer sicher, dass ich es könnte, wenn es drauf ankommt. In deiner Gegenwart musste ich nie darüber nachdenken, was ich sage oder wie ich mich verhalte. Bei dir fühlte ich mich einfach immer sicher und geborgen. Es ist traurig, dass ich dich als Kollegen verliere, aber ich hoffe, du bleibst mein Freund."

Sie drückte seine Hände und er sah, dass ihre Augen feucht geworden waren.

„Sicher", antwortete er, doch für eine weitergehende Erwiderung fehlten ihm die Worte.

Sylvia drückte seine Hände noch einmal fest, wandte sich abrupt um und verließ das Büro, ohne sich noch einmal umzusehen.

*

Bussard zog seine Jacke aus, hängte sie an die Garderobe und schlüpfte aus seinen Schuhen.

„Du bist schon da?", fragte Helen, als er ins Wohnzimmer kam.

„Ja, ich habe heute früher Schluss gemacht", antwortete er, „unser aktueller Fall hat sich erledigt. Das BKA hat die Ermittlungen übernommen, aber irgendwie komme ich mir jetzt vor wie bestellt und nicht abgeholt."

„Das trifft sich gut", erwiderte sie, „ich habe die Vorhänge gewaschen. Kannst du sie bitte aufhängen?"

Er war auf sie zugegangen, um ihr einen Begrüßungskuss zu geben, doch ihre Bitte ließ ihn mitten in der Bewegung verharren. Natürlich konnte sie nicht wissen, dass er sich gerne seine Unzufriedenheit von der Seele geredet hätte und es war auch völlig in Ordnung, dass sie ihn um diesen Gefallen bat, weil die nassen Vorhänge schwer waren und bei der Überkopfarbeit die Arme lahm wurden. Trotzdem hatte sie ihn auf dem falschen Fuß erwischt und seine Laune näherte sich dem Nullpunkt.

„Gut, dass wenigstens du einen schönen Tag hattest", brummte er.

„Wenn du denkst, dass putzen und waschen Spaß macht", konterte sie, „dann kannst du das gerne übernehmen. Ich reiße mich nicht darum."

Bussard schloss die Augen und ließ einige Sekunden verstreichen. Es wäre einfach gewesen, einen Streit vom Zaun zu brechen. Helen ging keiner Konfrontation aus dem Weg und sie konnte sehr schnell ziemlich laut und verletzend werden, doch er wusste selbst, dass man nicht jeden Streit ausfechten musste. Er schluckte eine Erwiderung hinunter und setzte sich auf die Couch.

„Gib mir fünf Minuten", sagte er ohne jede Betonung.

Helen unterzog das Fenster, das sie gerade geputzt hatte, einem letzten, prüfenden Blick, nahm den Putzeimer und ging ins Badezimmer. Einen Augenblick später hörte Bussard das gedämpfte Geräusch fließenden Wassers. Er sah aus dem Fenster, doch vor seinem inneren Auge erschien das Gesicht von Sylvia. Er erinnerte sich an ihren Geruch und an das Gefühl, das ihr Busen an seiner Brust ausgelöst hatte. Mit glitzernden Augen hatte sie ihn angesehen und er fragte sich, warum sie sich auf diese Weise bei ihm bedankt hatte. Es war ihm nie in den Sinn gekommen, dass sie mehr für ihn empfinden könnte als kollegiale Freundschaft. Was er für sie empfand, hatte er ihr nie gesagt, noch nicht einmal angedeutet. Er versuchte sich zu erinnern, ob es Situationen gegeben hatte, in denen sie sich nähergekommen waren, nicht körperlich, sondern seelisch, aber es gelang ihm nicht. Sie hatten in den letzten drei Jahren viel Zeit miteinander verbracht. Sie hatten sich ein Büro geteilt und waren zusammen zu Einsätzen gefahren, wenn er es nicht hatte vermeiden können.

Der Gedanke traf Bussard mitten ins Herz. Er hatte versucht, möglichst wenig Zeit mit Sylvia zu verbringen, gerade weil er mehr für sie empfand, als für einen verheirateten Mann gut war. Nun, in diesem Augenblick auf der Couch, bedauerte er sein Verhalten zutiefst. Sylvia hatte ihm gestanden, wie sehr sie ihm vertraute und dass sie sich stets sicher und geborgen bei ihm gefühlt hatte. Er aber hatte das nie bemerkt. Sie wollte ihn nicht als Freund verlieren, doch er hatte bis zu diesem Tag nicht einmal gewusst, dass sie befreundet waren. Er hatte nur die Kollegin in ihr gesehen. Jede Minute, die sie geteilt hatten, war beruflich bedingt gewesen und plötzlich hatte er das Gefühl, als sei ihm die Zeit zwischen den Fingern zerronnen.

„Bist du dann mal soweit?", fragte Helen.

Bussard schüttelte unwillkürlich den Kopf, um seine Gedanken zu verscheuchen. Helen stand im Türrahmen und sah ihn ungeduldig an.

„Die nächste Maschine wird gleich fertig sein und ich brauche den Wäschekorb", erklärte sie.

„Schon gut", antwortete Bussard und stand auf.
Die fünf Minuten waren vorüber.

*

Bussard ging zeitig zu Bett, doch er konnte nicht einschlafen. Immer wieder drehte er sich unruhig von einer Seite zur anderen. Es gab Fragen, auf die er keine Antworten wusste, aber es gelang ihm nicht, sie aus seinem Kopf zu verbannen. Seine Fantasie gaukelte ihm Bilder vor, die Helen im Bett mit einem anderen Mann zeigten. Die Szene war viel zu real und brannte in seiner Seele. Um sich von der Vorstellung zu lösen, dachte er an Sylvia und ehe er sich versah, malte er sich ein erotisches Abenteuer mit ihr aus. Sein Puls beschleunigte sich und er knirschte wütend mit den Zähnen, weil er nicht daran denken wollte. Er wollte keinen Sex mit ihr und wusste, dass es gelogen war. Er wollte nicht, dass Helen Sex mit einem anderen Mann hatte und wusste, dass sie ihn betrog. Die Bilder jagten sich und verschwammen ineinander, bis Bussard sich ruckartig aufsetzte und kopfschüttelnd die Augen rieb. Es war kurz vor Mitternacht und er musste sich auf etwas anderes konzentrieren, wenn er sich nicht selbst um den Verstand bringen wollte. Tief durchatmend ließ er sich wieder in die Kissen sinken, verschränkte die Arme hinter dem Kopf und dachte an Bian Bleyle. Es war ein Jammer, dass die schöne Vietnamesin hatte sterben müssen. Jemand hatte sie für etwas bestraft, was sie nicht zu verantworten gehabt hatte. Sie war zur falschen Zeit im falschen Land geboren, von falschen Leuten zu falschen Taten gezwungen und am Ende hingerichtet worden, um als abschreckendes Beispiel zu dienen. Sie war ein Opfer, in jeder Beziehung, und der Tod hatte sie in Freiburg ereilt. Es wäre Bussards Aufgabe gewesen, ihren Mörder zu fassen. Er fühlte sich nicht für sie verantwortlich, doch er wollte sich auch nicht damit abfinden, dass man ihm den Fall aus den Händen genommen hatte. Bei allen Verbrechen, die er im Lauf von zwanzig Jahren als Polizist aufgeklärt hatte, gab es eine Gemeinsamkeit. Immer standen Täter und Opfer in einer Beziehung zueinander, immer gab es Spannungen, die eskalierten und am Ende in ein Verbrechen mündeten. Bei Bian

Bleyle war es jedoch nicht so gewesen. Derjenige, der ihren Tod angeordnet und vermutlich auch derjenige, der ihn ausgeführt hatte, hatten die Vietnamesin womöglich nicht einmal persönlich gekannt. Für die Drahtzieher war sie kein Mensch gewesen, sondern nur eine unbedeutende Figur auf dem Spielfeld der Großen und Mächtigen. Das machte ihren Tod umso beklagenswerter. Was Bussard jedoch am meisten zu schaffen machte, war die Erkenntnis der eigenen Machtlosigkeit. Er wollte etwas tun, wollte die Verantwortlichen zur Rechenschaft ziehen, doch er musste einsehen, dass er dazu nicht in der Lage war. Das BKA hatte den Fall an sich gezogen und würde ihn vermutlich mit Hilfe des BND lösen, sofern keine anderen politischen Interessen dem entgegenstanden. Wenn auf höchster Ebene entschieden wurde, dass man sich keine Beeinträchtigung der Beziehungen zwischen Deutschland und Vietnam leisten konnte oder wollte, dann würde der Tod von Bian Bleyle im schlimmsten Fall ungesühnt bleiben. Als seine Lider langsam zufielen, gab er sich der leisen Hoffnung hin, dass noch nichts bewiesen war. Vielleicht würde sich doch noch einmal eine Gelegenheit bieten.

Die Klänge von Hells Bells der australischen Band AC/DC holten Bussard aus dem Schlaf. Sie hörten sich an wie ein Fanal, denn er hatte von Sylvia geträumt. Sie hatte hinter einer Glasscheibe gestanden und immer wieder auf ihre Uhr gedeutet, während er erfolglos versucht hatte, ihr etwas zu erklären, an das er sich nicht mehr erinnern konnte. Er wusste nur noch, dass sie ihn nicht gehört hatte. Schlaftrunken tastete er im Dunkeln nach seinem Handy, drückte auf die Taste zum Annehmen des Anrufs und die schwere Rockgitarre verstummte.

„Bussard", meldete er sich brummend.

„Tut mir leid, wenn ich Sie geweckt habe", sagte eine männliche Stimme, die ihm nicht bekannt vorkam, „aber die Kollegen vor Ort berichten von einer getöteten Person, vermutlich Schussverletzung."

„Mord?", fragte er.

„Sieht danach aus", antwortete der Kollege.

„Wie spät ist es?"

„Kurz vor vier."

Bussard drehte sich zur Seite und rieb sich die Augen.

„In Ordnung", sagte er, „ich komme. Wie lautet die Adresse?"

„Jacobistraße dreizehn", antwortete der Kollege, „eine gewisse Frau Bleyle hat angerufen und gemeldet, dass ihr Mann erschossen worden sei."

„Was", rief Bussard und war schlagartig hellwach, „das ist unmöglich!"

„Wieso?", fragte der Kollege überrascht.

„Völlig unmöglich", sagte Bussard noch einmal, „Jacobistraße dreizehn?"

„Ja."

„Okay, ich bin unterwegs."

Er unterbrach die Verbindung und setzte sich auf.

„Was ist?", murmelte Helen im Halbschlaf.

Bussard drehte sich zur ihr und drückte sanft ihren Arm.

„Schlaf weiter", sagte er, „ich muss zu einem Einsatz."

Er schaltete die Nachttischleuchte ein und zog sich an, während er sich fragte, wie eine Tote in der Lage sein konnte, bei den Kollegen anzurufen. Seiner ersten Verwirrung, weil man ihn aus dem Schlaf gerissen hatte, folgte die Erkenntnis, dass der Name Bleyle in Freiburg wahrscheinlich nicht nur auf ein einziges Ehepaar begrenzt war. Wenn aber zwei Menschen mit diesem Namen innerhalb weniger Tage auf gewaltsame Art zu Tode kamen, dann konnte das kein Zufall sein.

Fünfzehn Minuten später parkte Bussard seinen Passat in der Jacobistraße. Zwei Einsatzfahrzeuge standen vor einer mondänen Jugendstilvilla und ein Flügel des schmiedeeisernen Hoftores war geöffnet. Ein Messingschild an dem gemauerten Torpfosten gab darüber Auskunft, dass die Kanzlei Bleyle ihren Sitz in der Villa hatte. Im Schein der Straßenlaterne durchschritt Bussard das Tor, folgte einem kurzen Weg, der mit Natursteinplatten gepflastert war und ging die Außentreppe hinauf zur Haustür. Er läutete und wenige Augenblicke später wurde die Tür von einem uniformierten Kollegen geöffnet, der den Kommissar in die Eingangshalle begleitete und mit der Hand auf eine offene Tür wies. Bussard nickte und betrat die Kanzlei. Bei jedem Schritt hatte er das Gefühl, als würde ein bestimmter Geruch immer intensiver werden und was seine Augen sahen, bestätigte diesen Eindruck. Es roch nach Geld, nach altem Geld, und es musste eine Menge davon vorhanden sein. Er durchquerte das Vorzimmer und erreichte ein Büro, dem man auch das Prädikat „kleiner Ballsaal" hätte verleihen können. Der größte Teil der Einrichtung bestand, soweit er das beurteilen konnte, aus Edelhölzern und vermutlich war jedes einzelne Stück eine Antiquität. In der Mitte des Raums, auf einem dicken, schweren Teppich und genau unter einem Kristalllüster, lag ein Mann. Er trug einen anthrazitfarbenen Anzug samt Weste, eine schwarz-blau gestreifte Krawatte über einem weißen Hemd und lederne Pantoffeln. Der dunkle Fleck auf seiner Brust stammte vom Blut, das aus einer Wunde unter seiner Kleidung ausgetreten war, und der gebrochene Blick des Mannes ließ keinen Zweifel daran, dass jede Hilfe zu spät kam.

„Der Tote heißt Hans Martin Bleyle", erklärte ein uniformierter Kollege, der bei der Tür stand und Bussard bereits erwartet hatte, „der Notarzt ist schon wieder weg. Er sagte, man hätte nichts mehr für ihn tun können, weil er schon zu lange tot gewesen sei."

Bussard hörte Stimmen, die aus der Eingangshalle ins Büro drangen und das Geräusch von Schritten.

„Ist der Tote bewegt worden?", fragte er.

„Soweit ich weiß, nicht", antwortete der Kollege.

Bussard ging auf den Toten zu und blieb einen Meter vor der Leiche stehen. Die knochigen Hände des Mannes, der etwa sechzig Jahre alt geworden war, zeigten rotbraune Verfärbungen. Vermutlich war es sein eigenes Blut, weil er sich im Todeskampf an die Brust gefasst hatte. Das Gesicht des Toten war eingefallen. Es wirkte ausgezehrt und die Augäpfel, die eigentlich weiß sein sollten, hatten die Farbe von altem Elfenbein.

„Morgen, Bussard", sagte jemand.

Der Kommissar wandte den Kopf.

„Morgen, Bertold, morgen, Klaus", begrüßte er die Kollegen der Kriminaltechnik, die bereits ihre weißen Overalls übergezogen hatten.

„Ist zwar schon zu spät", tadelte Smirna und reichte Bussard und dem Kollegen der Streife jeweils ein Paar Überzieher für die Füße, „aber es wäre schön, wenn ihr sie trotzdem benutzen würdet. Werft sie aber nicht weg, wenn ihr das Haus verlasst. Ich brauche eure Schmutzpartikel zum Vergleich, sonst muss ich euch noch als Täter verhaften."

Bussard streifte sich die Überzieher über die Schuhe, während der Leiter des Rechtsmedizinischen Instituts den Raum betrat.

„Einen schönen guten Morgen", wünschte Professor Münchrath den Anwesenden.

„Morgen, Professor", erwiderte Bussard.

Münchrath ging auf die Leiche zu und stellte seinen Koffer ab. Er ließ sich auf ein Knie nieder und nahm den Toten in Augenschein. Bussard wusste, dass er sich eine Weile gedulden musste, bevor der Rechtsmediziner eine erste Einschätzung abgeben würde.

„Wo ist Frau Bleyle?", fragte der Kommissar.

„Oben in der Wohnung", antwortete der uniformierte Kollege.

Bussard verließ die Kanzlei, wandte sich in der Eingangshalle nach rechts und stieg die Treppe hinauf. Er klopfte an der Wohnungstür und drückte auf die Klinke, weil keine Reaktion erfolgte. Die Tür war nicht verschlossen und er betrat die Wohnung.

„Frau Bleyle?", rief er, doch niemand antwortete.

Vom Eingangsbereich der Wohnung zweigten mehrere Türen ab. Bussard entschied sich für die erste Tür auf der linken Seite, klopfte und drückte auf die Klinke. Als die Tür aufschwang, sah er eine Frau, die am Fenster stand und in die schwarze Nacht hinaussah. Sie trug ein langes, schwarzes, eng anliegendes Kleid, das ihre schlanke Figur betonte und ihre Größe hervorhob. Ihre dichten, braunen Haare fielen ihr bis zur Mitte des Rückens.

„Frau Bleyle?", fragte Bussard und betrat das Schlafzimmer.

Sie drehte sich um und Bussard schluckte unwillkürlich.

Jesus Maria, dachte er. Das Kleid war großzügig ausgeschnitten und die prallen Attribute ihrer Weiblichkeit sprangen ihm förmlich entgegen. Es war schwierig, den Blick von ihrer enormen Oberweite abzuwenden.

„Mein Name ist Bussard, Kripo Freiburg", stellte er sich vor, „fühlen Sie sich in der Lage, mir einige Fragen zu beantworten?"

„Fragen Sie, Herr Bussard", antwortete sie.

Der Kommissar schloss die Tür.

„Sie haben den Toten gefunden?", fragte er und ging einige Schritte auf sie zu.

„Ja", antwortete sie.

Er schätzte sie auf Anfang dreißig und damit etwa halb so alt wie ihren Mann. Der Blick aus ihren braunen Augen war klar und abwartend, aber Bussard erkannte keine Spur von Trauer.

„Wann war das?", fragte er.

„Gegen halb vier", erwiderte sie.

„Was haben Sie davor gemacht?"

„Ich war bei einem anderen Mann", antwortete sie und verschränkte die Arme unter ihrem Busen, der damit noch mehr Aufmerksamkeit forderte, „gegen halb vier bin ich nach Hause gekommen. In der Kanzlei brannte Licht. Das war ungewöhnlich und deshalb habe ich nachgesehen. Hans Martin lag auf dem Boden und rührte sich nicht. Daraufhin habe ich den Notruf gewählt."

Sie sprach ruhig und sachlich ohne eine Spur von Aufregung.

„Sie waren bei einem anderen Mann", wiederholte Bussard, „während Ihr Ehemann ermordet wurde. Sein Tod scheint Sie nicht besonders zu berühren."

Sie antwortete nicht, sondern betrachtete Bussard so unbeteiligt, als ob sie über das Wetter sprechen würden.

„Warum sagen Sie nichts?", fragte er.

„Sie haben doch schon festgestellt, dass mich sein Tod nicht besonders berührt", erwiderte sie, „mehr gibt es dazu nicht zu sagen."

Bussard sah ihr in die Augen. Sie sagte zweifellos die Wahrheit. Der Tod ihres Mannes berührte sie tatsächlich nicht.

„Wie heißt der Mann, mit dem Sie die Nacht verbracht haben?", fragte er.

„Warum sollte ich Ihnen das verraten?", erwiderte sie achselzuckend.

„Damit wir Ihr Alibi überprüfen können."

„Wozu brauche ich ein Alibi?"

„Ihr Mann wurde ermordet", erklärte er, „Sie waren die Erste am Tatort. Vielleicht waren Sie auch die Letzte, die ihn lebend gesehen hat. Es ist durchaus möglich, dass Sie ihn ermordet haben."

„Warum sollte ich das tun?"

„Sagen Sie es mir."

„Soll ich Ihre Arbeit machen?"

Sie war weder freundlich noch unfreundlich. Bussard spürte auch keinen Hass, keine Aufregung oder andere intensive Emotionen bei ihr, sondern nur diese unbeteiligte Distanziertheit.

„Wer könnte einen Grund gehabt haben, Ihren Mann zu ermorden?", fragte er.

„Wie viel Zeit haben Sie?", gab sie zurück.

„Was meinen Sie damit?"

„Hans Martin war Scheidungsanwalt", antwortete sie, „halb Freiburg hat ihm die Pest an den Hals gewünscht."

„Sie auch?"

„Wozu?"

Noch immer hielt sie seinem Blick stand ohne eine besondere Regung zu zeigen. Bussard sah an ihr herunter. Sie trug bequeme Schuhe mit flachen Absätzen und er schätzte, dass Frau Bleyle etwa einen Meter fünfundsiebzig groß sein mochte.

„Werden Sie das alles erben?", fragte er und sah sich im Schlafzimmer um, das ebenso teuer und geschmackvoll eingerichtet war wie die Kanzlei.

„Das kann ich Ihnen erst nach der Testamentseröffnung sagen", erklärte sie.

„Es gibt ein Testament?"

„Ja, Hans Martin hat es beim Notariat hinterlegt."

„Kennen Sie den Inhalt?"

„Ja."

„Dann wissen Sie doch, was Sie erben werden."

„Nein, es gibt gewisse Bedingungen, die die Erbfolge betreffen", antwortete sie und Bussard bemerkte ein erstes Zögern, „im Augenblick kann ich das nicht einschätzen."

Der Kommissar wusste nicht, was er davon halten sollte. Wenn die frischgebackene Witwe erbte, dann hatte sie ein Motiv. Außerdem wusste sie mehr als sie sagte. Falls es weitere Erben gab, dann war Martin Bleyle vermutlich die Nummer eins auf der Liste. Er war ebenfalls frischgebackener Witwer und dass die beiden Morde an Hans Martin und Bian Bleyle nichts miteinander zu tun haben sollten, hielt Bussard für ausgeschlossen. Entweder hatten die Vietnamesen einen triftigen Grund gehabt, den Scheidungsanwalt zu töten, weil er vielleicht Informationen besaß oder sogar die Identität der Täterin kannte oder es war eine Familienangelegenheit, die überhaupt nichts mit irgend einem Geheimdienst zu tun hatte. Frau Bleyle war offensichtlich nicht die Mutter von Martin Bleyle, sondern seine Stiefmutter, die unter Umständen sogar jünger war als ihr Stiefsohn. Sie hatte offen zugegeben oder zumindest behauptet, während der Nacht bei einem anderen Mann gewesen zu sein. Vielleicht war Martin Bleyle dieser andere Mann und vielleicht hatten Stiefsohn und Stiefmutter ein Verhältnis miteinander. Bussard beschlich das Gefühl, als habe er seit Tagen die falschen Fragen gestellt.

„Ich könnte es als Beleidigung auffassen, wenn ein Mann in meiner Gegenwart einschläft", sagte Frau Bleyle spöttisch und unterbrach damit Bussards Überlegungen.

„In welchem Verhältnis stehen Sie zu Martin Bleyle?", fragte er.

„In keinem", antwortete sie.

„Was heißt *in keinem*? Martin Bleyle ist der Sohn Ihres verstorbenen Mannes, ihr Stiefsohn."

„Richtig."

„Und?"

„Nichts und. Martin und ich haben nichts miteinander zu tun."

„Wie soll ich das verstehen?"

„Was gibt es daran nicht zu verstehen?"

„Bian Bleyle, die Schwiegertochter Ihres Mannes, wurde am Freitag ermordet", erklärte er und beobachtete ihr Gesicht aufmerksam, „heute Nacht wurde Ihr Mann ermordet. Es sieht so aus, als lebten die Menschen in Ihrer Umgebung sehr gefährlich."

Frau Bleyle reagierte nicht auf die Provokation. Sie zuckte nicht einmal mit einer Augenbraue. Es wäre jedoch falsch gewesen zu behaupten, ihr Gesicht sei zu einer Maske erstarrt. Ihre vollen Lippen und ihre braunen Augen bewegten sich wenig, aber ganz natürlich. Sie atmete ruhig und vermittelte den Eindruck, eine völlig Unbeteiligte zu sein.

„Martin ist kein Mensch aus meiner Umgebung", antwortete sie, „und Bian war es ebenfalls nicht. Wir hatten nichts miteinander zu tun."

„Aber Bian ist tot und Hans Martin ist es ebenfalls", erklärte Bussard, „beide tragen den gleichen Nachnamen wie Sie. Ein seltsamer Zufall, oder?"

„Wenn Sie es für Zufall halten", erwiderte sie.

„Was wollen Sie damit andeuten?"

„Dass es Ihre Aufgabe ist herauszufinden, ob es ein Zufall ist."

Bussard ahnte, dass Frau Bleyle eine Vorstellung davon hatte, ob und wie die beiden Morde zusammenhingen, doch sie wollte diese Meinung nicht kundtun. Wenn die Morde, wie er annahm, in Zusammenhang standen, dann rückte damit Martin Bleyle in den Fokus der Ermittlungen. Zuerst war dessen Ehefrau getötet worden, dann dessen Vater. Bussard war schon sehr gespannt, was Martin Bleyle zu sagen hatte, doch im Augenblick stand er der Witwe von Martins Vater gegenüber und es gab noch einige Fragen, die sie ihm beantworten sollte.

„Wie war das Verhältnis zwischen Vater und Sohn?"

„Es gab keine Missverständnisse", erklärte sie ohne jede Regung, „der Vater verachtete den Sohn und der Sohn den Vater. Der Apfel fällt nicht weit vom Stamm."

„Das scheint Sie aber nicht gestört zu haben."

„Nein, warum? Ich sagte doch schon, dass ich mit Martin nichts zu tun habe. Es hat mich nicht interessiert, was zwischen den beiden war."

Bussard glaubte ihr. Alles, was sie sagte, klang überzeugend. Sie machte ihm nichts vor, sie spielte nicht die trauernde Witwe und trotzdem gelang es ihm nicht, sich ein Bild von ihr zu machen. Der Tod ihres Mannes hatte sie nicht schockiert, was darauf hindeutete, dass zwischen ihr und ihrem Mann kein inniges Verhältnis geherrscht hatte. Ihre kühle, geschäftsmäßige Distanziertheit, ihre entspannte Haltung und die Tatsache, dass sie seinem Blick nicht auszuweichen versuchte, ließen jedoch auch nicht darauf schließen, dass sie gerade einen Mord begangen hatte.

„Glauben Sie, dass Martin Bleyle seinen Vater ermordet hat?", fragte er und sie zuckte mit den Achseln, während sie mit einer Gegenfrage antwortete.

„Warum sollte er?"

Das war in der Tat eine spannende Frage und plötzlich wurde Bussard klar, dass es eine Verbindung zwischen den beiden Fällen gab, an die er die ganze Zeit nicht gedacht hatte.

„Wie hat Ihr Mann auf den Tod seiner Schwiegertochter reagiert?"

Zum ersten Mal antwortete sie nicht spontan. Nachdenklich legte sie den Kopf zur Seite und zog die Augenbrauen ein wenig zusammen.

„Das ist schwierig zu beschreiben", erklärte sie, „zuerst war er überrascht oder verwirrt, aber später hat es ihn amüsiert."

„Amüsiert?", fragte Bussard und glaubte, sich verhört zu haben.

„Ja", antwortete sie, „ich denke, es hat ihn amüsiert."

„Wie kommen Sie darauf?"

„Ich weiß es nicht. Es schien mir eben so."

„Hat er mit Ihnen darüber gesprochen?"

„Wir hatten eine kurze Unterhaltung über das Thema, aber er wollte nicht näher darauf eingehen."

„Kam Ihnen das nicht merkwürdig vor?"

„Nein."

Ihre knappe Antwort klang, als wollte sie damit sagen, dass sie von ihrem Mann nichts anderes erwartet hatte. Sich über den gewaltsamen Tod der Schwiegertochter zu amüsieren, war jedoch alles andere als normal.

„Wir haben am Samstag eine Frau verhaftet, die im Verdacht stand, Bian Bleyle ermordet zu haben", berichtete er, „und Ihr Mann hat das Mandat für diese Frau übernommen. Warum hat er das getan? Immerhin geht es dabei um den Mord an seiner Schwiegertochter."

„Das weiß ich nicht", antwortete sie, „wir haben selten über seine Arbeit gesprochen."

„Ein Familienmitglied wird ermordet und Ihr Mann übernimmt das Mandat für die mutmaßliche Mörderin", stellte Bussard fest, dessen Stimme lauter wurde, weil er langsam die Geduld verlor, „und das alles interessiert Sie überhaupt nicht?"

„Nein."

Bussard sah ihr in die Augen und nichts deutete darauf hin, dass sie nicht die Wahrheit sagte. Es schien sie tatsächlich nicht zu interessieren. Sie gab sich so gleichgültig, als ob das alles nicht das Geringste mit ihr zu tun hätte. Das Wort Familie schien für die Beziehungen, die die Bleyles untereinander gehabt hatten, mehr als ungeeignet. Martin Bleyle hatte ausgesagt, dass das Verhältnis zwischen ihm und seiner Frau sehr innig gewesen sei, aber Bian Bleyle war tot. Die Witwe von Hans Martin Bleyle, deren Vornamen Bussard nicht kannte, behauptete, dass Vater und Sohn sich gegenseitig verachtet hatten. Außerdem habe sich Hans Martin über Bians Tod amüsiert, was die Witwe wiederum nicht zu überraschen schien. Über eine weitere Person, Martins Mutter, die vermutlich die erste Frau Bleyle gewesen war, hatte er sich überhaupt noch keine Gedanken gemacht.

„Wie heißen Sie eigentlich mit Vornamen?", fragte er, um den Überblick in dieser Schlangengrube nicht zu verlieren.

„Nymphomania", antwortete sie und ging einen Schritt auf ihn zu.

„Nymphomania?", fragte er ungläubig.

„Das haben Sie doch gedacht, als Sie auf meine Titten gestarrt haben", sagte sie und senkte ihre Stimme, die jetzt wie das Schnurren einer Katze klang, um eine halbe Oktave.

Bussard sah unwillkürlich in ihren Ausschnitt und ertappte sich bei dem Gedanken, dass es wirklich ein atemberaubender Anblick war, der einem Mann die Kehle austrocknen konnte. So schnell es ihm möglich war, hob er den Kopf wieder und sah in ihre Augen.

„Stellen Sie sich nicht so an", fuhr sie fort und ihre schnurrende Stimme ging ihm durch Mark und Bein, „alle Männer starren auf meine Titten. Sie sind mein Kapital, ebenso wie meine Lippen, meine Finger, mein Arsch, meine Möse und die Schweinereien, die ich Hans Martin beim Vögeln ins Ohr geflüstert habe."

Ohne Übergang kehrte sie zu ihrer normalen Stimmlage zurück.

„Dafür kaufte er mir alles, was ich haben wollte", erklärte sie, „das Arrangement war für uns beide sehr befriedigend."

Bussard sah ihr in die Augen und es wurde ihm bewusst, dass er noch niemals so viel geballten Sex-Appeal erlebt hatte. Ihre erotische Ausstrahlung war umwerfend. Sie wusste es und es war ihm klar, dass sie diese Eigenschaft sehr gezielt einzusetzen vermochte.

„Das hört sich nach einer Geschäftsbeziehung an", wandte er ein, „aber nicht nach einer Ehe."

„Seien Sie nicht naiv, Herr Kommissar", erwiderte sie und schüttelte missbilligend den Kopf, „ich habe nicht studiert, ich habe nicht mal Abitur. Glauben Sie etwa, Hans Martin hätte mich geheiratet, weil ich gut kochen kann? Unsere Hochzeit war ein Geschäft. Er kauft mir alles, was ich haben will und ich vögele ihn um den Verstand. Wir waren beide sehr zufrieden damit."

„Er war Ihnen hörig", vermutete Bussard.

Sie lachte unvermittelt auf und er sah, dass sie sehr gepflegte, ebenmäßige Zähne hatte.

„Hörig? Hans Martin?", fragte sie, „Sie kannten ihn nicht, sonst kämen Sie nicht auf diesen Gedanken. Er war sein eigener Gott und hätte sich niemals irgendjemandem untergeordnet."

„Und jetzt ist er tot", stellte der Kommissar fest.

„Ja, jetzt ist er tot", wiederholte sie und schlug zum ersten Mal für einen Moment die Augen nieder, bevor sie ihn wieder ansah, „ich habe ihn nicht geliebt, aber ich habe ihn auch nicht ermordet."

Bussard zog eine Visitenkarte aus seiner Jacke und gab sie ihr.

„Wir müssen Ihre Aussage zu Protokoll nehmen", erklärte er, „und wir brauchen Ihre Fingerabdrücke zu Vergleichszwecken. Können Sie mich bitte im Präsidium aufsuchen?"

„Wann?", fragte sie und nahm die Karte entgegen.

Bussard sah auf seine Armbanduhr. Es war Viertel vor fünf und an Schlaf war in dieser Nacht nicht mehr zu denken.

„Um acht?", schlug er vor.

„Okay", antwortete sie.

Er nickte ihr zu und ging zur Tür.

„Carmen", sagte sie, als er das Schlafzimmer verlassen wollte.

„Bitte?"

„Mein Name ist Carmen, Herr Bussard."

Er nickte ein weiteres Mal, trat auf den Flur hinaus und schloss die Tür.

Hans Martin Bleyle war sein eigener Gott, dachte er, und sie war seine Sexgöttin. Er konnte nicht leugnen, dass ihre erotische Ausstrahlung ihn beeindruckt hatte. Noch nie war er einer solchen Frau begegnet. Sie musste nur mit dem Finger schnippen, damit ein Mann vor ihr auf die Knie ging und es war keine Frage, dass sie bekam, was sie wollte. Ihre „Geschäftsbeziehung" mit Hans Martin Bleyle war ein Beweis dafür. Warum hätte sie ihn umbringen sollen? Bussard dachte über die Frage nach, als er die Treppe hinunterging und in die Kanzlei zurückkehrte. Smirna und Mallmann sicherten die Tatortspuren, doch der Rechtsmediziner war nicht mehr anwesend.

„Wo ist Münchrath?", fragte er.

„Nach Hause", antwortete Smirna.

„Und was sagt er?"

Smirna ließ die Kamera sinken und drehte sich um.

„Der Fundort ist wahrscheinlich auch der Tatort", berichtete er, „Bleyle starb vermutlich durch einen Schuss ins Herz. Münchrath meint, dass der Tod etwa zwischen zwanzig und zweiundzwanzig Uhr eingetreten ist. Näheres gibt es nach der Obduktion."

„Was sagt die Spurenlage?", fragte Bussard.

„Wir haben Fingerabdrücke von mindestens drei verschiedenen Personen, aber es gibt keine Anzeichen für einen Kampf. So, wie es aussieht, ist auch nichts durchwühlt worden. Es sieht nicht nach einem Raubmord aus."

Bussard nickte und ging zu der Leiche. Jemand, vermutlich Münchrath, hatte ihr die Augen geschlossen. Jackett, Weste und Hemd waren geöffnet und gaben den Blick auf die Schusswunde frei.

„Es gibt keine Austrittswunde", berichtete Smirna, „das Projektil steckt demnach noch im Körper."

„Hier stimmt etwas nicht", bemerkte Bussard kopfschüttelnd und ließ seinen Blick über den toten Körper gleiten.

„Was meinst du?", fragte Mallmann und kam näher.

„Schau dir den Mann an", forderte Bussard ihn auf, „er ist ziemlich mager und knochig. Ich bin zwar kein Experte, aber ich vermute, dass er einen Maßanzug trägt."

„Kann sein", erwiderte Mallman.

„Es sieht aus, als ob der Anzug zwei Nummern zu groß wäre", stellte Bussard fest, „der Hosenbund wirft Falten, weil der Stift der Gürtelschnalle im letzten Loch steckt."

„Stimmt", bestätigte Mallmann, „und was sagt uns das?"

„Keine Ahnung", gestand Bussard, „es kommt mir nur merkwürdig vor."

„Was hat eigentlich die Witwe ausgesagt?", fragte Smirna.

„Nichts", antwortete Bussard, „sie ist kalt wie eine Hundeschnauze. Angeblich war ihr Mann schon tot, als sie nach Hause kam."

„Und, glaubst du ihr?"

Ja, dachte Bussard, aber er zuckte nur stumm mit den Achseln.

12

Die Kollegen der Spurensicherung hatten festgestellt, dass weder die Haustür noch die Tür zum Garten aufgebrochen worden waren. Entweder hatte Hans Martin Bleyle seinen Mörder ins Haus gelassen oder der Täter besaß einen Schlüssel. Auch wenn sich die Villa in der Jacobistraße erheblich von dem Mietshaus in der Albertstraße unterschied, lagen zwischen beiden Adressen nicht einmal zehn Minuten Fußweg. Bussard suchte deshalb mit zwei Kollegen sofort Bleyles Wohnung auf. Es war fünf Uhr dreißig und sie standen vor der verschlossenen Tür. In der Wohnung rührte sich nichts. Kein Laut war zu hören und niemand reagierte auf das wiederholte Klingeln. Nachdenklich betrachtete Bussard die Tür. Sie schien etwas verzogen zu sein und nicht richtig zu schließen. Zwischen Rahmen und Türblatt klaffte ein dünner Spalt. Er drückte mit der Schulter dagegen und die Tür schwang knarrend auf.

„Polizei", rief er und zog seine Dienstwaffe, „Herr Bleyle, sind Sie zu Hause?"

Bussard lauschte, doch noch immer erfolgte keine Reaktion. Er nickte seinen beiden Kollegen zu, die ebenfalls ihre Waffen zogen. Bussard schaltete das Licht im Flur an und lauschte wieder.

„Polizei", rief er noch einmal.

Vorsichtig ging er den Flur entlang und stieß nacheinander die Türen zum Badezimmer, zur Küche und zum Wohnzimmer auf. In jedem Raum schaltete er das Licht an, doch es gab keine Spur von Bleyle. Auch der letzte Raum, das Schlafzimmer, war leer.

„Ausgeflogen", stellte einer der Kollegen fest.

Die Türen des Schlafzimmerschranks standen offen und es sah so aus, als hätte Bleyle in aller Eile einige Kleidungsstücke herausgenommen. Vor dem Schrank lagen zwei Unterhosen und zwei Paar Socken neben einem Hemd, die Bleyle in seiner Hast zurückgelassen hatte. Bussard erinnerte sich vage an eine schwarze Sporttasche, die er bei der Hausdurchsuchung am Tag zuvor im Wohnzimmer gesehen hatte. Sie war ihm aufgefallen, weil er ein nahezu identisches Modell besaß. Er ging ins Wohnzimmer zurück, konnte die Tasche jedoch nirgends entdecken. Alles deutete darauf hin, dass Bleyle auf der Flucht war. Bussard nahm sein Handy und rief im Präsidium an.

„Schreiben Sie Martin Bleyle zur Fahndung aus", ordnete er an, „aber Vorsicht! Er ist wahrscheinlich bewaffnet und gefährlich."

Die beiden uniformierten Kollegen blieben in der Albertstraße zurück, falls Bleyle wider Erwarten doch noch einmal auftauchen würde und Bussard fuhr ins Präsidium. Es war erst sechs Uhr am Morgen, doch es herrschte bereits reger Betrieb. Neudörfer hatte die Kollegen in den Besprechungsraum gebeten, wo die ersten Fakten zusammengetragen wurden.

„Es gibt weder Einbruchspuren an den Türen oder Fenstern noch Kampfspuren am Tatort", berichtete Smirna, „außerdem deutet nichts darauf hin, dass die Kanzlei durchsucht wurde. Dem ersten Anschein nach war es kein Raubmord, es sei denn, der Täter hat etwas mitgenommen, von dem er genau gewusst hat, wo es war. Näheres werden wir wissen, wenn sich Frau Bleyle gemeldet hat."

„Ich habe sie für acht Uhr zur Vernehmung einbestellt", bemerkte Bussard.

„Und Sie haben veranlasst, Martin Bleyle zur Fahndung auszuschreiben", ergänzte Neudörfer.

„Ja", bestätigte der Kommissar, „seine Wohnung sieht aus, als habe er sie überstürzt verlassen."

„Die Handy-Ortung läuft bereits", warf Susanne Bauer ein, „aber vermutlich ist sein Gerät ausgeschaltet. Wir bleiben auf jeden Fall dran. Wenn er es einschaltet, haben wir ihn."

„Hat er ein Auto?", fragte Neudörfer.

„Vermutlich nicht", antwortete sie, „weder auf ihn noch auf seine verstorbene Frau ist ein Fahrzeug zugelassen."

Neudörfer setzte sich hinter einen Schreibtisch und sah die Kollegen der Reihe nach an.

„Verflucht", knurrte er, „was hat das zu bedeuten?"

„Ich schätze, dass die beiden Fälle zusammenhängen", antwortete Bussard, „zuerst wird die Ehefrau von Martin Bleyle ermordet und fünf Tage später sein Vater. Für meinen Geschmack ist das ein wenig zu viel Zufall."

„Der Mord an Bian Bleyle war politisch motiviert", erklärte Neudörfer, „aber wie passt Hans Martin Bleyle in dieses Bild? Was hat er mit den Vietnamesen zu tun?"

„Vermutlich gar nichts", erwiderte Bussard, „wenn wir davon ausgehen, dass Martin Bleyle seinen Vater ermordet hat."

„Warum hätte er das tun sollen?", fragte Mallmann.

„Das wissen wir noch nicht", erklärte Bussard, „aber mir fallen auf Anhieb drei Möglichkeiten ein, wo wir nach der Antwort suchen können."

Alle Kollegen sahen ihn gespannt an und während er fortfuhr, zählte er die Möglichkeiten an seinen Fingern ab.

„Erstens: die Mutter von Martin Bleyle. Carmen Bleyle, die Witwe von Hans Martin Bleyle, ist zu jung, um die Mutter von Martin Bleyle zu sein. Da wir zwei Morde innerhalb einer Familie haben und Carmen Bleyle nach ihrer eigenen Aussage nicht gerade mit einem ausgeprägten Familiensinn gesegnet ist, werde ich die Mutter von Martin Bleyle befragen. Carmen Bleyle hat ausgesagt, dass Vater und Sohn sich gegenseitig verachtet haben. Es muss also in der Vergangenheit etwas gegeben haben, was zu Spannungen zwischen Vater und Sohn geführt hat. Zweitens: das Testament. Laut Carmen Bleyles Aussage hat Hans Martin Bleyle ein Testament beim Freiburger Notariat hinterlegt. Sie sprach von Bedingungen, die die Erbfolge betreffen und wir sollten uns dieses Testament ansehen. Ich bin sicher, dass uns das weiterbringen wird. Drittens: Caro Braun."

„Was hat Caro Braun denn plötzlich wieder mit dieser Geschichte zu tun", unterbrach Mallmann, „ich dachte, sie sei längst aus dem Spiel."

„Ist sie auch", erklärte Bussard, „ich denke auch nicht, dass es um ihre Person geht. Tatsache ist aber, dass Hans Martin Bleyle das Mandat für sie übernommen hatte, nachdem seine Schwiegertochter ermordet worden war. Irgendetwas muss ihn dazu veranlasst haben. Man kann es drehen und wenden wie man will, es ist und bleibt eine Familiengeschichte."

Bussard lehnte sich zurück. Seit dem Gespräch mit Carmen Bleyle hatte er das seltsame Gefühl, dass ihn jemand an der Nase herumführte. Irgendetwas war nicht so, wie es schien, doch er konnte nicht sagen, was es war.

„Aber der Datendiebstahl im Institut von Professor Bäumler und die OP-Berichte aus der Chirurgie sprechen eindeutig dagegen, dass es sich bei dem ersten Mord um eine Familiengeschichte handelt", widersprach Neudörfer, „und wir wissen mit Sicherheit, dass Martin Bleyle seine Frau nicht ermordet hat. Wir können auch davon ausgehen, dass es nicht Hans Martin Bleyle war und der Sohn sich deshalb am Vater gerächt hat. Ich denke, wir stimmen alle darin überein, dass es sich um eine Frau handelt, die für den Überfall auf *Lackners Goldschmiede* und den Mord an Bian Bleyle verantwortlich ist. Der Fall liegt beim BKA und wenn Martin Bleyle seinen Vater ermordet hat, was wir noch nicht mit Sicherheit wissen, dann haben wir es auf jeden Fall mit zwei Tätern zu tun. Ich denke, wir sollten uns auf den zweiten Fall konzentrieren. Wir richten eine neue SOKO ein, SOKO *Bleyle*. Herr Bussard übernimmt die Leitung. Alles andere handhaben wir wie bei der SOKO *Goldschmied*."

Er erhob sich und sah einmal in die Runde, dann warf er einen Blick auf seine Armbanduhr.

„Ich werde jetzt den Oberstaatsanwalt aus dem Bett werfen", erklärte er, „Herr Bussard, koordinieren Sie die Arbeit in Ihrem Team."

„Okay", erwiderte Bussard und wandte sich an seine Kollegen, „Susanne, ich brauche Name und Adresse von Martin Bleyles Mutter. Bertold, du hältst Kontakt zur Rechtsmedizin. Sobald Münchrath das Projektil gefunden hat, schickst du jemanden hin, um es abzuholen. Vielleicht haben wir diesmal bei der Tatwaffe mehr Glück. Klaus, du gibst mir sofort Bescheid, sobald sich aus der Auswertung der Tatortspuren Hinweise ergeben. Bleyle ist auf der Flucht und ich denke, wir sollten uns beeilen."

Die Kollegen nickten zustimmend und Bussard wandte sich an Neudörfer.

„Brauchen wir einen richterlichen Beschluss, um das Testament einzusehen?"

„Ja", antwortete der Kripochef, „ich rede mit Schmieder."

„Gut", rief Bussard und klatschte in die Hände, „dann mal los."

Alle außer Bussard und Susanne erhoben sich und verließen nacheinander den Besprechungsraum. Während die EDV-

Spezialistin ihr Notebook bearbeitete, dachte der Kommissar darüber nach, was zu dem Mord an Hans Martin Bleyle geführt haben konnte. Seine Intuition sagte ihm, dass Martin Bleyle der Täter war, doch das Motiv lag im Nebel. Vielleicht hatte der Mord an Bian Bleyle damit zu tun, vielleicht gab es aber auch einen Konflikt zwischen Vater und Sohn, der früher begonnen hatte und am Vorabend eskaliert war. Vielleicht spielte Geld eine Rolle. Der Vater war reich gewesen. Seine Villa samt Einrichtung musste weit jenseits der Millionengrenze liegen. Als berühmter und gefürchteter Scheidungsanwalt mussten seine Honorare dementsprechend hoch gewesen sein und vermutlich hatte er noch weiteres Geldvermögen, Aktien, Anleihen oder Ähnliches besessen. Der Sohn jedoch lebte in einer billigen Mietswohnung und war bis über beide Ohren verschuldet. Vielleicht hatte der Sohn Geld vom Vater gefordert und der Vater hatte sich geweigert, seinem Sohn finanziell unter die Arme zu greifen.

„Ich habe die Adresse", rief Susanne und unterbrach Bussards Überlegungen, „sie heißt Magdalena Lubitz. Nach der Scheidung von ihrem Mann hat sie ihren Mädchennamen wieder angenommen. Sie wohnt in der Sonnenbergstraße Nummer vier."

„Okay, danke", erwiderte Bussard und nickte seiner Kollegin zu.

Ein Blick auf seine Armbanduhr verriet ihm, dass es erst kurz vor halb sieben war. Obwohl er das Gefühl hatte, dass die Zeit drängte, wollte er sich noch einen Kaffee und eine Zigarette gönnen, bevor er aufbrach. Er ging in sein Büro und setzte die Kaffeemaschine in Gang. Während sie gluckste und blubberte, nahm er den Tabak aus seiner Jacke und begann zu drehen. Das Rauchen war im Gebäude verboten, doch Bussard hatte keine Lust, hinunter ins Freie zu gehen. Er goss sich seinen Kaffee ein, süßte ihn, ging mit der Tasse in der Hand zum Fenster und öffnete einen Flügel. Mit aufgestützten Ellenbogen beugte er sich nach draußen und zündete die Zigarette an. Während er rauchte, verfestigte sich der Gedanke, dass die beiden Fälle unmittelbar zusammenhingen und er ertappte sich dabei, dass er sich wünschte, der vietnamesische Geheimdienst möge doch nicht für den Tod von Bian Bleyle verantwortlich gewesen sein. Wenn es sich um eine Beziehungstat handelte, dann würde er die Chance bekommen, die Mörderin der Vietnamesin zu fassen.

Zehn Minuten später suchte er Susanne in ihrem Büro auf.

„Ich fahre jetzt zu Frau Lubitz", erklärte er, „wenn Sylvia nachher kommt, möge sie bitte mit Caro Braun Kontakt aufnehmen und sie über Hans Martin Bleyle befragen. Wir müssen herausfinden, warum Bleyle das Mandat für sie übernommen hat."

„Geht klar, Chef", antwortete die EDV-Spezialistin grinsend.

„Thomas und Sasha sollen die Nachbarn in der Jacobistraße befragen", fügte er hinzu, „vielleicht hat jemand den Schuss gehört oder etwas gesehen."

*

Im Erdgeschoss des Hauses in der Sonnenbergstraße brannte Licht und Bussard war froh, niemanden aus dem Bett werfen zu müssen. An der Tür gab es nur eine Klingel, neben der der Name Lubitz stand. Er läutete und eine Minute später öffnete ihm eine Frau, die er auf Ende fünfzig schätzte. Sie trug ein dunkelblaues Nadelstreifenkostüm und war perfekt frisiert, aber nicht geschminkt.

„Guten Morgen", sagte er und zog seinen Dienstausweis aus seiner Jacke, „mein Name ist Bussard, Kripo Freiburg. Sind Sie Frau Lubitz?"

„Ja", antwortete sie, nahm seinen Dienstausweis und unterzog ihn einer kurzen Prüfung, bevor sie ihn wieder zurückreichte.

„Darf ich bitte reinkommen?", fragte er.

„Sie werden vermutlich einen triftigen Grund haben, wenn Sie mich so früh am Morgen aufsuchen, Herr Bussard", erwiderte sie und ging einen Schritt zur Seite.

„Ja, den habe ich", bestätigte er und trat in den Flur.

Sie schloss die Haustür und brachte den Kommissar ins Wohnzimmer.

„Nehmen Sie Platz", forderte sie ihn auf, „kann ich Ihnen etwas anbieten, einen Kaffee vielleicht?"

„Nein, vielen Dank", lehnte er ab, sah sich kurz um und setzte sich auf die Couch.

Die Einrichtung war geschmackvoll. Dunkelbraune Ledersitzmöbel harmonierten mit einem sandfarbenen Teppich, auf einem antiken Sekretär stand eine vermutlich ebenfalls antike Messinglampe und das Bücherregal, das eine ganze Wand einnahm, war eine Maßarbeit. Die geschiedene Frau des ermordeten Anwalts nagte nicht am Hungertuch.

„Was kann ich für Sie tun?", fragte sie und setzte sich Bussard gegenüber in einen Sessel.

„Ich habe Ihnen eine traurige Mitteilung zu machen", begann er, „Ihr geschiedener Mann, Hans Martin Bleyle, ist heute Nacht in seinem Haus ermordet worden."

„Ermordet?", fragte sie und Bussard erkannte den überraschten Ausdruck in ihren Augen.

Sie wirkte ehrlich erschrocken, gewann aber sofort ihre Fassung wieder.

„Hans Martin hatte nicht viele Freunde", erklärte sie lakonisch.

„Was wollen Sie damit sagen?"

„Er war Scheidungsanwalt", antwortete sie achselzuckend, „und er war gut in seinem Beruf. Einige Leute mussten ziemlich bluten, andere hat er bis aufs letzte Hemd ausgezogen."

„Und Sie denken, dass er sich damit jemanden zum Todfeind gemacht hat?", vermutete er.

„Das weiß ich nicht", erwiderte sie, „ich halte es zumindest nicht für ausgeschlossen."

Bussard betrachtete seine Gesprächspartnerin nachdenklich. Ihre erste, spontane Reaktion deutete darauf hin, dass es einen großen Kreis von Verdächtigen gab. In kaum einem anderen Beruf legte man sich mit so vielen Leuten an wie als Scheidungsanwalt.

„Erzählen Sie mir von ihm", forderte er sie auf, „was für ein Mensch war Hans Martin Bleyle?"

Frau Lubitz betrachtete den Kommissar nachdenklich.

„Mögen Sie Ihren Beruf?", fragte sie.

„Durchaus", antwortete Bussard.

„Hans Martin mochte seinen Beruf ebenfalls", erwiderte sie nickend, „abgesehen von Sorgerechtsprozessen sind Ehescheidungen die emotionalsten Verfahren. Vordergründig streitet man um Unterhalt, Rentenansprüche und Vermögensausgleich, doch dahinter stehen immer Verletzungen, Enttäuschungen, Trauer und Wut. Man spricht oft von Scheidungskrieg, aber in den meisten Fällen wäre Rachefeldzug angebrachter. Es gibt kein anderes Rechtsgebiet, in dem so erbittert um jede Kleinigkeit gestritten wird. Hans Martin liebte das, diese vielen kleinen Schlachten, die bei einem Scheidungsverfahren geschlagen werden und das Wort *Zugeständnis* schien in seinem Wortschatz nicht zu existieren. Er kämpfte selbst um einen alten Fernseher, als sei er aus purem Gold. Dabei ging es ihm weder um seinen eigenen Vorteil noch um den seiner Mandanten, auch wenn er mit Ehescheidungen ein Vermögen verdient hat. Für ihn zählte nur die Konfrontation, das Kräftemessen mit seinen Gegnern, von denen er erst abließ, wenn sie am Boden lagen und bedingungslos kapitulierten."

„Scheidungsanwalt muss für einen streitsüchtigen Menschen der Traumberuf schlechthin sein", vermutete Bussard, doch Frau Lubitz schüttelte den Kopf.

„Hans Martin war kein streitsüchtiger Mensch", widersprach sie, „ganz und gar nicht. Scheidungen sind emotional, aber er war es nicht. Er war ein Stratege, der seine Feldzüge akribisch vorbereitet und gnadenlos durchgeführt hat. Wenn seine Gegner ihn hassten, erfüllte ihn das mit Befriedigung. Er lebte nach der Devise, dass sich die Bedeutung seines Lebens danach bemaß, wie viele Feinde er sich geschaffen hatte. Ihn zu unterschätzen war tödlich."

„Offenbar hat er jemanden unterschätzt", warf Bussard ein, aber wieder schüttelte sie den Kopf.

„Ganz sicher nicht", antwortete sie, „Hans Martin war mit allen Wassern gewaschen und überließ nichts dem Zufall. Das Geheimnis seines Erfolges war, wenn man so will, dass er niemals die Kontrolle aus der Hand gab. Das begann schon damit, dass er Verhandlungen ausschließlich in seiner eigenen Kanzlei geführt hat. Seine Gegner mussten zu ihm kommen und damit erzielte er immer den ersten psychologischen Sieg. So lag er bei jedem Verfahren von Anfang an in Führung. Dazu kam sein phänomenales Erinnerungsvermögen. Nach jeder Verhandlung fertigte er sich ein Gedächtnisprotokoll an, bei dem er Gespräche nahezu wörtlich niederschreiben konnte, selbst wenn sie zwei oder drei Stunden gedauert hatten, um beim nächsten Treffen seinen Gegnern die Zitate nur so um die Ohren zu hauen. Er hat andere nicht unterschätzt, er hat sie auseinandergenommen, weil er niemals unvorbereitet war. Bevor er sich mit jemandem an einen Tisch setzte, wusste er bereits, mit welchem Fuß der andere morgens aufstand. Hans Martin kannte alles und jeden in der Stadt. Wenn er etwas wissen wollte, dann wusste er stets, wen er danach fragen musste. Ich bin sicher, dass Sie in seinen Akten mehr Leichen finden werden als auf dem Hauptfriedhof, bildlich gesprochen."

Bussard nickte nachdenklich zu ihren Ausführungen. Die Exfrau des Scheidungsanwaltes hatte ein detailliertes Bild gezeichnet, doch die Fülle der Informationen brachte den Kommissar nicht weiter. Hans Martin Bleyle war berühmt-berüchtigt gewesen und hatte Feinde gesammelt wie andere Leute Briefmarken. Wenn Bussard sich Bleyles Fälle vornehmen würde, dann würde er vermutlich in jeder Akte ein Mordmotiv finden. Dennoch gab es für ihn einen Hauptverdächtigen, über den er ebenfalls etwas in Erfahrung bringen wollte. Magdalena Lubitz war nicht nur die Exfrau von Hans Martin, sie war auch die Mutter von Martin Bleyle.

„Ihre Schwiegertochter, Bian Bleyle, starb vor wenigen Tagen", berichtete er, „sie ist ebenfalls ermordet worden. Halten Sie es für denkbar, dass es einen Zusammenhang zwischen den beiden Morden gibt?"

„Ja, Bian", antwortete sie seufzend.

Bussard sah, dass der Tod der Schwiegertochter ihr näherging als der ihres früheren Ehemanns. Sie schlug für einen Moment die Augen nieder und betrachtete ihre Hände, die sie im Schoß gefaltet hatte.

„Wie haben Sie von ihrem Tod erfahren?", fragte er.

„Martin war hier", antwortete sie und sah den Kommissar wieder an, „ich glaube, das war am Samstag. Er hat es mir erzählt."

Bussard hatte gehofft, dass der Sohn die Mutter über den Raubmord informiert hatte. Nun, da das Stichwort gefallen war, konnte er die Befragung in die richtigen Bahnen lenken.

„Wie hat Ihr Sohn den Tod seiner Frau aufgenommen?"

Sie holte tief Luft und atmete hörbar wieder aus.

„Er hat versucht, sich nichts anmerken zu lassen", antwortete sie, „aber ich weiß, wie sehr ihn ihr Tod getroffen hat. Er hat Bian über alles geliebt. Sie war ihm wichtiger als alles andere auf der Welt, wichtiger als seine Karriere, wichtiger als Geld und wichtiger als sein Verhältnis zu seinem Vater. Für sie hat er alles aufgegeben."

„Was meinen Sie damit, er habe alles aufgegeben?", fragte Bussard und wartete gespannt auf die Antwort.

„Solange Martin noch zur Schule ging, war alles mehr oder weniger in Ordnung", antwortete sie, „natürlich gibt es immer Reibereien zwischen Vater und Sohn und es war nie ganz einfach, mit Hans Martin auszukommen. Martin bereitete sich auf sein Abitur vor und es war klar, dass er Jura studieren würde, um später einmal die Kanzlei seines Vaters zu übernehmen. Bei der Abiturfeier stellte er uns seine Freundin vor. Hans Martin war hingerissen von der jungen Frau. Sie war die Beste ihres Jahrgangs und hatte mit der Traumnote eins Komma null abgeschlossen. Sie war brillant, redegewandt, strotzte vor Selbstbewusstsein und sah zu allem Überfluss auch hervorragend aus. Als sie erklärte, Jura studieren zu wollen, hat sie bei Hans Martin einen Nerv getroffen. Ich habe ihn niemals wieder so großzügig erlebt."

„Großzügig?"

„Oh ja, als Tochter einer alleinerziehenden Mutter kam Elisabeth, so hieß die Gute, aus sehr bescheidenen, um nicht zu sagen armen Verhältnissen. Hans Martin hat sich spontan bereit erklärt, ihr das Studium zu finanzieren, was er später dann auch getan hat. Martin und Elisabeth begannen gemeinsam ihr Jurastudium hier in Freiburg und zogen zusammen. Hans Martin bezahlte ihre komplette Wohnungseinrichtung, ließ die Miete von seinem Konto abbuchen, kaufte ihnen ein Auto, dessen Unterhalt er ebenfalls bestritt und überwies ihnen jeden Monat dreitausend Euro."

„Dreitausend Euro? Das ist allerdings verdammt großzügig", stellte Bussard staunend fest, „aber ich vermute, dass es kein Happy End gab."

„Stimmt", antwortete sie und seufzte, „es ging ungefähr zwei Jahre, dann kam Martin eines Tages nach Hause und erklärte, Elisabeth sei ausgezogen, weil er sich in eine andere Frau verliebt habe."

„Bian", erriet der Kommissar und Frau Lubitz nickte.

„Genau, Bian. Martin hatte sie auch gleich mitgebracht und ich habe sofort gesehen, dass eine Veränderung mit ihm vorgegangen war. Als Mutter spürt man das."

„Was war das für eine Veränderung?"

Statt zu antworten stand sie unvermittelt auf und sah ihn fragend an.

„Ich habe noch keinen Kaffee getrunken", erklärte sie, „möchten Sie nicht doch eine Tasse?"

„Okay", antwortete er lächelnd, „wenn Sie mich schon zweimal fragen."

„Wie trinken Sie Ihren Kaffee?"

„Schwarz und süß, bitte."

Sie verließ das Wohnzimmer und Bussard lehnte sich zurück. Er ahnte bereits, was ihm die Mutter seines Verdächtigen als Nächstes erzählen würde. Hans Martin Bleyle hatte in Elisabeth seine zukünftige Schwiegertochter gesehen. Nach ihrem Studium hätte er sie vermutlich sofort in seiner Kanzlei angestellt, die sie dann später, wenn er sich zur Ruhe setzte, zusammen mit seinem Sohn übernommen hätte. Für Bleyle senior musste es ein herber Schlag gewesen sein, als sich Martin von Elisabeth getrennt hatte, denn der Anwalt hatte nicht nur Geld in die junge Frau investiert, sondern sie vermutlich als festen Bestandteil in seine eigenen Pläne integriert. Vielleicht hatte er sie sogar geliebt, was bei dem eiskalten Strategen allerdings schwer vorstellbar war.

„Bitte", sagte Frau Lubitz und stellte zwei Tassen auf den Wohnzimmertisch, bevor sie sich wieder in ihren Sessel setzte.

Sie trank einen Schluck Kaffee und behielt die Tasse in der Hand, während sie den Faden ihrer Erzählung wieder aufnahm.

„Liebe macht bekanntlich blind, Herr Bussard, und genau das ist damals mit Martin geschehen. Er trug Bian auf Händen und las ihr jeden Wunsch von den Augen ab. Für ihn existierten nur noch sie und ihr Wohlbefinden. Alles andere hatte er komplett ausgeblendet. Ich weiß nicht, wie sie das erreicht hat – vielleicht kannte sie einige exotische Liebestechniken – aber

Tatsache ist, dass sie Martin um hundertachtzig Grad umgedreht hat. Er war ein völlig anderer Mensch."

„Ein völlig anderer Mensch", wiederholte Bussard und probierte seinen Kaffee, der hervorragend schmeckte, „wie muss ich mir das vorstellen?"

„Martin ist oder war seinem Vater sehr ähnlich", erklärte sie, „auch wenn ich es nicht gerne sage, weil er mein Sohn ist, muss ich doch zugeben, dass er ein Egomane ist, genau wie sein Vater. Keiner von beiden duldete andere Götter neben sich, wenn Sie verstehen, was ich meine. Auch als Martin mit Elisabeth zusammen war, hat er keine Abstriche gemacht. Er hätte ihr zum Beispiel niemals seinen Schirm angeboten, wenn er selbst nass geworden wäre. Vermutlich war es unsere eigene Schuld, denn Martin hat immer alles bekommen, was er wollte. Ich denke, dass er zu viel Geld hatte, zumindest wesentlich mehr als andere Jugendliche in seinem Alter. Später, als er mit dem Studium begonnen hatte, hat ihn Hans Martin mit Geld regelrecht gefüttert."

„Aber als Bian auftauchte, hat das alles verändert", kombinierte Bussard.

„Oh ja", stimmte sie zu und trank einen weiteren Schluck Kaffee, „Bian hat alles verändert, nicht nur Martin. Sie hat unser Haus nur ein einziges Mal betreten. Das war an dem Tag, als er sie uns vorgestellt hat. Danach war nichts mehr wie früher. Hans Martin ist völlig ausgerastet. Ich hatte ihn noch nie so erlebt. Er hat Bian fürchterlich beschimpft, obwohl er sie überhaupt nicht kannte. In seinen Augen war sie eine Schlampe, eine schlitzäugige Hure, die seinem Sohn den Kopf verdreht hatte, weil sie ihn heiraten wollte, um eine Aufenthaltserlaubnis zu erschleichen. Martin wollte sich schützend vor Bian stellen, doch sie hat es selbst mit Hans Martin aufgenommen. Sie hat ihn eiskalt ablaufen lassen und ihn einen armseligen, leblosen Rassisten genannt, dem Geld wichtiger sei als Blut. Natürlich hatte sie damit nicht ganz unrecht, doch von diesem Augenblick an hat Hans Martin sie gehasst und er hat die beiden aus dem Haus gejagt."

Bussard zog die Stirn in Falten. Irgendetwas kam ihm an dieser Geschichte nicht stimmig vor. Er dachte einen Augenblick nach und schließlich fiel ihm ein, dass Martin Bleyle behauptet hatte, Bian im Personalcasino der Uni-Klinik kennengelernt zu haben. Er habe damals als MTA im Zentrallabor gearbeitet, doch nach der Version von Magdalena Lubitz war er zu jener Zeit noch Jurastudent gewesen. Bussard glaubte nicht, dass Martins Mutter ihm die Unwahrheit sagte. Demnach musste Bleyle gelogen haben.

„Ihr Sohn hat sein Studium nicht beendet, oder?", fragte er, um sie zum Weitererzählen zu animieren.

„Nein", bestätigte sie, „er hat sich exmatrikuliert, weil er aus Trotz gegen seinen Vater das Jurastudium nicht beenden wollte und es war, als ob Bians Auftauchen die Welt aus den Angeln gehoben hätte, zumindest für Hans Martin. Er hat Martin den Geldhahn zugedreht und wollte nichts mehr mit seinem Sohn zu tun haben, solange Bian am Leben war. Genau das waren seine Worte gewesen. Es ist schrecklich, aber ich weiß, dass er Bian den Tod gewünscht hat. Er hat sie dafür verantwortlich gemacht, seine Pläne zerstört zu haben und das hat ihn verbittert. Daran ging auch unsere Ehe zugrunde, aber das ist ein anderes Thema. Da Martin plötzlich kein Einkommen mehr hatte, musste er sich nach etwas anderem umsehen. Bian war Krankenschwester und vielleicht hat er sich deshalb entschieden, MTA zu werden. Er erlernte zumindest einen Beruf, aber es gelang ihm nicht, seinen Lebensstil seinem Einkommen anzupassen. Manchmal hat er mich um Geld gebeten und ich habe ihn meist unterstützt, was wiederum seinen Vater gegen mich aufgebracht hat. Womöglich hat das unsere Scheidung beschleunigt. Immerhin bekam ich eine Abfindung, mit der ich mir meine eigene Kanzlei aufbauen konnte."

„Sie sind auch Anwältin?"

„Ja. Hans Martin und ich hatten uns während unseres Studiums kennengelernt. Heute vertrete ich meine Mandanten in Zivilrechtssachen, aber von Scheidungen lasse ich meine Finger. Ich würde Hans Martin ungern vor Gericht gegenübertreten müssen. Er ist immer noch der beste Scheidungsanwalt, den ich kenne ..."

Sie brach ab und Bussard konnte von ihrem Gesicht ablesen, dass ihr zu Bewusstsein kam, dass sie ihrem Exmann niemals wieder gegenübertreten würde, weder vor Gericht noch irgendwo sonst.

„Die finanziellen Schwierigkeiten Ihres Sohnes haben sich nicht gebessert", sagte Bussard, um sich vorsichtig dem Thema Erbschaft zu nähern.

„Das kann ich mir vorstellen", seufzte sie, „nach unserer Scheidung habe ich Martin weiterhin unterstützt, doch es war ein Fass ohne Boden. Eines Tages habe ich ihm erklärt, dass es so nicht weitergehen könne. Ich konnte nicht ständig für seine Schulden aufkommen. Von da an hat er mich nie wieder um Geld gebeten."

„Vielleicht hat er damit gerechnet, das Vermögen seines Vaters zu erben."

Frau Lubitz lachte kurz auf, doch es klang nicht fröhlich.

„Das hat ihm Hans Martin schnell ausgetrieben", erklärte sie und sah Bussard verächtlich an „was glauben Sie wohl, warum er diese Hure geheiratet hat?"

„Diese Hure?", fragte der Kommissar.

Er hatte nicht erwartet, dass die Anwältin diesen Ausdruck benutzen würde.

„Ja, diese Carmen", berichtete sie und der Tonfall ihrer Stimme ließ keinen Zweifel daran, was sie von ihrer Nachfolgerin hielt, „er hat nicht einmal einen Hehl daraus gemacht, dass er eine Prostituierte heiratete. Damit wollte er Martin zeigen, wie sehr er ihn verachtete."

Bussard trank seinen Kaffee aus und stellte die Tasse behutsam wieder ab. Das Puzzleteil, das Frau Lubitz ihm gerade geliefert hatte, fügte sich nahtlos in das Bild ein, das er allmählich gewann. Carmen Bleyle war eine ehemalige Prostituierte. Hans Martin Bleyle hatte sie gekauft, vermutlich auch im wörtlichen, auf jeden Fall aber im übertragenen Sinn. Sie selbst hatte zugegeben, dass die Hochzeit ein Geschäft gewesen sei. Bussard hatte ihr geglaubt und daraus geschlossen, dass ungezügelter, hemmungsloser Sex der Antrieb für den ehemaligen Scheidungsanwalt gewesen sei. Jetzt aber wurde ihm klar, dass Bleyle mehr im Sinn gehabt hatte. Er hatte seinen Sohn damit treffen wollen.

„Ich habe mit Carmen Bleyle gesprochen", berichtete Bussard, „sie sagt, es gäbe hinsichtlich der Erbfolge Bedingungen im Testament. Wissen Sie etwas darüber?"

„Nein", erwiderte sie und schüttelte den Kopf, „mich betrifft das vermutlich auch nicht. Ich glaube nicht, dass ich in seinem Testament Erwähnung finde. Alles andere würde mich doch sehr wundern."

Sie trank ihren Kaffee aus und betrachtete Bussard über den Rand ihrer Tasse. Ihr Blick bekam plötzlich etwas Lauerndes, Argwöhnisches, als habe sie gerade eine Gefahr erkannt.

„Wir sprechen die ganze Zeit über Martin", stellte sie fest, „glauben Sie, dass mein Sohn seinen Vater ermordet hat?"

„Ich kann das leider nicht ausschließen", erwiderte Bussard, „er ist unauffindbar und es sieht so aus, als sei er auf der Flucht. Wann haben Sie ihn zum letzten Mal gesehen?"

„Am Samstag, als er mir von Bians Tod erzählt hat."

„Haben Sie eine Idee, wo wir ihn finden könnten?"

„Nein", antwortete sie und stellte ihre Tasse ab.

Bei der Vorstellung, dass ihr Sohn ein Mörder sein könnte, war sie bleich geworden. Bussard bemerkte ein leichtes Zittern ihrer Hände, doch es gab noch etwas, das er sie fragen wollte. Es war ein Schuss ins Blaue, doch er musste sehen, wie sie reagierte.

„Der Mord an Bian Bleyle ist noch nicht aufgeklärt", sagte er behutsam, „und wir können ebenfalls nicht ausschließen, dass Ihr Sohn damit in Verbindung steht."

„Martin", rief sie und ihre Augen weiteten sich vor Schreck, „niemals! Niemals! Martin hätte sein Leben für Bian gegeben, aber er hätte ihr nie ein Haar gekrümmt! Völlig ausgeschlossen!"

„Und seinem Vater?", fragte Bussard.

Magdalena Lubitz sah ihn mit großen Augen an, antwortete aber nicht.

„Sie sind Anwältin", sagte Bussard, „deshalb werden Sie verstehen, dass ich Sie nach Ihrem Alibi fragen muss. Wo waren Sie gestern Abend zwischen zwanzig und zweiundzwanzig Uhr?"

„Ich war hier, alleine", erwiderte sie, „und es gibt niemanden, der das bezeugen könnte."

*

Als Bussard gegen acht Uhr die Sonnenbergstraße hinunterfuhr, knurrte sein Magen. Er war seit vier Stunden auf den Beinen, hatte aber noch nichts gegessen. Kurz entschlossen hielt er bei einem kleinen Café an. Die Speisekarte bot eine reiche Auswahl an verschiedenen Frühstücksvariationen und er entschied sich für Rührei mit Speck, Kaffee und Orangensaft. Die Bedienung hatte kaum den Teller auf seinen Tisch gestellt, als sein Handy klingelte.

„Hallo, Bussard", begrüßte ihn Sylvia, nachdem er sich gemeldet hatte, „ich habe gerade von dem Mord an Hans Martin Bleyle erfahren."

„Ja", erwiderte er, „soweit ich weiß, warst du nicht erreichbar."

„Ich hatte mein Handy vergessen", erklärte sie.

Bussard spürte einen leisen Stich. Wenn Sylvia ihr Handy vergessen hatte, dann bedeutete das, dass sie die Nacht nicht zu Hause verbracht hatte. Natürlich hatte er keinen Grund, eifersüchtig zu sein. Trotzdem hatte ihn ihre Erklärung getroffen.

„Ich hatte gerade ein ausführliches Gespräch mit Magdalena Lubitz", berichtete er und versuchte, das unangebrachte Gefühl zu verscheuchen, „sie ist die erste Frau von Hans Martin Bleyle und Martin Bleyles Mutter. Nach ihrer Aussage hat Hans Martin Bleyle seine Schwiegertochter gehasst und seinen Sohn verachtet. Martin Bleyle hat dafür seinen Vater gehasst. Ich verwette meinen alten Hut, dass beide Fälle zusammenhängen."

„Aber was hat ein Scheidungsanwalt mit dem vietnamesischen Geheimdienst zu tun?"

Das war eine gute Frage, auf die Bussard keine Antwort wusste. Bei seinem Gespräch mit Magdalena Lubitz hatte er das Thema absichtlich nicht angesprochen. Ihn hatten nur die Beziehungen innerhalb der Familie interessiert. Die OP-Berichte und der Datendiebstahl im Institut waren jedoch Fakten, die sich nicht wegdiskutieren ließen.

„Wir wissen noch nicht, was Hans Martin Bleyle mit dieser Spionagegeschichte zu tun hat", antwortete er, „aber er ist in den Fall Bian Bleyle involviert, weil er das Mandat für Caro Braun übernommen hat. Deshalb bitte ich dich, noch einmal bei Caro Braun nachzufragen. Vielleicht ergibt sich dabei doch ein Hinweis, der Licht in die Sache bringt."

„Okay", stimmte Sylvia zu, „ich kümmere mich darum. Du hast übrigens Besuch. Carmen Bleyle wartet auf dich."

„Oh, Mist", entfuhr es Bussard, dem siedendheiß einfiel, dass er die frischgebackene Witwe für acht Uhr ins Präsidium einbestellt hatte, „die habe ich ganz vergessen. Kannst du ihre Aussage zu Protokoll nehmen?"

„Und was machst du?"

„Ich sitze hier vor einem Teller Rührei mit Speck, das langsam kalt wird."

„Na dann, guten Appetit", wünschte Sylvia, „wir sehen uns später im Präsidium."

„Danke", antwortete Bussard, „und noch etwas. Sag Bertold Bescheid. Wir brauchen die Fingerabdrücke von Carmen Bleyle."

Er unterbrach die Verbindung, steckte sein Handy ein und machte sich über sein Frühstück her. Während er aß, dachte er über die Familienverhältnisse der Bleyles nach. Der Scheidungsanwalt hatte seine Schwiegertochter gehasst. Er hatte ihr sogar den Tod gewünscht. Das hieß jedoch nicht automatisch, dass er ihre Ermordung in Auftrag gegeben hatte. Caro Braun war als mutmaßliche Täterin verhaftet worden und er hatte das Mandat übernommen. Vielleicht hatte er sich dafür erkenntlich zeigen wollen, dass sie ihm einen Gefallen getan hatte, auch wenn sich später herausgestellt hatte, dass sie unschuldig war. Bians Tod hatte er vermutlich mit Befriedigung oder Genugtuung aufgenommen, vielleicht auch mit freudiger Überraschung. Carmen Bleyle hatte jedoch ausgesagt, dass Bians Tod ihn amüsiert hatte. Das war ein merkwürdiger Ausdruck im Zusammenhang mit einem Mord. Martin Bleyle hatte seinen Vater verachtet und wahrscheinlich auch gehasst. Er war flüchtig und da es keine Einbruchspuren in der Villa gab, lag die Vermutung nahe, dass er seinen Vater ermordet hatte. Wer aber hatte Bian Bleyle getötet und warum? Martin hätte sein Leben für Bian gegeben, aber er hätte ihr niemals ein Haar gekrümmt! Das hatte Martins Mutter behauptet und Bussard hatte keine Veranlassung, an ihren Worten zu zweifeln. Natürlich konnte sie sich irren, doch Martin Bleyle hatte seine Frau nicht getötet. In der ganzen Geschichte war das der einzige Punkt, über den es keinen Zweifel gab. Vielleicht hatte Magdalena Lubitz ihren Exmann getötet, weil sie ihn für den Tod von Bian verantwortlich hielt. Allerdings besaßen Geschiedene in der Regel keinen Schlüssel für das Haus des ehemaligen Ehepartners. Auch Carmen Bleyle kam als Täterin infrage, weil sie darauf hoffen konnte, das Vermögen ihres Mannes zu erben. Das war ein starkes Tatmotiv. Sie hatte seinen Tod angezeigt und besaß kein Alibi, abgesehen von einem Mann, dessen Name sie nicht nennen wollte. Allerdings fehlte dabei jeglicher Bezug zum Mord an Bian Bleyle.

Missmutig trank Bussard seinen Orangensaft. Er hatte das Gefühl, im Kreis zu laufen, wobei er immer wieder zu Martin Bleyle zurückkehrte. Bleyle junior war flüchtig und Bussard wertete das als halbes Geständnis. Außerdem war Martin Bleyle verschuldet und auch für ihn war die Erbschaft ein starkes Tatmotiv, mehr noch als für Carmen Bleyle, die bereits zu Lebzeiten von Hans Martin Bleyles Vermögen profitiert hatte. Er bezahlte sein Frühstück und fuhr ins Präsidium zurück.

*

Für neun Uhr hatte Bussard eine Besprechung der SOKO angesetzt. Alle Kollegen, mit Ausnahme von Sylvia, die Caro Braun aufgesucht hatte, waren anwesend und Bussard bat Smirna zu berichten, was die Auswertung der Tatortspuren ergeben hatte.

„Wir haben Fingerabdrücke von drei verschiedenen Personen gefunden", erklärte der Leiter der Kriminaltechnik, „alle lassen sich eindeutig zuordnen. Sie gehören Hans Martin und Carmen Bleyle sowie Renate Arndt. Sie ist Bleyles Sekretärin. Frau Arndt kam gegen halb acht in die Kanzlei und wir haben ihre Fingerabdrücke abgenommen."

„Keine Abdrücke von Martin Bleyle", folgerte Bussard.

„Nein", bestätigte Smirna und wechselte das Thema, „auf dem Jackett und der Krawatte des Toten haben wir Schmauchspuren nachgewiesen. Der Schuss wurde aus kurzer Distanz abgegeben."

„Ein aufgesetzter Schuss?", vermutete Bussard.

„Nein", widersprach Smirna kopfschüttelnd, „nicht aufgesetzt, aber aus nächster Nähe."

„Irgendwelche anderen Spuren, die auf den Täter hindeuten?"
„Leider nein."
„Okay", sagte Bussard und wandte sich an Susanne, „was macht die Fahndung?"
„Noch nichts", antwortete sie.
„Und was sagen die Nachbarn, Sasha?"
„Auch nichts", antwortete Wegner, „keiner hat etwas gesehen oder gehört, wie immer."
„Ja, wie immer", wiederholte Bussard, „wissen wir schon etwas über das Testament?"
Die Kollegen sahen sich gegenseitig an und einige zuckten mit den Achseln.
„Da musst du Neudörfer fragen", sagte Susanne, „er wollte sich deswegen mit Schmieder in Verbindung setzen."
„Richtig, das sagte er heute Morgen", erwiderte Bussard, „ich werde ihn danach fragen."
Er lehnte sich zurück und dachte einen Augenblick nach. Aus den Tatortspuren ließen sich nur wenige Schlüsse ziehen. Hans Martin Bleyle war aus nächster Nähe ermordet worden und der Täter hatte die Tür nicht aufgebrochen, aber sie hatten keinen Augenzeugen, der den mutmaßlichen Täter beim Betreten oder Verlassen des Hauses gesehen hatte.
„Okay", sagte Bussard und beugte sich wieder vor, „Bertold, frag in der Rechtsmedizin nach, ob sie das Projektil schon haben. Sasha, du besorgst uns die Telefondaten von Hans Martin Bleyle, Handy und Festnetz. Ich will wissen, mit wem er gestern telefoniert hat."
„Die letzte Nummer, die Bleyle von seinem Festnetz aus gewählt hat", berichtete Smirna, „war die seines Sohnes. Allerdings weiß ich nicht, wann das war. Sein Handy liegt bei uns in der KTU. In einer halben Stunde kann ich dir mehr sagen."
„Woher weißt du von der letzten Nummer?", fragte Bussard.
„Wahlwiederholung", antwortete Smirna knapp.
„Natürlich", seufzte Bussard und verdrehte die Augen, „also gut. Haben wir sonst noch etwas?"
„Wir haben Bleyles Notebook", erklärte Mallmann.
„Und wieso weiß ich nichts davon?", fragte Susanne und warf ihrem Kollegen einen giftigen Blick zu.

„Immer mit der Ruhe", erwiderte Mallmann, „es liegt bei uns in der KTU. Wir sind damit fertig und du kannst es dir holen. Es waren ausschließlich die Fingerabdrücke von Hans Martin Bleyle darauf, keine anderen."

„Okay, Leute", sagte Bussard, „Susanne checkt das Notebook. Thomas, du setzt dich mit Wiesbaden in Verbindung. Erzähl dem BKA, was wir haben und frag nach, ob sie mittlerweile etwas in Erfahrung gebracht haben, was die Spionagegeschichte untermauert, aber lass dich nicht abwimmeln. Alles klar?"

Die angesprochenen Beamten nickten. Bussard wollte die Besprechung beenden, als die Tür geöffnet wurde und Neudörfer in den Raum kam.

„Einen Augenblick, ich reiche Sie direkt weiter", sagte er, nahm sein Handy vom Ohr und reichte es Bussard, „Professor Münchrath will mit Ihnen sprechen."

Bussard nahm das Handy entgegen und meldete sich.

„Ich habe das Projektil, auf das Sie warten", erklärte der Rechtsmediziner.

„Sehr gut", antwortete Bussard, „ich schicke gleich jemanden zu Ihnen."

„Es wäre besser, wenn Sie persönlich kommen würden", schlug Münchrath vor, „es gibt da etwas, das Sie sich ansehen sollten."

*

Bussard schlüpfte in einen grünen Kittel und öffnete die Schiebetür zum Obduktionssaal. Es war sein erster Besuch bei Professor Münchrath, denn Mord und Totschlag kamen in Freiburg glücklicherweise nur selten vor. Der Saal war größer als Bussard vermutet hatte. Drei Edelstahltische standen in großzügigen Abständen zueinander in der Mitte des Raumes. Ihre Anordnung erinnerte Bussard an eine Billardhalle. Die Wände waren mit Arbeitsflächen, Spülbecken, Hängeschränken und Regalen gesäumt. In einer Vielzahl gläserner Behältnisse wurden organische Materialien aufbewahrt, von denen Bussard nicht wissen wollte, um was genau es sich dabei handelte. Auch wenn Glas und Edelstahl keine Gerüche annahmen, hatte sich der Pesthauch des Todes im Lauf der Jahre in den Wänden und der Decke festgesetzt und konkurrierte auf übelerregende Art mit den Desinfektionsmitteln. Man musste schon eine besonders widerstandsfähige Nase und einen ebensolchen Magen besitzen, um tagaus, tagein in diesem Saal zu arbeiten. Auch wenn Münchrath, der neben seiner Tätigkeit als Rechtsmediziner an der Universität lehrte, deutlich mehr verdiente als der Kommissar, wollte Bussard nicht mit ihm tauschen.

An dem am weitesten von der Tür entfernten Tisch stand Münchrath und nickte Bussard zu. Als der Kommissar sich näherte, zog der Rechtsmediziner seine blutigen Gummihandschuhe aus, wusch sich die Hände und nahm die Schutzbrille und den Mundschutz ab.

„Das Objekt der Begierde", sagte er und nahm eine Aluminiumschale von der Arbeitsfläche neben dem Waschbecken, „bitte sehr."

„Danke", erwiderte Bussard und nahm die Schale entgegen, in der das blutige Projektil lag.

Aus der Innentasche seiner Jacke zog er eine verschließbare Kunststofftüte, ließ das Beweisstück hineinfallen und steckte es ein. Der Professor wandte sich um und Bussard wappnete sich für den Anblick, den er bis zu diesem Augenblick vermieden hatte. Der Leichnam lag auf dem Rücken. Brust- und Bauchhöhle waren geöffnet, aber dort, wo die Organe hätten sein sollen, herrschte gähnende Leere.

„Die Todesursache ist eindeutig", erklärte Münchrath, „Hans Martin Bleyle starb infolge einer Schussverletzung. Das Projektil hat das Brustbein durchschlagen, die rechte Herzkammer gestreift, den rechten Lungenflügel durchdrungen und eine Fraktur des fünften Rippenbogens hervorgerufen, der das Projektil gestoppt und somit einen Wiederaustritt aus dem Körper verhindert hat. Die Herzkammerwand wurde durch das Projektil aufgerissen, was zu einem Kollabieren des Herzmuskels geführt hat. Das Projektil hat den Körper waagrecht durchdrungen. Das bedeutet, dass sich die Waffe auf gleicher Höhe mit der Eintrittswunde befunden hat, jedoch nicht frontal, sondern in einem Winkel von circa fünfzehn Grad seitlich versetzt. Deshalb hat das Projektil nicht die Wirbelsäule, sondern den hinteren Rippenbogen getroffen."

„Okay", sagte Bussard und schluckte, „konnten Sie den Todeszeitpunkt näher bestimmen?"

„Ja, zwischen einundzwanzig und zweiundzwanzig Uhr."

Bussard ließ seinen Blick über den Leichnam wandern. Arme und Beine waren relativ dünn und knochig. Das Becken stand hervor und zeichnete sich scharf unter der pergamentartigen Haut ab.

„Er sieht irgendwie so ..."

„... krank aus?", vollendete Münchrath den Satz.

„Ja", sagte Bussard und nickte, „war er unterernährt?"

„Nein, sicherlich nicht", antwortete der Professor und ging zu einem der Arbeitstische, auf dem mehrere Edelstahlschüsseln standen, „sehen Sie sich das an."

In jeder Schüssel lag ein Organ, abgesehen von einer, in der sich zwei Organe befanden. Bussard schloss, dass es sich um die Nieren handeln musste. Alle anderen, die sich in Größe, Form und Farbe voneinander unterschieden, konnte er namentlich nicht benennen. Münchrath nahm ein Skalpell und benutzte es als Zeigestock, während er auf ein großes, dunkelbraunes Stück Mensch deutete.

„Das ist die Leber", erklärte er, „sehen Sie diese Verfärbungen?"

„Ja", antwortete Bussard.

„Das sind Metastasen", fuhr der Professor fort und deutete auf die nächste Schüssel, „hier haben wir die Milz. Sie ist ebenfalls befallen, ebenso wie die Nieren, die Prostata und der gesamte Darmtrakt."

„Bleyle hatte Krebs?", folgerte der Kommissar.

„Ja", bestätigte Münchrath, „dem Zustand der Organe nach muss der Verstorbene in der letzten Zeit sein Dasein unter Zuhilfenahme starker Schmerzmittel gefristet haben. Genaueres kann ich Ihnen nach der toxikologischen Untersuchung sagen."

Bussard sah den Professor fragend an. Bleyle war an Krebs erkrankt, doch der Kommissar wusste nicht, warum das bei der Aufklärung des Mordes eine Rolle spielen sollte.

„Hatten diese Schmerzmittel Auswirkungen auf sein Bewusstsein oder seine Entscheidungsfähigkeit?", fragte er.

„Möglicherweise", erwiderte Münchrath, „doch das ist nicht das Entscheidende."

Der Professor legte das Skalpell aus der Hand und sah den Leichnam an, während er eine für Bussard überraschende Feststellung traf.

„Der Mörder hat einen sterbenden Mann getötet."

13

Im Präsidium suchte Bussard zuerst die KTU auf und übergab Mallmann das Projektil, das Münchrath aus dem Körper von Hans Martin Bleyle entfernt hatte. Als er anschließend sein Büro aufsuchte, saß Sylvia an ihrem Schreibtisch.

„Gut, dass du schon da bist", sagte er und zog seine Jacke aus, „hast du mit Caro Braun gesprochen?"

„Ja", antwortete sie, „allerdings gibt es keine neuen Erkenntnisse. Sie hat keine Ahnung, wie Bleyle auf sie gekommen ist oder warum er das Mandat für sie übernommen hat."

„Hat sie ihn nicht danach gefragt?"

„Doch, aber er hat nur erklärt, er sei Anwalt und sie habe ein Recht auf einen Verteidiger. Als er sagte, der Staat würde die Kosten für ihre Verteidigung übernehmen, war sie zufrieden damit. Mehr konnte sie dazu nicht sagen."

Bussard nickte, lehnte sich gegen seinen Schreibtisch und verschränkte die Arme vor der Brust. Es war nur eine vage Möglichkeit gewesen, doch sie hatte die Ermittlungen nicht weitergebracht.

„Ich war in der Rechtsmedizin", berichtete er, „Bleyle starb durch einen Schuss, der sein Herz getroffen hat. Das Projektil ist schon bei Mallmann. In einer halben Stunde wird er uns etwas dazu sagen können."

Er brach ab und schüttelte den Kopf.

„Was ist?", fragte Sylvia und sah ihn erwartungsvoll an.

„Münchrath hat einen interessanten Satz gesagt", antwortete er, *der Mörder hat einen sterbenden Mann getötet*. Das waren seine Worte."

„Was meint er damit?"

„Bleyle hatte Krebs", erklärte Bussard, „nach Münchraths Einschätzung hätte Bleyle vermutlich noch drei, maximal sechs Monate zu leben gehabt. Er ist sicher, dass Bleyle den nächsten Winter auf keinen Fall erlebt hätte. Für eine Chemotherapie oder Ähnliches war es jedenfalls viel zu spät. Der Krebs hatte schon alle Organe befallen. Deshalb sah Bleyle auch so abgemagert aus."

Bussard betrachtete seine Kollegin, die ihren Stuhl zurückschob, die Beine übereinanderschlug und die Arme unter ihrem Busen verschränkte. Er dachte an den Abend zuvor, als sie sich mit einer Umarmung bei ihm bedankt hatte und es bereitete ihm Mühe, sich wieder auf den Fall zu konzentrieren.

„Wenn Carmen Bleyle und Martin Bleyle von der Erkrankung von Hans Martin Bleyle gewusst haben, dann verliert die Erbschaft als Tatmotiv an Bedeutung", stellte Sylvia fest, „die beiden hätten einfach nur abwarten müssen."

„Stimmt", sagte er knapp, während er sich fragte, ob die Tatsache, dass Sylvia bald nach Stuttgart wechseln würde, sein Begehren anheizte.

Drei Jahre hatten sie miteinander gearbeitet, doch in den letzten Wochen, seit er wusste, dass sie zum LKA gehen würde, hatte er sich immer stärker zu ihr hingezogen gefühlt. Als sie ihn am Vorabend so plötzlich umarmt hatte, war er zu überrascht gewesen, um sich bewusst zu werden, dass er sie am liebsten nie wieder losgelassen hätte.

„Woran denkst du?", fragte Sylvia mit einem Blick, den er nicht deuten konnte und Bussard schloss für einen Moment die Augen, um die unwillkommenen Gedanken abzuschütteln.

„Wir wissen nicht, ob Martin oder Carmen Bleyle Kenntnis von der Erkrankung von Hans Martin Bleyle hatten", antwortete er und setzte sich hinter seinen Schreibtisch.

„Was Martin Bleyle angeht, würde ich dir zustimmen", erwiderte sie, „doch wenn es so schlecht um Hans Martin Bleyle stand, wird seiner Frau das nicht verborgen geblieben sein."

Bussard fuhr seinen Rechner hoch und gab sein Passwort ein. Es gab keine neuen, ungelesenen Nachrichten.

„Vermutlich hast du recht. Münchrath sagt auch, dass Bleyle wahrscheinlich starke Schmerzmittel genommen hat. Seine Frau wird wohl davon gewusst haben", er brach ab und sah Sylvia stirnrunzelnd an, „du hast sie doch heute Morgen vernommen. Hat sie sich zum Gesundheitszustand ihres Mannes geäußert?"

„Nein", antwortete Sylvia und schüttelte den Kopf, „ich hatte allerdings auch keine Veranlassung, sie danach zu fragen."

„Was hat sie zu Protokoll gegeben?"

„Sie hat erklärt, dass sie das Haus gegen acht Uhr abends verlassen habe und gegen drei Uhr dreißig wieder nach Hause gekommen sei, wo sie ihren toten Mann im Wohnzimmer entdeckt hat."

„Hat sie gesagt, wo sie sich in der Zeit aufgehalten hat?"

„Bei einem Mann, dessen Name sie nicht nennen wollte."

„Also hat sie kein Alibi."

„Das nicht", erwiderte Sylvia, beugte sich vor und stützte die Ellenbogen auf den Schreibtisch, „aber der Schmauchspurentest, den Bertold bei ihr gemacht hat, war negativ."

„Sie könnte Handschuhe getragen haben", warf Bussard ein.

„Sicher, aber die Kollegen haben keine Tatwaffe gefunden. Sie hat zwar kein Alibi, aber sie hat auch kein Motiv."

„Scheiße", fluchte Bussard und schlug mit der Faust auf seinen Schreibtisch, „ich habe das Gefühl, als hätten wir Tomaten auf den Augen. Je mehr wir in Erfahrung bringen, desto verworrener wird diese ganze Geschichte."

„Wieso denn", widersprach Sylvia, „wir wissen doch, dass Martin Bleyle auf der Flucht ist."

„Und?", fragte Bussard und stand ruckartig auf.

Er ging zum Fenster und stopfte die Hände in die Hosentaschen. Der Tag war ebenso grau und neblig wie der Fall *Bleyle*.

„Wir können nicht beweisen, dass Martin Bleyle am Tatort war", stellte er wütend fest, „sein Motiv, die Erbschaft, wird vor Gericht ebenfalls keinen Bestand haben, weil Bleyle senior sowieso bald das Zeitliche gesegnet hätte, auch ohne eine Kugel in der Brust. Außerdem wissen wir immer noch nicht, wer Bian Bleyle ermordet hat."

„Du glaubst nicht an die Vietnamesen?", fragte sie, doch er antwortete nicht.

Bussard lehnte seine Stirn gegen das kalte Glas der Scheibe und schloss die Augen.

„Du hast doch heute Morgen mit Bleyles Exfrau gesprochen, der Mutter von Martin Bleyle", sagte Sylvia, ohne auf Bussards Wutausbruch einzugehen, „wie hat sie sich denn geäußert?"

Bussard drehte sich um und lehnte sich mit der Schulter gegen das Fenster.

„Der Junior hat den Senior gehasst und umgekehrt", berichtete er, „der Junior hat seine Frau über alles geliebt, aber der

Senior hat ihr den Tod an den Hals gewünscht. Jetzt ist der Senior tot, die Schwiegertochter ebenfalls und der Junior ist verschwunden. Wir haben zwei Leichen, die beide an Schussverletzungen gestorben sind, aber weder im ersten noch im zweiten Fall eine Tatwaffe. Wir haben einen Raubüberfall auf einen Juwelier, bei dem die Täterin die Beute verschenkt hat. Wir haben illegal entwendete OP-Berichte und den versuchten Diebstahl von Forschungsergebnissen, aber keine Hintermänner. Mit anderen Worten – wir haben überhaupt nichts."

Er nahm die Hände aus den Taschen und ging zu seiner Jacke.

„Ich brauche jetzt eine Zigarette", schnaubte er, „vorher kann ich den Namen Bleyle nicht mehr hören."

Er hatte kaum zu drehen begonnen, als sein Telefon läutete.

„Kannst du bitte rangehen?", fragte er.

Sylvia beugte sich über den Schreibtisch und nahm den Hörer von Bussards Telefon. Sie meldete sich, hörte eine Weile zu, bedankte sich und legte auf.

„Das war Mallmann", berichtete sie, „das Ergebnis der ballistischen Untersuchung liegt vor. Die Kugel, die unseren Scheidungsanwalt getötet hat, stammt aus derselben Waffe wie die, mit der Bian getötet wurde."

„Was sagst du da?", stieß Bussard hervor, der in seiner Aufregung nicht bemerkte, dass Sylvia den Namen Bleyle absichtlich vermieden hatte.

„Es war dieselbe Waffe", wiederholte sie.

Er ließ die fertig gedrehte Zigarette in das Tabakpäckchen fallen und steckte es in seine Jacke zurück.

„Ruf die Kollegen zusammen", wies er sie an, „wir treffen uns in zehn Minuten im Besprechungsraum."

Er ging zu seinem Schreibtisch und rief Schmieder an, um den Oberstaatsanwalt über das Ermittlungsergebnis zu informieren. Schmieder sagte zu, binnen zehn Minuten im Präsidium zu sein. Bussard legte auf, verließ das Büro und suchte Neudörfer auf.

Zehn Minuten später hatten sich die Beamten Neudörfer, Bussard, Harter, Bauer, Smirna, Mallmann, Bernauer und Wegner im Besprechungsraum versammelt. Bussard sah ungeduldig auf seine Armbanduhr. Sie warteten auf Schmieder, denn der Leiter der SOKO Bleyle wollte nicht ohne den Oberstaatsanwalt beginnen, um später nicht noch einmal von vorn anfangen zu müssen.

„Thomas", sagte er und wandte sich an Bernauer, „hast du mit Wiesbaden telefoniert?"

„Ja, aber das war schon vor zwei Stunden. Angeblich hat das BKA noch keine Erkenntnisse."

„Das war zu erwarten", kommentierte Smirna.

„Wieso?", fragte Bernauer.

„Entweder haben sie tatsächlich noch nichts", erklärte der Leiter der Kriminaltechnik, „oder sie haben etwas, verraten es aber nicht. Du kennst doch die Kollegen vom BKA. Die machen sogar aus einer Plakatwand ein Geheimnis."

Er sah Sylvia an und grinste.

„Stimmt's oder hab ich recht?", fragte er.

Wieder sah Bussard auf seine Uhr.

„Wollen Sie nicht anfangen?", fragte Neudörfer.

„Also gut", entschied Bussard und stand auf, „Kollegen, wir haben neue Erkenntnisse, die ein anderes Licht auf den Fall oder die beiden Fälle werfen."

Er sah Mallmann an, doch in diesem Augenblick wurde die Tür geöffnet und der Oberstaatsanwalt rauschte mit wehendem Mantel in den Raum.

„Ich habe Ihnen etwas mitgebracht", stieß Schmieder atemlos hervor, während hinter ihm die Tür mit einem lauten Knall ins Schloss fiel.

Er öffnete seinen Aktenkoffer und nahm einige Blätter heraus.

„Das ist eine Faxkopie von Bleyles Testament", verkündete er und hielt die Seiten hoch, „Sie werden sich wundern, was ich entdeckt habe."

Alle Augen waren auf ihn gerichtet und jeder wartete darauf, dass er seine Entdeckung preisgeben würde, doch Bussard nahm ihm die Blätter aus der Hand und legte sie auf den Tisch.

„Danke, Herr Oberstaatsanwalt", sagte er, „aber ich bitte Sie noch um einen Augenblick Geduld. Zuerst müssen alle Anwesenden auf dem gleichen Kenntnisstand sein. Wollen Sie nicht Platz nehmen?"

Verblüfft sah der Oberstaatsanwalt den Kommissar an. Schmieder wollte sich nicht die Show stehlen lassen, doch Bussard hatte ihn überrumpelt. Mit einem halb zustimmenden und halb unzufriedenen Brummen ließ er sich auf dem nächsten freien Stuhl nieder. Sein Auftritt musste noch ein paar Minuten warten.

„Eigentlich wollte ich chronologisch vorgehen", begann Bussard, „doch unsere neueste Erkenntnis hat den höchsten Stellenwert. Klaus?"

Mallmann hatte schon auf sein Stichwort gewartet. Der erste Teil der Show gehörte ihm.

„Die beiden Projektile, die Bian und Hans Martin Bleyle getötet haben, stammen aus derselben Tatwaffe", erklärte er.

„Wow!", rief Susanne Bauer.

„Kein Zweifel?", fragte Schmieder.

„Kein Zweifel", antwortete Mallmann, „das Ergebnis der ballistischen Untersuchung ist eindeutig. Ich habe es zweimal überprüft. Es ist definitiv die selbe Waffe."

„Das heißt, dass die Mörderin von Bian Bleyle auch Hans Martin Bleyle getötet hat", folgerte Schmieder, doch Mallmann schüttelte vehement den Kopf.

„Das heißt nur, dass dieselbe Waffe benutzt wurde", widersprach er, „mehr nicht. Wer sie abgefeuert hat, wissen wir nicht."

„Aber die Vermutung liegt doch nahe", beharrte Schmieder.

„Und wen haben Sie in Verdacht?", fragte Bussard.

„Die Komplizin von Martin Bleyle", antwortete der Oberstaatsanwalt und lehnte sich zurück, „ich habe von Anfang an nicht an diese Spionagegeschichte geglaubt. Martin Bleyle hat eine Komplizin beauftragt, Bian Bleyle zu töten. Wir wissen zwar noch nicht, wer diese Frau ist, doch wir kennen das Motiv."

„Sie kennen das Motiv?", fragte Sylvia überrascht.

„Ja", antwortete Schmieder, „im Grunde war die Aufklärung des Falls ganz simpel. Man musste nur einen Blick in das Testament werfen, dann war alles klar."

Die Beamten sahen zuerst den Oberstaatsanwalt und dann sich gegenseitig an. Niemand kannte die Lösung, die Schmieder zu finden geglaubt hatte, doch Bussard entging das selbstzufriedene Gesicht des Oberstaatsanwalts nicht. Schmieder wartete und ließ sich bitten. Bussard tat ihm, wenn auch widerwillig, den Gefallen.

„Und weiter?", fragte er.

„Eigentlich wäre Carmen Bleyle die Alleinerbin von Hans Martin Bleyles Vermögen", erklärte Schmieder und erhob sich ächzend von seinem Stuhl, „es gibt allerdings eine Nebenbedingung, die die Erbfolge regelt. Man könnte es fast einen Erbfolgevertrag nennen, wie er früher in Herrscherhäusern üblich war, zum Beispiel bei den Wittelsbachern."

Er nahm die Blätter vom Schreibtisch, wandte sich seinem Publikum zu und Bussard ahnte, dass nun ein Plädoyer folgen würde.

„Hans Martin Bleyle hat mit Datum vom vierundzwanzigsten August dieses Jahres sein Testament notariell beglaubigen und beim Freiburger Notariat hinterlegen lassen", fuhr Schmieder fort und hielt die Blätter hoch, „seine Ehefrau, Carmen Bleyle, wird darin als Alleinerbin bestimmt unter der Voraussetzung, dass Paragraf drei des Testaments keine Anwendung findet. Besagter Paragraf drei wiederum bestimmt, dass der Sohn, Martin Bleyle, als Erbe einzusetzen ist, wenn zum Zeitpunkt des Inkrafttreten des Testamentes dessen Ehefrau, Bian Bleyle, nicht mehr lebt. Als Beweis gilt die Sterbeurkunde. In diesem Fall umfasst das Erbe das gesamte Vermögen, das sich auf etwa achtzehn Millionen Euro beläuft, abzüglich einer Million Euro, die Carmen Bleyle aus dem Erbe erhalten soll."

Der Oberstaatsanwalt legte eine Pause ein und genoss die Verblüffung auf den Gesichtern der Beamten, bevor er fortfuhr.

„Martin Bleyle hat seine Komplizin beauftragt, Bian Bleyle zu töten. Nachdem er in den Besitz der Sterbeurkunde gekommen war, hatte er damit die Bedingung gemäß Paragraf drei des Testamentes seines Vaters erfüllt. Um jedoch in den Genuss der Erbschaft zu kommen, war es notwendig, dass der Erblasser starb. Zu diesem Zweck hat er den Mord an seinem Vater Hans Martin Bleyle in Auftrag gegeben. Vermutlich war er dabei selbst als Helfershelfer zugegen oder er hat der Täterin einen Schlüssel überlassen, damit sie sich Zugang zum

Haus des Opfers verschaffen konnte. Als Gegenleistung hat er ihr vermutlich einen Anteil aus dem Erbe in Aussicht gestellt."

Der Oberstaatsanwalt hatte ein überzeugendes Tatmotiv geliefert, bei dem der obskure Paragraf drei des Testaments ziemlich schwer wog. Der Sachverhalt legte eine Familiengeschichte nahe, doch einen Hinweis auf die ominöse Komplizin Bleyles hatte Schmieder nicht gefunden. Sie blieb die große Unbekannte.

„Sie glauben also nicht an die Spionagegeschichte", stellte der Kommissar fest.

„Nein", erwiderte Schmieder kopfschüttelnd.

„Aber wir haben die OP-Berichte auf Bian Bleyles Notebook gefunden", gab Bussard zu bedenken und übernahm die Rolle des Advocatus Diaboli, „und wir haben die Aussage von Professor Bäumler, der Martin Bleyle beim versuchten Diebstahl von Forschungsergebnissen in flagranti erwischt hat."

„Es gibt keinen Beweis, dass die Taten mit den Morden im Zusammenhang stehen", widersprach der Oberstaatsanwalt und legte die Blätter wieder auf den Tisch, „Sie können die Kopien für Ihre Akten behalten. Ich werde einen Haftbefehl gegen Martin Bleyle beantragen, denn ich bin davon überzeugt, dass er als Mittäter an beiden Morden beteiligt war. Nehmen Sie Ihre Ermittlungen im Fall Bian Bleyle wieder auf."

„Der Fall liegt beim BKA", warf Neudörfer ein.

„Dann setzen Sie die Kollegen in Wiesbaden über die neue Sachlage in Kenntnis", entschied Schmieder und nahm seinen Aktenkoffer, „ich habe jetzt gleich einen Termin bei Gericht. Sobald der Haftbefehl vorliegt, werde ich Sie unverzüglich informieren."

Grußlos verließ der Oberstaatsanwalt den Besprechungsraum.

*

Bussard stand im Hof des Präsidiums und rauchte die Zigarette, die er eine Stunde zuvor gedreht hatte. Ein feuchtkalter Wind zerrte an seinen Haaren und er schlug den Kragen seiner Jacke hoch. Von Westen her zogen dunkle Wolken auf. Vielleicht würde es in der Nacht zu schneien beginnen.

Ein Einsatzwagen bog in den Hof ein und hielt vor dem rückwärtigen Eingang des Gebäudes. Bussard beobachtete, wie zwei Kollegen ausstiegen. Einer von ihnen öffnete die hintere Tür und ließ eine Frau aussteigen, deren Hände auf dem Rücken gefesselt waren. Als er ihr Gesicht sah, stockte ihm der Atem. Es war Helen. Er warf die Kippe auf den Boden und lief los.

„Helen!", rief er.

Die Frau und die beiden Beamten wandten die Köpfe und sahen ihn an. Als sich Bussard ihnen bis auf wenige Meter genähert hatte, verlangsamte er seinen Schritt und blieb schließlich stehen. Die Frau betrachtete ihn mit einem zweifelnden Blick und er erkannte, dass er sich geirrt hatte. Es war nicht Helen, aber die Unbekannte sah seiner Frau unglaublich ähnlich.

„Sorry, Kollegen", entschuldigte er sich, „es war eine Verwechslung."

„Schon recht, Bussard", antwortete einer der Uniformierten.

Die beiden Beamten führten die Frau zum Hintereingang und Bussard sah ihnen kopfschüttelnd nach. Für einen Moment war er felsenfest davon überzeugt gewesen, dass es sich um Helen handelte. Wenn er es nicht besser gewusst hätte, dann hätte die Unbekannte gut und gerne die Schwester seiner Frau sein können. Er tastete nach dem Handy in seiner Jacke, doch er rief Helen nicht an. Sie mochte es nicht, wenn er sie bei der Arbeit störte, ohne dass es einen wichtigen Grund gab. Seufzend setzte er sich in Bewegung.

„Du siehst aus, als hättest du einen Geist gesehen", stellte Sylvia fest, als er wieder in ihr Büro kam.

„So komme ich mir auch vor", erwiderte er, „zwei Kollegen haben gerade eine Frau ins Präsidium gebracht und im ersten Moment dachte ich, es wäre Helen. Sie sah ihr wahnsinnig ähnlich."

„Ja, das gibt's. Ich habe Schmieder auch schon mal bei einem U2-Konzert gesehen."

„Schmieder?", fragte er überrascht.

„Nein, natürlich nicht", erklärte sie, „aber jemanden, der ihm so ähnlich sah, dass ich dachte, er wäre es."

Bussard zog seine Jacke aus und hängte sie an die Garderobe.

„Was machst du gerade?", fragte er.

„Ich habe die Faxkopien des Testaments eingescannt", antwortete sie, „und auf dem Server gespeichert."

Er wollte sich an seinen Schreibtisch setzen, doch einer plötzlichen Eingebung folgend überlegte er es sich anders, rief Susanne an und bat sie ins Besprechungszimmer.

„Komm mit", sagte er zu Sylvia, nachdem er aufgelegt hatte, „ich brauche deine Hilfe."

„Wobei?"

„Beim Nachdenken."

Er ging zur Tür und öffnete sie, während Sylvia von ihrem Stuhl aufstand, um Bussard zum Besprechungszimmer zu begleiten.

An zwei großen Stellwänden hingen Bilder der beiden Fälle. Es waren Tatortfotos, Vergrößerungen und Bilder der Personen, die in die Fälle verwickelt waren. Zwischen den Stellwänden fest an die Wand montiert hing eine abwischbare Magnettafel. Bussard säuberte sie mit einem Löscher und nahm einen schwarzen Stift zur Hand, als die EDV-Spezialistin mit ihrem obligatorischen Notebook den Raum betrat.

„Setzt euch", forderte Bussard seine Kolleginnen auf.

Sylvia und Susanne nahmen Platz und sahen ihn erwartungsvoll an.

„Ihr habt gehört, was Schmieder gesagt hat", begann er, „und ich denke, dass er mit dem Testament richtig liegt. Dieser Paragraf drei ist der Schlüssel zu den beiden Mordfällen. Seht ihr das genauso?"

Die beiden Frauen sahen sich gegenseitig an und nickten anschließend synchron mit den Köpfen.

„Okay", fuhr er fort, „ich gehe zwar davon aus, dass Martin Bleyle seinen Vater getötet hat, aber ich habe ehrlich gesagt keine Ahnung, wer Bian Bleyle erschossen hat. Wir haben immer noch eine große Unbekannte. Ich bin jedoch davon überzeugt, dass es etwas an dem Fall gibt, das nicht so ist wie es scheint."

„Aber das Testament ...", sagte Susanne, doch Bussard hob abwehrend die Hand und schnitt ihr das Wort ab.

„Es gibt Verflechtungen innerhalb dieser Familie, von denen wir wissen, aber es gibt garantiert noch weit mehr, von denen wir keine Ahnung haben. Wir wissen zum Beispiel nicht, wie Magdalena Lubitz, die Mutter von Martin Bleyle, zu ihrer Schwiegertochter stand. Wir wissen ebenfalls nichts über das Verhältnis zwischen Magdalena Lubitz und Carmen Bleyle oder Carmen und Bian Bleyle. Deshalb will ich das Pferd von einer anderen Seite aufzäumen."

Er drehte sich um, schrieb das Wort BEWEIS auf die linke und INDIZ auf die rechte Seite der Tafel. Danach trennte er beide Bereiche durch einen senkrechten Strich und wandte sich wieder um.

„Lasst uns die ganze Geschichte chronologisch aufrollen", sagte er, „und sehen, wohin das führt."

„Wo fangen wir an?", fragte Sylvia.

Bussard dachte einen Augenblick nach.

„Wir beginnen mit Martin Bleyles Abitur", entschied er.

„Wieso ausgerechnet mit Martin Bleyles Abitur?", wollte Susanne wissen.

„Später", erklärte Bussard kategorisch mit einer abwehrenden Handbewegung, „wann hat Martin Bleyle sein Abitur gemacht?"

Susanne klappte ihr Notebook auf, schaltete es ein und machte sich auf die Suche.

„Bleyle, Martin", murmelte sie, „geboren 1978 ... Abitur 1997 am Walter-Eucken-Gymnasium."

Bussard schrieb die Jahreszahl auf die linke Seite der Tafel und *Abitur Martin Bleyle* unter BEWEIS.

„Er hatte damals eine Freundin, mit der er zusammen sein Jurastudium begonnen hat", berichtete er, „das hat mir seine Mutter erzählt. Laut ihrer Aussage hat er etwa zwei Jahre später Bian Bleyle kennengelernt."

Er notierte die Zahl *1999* und den Vermerk *Martin & Bian* unter INDIZ.

„Wann hat er seine Ausbildung als MTA begonnen?", fragte er.

„Ausbildung von 2000 bis 2003", las Susanne von ihrem Monitor ab, „anschließend Übernahme und Festanstellung im Klinikum der Albert-Ludwigs-Universität."

„Wissen wir das sicher?"

„Ja."

Wieder notierte Bussard die Jahreszahlen und schrieb *Ausbildung* in die Rubrik BEWEIS.

„Wann haben Martin und Bian Bleyle geheiratet?", fragte er.

„11.11.2000", antwortete Susanne.

„Und jetzt ruf bitte das Protokoll von Bleyles erster Vernehmung auf", wies er sie an, während er die Daten auf der Tafel notierte, „an einer Stelle berichtet Bleyle, wann und wo er seine Frau kennengelernt hat."

Sylvia sah Susanne über die Schulter, während die EDV-Spezialistin Seite um Seite des Protokolls aufrief.

„Später", sagte Sylvia, „später, noch später, halt! Hier!"

Sie deutete mit dem Zeigefinger auf den Monitor, während sie den Text ablas.

„Bian arbeitete in der Orthopädie und ich im Zentrallabor. Wir sind uns im Personalcasino begegnet. Wir saßen zufällig am gleichen Tisch und sind ins Gespräch gekommen. Zwei, drei Tage später haben wir uns wiedergetroffen und beim dritten Mal habe ich sie gefragt, ob sie mit mir ausgehen würde."

Die beiden Frauen tauschten einen überraschten Blick und sahen schließlich Bussard an.

„Er hat gelogen", stellte Susanne fest.

„Aber warum", fragte Sylvia, „was wollte er damit bezwecken?"

Bussard spielte mit dem Stift in seinen Fingern, während er über die Frage nachdachte.

„Martin Bleyles Lebensweg war vorgezeichnet", berichtete er, „das weiß ich von seiner Mutter. Er sollte Jura studieren, Anwalt werden und die Kanzlei seines Vaters übernehmen. Selbst die Schwiegertochter, ebenfalls Jurastudentin, stand schon parat. Das Auftauchen von Bian änderte jedoch alles. Er löste seine Beziehung zu seiner Freundin und brach sein Studium ab. Damit kam es zum Konflikt und schließlich zum Bruch zwischen Vater und Sohn."

„So etwas kommt in den besten Familien vor", erklärte Susanne.

„Genau", folgerte Sylvia, „und er wollte vermutlich nicht, dass wir von den Streitigkeiten innerhalb der Familie erfahren. Deshalb hat er das angebliche Kennenlernen auf einen Zeitpunkt nach dem Bruch mit seinem Vater verschoben. Er wollte vermeiden, dass wir wissen, dass Bian der Zankapfel zwischen Junior und Senior gewesen ist ..."

„... weil wir sonst in dieser Richtung ermittelt hätten", führte Bussard den Gedanken weiter, „Bleyle senior hasste seine Schwiegertochter so sehr, dass er ihren Tod sogar als eigenen Paragrafen in sein Testament aufnahm."

Nachdenklich klopfte Bussard mit dem Stift gegen seine Finger. Bleyle senior hatte seine Schwiegertochter tot sehen wollen. Für den Junior wäre es einfach gewesen, seinen Vater als Verdächtigen ins Spiel zu bringen, doch bei seiner ersten Vernehmung hatte Martin Bleyle behauptet, dass niemand einen Grund gehabt habe, seine Frau zu ermorden.

„Vielleicht hat Bleyle senior den Mord an Bian in Auftrag gegeben", schlug Susanne vor, „er wusste, dass er nicht mehr lange zu leben hatte. Er hatte nichts zu verlieren und hätte wahrscheinlich nicht einmal mehr den Prozessbeginn erlebt. Bleyle junior hat das herausgefunden und seinen Vater deshalb aus Rache erschossen."

„Mit derselben Tatwaffe?", fragte Bussard.

„Warum nicht", antwortete Susanne achselzuckend, „vielleicht war das sogar Teil des Plans. Bleyle senior wollte beide vernichten. Er lässt seine Schwiegertochter erschießen und drückt seinem Sohn die Mordwaffe in die Hand. Schau her, wird er vielleicht gesagt haben, damit wurde deine Frau getötet! Er rechnete damit, dass sein Sohn ihn erschießen würde, um Bians Tod zu rächen. Bleyle junior hat ihm damit zwei Gefallen getan. Zum einen hat er seinen Vater vor einem qualvollen Krebstod bewahrt und zum anderen hat er sich damit selbst des Mordes schuldig gemacht."

Es war eine verblüffende Erklärung, die Susanne geliefert hatte. Allerdings fehlten dabei wichtige Tatumstände und Bussard schüttelte den Kopf.

„Wie passt dann der Datendiebstahl in dieses Bild?", fragte er.

„Überhaupt nicht", antwortete Susanne, „ich glaube mittlerweile auch nicht mehr an die Spionagegeschichte. Vielleicht war das Ganze nur ein Ablenkungsmanöver."

„Warum sollte Martin Bleyle ein Ablenkungsmanöver starten", widersprach Sylvia, „der Datendiebstahl liegt doch zeitlich vor dem Mord an Bian."

„So kommen wir nicht weiter", erklärte Bussard, wandte sich um und klopfte mit dem Stift gegen die Tafel, „lasst uns die Chronologie fortsetzen. Wir haben den 11.11.2000 als Hochzeitsdatum von Martin und Bian Bleyle. Wann wurde die Ehe von Hans Martin Bleyle geschieden?"

Susanne suchte in ihrem Notebook die entsprechende Datei.

„Geschieden wurden die Bleyles im März 2005. Zwei Jahre später, im April 2007, hat er Carmen Furtwängler, die jetzige Carmen Bleyle, geheiratet."

Bussard notierte die Daten unter BEWEIS.

„Und das Testament?", fragte er.

„Ist vom 24. August 2010", antwortete Sylvia.

Bussard notierte auch dieses Datum und wandte sich wieder den beiden Frauen zu.

„Vielleicht hat Bleyle senior zu diesem Zeitpunkt erfahren, dass es für ihn keine Hoffnung mehr gibt", spekulierte er, „deshalb hat er sein Testament gemacht. Wir sollten seinen Hausarzt danach fragen."

Er schrieb das Wort *Hausarzt* und ein Fragezeichen in die Spalte INDIZ und zeichnete einen Pfeil, der auf *Testament* deutete. Unter *Hausarzt* notierte er die Namen *Martin* und *Carmen* und versah sie ebenfalls mit Fragezeichen.

„Carmen Bleyle wusste, dass ein Testament existiert", erklärte er, „aber sie hat vorgegeben, nichts Genaues über den Inhalt zu wissen. Die entscheidende Frage ist, ob Martin Bleyle Kenntnis vom Testament seines Vaters hatte."

„Aber damit kommt Martin Bleyle wieder als Auftraggeber für den Mord an seiner Frau ins Spiel", erwiderte Sylvia.

Bussard überging den Einwand. Er schrieb das Datum *15.11.2010* und *Diebstahl von OP-Berichten (Bian)* in die BEWEIS-Spalte. Darunter notierte er *7.12.2010: versuchter Datendiebstahl (Martin)*, dann wandte er sich wieder um, legte den Kopf zur Seite und sah seine Kolleginnen an.

„Martin Bleyle hat ausgesagt, dass seine Frau für den vietnamesischen Geheimdienst spioniert hat, seit sie in Deutschland ist", berichtete er, „aber der älteste OP-Bericht, den wir gefunden haben, trägt das Datum fünfzehnter November 2010. Wir haben angenommen, dass etwas vorgefallen sein muss, das Bian Bleyle veranlasst hat, ihre Methode zu verändern. Erst ab diesem Datum hat sie E-Mails mit den entsprechenden Dateianhängen versandt."

Er hielt einen Augenblick inne und klopfte mit dem Stift gegen die Tafel in seinem Rücken.

„Was ist", fragte er, „wenn Bian mit ihrer angeblichen Spionage erst zu diesem Zeitpunkt begonnen hat?"

Bussards Frage überraschte seine Kolleginnen, denn damit hatte er einen neuen Ansatz geliefert.

„Es war ein Fake", rief Susanne und schnippte mit den Fingern, „die ganze Spionagegeschichte ist nichts weiter als reine Erfindung."

„Und der Diebstahl im Institut?", fragte Sylvia.

Bussard wollte antworten, doch Susanne kam ihm zuvor.

„Das war kein Fake", vermutete sie, „ich denke, Martin Bleyle wollte die Forschungsergebnisse stehlen und an die Pharmaindustrie verkaufen. Sie hätten ihn auf einen Schlag reich gemacht. Er hat die Sache von langer Hand vorbereitet und die ominösen OP-Berichte, die seine Frau gestohlen hat, waren lediglich Plan B, falls die ganze Aktion schieflaufen würde. So konnte er sich selbst zum Opfer erklären und den Diebstahl den Vietnamesen in die Schuhe schieben."

„Und der Mord an Bian?", hakte Sylvia nach.

„Der Mord an Bian hat überhaupt nichts damit zu tun", antwortete Susanne, „das war eine Familienangelegenheit."

„Ich glaube nicht an Zufälle", widersprach Bussard und deutete auf die Wandtafel, „im August hat Bleyle senior sein Testament gemacht. Nehmen wir an, er hatte damals eine Lebenserwartung von maximal einem Jahr, vielleicht auch weniger. Bian Bleyle musste deshalb innerhalb weniger Monate sterben, wenn Bleyle junior etwas erben wollte. Immerhin sprechen wir von insgesamt achtzehn Millionen Euro. Die gestohlenen OP-Berichte und der angeblich missglückte Diebstahl im Institut waren nur eine falsche Fährte, die Martin Bleyle gelegt hat. Ich bin sicher, dass Bäumler ihn nicht erwischt hätte, wenn Bleyle das nicht gewollt hätte. Er hatte einen Schlüssel und hätte sich zu jeder Tages- und Nachtzeit Zutritt zum Institut verschaffen können. Ich glaube eher, dass er sich erwischen lassen wollte. Das war Teil seines Plans, um später, wie du richtig gesagt hast, die Sache den Vietnamesen in die Schuhe zu schieben. Allerdings ging es ihm primär nicht um den Datendiebstahl, sondern um den Mord an seiner Frau. Wir haben keinen einzigen Beweis dafür, dass es die Vietnamesen überhaupt gibt. Sie sind nichts weiter als eine Behauptung Bleyles. Ich muss allerdings zugeben, dass das ein kluger Plan war. Es ist schwierig, einem ausländischen Geheimdienst etwas nachzuweisen. Darauf hat Bleyle gebaut. Er hat darauf vertraut, dass sich die Ermittlungen so lange hinziehen würden, bis sein Vater starb und er in den Genuss der Erbschaft kommen würde. Vermutlich wäre er dann mit dem Geld getürmt."

Er schrieb *Vietnamesen* in die INDIZ-Spalte und strich das Wort wieder durch. Danach notierte er *12.12.2010: Lackners Goldschmiede* in der BEWEIS-Spalte.

„Moment mal", unterbrach Sylvia, „wenn das stimmt, dann hätte Bian Bleyle an der Vertuschung ihrer eigenen Ermordung mitgearbeitet."

„Vermutlich war das sogar so", bestätigte Bussard, „Bleyle wird ihr irgendetwas erzählt haben. Die beiden waren bis über beide Ohren verschuldet. Vielleicht hat er ihr weis gemacht, dass man die Berichte verkaufen könnte. Wie hätte Bian ahnen sollen, dass es um ihren eigenen Tod geht?"

Weder Sylvia noch Susanne wussten darauf eine Antwort.

„Aber wer hat dann Bian Bleyle ermordet?", fragte die EDV-Spezialistin.

Das war der Dreh- und Angelpunkt der Geschichte. Sie wussten immer noch nicht, wer bei dem Überfall in *Lackners Goldschmiede* den Finger am Abzug gehabt hatte.

„Was ist mit Hoa Nguyen?", schlug Sylvia vor.

„Hoa Nguyen", wiederholte Bussard und schrieb ihren Namen in die INDIZ-Spalte, „wir wissen nicht viel über sie. Sie hatte Kontakt zu Bian Bleyle. Wenn ich mich richtig erinnere, stammten beide aus der gleichen Stadt in Vietnam. Martin Bleyle hat behauptet, sie nur aus den Erzählungen seiner Frau zu kennen. Für eine direkte Verbindung zwischen beiden gibt es keinen Hinweis."

„Was nicht bedeutet, dass es sie nicht gibt", merkte Sylvia an und Bussard nickte.

„Mehr noch", stimmte er zu, „erinnerst du dich an unser Gespräch mit ihr? Sie hat davon berichtet, dass Bian angeblich

Angst gehabt hatte und dass Martin Bleyle den Grund dafür kennen würde. Danach haben wir ihn befragt und er hat uns vom Geheimdienst und der Mafia berichtet. Was ist, wenn das abgesprochen war? Was ist, wenn das alles Teil des Plans war? Bleyle hat vorausgesehen, dass wir über die Telefondaten auf Hoa Nguyen stoßen würden und deshalb hat er die Mörderin seiner Frau als Figur auf dem Schachbrett positioniert. Die OP-Berichte, der Diebstahl im Institut, Hoa Nguyen, die von Bians Angst berichtet und Bleyles Ausführungen über die vietnamesische Mafia und den Geheimdienst waren nichts weiter als eine verdammte Honigspur, der wir brav wie blinde Tanzbären gefolgt sind. Wir haben genau das gesehen, was Bleyle uns sehen lassen wollte."

Die Erkenntnis ließ Bussard den Kopf schütteln. Die ganze Zeit hatte er das Gefühl gehabt, dass etwas an der Geschichte nicht stimmte. Nun wurde ihm klar, dass es nicht etwas, sondern alles war. Die ganze Geschichte war von Anfang bis Ende nichts als fauler Zauber.

„Das war aber riskant", kritisierte Susanne zweifelnd.

„Wieso", fragte Bussard, „wir haben Hoa Nguyen nicht mit dem Mord in Verbindung gebracht, weil wir kein Motiv gesehen haben. Bleyle wusste das. Es war ein kalkuliertes Risiko."

„Aber warum musste sein Vater dann sterben?", fragte Sylvia.

Bussard schrieb *17.12.2010: Ermordung Hans Martin Bleyle* in die BEWEIS-Spalte, runzelte die Stirn und wischte es wieder aus.

„Am Zwölften wurde Bian ermordet", berichtete er, „einen Tag später, am Dreizehnten, haben wir Caro Braun verhaftet."

Er notierte Datum und Ereignis auf der Tafel.

„Noch am selben Tag hat Hans Martin Bleyle das Mandat für Caro Braun übernommen", fuhr er fort, während er die nächste Eintragung auf der Tafel vornahm, „vier Tage später, am Siebzehnten, wurde er ermordet. Wir wissen, dass es dieselbe Tatwaffe war. Entweder hat Hoa Nguyen den Mord an Bleyle senior begangen oder, wie ich vermute, Bleyle junior hat es selbst getan. Wahrscheinlich hat Bleyle senior etwas über den Mord an Bian herausgefunden, was Bleyle junior damit in Verbindung brachte und deshalb musste der Senior sterben."

„Aber was hätte er herausgefunden haben können", fragte Sylvia, „der Überfall war am Zwölften. Am Dreizehnten wussten wir noch nichts über die Hintergründe. Zwei Tage später, am Fünfzehnten, wurde Caro Braun schon wieder aus der U-Haft entlassen. Zu diesem Zeitpunkt wussten wir noch nichts über den Datendiebstahl oder Hoa Nguyen, also stand auch noch nichts in der Ermittlungsakte."

Sylvia und Susanne sahen Bussard erwartungsvoll an, doch der Kommissar konnte dem Einwand nicht begegnen. Nachdenklich klopfte er mit dem Stift gegen seine Finger. Sein Instinkt sagte ihm, dass er auf der richtigen Spur war, aber er wusste nicht, wo er nach dem entscheidenden Hinweis suchen sollte. Hans Martin Bleyle hatte etwas erkannt, was für die Ermittler noch im Dunklen lag.

„Irgendetwas müssen wir übersehen haben", sagte er und legte den Stift in das Ablagefach an der Tafel, „wenn wir davon ausgehen, dass alle Ereignisse im Zusammenhang mit den beiden Morden stehen, dann lässt die Chronologie keinen anderen Schluss zu. Im August macht Bleyle senior sein Testament und danach entwirft Bleyle junior einen raffinierten Plan samt Täuschungsmanöver, um seine Frau ermorden zu lassen, weil er sonst nichts erben würde. Er hatte keinen Grund, seinen Vater ebenfalls zu ermorden, weil der Senior sowieso bald gestorben wäre. Dass er es trotzdem getan hat, kann nur bedeuten, dass der Alte eine Gefahr für den Junior dargestellt hatte. Bleyle senior musste etwas herausgefunden haben, was ihn schließlich das Leben gekostet hat. Wir müssen uns die Ermittlungsakte noch einmal vornehmen. Ich bin sicher, dass der entscheidende Mosaikstein darin versteckt ist."

„Mag sein, dass du recht hast", erwiderte Sylvia, die von Bussards Theorie noch nicht überzeugt war, „aber irgendwie ergibt das für mich immer noch keinen Sinn. Bleyle senior wollte seine Schwiegertochter tot sehen. Wenn Bleyle junior ihren Tod in Auftrag gegeben hat, dann hat er seinem Vater damit doch einen Gefallen getan. Warum hätte er ihn dann töten sollen?"

„Vielleicht hatte er Angst, dass sein Vater ihn verraten würde", vermutete Susanne, „ein toter Mitwisser redet nicht."

„Nimm dir die Akte vor", wies Bussard sie an, „schau dir alles an, was das Datum zwölfter oder dreizehnter Dezember trägt. Irgendetwas muss darin verborgen sein, was Hans Martin Bleyle entdeckt hat. Wenn du den Mosaikstein findest, dann wissen wir, warum er sterben musste."

Bussards Handy klingelte. Er beantwortete den Anruf und lauschte. Wenige Sekunden später beendete er dankend das Gespräch, unterbrach die Verbindung und steckte das Handy wieder ein.

„Bleyle hat sich einen Mietwagen genommen", berichtete er, „wir haben das Kennzeichen. Über kurz oder lang kriegen wir ihn."

„Und was machen wir in der Zwischenzeit?", fragte Sylvia.

Nachdenklich kratzte sich Bussard am Kopf. Er wollte nicht untätig herumsitzen und auf die Verhaftung von Martin Bleyle warten.

„Wir fahren nach Offenburg", entschied er.

„Ich glaube nicht, dass Hoa Nguyen zu Hause ist", erklärte sie, „vermutlich wird sie mit Bleyle auf der Flucht sein."

„Wer weiß", erwiderte er achselzuckend, „vielleicht hat sich Bleyle alleine aus dem Staub gemacht. Wir schreiben sie auf jeden Fall zur Fahndung aus."

14

Bussard und Sylvia standen vor der Wohnungstür von Hoa Nguyen und lauschten. Aus dem Inneren der Wohnung war kein Geräusch zu hören. Sie verständigten sich durch ein stummes Kopfnicken, zogen ihre Dienstwaffen und entsicherten sie. Bussard läutete und sie warteten mit angehaltenem Atem, doch niemand öffnete. Nach einigen Augenblicken läutete Bussard erneut. Als sich noch immer nichts rührte, klopfte er gegen die Tür.

„Polizei", rief er, „Frau Nguyen, öffnen Sie die Tür!"

„Sie ist nicht zu Hause", stellte Sylvia fest, als keine Reaktion erfolgte, „ich sagte doch, dass sie mit Bleyle auf der Flucht ist."

Das Licht im Treppenhaus ging aus und Sylvia drückte auf den Schalter. Flackernd sprang die Deckenleuchte wieder an.

„Lass uns wieder fahren", schlug die Kommissarin vor, „Hoa Nguyen ist in der Fahndung. Wir werden sie kriegen."

Unschlüssig betrachtete Bussard die Tür. Wenn Hoa Nguyen schon nicht zu Hause war, wollte er zumindest einen Blick in die Wohnung werfen. Vielleicht würden sie auf einen Hinweis stoßen oder sogar die Tatwaffe finden. Selbst ein schwarzer Motorradhelm mit getöntem Visier würde ihm schon genügen.

„Hast du das gehört?", fragte er.

„Nein, was?", erwiderte Sylvia.

„Jemand hat um Hilfe gerufen."

Sylvia betrachtete Bussard von der Seite. Es war offensichtlich, dass der angebliche Hilferuf nur ein Vorwand war.

„Gefahr im Verzug!", stellte er fest.

Er trat einige Schritte zurück und sicherte seine Waffe, damit sich bei seinem Vorhaben nicht versehentlich ein Schuss lösen konnte.

„Bist du bereit?", fragte er.

„Bereit, wenn Sie es sind", antwortete sie mit einem Filmzitat.

Sie trugen Schutzwesten, doch sie wussten nicht, was sie hinter der Tür erwarten würde. Dass kein Geräusch aus der Wohnung zu vernehmen war, bedeutete nicht gleichzeitig, dass niemand zu Hause sein würde. Martin Bleyle und Hoa Nguyen hatten wahrscheinlich zwei Morde verübt und die Kommissare mussten damit rechnen, dass die mutmaßlichen Täter nicht davor zurückschrecken würden, ihrer Verhaftung durch den Gebrauch der Schusswaffe zu entgehen. Sylvia spreizte ihre Beine ein wenig, um einen sicheren Stand zu haben und hielt ihre Waffe mit beiden Händen. Der Lauf zeigte zur Decke und sie war darauf vorbereitet, im Ernstfall sofort zu schießen, falls das Leben ihres Partners in Gefahr geraten sollte.

Bussard atmete zweimal durch, schob die rechte Schulter nach vorn, nahm drei Schritte Anlauf und warf sich mit seinem Körper gegen die Tür. Der dumpfe Aufprall ließ die Tür im Rahmen zittern, doch sie sprang nicht auf. Bussard trat zurück und unternahm einen zweiten Versuch. Wieder leistete die Tür Widerstand.

„Verflucht!", knurrte er.

Seine Schulter tat ein wenig weh, doch er ignorierte den Schmerz. Zum dritten Mal ging er zurück, atmete wieder zweimal durch und stürmte los. Splitternd brach die Türfalle aus dem Rahmen. Die Tür schwang unter dem Aufprall auf und Bussard stürzte gegen die Garderobe, während Sylvia sofort zwei Schritte nach vorn trat und ihre Waffe in den Flur richtete. Es war niemand zu sehen.

Bussard rappelte sich auf und entsicherte seine Waffe. Vorsichtig wagten sich die Kommissare weiter. Sie stießen die Türen zu den einzelnen Zimmern auf, doch in keinem Raum trafen sie jemanden an. Im Schlafzimmer fanden sie die Türen des Kleiderschranks geöffnet vor und die Lücken zwischen den unordentlichen Kleiderstapeln ließen vermuten, dass jemand hastig einige Kleidungsstücke herausgenommen hatte. Sie sicherten ihre Waffen und steckten sie in die Holster. Sylvia zog ihr Handy aus der Jacke. Sie rief im Präsidium an, um die Kollegen zu informieren und einen Durchsuchungsbeschluss anzufordern. Auch wenn sie „Gefahr im Verzug" geltend machen konnten, war es besser, sich abzusichern. Außerdem bat sie Smirna und dessen Team nach Offenburg, damit die Kriminaltechniker die Wohnung einer genaueren Überprüfung unterziehen konnten.

Die Kommissare zogen Gummihandschuhe an und begannen, die Wohnung zu durchsuchen, doch sie fanden weder einen schwarzen Motorradhelm noch die Tatwaffe. Auch die Kleidung, die die Täterin bei dem Überfall auf *Lackners Goldschmiede* getragen hatte – schwarze Lederjacke und Handschuhe, sowie Levi's Jeans und weiße Adidas Sportschuhe – waren nicht auffindbar. Im Wohnzimmer öffnete Bussard diverse Schubladen, bis er schließlich auf einige Papiere und Dokumente stieß. Zwischen Werbebroschüren, Telefonrechnungen und zwei Briefen der Hausverwaltung entdeckte er ein farbiges Faltblatt. Es war ein Speiseplan für die Woche vom achten bis zum vierzehnten November der Freiburger Uni-Klinik. Jemand, vermutlich Hoa Nguyen, hatte für jeden Tag eines von zwei zur Wahl stehenden Menüs angekreuzt. Bussard erinnerte sich an Martin Bleyles Aussage, wonach sich Bian Bleyle und Hoa Nguyen in der Uni-Klinik kennengelernt hatten. In diesem Punkt hatte er vermutlich die Wahrheit gesagt. Bussard wollte das Faltblatt wieder in die Schublade zurücklegen, doch er verharrte mitten in der Bewegung. Irgendetwas schien ihm der Speiseplan sagen zu wollen. Er faltete ihn noch einmal auseinander und betrachtete die Menüs, die angekreuzt worden waren. Weder auf den ersten noch auf den zweiten Blick war etwas ungewöhnlich daran und er gewann lediglich die Erkenntnis, dass Hoa Nguyen kein Vegetarier war. Er drehte das Blatt um, fand aber auf der Rückseite keine handschriftlichen Eintragungen oder Anmerkungen. Nachdenklich stöberte er weiter in der Schublade und fand einen zweiten Speiseplan für die Woche vom fünfzehnten bis zum einundzwanzigsten November. Auch auf diesem Plan waren Menüs angekreuzt. Im Gegensatz zu dem Plan der Vorwoche hatte jedoch jemand eine Handynummer am unteren Rand des Blattes notiert. Bussard nahm eine Plastiktüte aus seiner Jacke und sicherte das Beweisstück.

Nach einer Stunde gaben die Kommissare auf. Sie hatten kein belastendes Material gefunden, das sie mit dem Raubmord oder dem Mord an Hans Martin Bleyle in Verbindung bringen konnten. Vielleicht würden die Kollegen der Spurensicherung mehr Glück haben. Bussard wollte Smirna anrufen, doch in diesem Augenblick läutete sein Handy.

„Susanne, was gibt's?", fragte er, nachdem er ihren Namen auf dem Display gelesen hatte.

„Martin Bleyle und Hoa Nguyen wurden verhaftet", antwortete sie, „die Kollegen von der Autobahnpolizei haben sie in der Nähe von Ulm gestellt. Anscheinend wollten sie sich in den Osten absetzen."

„Gab es Verletzte?", fragte er, weil die Tatwaffe noch immer verschwunden war.

„Nicht, dass ich wüsste", erklärte sie, „die Aktion muss ziemlich unspektakulär gewesen sein. Anscheinend konnten die Kollegen das Fluchtfahrzeug stoppen und die Verhaftung vornehmen, ohne dass Bleyle oder Nguyen Widerstand geleistet haben."

„Gut, sehr gut", sagte Bussard erleichtert.

„Ich habe mir übrigens die Ermittlungsakte vorgenommen", fuhr Susanne fort, „und mir alles bestimmt fünfmal angesehen, aber mir ist nichts aufgefallen. Ich habe keine Ahnung, was Hans Martin Bleyle entdeckt haben könnte."

„Das macht nichts", wehrte Bussard ab, „wir werden Martin Bleyle und Hoa Nguyen so lange vernehmen, bis sie uns sagen, was wir wissen wollen."

*

Auf dem Rückweg von Offenburg ließ sich Bussard zu Hause absetzen, während Sylvia ins Präsidium fuhr. Martin Bleyle und Hoa Nguyen sollten im Lauf des späteren Nachmittags in Freiburg eintreffen und so hatte Bussard noch gut drei Stunden Zeit. Er war seit vier Uhr am Morgen auf den Beinen und er hatte Hunger.

Mit dem Schlüssel in der Hand stand er vor seiner Haustür, doch er konnte sich nicht entschließen, sie zu öffnen. Die Aussprache mit Helen war unumgänglich, doch er fühlte sich zu müde, obwohl gleichzeitig der Verdacht, dass sie ihn mit einem anderen betrog, an seinen Nerven zerrte und nach einer Antwort verlangte. Er wollte einen Streit vermeiden, doch er wusste nicht, wie er reagieren würde, wenn sie offen erklärte, eine Affäre zu haben. Seufzend steckte er seinen Schlüsselbund wieder ein. Die Aussprache konnte auch bis zum Abend warten. Wenigstens hatte er dann den Vorteil, das Haus nicht noch einmal verlassen zu müssen. Einen Augenblick dachte er daran, mit der Straßenbahn in die Innenstadt zu fahren, doch dann entschied er sich, zu Fuß zu gehen. Er stopfte die Hände in die Hosentaschen, bog in die Zähringerstraße ein und verbannte Helen samt ihrem ominösen Liebhaber aus seinen Gedanken.

Während des Gehens in der feuchtkalten Luft dachte er über den Fall Bleyle nach. Die Telefonnummer auf dem Speiseplan, den er in Hoa Nguyens Wohnung gefunden hatte, fiel ihm wieder ein. Er zog sein Handy und das Beweisstück aus seiner Jacke, rief Susanne an und gab ihr die Nummer durch. Wenige Augenblicke später bestätigte sie, was er bereits vermutet hatte. Es war die Handynummer von Bian Bleyle.

Bei einem türkischen Imbiss kehrte Bussard ein. Er bestellte Lahmacun und eine Tasse Tee und verzehrte sein Mittagessen an einem der drei Stehtische des kleinen Lokals.

„Hallo, wie geht's?", rief der Wirt, als eine junge Frau zur Tür hereinkam, die er offensichtlich kannte.

Sie trug einen Trainingsanzug mit dem Emblem eines lokalen Sportvereins auf dem Rücken und ging an Krücken.

„Scheiße", antwortete sie, während sie zum Tresen humpelte, „morgen muss ich in die Klinik. Der Arzt hat gesagt, dass ich operiert werden muss. Die Saison kann ich abschreiben."

„Dann musst du immer gut essen", erwiderte der Türke mit erhobenem Zeigefinger, „das ist wichtig, damit du wieder gesund wirst."

Bussard betrachtete die junge Frau gedankenverloren, während er sich den letzten Bissen in den Mund schob. Vielleicht hatte sie sich eine Sportverletzung zugezogen, die so schwerwiegend war, dass sie in der Orthopädie behandelt werden musste. Möglicherweise würde Dr. Ananthamurthy die Operation durchführen und der Kommissar war sicher, dass die Frau bei dem sympathischen Inder in guten Händen sein würde. Nachdenklich trank er seinen Tee und verließ schließlich den Imbiss. Als er wieder ins Freie trat, blieb er unvermittelt stehen. Die Erinnerung an den Arzt, Schwester Gabi und die Orthopädie hatte etwas in ihm ausgelöst, das er noch nicht recht fassen konnte. Sein Instinkt hatte die Alarmglocke geläutet. Etwas lag direkt vor seiner Nase, aber er konnte es noch nicht sehen. Bussard kannte sich selbst gut genug, um zu wissen, dass ihn dieses Gefühl den ganzen Tag lang verfolgen würde. Kurz entschlossen wandte er sich nach rechts und schlug den Weg zur Uni-Klinik ein.

*

„Ich wollte dich gerade anrufen", sagte Sylvia, als Bussard mit einer Akte in der Hand die Tür zu ihrem Büro im Präsidium öffnete, „Martin Bleyle und Hoa Nguyen sind da. Sie warten im Vernehmungsraum."

„Sehr gut", antwortete er und schloss die Tür hinter sich, „da waren die Kollegen aber fix."

„Das liegt vermutlich an Schmieder", erwiderte sie, „ich glaube, er hat Druck gemacht. Er ist gerade bei Neudörfer."

Bussard warf die Akte auf seinen Schreibtisch, zog seine Jacke aus und hängte sie an die Garderobe.

„Will Schmieder die Verdächtigen selbst verhören?", fragte er.

„Keine Ahnung", antwortete sie achselzuckend, „aber ich glaube nicht. Die Sache ist ihm zu unsicher."

„Zu unsicher?"

„Ja, Bleyles Anwalt kam schon vor einer Stunde. Er hat die Ermittlungsakten gefordert und sich angesehen. Anschließend hatte er ein Gespräch mit Schmieder. Unser Oberstaatsanwalt war not amused."

Wenn der Anwalt schon eine Stunde vor seinem Mandanten im Präsidium gewesen war, dann musste Beyle schnell reagiert und ihn direkt nach seiner Verhaftung angerufen haben. Ein Anwalt stand dem Verdächtigen zu und Bussard nahm Bleyles Reaktion befriedigt zur Kenntnis. Martin Bleyle stand unter Druck. Wenn sein Anwalt eine Vereinbarung mit der Staatsanwaltschaft treffen wollte, um eine Milderung der Strafe zu erreichen, dann musste ein Geständnis auf den Tisch.

„Wo sind die Ermittlungsakten jetzt?", fragte er.

„Im Vernehmungszimmer", antwortete Sylvia, „eigentlich haben wir nur noch auf dich gewartet."

„Na dann", sagte Bussard und nahm die Akte wieder von seinem Schreibtisch, „auf zum Tanz!"

„Eines solltest du noch wissen", sagte sie und stand hinter ihrem Schreibtisch auf, „Bertold und sein Team haben in der Wohnung von Hoa Nguyen nichts Verwertbares gefunden."

Bussard nickte, antwortete aber nicht. Er ging zur Tür, öffnete sie und ließ Sylvia den Vortritt. Auf dem Flur wies er sie an, alle Kollegen der SOKO Bleyle in den Überwachungsraum zu bitten, während er selbst Neudörfer und Schmieder Bescheid sagen wollte. Fünf Minuten später betrat er den Vernehmungsraum. Sylvia saß bereits am Tisch den beiden Verdächtigen gegenüber. Martin Bleyle und Hoa Nguyen machten einen gefassten, selbstsicheren Eindruck. Sie schienen über die bevorstehende Vernehmung nicht besorgt zu sein und saßen entspannt am Tisch. Dass sie jedoch einen Anwalt mit der Wahrung ihrer Rechte beauftragt hatten, deutete darauf hin, dass sie befürchteten, ohne Rechtsbeistand in Schwierigkeiten zu geraten. An der Stirnseite des Tisches erhob sich ein Mann mittleren Alters und stellte sich als Dr. Vogt vor.

„Ich habe die anwaltliche Vertretung für Herrn Bleyle und Frau Nguyen übernommen", erklärte er, während er Bussard die Hand schüttelte, „ich denke, es wird ein kurzes Vergnügen werden."

„Das denke ich auch", erwiderte der Kommissar, „sind Sie damit einverstanden, dass wir die Vernehmung auf Video aufzeichnen."

„Die Mühe können Sie sich sparen", erwiderte Dr. Vogt, „aber wenn Sie darauf bestehen, habe ich nichts dagegen einzuwenden?"

„Du musst nur auf Aufnahme drücken", erklärte Sylvia, „eine neue Kassette ist schon drin."

Bussard ging zur Kamera, startete die Aufzeichnung und setzte sich an den Tisch neben Sylvia. Auch Dr. Vogt hatte wieder Platz genommen.

„Für's Protokoll", begann Bussard und sah auf seine Armbanduhr, „heute ist Donnerstag, der 18.12.2010, und es ist sechzehn Uhr fünfzehn. Mein Name ist Kriminalhauptkommissar Steffen Bussard. Ebenfalls anwesend ist Kriminalhauptkommissarin Sylvia Harter, die diese Vernehmung leiten wird. Würden Sie bitte auch Ihre Namen nennen?"

Während Sylvia ihm einen überraschten Blick zuwarf, sah Bussard Bleyle an, der wie seine Partnerin auf ein Kopfnicken seines Anwalts reagierte und antwortete.

„Martin Bleyle."

„Hoa Nguyen."

„Rechtsanwalt Dr. Claus Vogt, Rechtsbeistand und anwaltlicher Vertreter für Martin Bleyle und Hoa Nguyen."

„Vielen Dank", erwiderte Bussard und lehnte sich zurück.

Mit einem Blick gab er Sylvia zu verstehen, dass die Vernehmung beginnen konnte und die Kommissarin ergriff das Wort.

„Herr Bleyle, Frau Nguyen, Sie werden beschuldigt, gemeinschaftlich am Zwölften dieses Monats Bian Bleyle und am Siebzehnten dieses Monats Hans Martin Bleyle aus Habgier ermordet zu haben. Was sagen Sie dazu?"

„Nichts", antwortete Dr. Vogt, „da meine Mandanten die Taten nicht begangen haben, können sie sich auch nicht dazu äußern."

Sylvia schlug eine der beiden Ermittlungsakten auf, suchte nach der Faxkopie, die Schmieder ihnen gegeben hatte und fuhr fort.

„Am vierundzwanzigsten August dieses Jahres hat Hans Martin Bleyle in seinem Testament verfügt, dass Sie, Herr Bleyle, den größten Teil seines Vermögens erben werden, falls Ihre Ehefrau, Bian Bleyle, zum Zeitpunkt des Todes von Hans Martin Bleyle nicht mehr am Leben sein sollte. Der Anteil an der Erbschaft, der Ihnen zufallen würde, beträgt ungefähr siebzehn Millionen Euro. Das nenne ich ein starkes Tatmotiv."

„Nennen Sie es, wie Sie wollen", erwiderte der Anwalt, „ein Motiv ist ein Motiv, aber kein Beweis."

Sylvia beachtete den Einwand nicht und sprach unbeirrt weiter, obwohl sie wusste, dass sie wenig gegen die beiden Tatverdächtigen in der Hand hatten.

„Nachdem Sie von dem Testament erfahren hatten, fassten Sie den Plan, Bian Bleyle zu ermorden. Um von Ihrer Tatbeteiligung abzulenken, führten Sie ein groß angelegtes Ablenkungsmanöver durch. Sie veranlassten Ihre Ehefrau, OP-Berichte von Operationen, die auf der Station in der Uni-Klinik durchgeführt worden waren, auf der Ihre Frau als Krankenschwester gearbeitet hatte, zu entwenden. Sie selbst täuschten einen Datendiebstahl bei Ihrem Arbeitgeber, dem Mikrobiologischen Institut, vor. Beide Aktionen dienten lediglich dem Zweck, die Tat zu verschleiern und dem vietnamesischen Geheimdienst in die Schuhe zu schieben. Weder wir noch das BKA haben jedoch Hinweise gefunden, die Ihre Angaben stützen würden."

„Das beweist lediglich, dass Sie nicht in der Lage sind, den Mord an Bian Bleyle aufzuklären", unterbrach Dr. Vogt, „wenn Sie keine Hinweise finden, heißt das nicht automatisch, dass es keine gibt. Das Fehlen von Beweisen ist kein Beweis für ihr Fehlen. Im Umkehrschluss können Sie meine Mandanten auch nicht aus Mangel an anderen Beweisen für den Mord an Bian Bleyle anklagen."

„Die Indizien sprechen eindeutig gegen Ihre Mandanten", widersprach Sylvia, „nachdem Martin Bleyle durch die vorgetäuschte Spionagetätigkeit die Tat vorbereitet hatte, wurde der Raub in *Lackners Goldschmiede* inszeniert. Die Tat wurde zwar vollendet, aber der Raubüberfall diente lediglich dazu, vom wahren Motiv, nämlich der Ermordung von Bian Bleyle, abzulenken. Die Aufnahme des Überwachungsvideos zeigt eindeutig, dass es sich um einen vorsätzlichen, genau gezielten Schuss handelte, der schließlich zum Tod von Bian Bleyle geführt hat."

„Können Sie beweisen, dass sich meine Mandantin zum Tatzeitpunkt am Tatort aufgehalten hat?", fragte der Anwalt.

„Größe und Statur stimmen überein", antwortete Sylvia, „außerdem können wir beweisen, dass Frau Nguyen bereits Wochen vor der Tat Kontakt mit dem Ehepaar Bleyle hatte."

„Ich bitte Sie, Frau Kommissarin", erwiderte Dr. Vogt mit einem selbstsicheren Lächeln, „eine Übereinstimmung bei Größe und Statur ist weniger als dürftig. Sie werden in Freiburg mindestens tausend Frauen finden, auf die diese Merkmale zutreffen. Dass Frau Nguyen mit Frau Bleyle telefoniert hat, beweist ebenfalls nichts. Sie haben überhaupt nichts gegen meine Mandanten in der Hand, was sie mit den Taten zweifelsfrei in Verbindung bringt."

„Siebzehn Millionen Euro werden jeden Richter überzeugen", erklärte Sylvia.

„Aber wovon denn", fragte Dr. Vogt und schlug die Beine übereinander, „selbst wenn ich unterstelle, dass die Erbschaft ein Motiv für Herrn Bleyle darstellen könnte – und ich sage ausdrücklich darstellen könnte – so ist doch bereits zweifelsfrei geklärt, dass er den Mord an seiner Frau nicht begangen hat. Das Überwachungsvideo und die Aussage des Zeugen Lackner bestätigen dies. Frau Nguyen hatte überhaupt kein Motiv, Frau Bleyle zu töten. Die beiden kannten sich kaum."

„Aber Herr Bleyle und Frau Nguyen kannten sich gut genug, um zusammen zu fliehen", stellte die Kommissarin fest.

„Zu fliehen", wiederholte der Anwalt und schüttelte den Kopf, „Frau Nguyen und Herr Bleyle haben einen gemeinsamen Ausflug unternommen. Sie wollten zum Christkindlmarkt nach Nürnberg."

Jeder am Tisch wusste, dass das eine Lüge war. Sylvia warf dem Anwalt einen verächtlichen Blick zu, doch sie konnte das Gegenteil nicht beweisen. Die Tatsache, dass Martin Bleyle und Hoa Nguyen in einem Mietwagen in der Nähe von Ulm verhaftet worden waren, erhärtete zwar den Verdacht gegen die beiden, stellte aber immer noch keinen Beweis für ihre Täterschaft dar. Sylvia wandte den Kopf und sah Bussard an, der zurückgelehnt mit verschränkten Armen einen fast unbeteiligten Eindruck machte. Wenn er kein Ass im Ärmel hatte, würde der Kommissarin bald die Luft ausgehen.

„Es ist ein merkwürdiger Zufall, dass Ihre Mandanten ausgerechnet einen Tag nach der Ermordung von Hans Martin Bleyle nach Nürnberg zum Christkindlmarkt fahren wollten", erklärte Sylvia, doch auch dieses Indiz ließ den Anwalt kalt.

„Sie sagen es, Frau Kommissarin", erwiderte er, „es ist ein Zufall. Mein Mandant wusste nichts von der Ermordung seines Vaters. Er hat erst durch die Beamten der Autobahnpolizei davon erfahren. Es wäre auch nicht nötig gewesen, ihn und Frau Nguyen zu verhaften. Herr Bleyle wäre selbstverständlich sofort nach Freiburg zurückgekehrt."

„Das glaube ich kaum", widersprach Sylvia, „Bian Bleyle und Hans Martin Bleyle wurden mit derselben Waffe ermordet. Unsere Kriminaltechniker haben das zweifelsfrei nachgewiesen und es ist mehr als ein merkwürdiger Zufall. Martin Bleyle hat seinen Vater getötet und ist anschließend mit seiner Komplizin geflüchtet."

Dr. Vogt seufzte und antwortete in einem Tonfall, in dem man gewöhnlich mit kleinen Kindern sprach.

„Warum hätte mein Mandant seinen Vater ermorden sollen? Hans Martin Bleyle war sterbenskrank und hätte ohnehin in Kürze das Zeitliche gesegnet, wie ich aus dem Obduktionsbericht von Prof. Münchrath entnommen habe. Mein Mandant hatte kein Motiv, seinen Vater zu töten."

„Wir gehen davon aus, dass er ein Motiv hatte", erklärte Sylvia, „am Dreizehnten dieses Monats haben wir Carola Braun unter dem Tatverdacht des Mordes an Bian Bleyle verhaftet. Hans Martin Bleyle hat das Mandat für Frau Braun übernommen und wir sind davon überzeugt, dass er herausgefunden hat, wer hinter der Ermordung seiner Schwiegertochter steckt. Martin Bleyle hat seinen Vater ermordet, um einen unliebsamen Mitwisser zu beseitigen."

Dr. Vogt seufzte noch einmal und schüttelte den Kopf.

„Sie mögen vielleicht Gefallen an Ihren Theorien finden, Frau Kommissarin", erklärte er, „aber sie sind eben nicht mehr als das, Theorien, Spekulationen, Vermutungen und Unterstellungen. Können Sie zweifelsfrei beweisen, dass sich Frau Nguyen zur Tatzeit am Tatort befunden hat, als Bian Bleyle getötet wurde?"

Sylvia warf Bussard einen Blick zu, der seinerseits Hoa Nguyen nicht aus den Augen ließ. Dr. Vogt wartete auf eine Antwort und schließlich schüttelte die Kommissarin den Kopf.

„Nein", sagte sie und der Anwalt feuerte in rascher Folge seine nächsten Fragen ab.

„Können Sie zweifelsfrei beweisen, dass sich mein Mandant, Martin Bleyle, zur Tatzeit am Tatort befand, als Hans Martin Bleyle ermordet wurde?"

„Nein."

„Haben Sie die Tatwaffe gefunden, mit der die beiden Morde verübt wurden?"

„Nein."

„Haben Sie die Kleidung gefunden, die die Täterin beim Überfall auf *Lackners Goldschmiede* getragen hat?"

„Nein."

„Haben Sie irgendwelche anderen Beweise – ich sage ausdrücklich Beweise und nicht Indizien – die meine Mandanten mit den Morden in Verbindung bringen?"

Sylvia antwortete nicht. Sie sah noch einmal Bussard an, dessen Blick immer noch starr auf Hoa Nguyen gerichtet war.

„Wenn also nichts gegen meine Mandanten vorliegt", erklärte Dr. Vogt und erhob sich, „dann ist die Vernehmung damit beendet. Falls Sie einen Indizienprozess anstrengen wollen, wünsche ich Ihnen schon einmal viel Glück. Sie werden es brauchen."

Martin Bleyle und Hoa Nguyen standen ebenfalls auf. Auch wenn beide versuchten, ihre Erleichterung zu verbergen, bemerkte Bussard, unter welcher Anspannung sie in den letzten Minuten gestanden hatten. Keiner von ihnen hatte ein Wort gesagt. Es war ihr Recht, als Beschuldigte die Aussage zu verweigern und ihren Anwalt für sie sprechen zu lassen. Sie hatten dieses Recht in Anspruch genommen und Bussard wusste, dass sie damit hatten vermeiden wollen, sich zu einer verräterischen Bemerkung hinreißen zu lassen. Er, Kriminalhauptkommissar Steffen Bussard, wusste ebenfalls, dass sie für die beiden Morde verantwortlich waren und er wusste auch, wie sie es getan hatten.

„Für's Protokoll", sagte er, „erstens: Die Vernehmung ist erst beendet, wenn ich sie für beendet erkläre und zweitens: Wir werden es nicht brauchen."

Der Anwalt und seine Mandanten sahen den Kommissar irritiert an.

„Was werden Sie nicht brauchen?", fragte Dr. Vogt.

„Glück", antwortete Bussard, „setzen Sie sich wieder."

„Gibt es noch etwas, das sie vorbringen können?", hakte der Anwalt nach.

„Lassen Sie sich überraschen", erwiderte Bussard.

Dr. Vogt zuckte mit den Achseln, nahm wieder Platz und sah demonstrativ auf seine Armbanduhr. Auch Martin Bleyle und Hoa Nguyen setzten sich wieder auf ihre Stühle. Bussard sah ihren Gesichtern an, dass er sie verunsichert hatte.

„Frau Nguyen", begann er, ohne seine Körperhaltung zu verändern, „habe ich Ihren Namen richtig ausgesprochen?"

Die Vietnamesin sah ihren Anwalt an, der erneut mit den Achseln zuckte und schließlich nickte.

„Für einen Europäer ganz okay", antwortete sie, „in meiner Sprache wird der Name anders ausgesprochen."

Bussard hob entschuldigend die Hände.

„Bitte sehen Sie es mir nach, wenn ich es erst gar nicht versuche", erklärte er und ließ seine Hände auf die Tischplatte sinken, „asiatische Sprachen sind für uns Europäer ziemlich schwierig. Ich bin schon froh, wenn ich mit meinem Englisch einigermaßen über die Runden komme."

„Was soll das werden", fragte Dr. Vogt ungeduldig, „ein philologischer Exkurs?"

„Nein", erwiderte Bussard und wies mit der Hand auf die Beschuldigte, „ich möchte nur sicherstellen, dass sich Frau Nguyen angesprochen fühlt, wenn ich sie bei ihrem Namen nenne, auch wenn meine Aussprache vermutlich einiges zu wünschen übrig lässt."

„Da es in diesem Raum niemanden mit einem ähnlichen Namen gibt", erwiderte der Anwalt, „sind auch keine Verwechslungen zu befürchten. Können Sie jetzt bitte auf den Punkt kommen? Ich habe nachher noch einen wichtigen Termin."

„Natürlich haben sie den", antwortete Bussard verständnisvoll, „es wird nicht lange dauern."

Er beugte sich vor, stützte die Ellenbogen auf den Tisch und legte die Handflächen gegeneinander.

„Frau Nguyen", sagte er und sah ihr direkt in die Augen, „was wissen Sie über minimal-invasive Chirurgie?"

Die Vietnamesin blinzelte einmal und ihr Blick wurde lauernd. Bussard entging ihre Reaktion nicht.

„Was hat das mit dem Fall zu tun?", fragte Dr. Vogt, doch der Kommissar beachtete den Anwalt nicht.

„Warum antworten Sie nicht, Frau Nguyen? Haben Sie die Frage nicht verstanden?"

„Ich habe Ihre Frage verstanden", erwiderte sie, „aber ich weiß nicht, warum ich sie beantworten soll."

Bussard fixierte immer noch ihren Blick. Ihre Anspannung wuchs und sie schluckte.

„Wenn Sie sich damit auskennen", sagte er, „muss ich nicht viel erklären. Für Laien wie mich ist es eine komplizierte Angelegenheit. Deshalb habe ich heute Mittag Dr. Ananthamurthy aufgesucht und mir die minimal-invasive Operationstechnik von ihm erklären lassen. Er ist ein Fachmann auf diesem Gebiet. Kennen Sie ihn?"

Die Vietnamesin warf ihrem Anwalt einen Blick zu, während Dr. Vogt Bussard fragend ansah.

„Kennen Sie Dr. Ananthamurthy?", fragte Bussard noch einmal.

„Ja", antwortete sie zögerlich.

Der Kommissar nahm die Akte, die er mitgebracht und mit der Rückseite nach oben auf den Tisch gelegt hatte, zur Hand und öffnete sie so, dass man die Vorderseite nicht sehen konnte. Aus einer Klarsichthülle nahm er ein Foto und legte es vor die Beschuldigte.

„Sagen Sie mir, was Sie hier sehen", forderte er sie auf.

Dr. Vogt beugte sich vor und betrachtete das Foto.

„Ich verstehe immer noch nicht, was das mit dem Fall zu tun hat", erklärte er.

„Aber Ihre Mandantin versteht es", erwiderte Bussard und beugte sich vor, „nicht wahr?"

Die Vietnamesin atmete heftiger und wich instinktiv zurück, weil der Kommissar ihr zu nahe kam.

„Ich weiß nicht, was Sie meinen", antwortete sie.

„Das Foto", erklärte er, „sagen Sie mir, was Sie auf dem Bild erkennen."

Frau Nguyen verschränkte die Arme vor der Brust, warf dem Foto einen flüchtigen Blick zu und sah Bussard wieder an.

„Es ist ein Knie", sagte sie.

„Richtig", bestätigte Bussard, „es ist ein Knie. Sie werden aber doch noch mehr auf dem Bild erkennen, oder?"

„Ein Knie ist ein Knie", erklärte der Anwalt, „was soll daran besonders sein?"

„Nun, wenn Frau Nguyen nicht mehr erkennt", antwortete Bussard und sah Dr. Vogt an, „dann werden Sie mir vielleicht sagen können, was Ihnen an diesem Knie auffällt."

Der Anwalt beugte sich noch einmal vor und betrachtete das Foto genauer.

„Hier sind zwei Wunden", berichtete er, „die mit jeweils drei Stichen genäht wurden, soweit ich das beurteilen kann. Offenbar hat sich die Person verletzt."

„Hat sie sich verletzt?", fragte Bussard und sah die Vietnamesin wieder an.

„Woher soll ich das wissen?", antwortete sie achselzuckend.

„Ja, woher sollen Sie das wissen", wiederholte er und sah ihr in die Augen, „schließlich sind Sie keine Expertin für minimal-invasive Chirurgie, nicht wahr? Schauen Sie genau hin."

Er deutete mit dem Finger auf die beiden Wunden auf dem Foto.

„Das sind zwei Schnitte, die Dr. Ananthamurthy vorgenommen hat", erläuterte er, „bei der minimal-invasiven Chirurgie verzichtet man auf große Schnitte, die große Narben hinterlassen würden. Man bedient sich deshalb einer Technik, die schon seit Jahren etabliert ist und erhebliche Vorteile bietet. Die Haut wird nur an zwei kleinen Stellen verletzt. In den einen Spalt führt man eine Kamera ein und in den anderen die zur Operation notwendigen Instrumente. Die Kamera liefert ein Bild, das an einen Monitor übertragen wird. Der Chirurg schaut während der Operation nicht in die Wunde, sondern auf den Bildschirm. Dort kann er alles sehen, sogar vergrößert. Es ist wirklich erstaunlich, was in der Medizin heutzutage alles möglich ist, nicht wahr?"

„Vielen Dank für die erhellende Einsicht in die moderne Medizin", sagte Dr. Vogt und trommelte mit den Fingernägeln auf die Tischplatte, „aber mir fehlt leider die Zeit, mich eingehender mit diesem zweifellos interessanten Thema zu beschäftigen."

„Aber Ihre Mandantin ist brennend daran interessiert", entgegnete Bussard ohne die Asiatin aus den Augen zu lassen, „kommen Ihnen diese beiden Nähte nicht bekannt vor?"

Sie schluckte, antwortete aber nicht.

„Die Aufnahme stammt vom achten November", fuhr er fort, „sie wurde einen Tag nach der Operation gemacht."

Die Vietnamesin schluckte noch einmal. Ihre Unterlippe begann unmerklich zu zittern. Bussard erkannte das Indiz sofort und nickte wissend.

„Wir haben noch eine zweite Aufnahme", berichtete er, „es ist dasselbe Knie, fünf Wochen später. Die Fäden sind schon gezogen und die Schnitte sind sehr gut verheilt. Möchten Sie die Aufnahme sehen?"

Ihre Unterlippe zitterte jetzt stärker und eine Ader an ihrer Schläfe pochte heftig. Von ihrer anfänglichen entspannten Selbstsicherheit war nichts mehr zu sehen. Sie war blass geworden und die Angst stand in ihren Augen.

„Wir müssen uns diesen Quatsch nicht länger anhören", rief Bleyle plötzlich und stand auf, „lass uns gehen!"

Weder Bussard noch Frau Nguyen noch Dr. Vogt reagierten auf die Aufforderung. Die Anspannung im Raum war fast mit Händen greifbar. Auch Sylvia bemerkte, dass Bussard die Verdächtige mit dem Foto aus der Fassung gebracht hatte, doch sie wusste nicht, was es damit auf sich hatte.

„Möchten Sie die Aufnahme sehen?", fragte Bussard noch einmal.

Die Vietnamesin schüttelte kaum merklich den Kopf und der Kommissar wusste, dass es Zeit für den finalen Stoß war.

„Warum nicht? Es ist doch Ihr eigenes Knie", sagte er und schlug die Ermittlungsakte auf, „die Aufnahme hat unser Rechtsmediziner, Professor Münchrath, gemacht."

Er drehte die Akte um, damit die Verdächtige die Fotos ansehen musste und deutete mit dem Finger auf die Aufnahmen.

„Sie können aber auch Ihre Hose ausziehen", bot er an und schlug die Akte wieder zu.

Als er weitersprach, bekam seine Stimme einen kalten, drohenden Unterton.

„Zeigen Sie uns Ihr Knie ... Frau Bleyle!"

Sylvia und Dr. Vogt sahen Bussard gleichermaßen konsterniert an, der seinerseits die Vietnamesin nicht aus den Augen ließ. Bei der Nennung ihres Namens war sie wie unter einem Peitschenhieb zusammengezuckt. Ihre Augen wanderten hektisch nach links und rechts, während ihr Mann blass geworden war.

„Was reden Sie da für einen Unsinn?", stieß Bleyle hervor, doch seinem Versuch, die Situation zu retten, fehlte es an Überzeugungskraft.

„Frau Bleyle?", fragte Sylvia verwirrt und war nicht sicher, ob sie ihren Kollegen richtig verstanden hatte.

Auch das Gesicht des Anwalts, der seine Mandantin mit offenem Mund ansah, war ein Bild der Konfusion.

„Bian Bleyle", sagte Bussard, „ich nehme Sie vorläufig fest unter dem dringenden Tatverdacht des gemeinschaftlichen Mordes an Hoa Nguyen und Hans Martin Bleyle."

Er stand auf und nickte dem Anwalt zu.

„Ich denke, dass Sie jetzt einen wichtigen Termin mit Ihren Mandanten wahrnehmen wollen. Sie haben zehn Minuten, um sich zu beraten."

*

Oberstaatsanwalt Schmieder, Polizeirat Neudörfer und die Kollegen der SOKO *Bleyle* folgten Bussard aufgeregt diskutierend in den Besprechungsraum.

„Das ist Bian Bleyle?", fragte Schmieder fassungslos, nachdem Susanne die Tür geschlossen hatte.

„Ja", bestätigte Bussard, „das ist Bian Bleyle."

„Ist Ihnen klar, was Sie da behaupten?"

„Das ist keine Behauptung", widersprach der Kommissar, „Hoa Nguyen ist tot. Bian Bleyle hat sie ermordet."

Alle Anwesenden bestürmten Bussard gleichzeitig mit Fragen. Jeder hatte das Verhör mit eigenen Augen verfolgt und die Reaktionen der Beteiligten gesehen. Den Beamten war klar, dass Bussard mit den Fotos des operierten Knies und der Nennung des Namens „Bian Bleyle" einen Volltreffer gelandet hatte. Es entstand ein hektisches Stimmengewirr, bis Neudörfer um Ruhe bittend die Hände hob.

„Vielleicht setzen wir uns", rief er, „und Kollege Bussard erklärt uns, wie er zu seinen Erkenntnissen gelangt ist."

Noch immer vor Aufregung ungläubig murmelnd setzten sich die Anwesenden, während Bussard zu den Stellwänden ging. Er sah einmal in die Runde und als die letzten Stimmen verstummt waren, begann er seinen Bericht.

„So etwas ist mir noch nicht untergekommen", sagte er kopfschüttelnd, „ich kann selbst kaum glauben, dass uns die Bleyles so an der Nase herumgeführt haben. Wenn sich Hans Martin Bleyle nicht eingemischt hätte, wären sie sogar damit durchgekommen."

Er wandte sich um und deutete mit dem Finger auf einen Eintrag, den er am Mittag an der Tafel vorgenommen hatte.

„Der vierundzwanzigste August war ein einschneidendes Datum im Leben der Bleyles", fuhr er fort, „an diesem Tag hat Hans Martin Bleyle sein Testament gemacht. Er hat seinen Sohn verachtet und seine Schwiegertochter gehasst. Deshalb hat er sich den ominösen Paragrafen drei ausgedacht, wonach sein Sohn nur erben würde, wenn dessen Frau nicht mehr am Leben war. Damit hat er Martin Bleyle zu einem Mord herausgefordert. Das war eine perfide, grenzenlose Bosheit und ich will mir gar nicht vorstellen, wie sehr sich Bleyle senior daran aufgegeilt hat. Er hat seinem Sohn die Bedingungen des Testaments offenbart und vielleicht hat er sogar mit sich selbst eine Wette abgeschlossen, wen der Junior ermorden würde, Bian oder Carmen Bleyle. Dass die ehemalige Prostituierte das Vermögen ihres Mannes erben würde, muss Martin Bleyle auf der Seele gebrannt haben. Bleyle senior wusste das und vermutlich hat er mit seiner ganzen Boshaftigkeit darauf gewartet, wie sich die Dinge entwickeln würden. Ich gehe davon aus, dass er seine Frau Carmen nicht einmal gewarnt hat. Sie wusste, dass es Nebenbedingungen gab, kannte den genauen Inhalt des Testaments jedoch nicht. Ergo wusste sie auch nicht, dass sie in Gefahr schwebte. Vermutlich hat Martin Bleyle alleine oder mit seiner Frau darüber nachgedacht, wie er oder sie Carmen Bleyle ermorden könnten, ohne dass der Verdacht auf sie fiel. Schließlich hätte die Erbschaft sofort unser Augenmerk auf sie gelenkt. Da Carmen Bleyle noch lebt, ist es Martin und Bian offensichtlich nicht gelungen, einen geeigneten Plan zu entwerfen oder in die Tat umzusetzen."

„Haben Sie Beweise, die Ihre Hypothese stützen?", fragte Schmieder.

„Nein", gab Bussard zu, „das ist auch nicht relevant. In der ersten Novemberwoche kam der Zufall den Bleyles zu Hilfe. Hoa Nguyen kam in die Uni-Klinik, weil sie am Knie operiert werden sollte. Bian Bleyle hat sofort erkannt, wie ähnlich sie sich sahen und welche Chance sich daraus ergab. Es war nicht schwierig, einen persönlichen Kontakt aufzubauen, zumal beide aus der gleichen Stadt in Vietnam stammten. Ich nehme an, dass Martin und Bian Bleyle gemeinsam den Plan entwarfen, Hoa Nguyen zu ermorden. Das Ablenkungsmanöver, das sie inszeniert haben, war wirklich raffiniert. Damit sie dem vietnamesischen Geheimdienst die Sache in die Schuhe schieben konnten, mussten sie umfangreiche Vorbereitungen treffen. Deshalb hat Bian Bleyle die OP-Berichte kopiert und Martin Bleyle einen versuchten Datendiebstahl vorgetäuscht. Damit hatten sie angebliche Beweise für ihre Geschichte. In der letzten Novemberwoche wurde Hoa Nguyen aus der Klinik entlassen. Zwei Wochen später, am zwölften Dezember, ist Martin Bleyle mit Hoa Nguyen zum Weihnachtsmarkt gegangen. Scheinbar zufällig kamen sie zu *Lackners Goldschmiede* und betraten, nachdem sie die Auslagen betrachtet hatten, das Juweliergeschäft. Diesen Augenblick hat Bian Bleyle abgewartet. Vermutlich hat sie die beiden aus der Nähe beobachtet, ohne selbst im Trubel des Weihnachtsmarktes bemerkt zu werden. Sie ging in den Juwelierladen und täuschte den Raub vor, um Hoa Nguyen zu erschießen. Ihr alle kennt das Überwachungsvideo. Von Anfang an haben wir uns gefragt, warum die Täterin geschossen hat, obwohl es dafür anscheinend keinen Grund gegeben hatte. Jetzt wissen wir es. Nach dem Mord ist Bian Bleyle geflüchtet und hat einer für ihre Zwecke geeigneten Person, Caro Braun, die Beute aus dem Überfall in die Hand gedrückt. Das war die falsche Fährte, die sie für uns gelegt hat."

„Aber wir haben diese falsche Fährte schnell durchschaut", bemerkte Susanne.

„Richtig", stimmte Bussard zu und nickte, „genau das sollten wir auch. Wir sollten dieses erste Ablenkungsmanöver durchschauen, um beim zweiten, das für später vorgesehen war, gar nicht erst auf den Gedanken zu kommen, dass es sich um eine Täuschung handeln könnte. Dass die Grundlage sowohl für das erste als auch für das zweite Ablenkungsmanöver ebenfalls eine Täuschung war, hat die Aufklärung des Falls für uns so schwierig gemacht."

„Aber wie bist du darauf gekommen?", fragte Sylvia.

„Das erste, was mich stutzig gemacht hat, war die spurlos verschwundene Handtasche", antwortete Bussard und deutete auf die Tatortfotos, „zuerst hatten wir einen eindeutigen Fall. Wir hatten die Aufnahme der Überwachungskamera und wir hatten zwei Zeugen, den Goldschmied und den Ehemann. Es gab keine Veranlassung, an ihren Darstellungen zu zweifeln, warum auch? Bleyle hat die ganze Zeit von seiner Frau gesprochen. Wir haben zwar ihren Ausweis nicht gefunden, doch wir haben seine Angabe auch nicht infrage gestellt."

„Haben Sie die Tote denn nicht überprüft?", fragte Schmieder.

„Warum hätten wir das tun sollen", gab Bussard zurück, „wir wussten, dass Bleyle mit einer Vietnamesin verheiratet war. Er selbst hat sie von Anfang an als seine Frau bezeichnet. Am nächsten Tag, das war Samstag, der dreizehnte, hat er sie in der Rechtsmedizin identifiziert. Für uns war damit die Identität der Ermordeten zweifelsfrei geklärt. Dass Bleyle die Handtasche vom Tatort verschwinden ließ, ist uns erst später aufgefallen. Bei der Hausdurchsuchung hat er zugegeben, die Handtasche vom Tatort mitgenommen zu haben. Das war, nachdem er uns die Spionagegeschichte aufgetischt hatte. Wir haben zwar seine Motivation in Zweifel gezogen, aber unsere Annahme, dass es sich um verräterische Dokumente aus der Klinik handeln könnte, ging in die falsche Richtung. In Wahrheit war es die Handtasche von Hoa Nguyen, die wir natürlich auf keinen Fall finden durften, weil sich wahrscheinlich ihre Ausweispapiere darin befunden hatten, aber das wussten wir zu diesem Zeitpunkt noch nicht. Auch ich bin der falschen Fährte brav gefolgt. Am Anfang dachte ich, dass die verschwundene Handtasche eine entscheidende Rolle spielen würde, doch nach der Hausdurchsuchung und Bleyles Erklärung bin ich davon ausgegangen, mich geirrt zu haben."

„Deshalb hatte es Bleyle am Montag auch so eilig", stellte Sylvia fest und Bussard nickte bestätigend.

„Ja, gleich am Montagmorgen hat er nach dem Totenschein verlangt. Die Todesursache war eindeutig geklärt und der Leichnam wurde freigegeben. Daraufhin hat er veranlasst, den Leichnam so schnell wie möglich einäschern zu lassen, damit die Urne nach Vietnam überführt werden konnte. Er hat die Spuren direkt vor unserer Nase beseitigt, ohne dass wir es bemerkt haben. Bian Bleyle hat währenddessen die Rolle von Hoa Nguyen eingenommen. Sie hat in der Wohnung von Hoa Nguyen auf uns gewartet, um uns den nächsten Schubs in die falsche Richtung zu verpassen. Sie hat auf Martin Bleyle gezeigt, der uns daraufhin vom vietnamesischen Geheimdienst berichtet hat. Dabei hat er sich zwei Punkte zunutze gemacht. Er hat uns die falschen Beweise untergeschoben und wir konnten kein Motiv für eine Tatbeteiligung seinerseits finden. Es gab keinen Streit zwischen den Eheleuten, keine außereheliche Affäre und keine Lebensversicherung, von der er profitiert hätte. Auf Hoa Nguyen als Mörderin deutete ebenfalls nichts hin. Auch sie hatte kein Motiv, Bian Bleyle zu ermorden, schon gar nicht durch einen so aufwendig inszenierten Raub. Die Spionagegeschichte hörte sich zwar abenteuerlich an, aber sie war die einzig plausible Erklärung für die Tatumstände. Der Plan wäre auch aufgegangen, aber es gab eine Schwachstelle, die weder Bleyle und seine Frau noch wir gesehen haben. Das war Hans Martin Bleyle."

„Er hat die Verteidigung für Caro Braun übernommen", rief Susanne und schnippte mit den Fingern, „so bekam er die Ermittlungsakte in die Hand und hat die Fotos gesehen. Er wusste, dass die Tote nicht seine Schwiegertochter war. Das war der Mosaikstein, den ich nicht gefunden habe."

„Ganz genau", bestätigte Bussard, „in der Zeitung vom Samstag stand, dass eine vietnamesische Krankenschwester Opfer eines Raubmordes geworden war. Hans Martin Bleyle ist entweder hellhörig geworden oder sein Sohn hat es ihm erzählt. Daraufhin hat er als einflussreicher Anwalt seine Kontakte spielen lassen und von der Verhaftung von Caro Braun erfahren. Er muss von Anfang an geahnt haben, dass an der Sache etwas faul war. Wir konnten zuerst keine Erklärung dafür finden, warum er das Mandat für die mutmaßliche Mörderin seiner Schwiegertochter übernommen hatte. Später, nachdem ich mit Magdalena Lubitz, der Mutter von Martin Bleyle und geschiedenen Ehefrau von Hans Martin Bleyle, gesprochen hatte, ging ich davon aus, dass er sich damit bei der Frau erkenntlich zeigen wollte, die seine verhasste Schwiegertochter ermordet hatte. Das war zwar eine perverse Vorstellung, aber sie schien in Anbetracht der Familienverhältnisse durchaus glaubwürdig. In Wahrheit hatte er die Scharade durchschaut und ich nehme an, dass es ihm ein diabolisches Vergnügen bereitete, seinem Sohn das Scheitern dessen Plans zu offenbaren. Ich kann mir sogar vorstellen, dass er damit gerechnet hat, selbst ermordet zu werden. Bei all seiner Boshaftigkeit wird er vielleicht sogar die letzten paar Wochen seines Lebens für seine Rache geopfert haben. Es muss ihm klar gewesen sein, dass sein Sohn mit einem zweiten Mord auf keinen Fall davonkommen würde, selbst wenn wir den ersten nicht hätten aufklären können."

„Aber warum hat er uns nicht gleich informiert?", fragte Schmieder.

„Eben weil er so boshaft war", antwortete Bussard, „er wollte vermutlich das Schauspiel nicht vorzeitig abkürzen, sondern sich daran weiden zu sehen, wie sich die Schlinge um den Hals seines Sohnes und seiner Schwiegertochter zuziehen würde."

„Das ist ...", begann Sylvia fassungslos, doch sie beendete den Satz nicht, weil ihr kein passendes Wort einfiel.

„Ich verstehe immer noch nicht, wie Sie herausgefunden haben, dass die vermeintliche Hoa Nguyen in Wahrheit Bian Bleyle ist", erklärte Neudörfer.

„Das war ein Zufall", erwiderte Bussard, „und eine Unaufmerksamkeit. Auf dem Überwachungsvideo sieht man, dass die angebliche Bian Bleyle hinkt. Vermutlich haben das alle bemerkt, doch niemand hat damit gerechnet, dass dem eine Bedeutung zukommt. Sylvia und ich haben die angebliche Hoa Nguyen in Offenburg vernommen. Einen Tag später habe ich in der Klinik ein Foto von Bian Bleyle gesehen. Es kam mir auf Anhieb bekannt vor, doch ich wusste nicht, wo ich es schon einmal gesehen hatte. In der Wohnung von Martin Bleyle hatten wir jedenfalls kein einziges Foto von ihr entdeckt. Das war zwar ungewöhnlich, hat uns aber auch nicht weitergebracht. Heute Morgen bin ich einer Frau begegnet, die an Krücken ging. Ich schnappte eine Bemerkung auf, wonach sie am Knie operiert werden musste und das brachte mich endlich auf die richtige Spur. Ich bin in die Klinik gegangen und habe mit Dr. Ananthamurthy gesprochen. Er hat mir die Aufnahmen von Hoa Nguyens Knie gezeigt und dann fiel es mir wie Schuppen von den Augen. Es war nicht das Foto von Bian Bleyle, das ich schon einmal gesehen hatte, sondern sie selbst! Martin Bleyles Mutter hatte behauptet, dass ihr Sohn Bian so sehr liebte, dass er eher sein eigenes Leben geben würde, anstatt seiner Frau etwas anzutun. Genauso war es! Martin Bleyle hat seiner Frau nichts angetan. Er hat ihre Ermordung nicht, wie wir angenommen hatten, veranlasst. Als ich danach in der Rechtsmedizin Professor Münchrath nach den OP-Wunden am Knie der Toten befragt habe, hat er meine Annahme bestätigt. Die Wunden sind auch in seinem Obduktionsbericht dokumentiert, nur sind sie uns die ganze Zeit nicht aufgefallen, weil wir nicht danach gesucht haben."

Bussard beendete seinen Bericht und einen Augenblick später redeten alle durcheinander, bis Schmieder schließlich um Ruhe bat.

„Können wir beweisen, dass die Frau im Vernehmungszimmer Bian Bleyle ist?", fragte er.

„Sicher", antwortete Bussard, „wir können eine Gegenüberstellung machen. Dr. Ananthamurthy und Schwester Gabi werden sie erkennen. Wir könnten auch die Eltern oder Geschwister von Hoa Nguyen ausfindig machen und eine DNA-Analyse vornehmen. Das Ergebnis wäre eindeutig, aber ich denke, das brauchen wir nicht. Sie haben sie vorhin selbst gesehen. Sie weiß, dass wir sie überführt haben."

„Dann gratuliere ich Ihnen", sagte Schmieder strahlend, erhob sich schwerfällig von seinem Stuhl und schüttelte dem Kommissar die Hand, „das war hervorragende Arbeit, Herr Bussard, ganz hervorragend. Ich wusste, dass ich mich auf Sie verlassen kann."

15

Als Bussard und Sylvia in den Vernehmungsraum zurückkehrten, wurden sie von Dr. Vogt bereits erwartet.

„Meine Mandanten möchten eine Erklärung abgeben", berichtete der Anwalt.

Bussard nickte und schaltete die Videokamera wieder ein, die er vor dem Verlassen des Vernehmungsraums ausgeschaltet hatte, weil das Gespräch zwischen Anwalt und Mandanten vertraulich war und nicht mitgeschnitten oder abgehört werden durfte. Sylvia setzte sich den Bleyles gegenüber an den Tisch und Bussard nahm neben ihr Platz.

„Bitte", sagte er, lehnte sich zurück und wartete.

Er war gespannt, ob die Verdächtigen freiwillig ein umfangreiches Geständnis ablegen würden oder ob es ein zähes und langwieriges Frage-und-Antwort-Spiel werden würde. Mit unbewegtem Gesicht sah er die Vietnamesin an. Er empfand weder Respekt noch Hochachtung für sie, denn sie war eine Mörderin. Trotzdem musste er zugeben, dass er den raffinierten Plan lange Zeit nicht durchschaut hatte. Wenn er am Mittag nicht im türkischen Imbiss der jungen Frau mit den Krücken begegnet wäre, hätte er möglicherweise den wahren Sachverhalt niemals ermittelt und das Ehepaar wäre vielleicht mit zwei Morden ungestraft davongekommen. Man konnte es Zufall, Schicksal oder einfach Glück nennen, doch das spielte keine Rolle. Er hatte sie überführt und die bevorstehende Vernehmung läutete das vorletzte Kapitel des Falls ein, bevor sich die Bleyles vor Gericht für ihre Taten verantworten mussten.

„Mein Name ist Bian Bleyle", sagte die Vietnamesin.

Sie sah Bussard direkt in die Augen, aber er konnte ihren Gesichtsausdruck nicht deuten. Weder Schuldgefühle noch Reue oder Trauer lagen in ihrem Blick und ihre Stimme klang sachlich wie die einer Nachrichtensprecherin.

„Für's Protokoll", stellte er fest, „die Anwesende erklärt, nicht wie zuvor angegeben Hoa Nguyen, sondern Bian Bleyle zu sein."

Er nickte ihr zu und wartete, dass sie fortfahren würde, doch die Vietnamesin schien keine weitere Erklärung abgeben zu wollen. Martin Bleyle warf Dr. Vogt einen fragenden Blick zu und als der Anwalt aufmunternd nickte, wandte sich der Verdächtige an Bussard.

„Am letzten Freitag war ich mit Hoa Nguyen auf dem Weihnachtsmarkt", begann er und wirkte sehr konzentriert, als ob er sich jedes einzelne Wort genau überlegen würde, „ich hatte sie gebeten, mir bei der Suche nach einem Weihnachtsgeschenk für Bian behilflich zu sein. Bei *Lackners Goldschmiede* haben wir uns die Auslagen angesehen und sind schließlich in den Laden gegangen. Kurz darauf geschah der Überfall, bei dem Hoa getötet wurde."

„Bei dem Ihre Ehefrau, Bian Bleyle, Hoa Nguyen getötet hat", präzisierte Bussard, doch Bleyle schüttelte den Kopf.

„Nein", widersprach er, „ich weiß nicht, wer die Mörderin war."

Bussard war zu überrascht, um etwas darauf erwidern zu können. Mit offenem Mund starrte er Bleyle an.

„Die Unbekannte hat Hoa erschossen", fuhr Bleyle fort, „und mir war sofort klar, was das für uns bedeutete. Wenn ich vorgeben würde, dass Hoa Bian wäre, dann würde ich das Vermögen meines Vaters erben."

Sylvia war ebenso fassungslos wie Bussard. Bleyle, der von seinem Anwalt instruiert worden war, leugnete die Tat mit einer Dreistigkeit, die den Kommissaren die Sprache verschlug.

„Deshalb habe ich Hoa als Bian ausgegeben", sagte Bleyle und warf seiner Frau einen Blick zu, „später hat sie dann Hoas Rolle übernommen. Wir wollten lediglich das Erbe, das uns zusteht, aber wir haben niemanden getötet. Wir sind unschuldig."

Bussard sah Martin Bleyle an, dann Bian und schließlich Dr. Vogt, der entspannt mit einem leisen Lächeln um die Lippen fast teilnahmslos wirkte. Du verdammter Schweinehund, dachte Bussard. Sie hatten eine lückenlose Indizienkette zusammengetragen, doch der Anwalt nutzte die Tatsache, dass die Ermittler nicht beweisen konnten, wer sich zur Tatzeit am Tatort befunden hatte, um die Köpfe seiner Mandanten aus der Schlinge zu ziehen. Bussard spürte, wie die Wut in ihm zu brodeln begann und es bereitete ihm Mühe, sich zu beherrschen. Zähneknirschend ballte er seine Hände zu Fäusten und öffnete sie wieder. Es nützte nichts, dass er wusste, wer Hoa Nguyen ermordet hatte und warum sie getötet worden war. Er musste es auch beweisen können.

„Frau Bleyle", sagte er und versuchte, sich seine Wut nicht anmerken zu lassen, „wo waren Sie am Freitag, den zwölften Dezember dieses Jahres, gegen siebzehn Uhr?"

„Zu Hause", antwortete sie.

„Kann das jemand bezeugen?"

„Nein, ich war alleine."

Bussard fixierte ihren Blick, den sie kühl erwiderte. Auch wenn er wusste, dass sie die Tat nicht zugeben würde, musste er die Frage dennoch stellen.

„Leugnen Sie, Hoa Nguyen während des Überfalls auf *Lackners Goldschmiede* getötet zu haben?"

„Meine Mandantin leugnet nicht", mischte sich Dr. Vogt ein, „sie erklärt lediglich, zur fraglichen Zeit alleine zu Hause gewesen zu sein."

Die Asiatin zuckte mit keiner Wimper und Bussard erkannte, dass er bei ihr auf Granit beißen würde. Sie würde den Mord niemals zugeben, solange er ihn ihr nicht nachweisen konnte. Das Gefühl der Niederlage nach einem sicher geglaubten Sieg erfüllte ihn bis in die Haarspitzen. Er atmete einmal tief ein und langsam wieder aus.

„Herr Bleyle", sagte er und wandte sich dem Verdächtigen zu, „wo waren Sie gestern Abend zwischen zwanzig und zweiundzwanzig Uhr?"

„Bei meiner Frau in der Wohnung von Hoa Nguyen in Offenburg", antwortete Bleyle.

„Gibt es außer Ihrer Frau noch andere Zeugen, die das bestätigen können?"

„Nein, wir waren alleine."

Die Antworten waren vorhersehbar gewesen. Bussard überlegte, ob er die beiden Verdächtigen getrennt vernehmen sollte. Auch wenn sie ihr Alibi abgesprochen hatten, konnten sie sich in Widersprüche verwickeln. Es war nur ein Strohhalm, doch das war alles, was er hatte. Er stand auf und nahm die beiden Akten vom Tisch.

„Ist die Vernehmung damit beendet?", fragte Dr. Vogt.

„Nein", antwortete Bussard, „wir machen nur eine Pause."

„Meine Mandanten sind damit nicht einverstanden", erklärte der Anwalt, „Frau Harter hat bereits erklärt, dass es keinen Beweis für die Anwesenheit meiner Mandanten zu den Tatzeiten an den Tatorten gibt. Eine Tatwaffe mit den Fingerabdrücken meiner Mandanten gibt es ebenfalls nicht, also werden meine Mandanten jetzt nach Hause gehen."

Er erhob sich und die Bleyles standen ebenfalls auf.

„Nach Hause", fragte Bussard, „wo denken Sie hin? Ihre Mandanten haben gestanden, dass sie das Erbe von Hans Martin Bleyle erschleichen wollten. Damit haben sie sich des versuchten Betrugs schuldig gemacht. Herr Bleyle hat wissentlich und vorsätzlich eine uneidliche Falschaussage abgegeben, als es um die Identifizierung der Leiche ging. Bei seiner Vernehmung am Dienstag hat er einen versuchten Datendiebstahl aus dem Mikrobiologischen Institut gestanden. Er hat ferner seine Frau, Bian Bleyle, beschuldigt, über einen Zeitraum von mindestens zehn Jahren für den vietnamesischen Geheimdienst gearbeitet zu haben und wir haben widerrechtlich entwendete Daten aus der Uni-Klinik auf ihrem Notebook gefunden. Nein, ich denke nicht, dass Ihre Mandanten nach Hause gehen können."

„Ist der Vorwurf des zweifachen, gemeinschaftlichen Mordes damit vom Tisch?", hakte Dr. Vogt nach.

„Das wird der Oberstaatsanwalt entscheiden", antwortete der Kommissar.

*

„Scheiße!", fluchte Bussard, „Scheiße! Scheiße! Scheiße!"

Er stand im Hof des Präsidiums und rauchte eine seiner selbst gedrehten Zigaretten. Nachdem er den Vernehmungsraum verlassen hatte, war er wütend in sein Büro gestürmt, hatte seine Jacke angezogen und war vor den Fragen der Kollegen geflüchtet. Er konnte kaum fassen, was in den letzten Minuten geschehen war. Der Hurensohn von einem Anwalt hatte den Vorwurf des zweifachen Mordes mit einer windigen, aber nicht zu widerlegenden Erklärung ins Leere laufen lassen. Bussard wusste nicht, wie er weiter vorgehen sollte. Er kochte vor Wut und schwor sich, dass die Bleyles nicht davonkommen würden.

Irgendetwas musste er finden, selbst wenn er dafür alle Steine der Stadt würde umdrehen müssen. Die Mörder mussten etwas übersehen haben und er musste dieses Etwas finden, koste es, was es wolle.

„Schmieder wartet auf dich."

Bussard drehte sich um und sah, dass Susanne auf ihn zukam. Auch sie hielt eine selbst gedrehte Zigarette in der Hand und er gab ihr Feuer.

„Was willst du jetzt tun?", fragte sie.

Bussard warf seine Kippe auf den Boden und trat sie aus.

„Jetzt? Gar nichts", antwortete er, „aber morgen werde ich die beiden einzeln durch die Mangel drehen. Ich werde sie so lange bearbeiten, bis einer von ihnen gesteht."

„Das wird nicht funktionieren", widersprach sie, „dieser Anwalt ist clever. Er wird nicht zulassen, dass sich seine Mandanten selbst belasten."

Sie zog an ihrer Zigarette und blies den Rauch in die kalte Abendluft. Bussard wusste, dass Susanne recht hatte. Er konnte die Beschuldigten nicht ohne deren Anwalt vernehmen, solange sie auf die Anwesenheit ihres Rechtsbeistandes bestanden. Dr. Vogt würde seinen Mandanten raten, hinsichtlich der Mordfälle die Aussage zu verweigern. Da es keinen zweifelsfreien Beweis für eine Tatbeteiligung gab, würde es auf einen Indizienprozess mit ungewissem Ausgang hinauslaufen. Ein Geständnis hätte die Sache vereinfacht, doch daran war nach Lage der Dinge nicht zu denken.

„Du hast gut gearbeitet", sagte sie, „mach dir keinen Kopf."

„Was meinst du?", fragte er.

„Du hast den Fall aufgeklärt", erwiderte sie, „mich hast du jedenfalls überzeugt. Außerdem hat diese Bian doch zugegeben, dass sie die Identität von Hoa Nguyen angenommen hat. Ich glaube nicht, dass sie vor Gericht freigesprochen werden."

Bussard war nicht halb so zuversichtlich wie seine Kollegin. Sie hatten keine Tatwaffe, keinen schwarzen Motorradhelm und keinen Beweis, dass sich Martin Bleyle zur Tatzeit im Haus seines Vaters aufgehalten hatte, also konnten sie die Behauptung, Bleyle hätte nach dem Raubüberfall auf *Lackners Goldschmiede* und dem Mord an Hoa Nguyen lediglich die Gunst der Stunde genutzt, auch nicht widerlegen.

„Es passt doch alles zusammen", fuhr Susanne fort, „das Testament, der Plan – der übrigens verdammt raffiniert war, das muss ich zugeben – die Täuschungsmanöver, der Raubmord, die Einmischung des Vaters, der die Scharade durchschaut hat und sein Wissen mit seinem Leben bezahlen musste. Nur ein Blinder würde die Zusammenhänge nicht erkennen."

„Das stimmt schon", gestand er ein, „aber es genügt nicht. Wir haben genügend Indizien, um Bian Bleyle für den Mord an Hoa Nguyen anzuklagen. Irgendwann wird aber die Frage auftauchen, wer Hans Martin Bleyle erschossen hat und diese Frage können wir nicht beantworten. Wir denken, dass Martin Bleyle den Finger am Abzug hatte, aber wir wissen es nicht. Es könnte ebenso gut seine Frau gewesen sein."

Susanne zuckte gleichgültig mit den Achseln.

„Für den ersten Mord kriegen wir sie auf jeden Fall dran", sagte sie, „und dafür werden sie lebenslänglich in den Knast wandern. Was macht das, wenn wir ihnen den zweiten nicht nachweisen können?"

„Ich rede mit Schmieder", antwortete er, nickte ihr zu und kehrte ins Gebäude zurück.

Während Bussard mit dem Aufzug nach oben fuhr, dachte er über Susannes Sicht der Dinge nach. Es widerstrebte ihm, ihre Meinung zu teilen. Die Bleyles hatten zwei Morde verübt und sollten auch für beide zur Verantwortung gezogen werden. Die Aussicht, dass sie am Ende straffrei ausgehen könnten, war unerträglich.

Im Besprechungsraum erfuhr Bussard, dass Schmieder Untersuchungshaft wegen Flucht- und Verdunklungsgefahr beantragt hatte. Die Entscheidung, ob die Bleyles wegen einfachen oder zweifachen gemeinschaftlichen Mordes angeklagt werden sollten oder ob man sich am Ende mit einem Verfahren wegen Betrugs und uneidlicher Falschaussage begnügen musste, wollte der Oberstaatsanwalt nach dem Wochenende treffen. Er wies die Beamten an, mit Hochdruck an dem Fall weiterzuarbeiten und die notwendigen Beweise zu beschaffen. Es war Donnerstagabend und damit blieben den Ermittlern noch drei Tage.

*

Als Bussard nach Hause kam, war seine Laune auf dem Nullpunkt. Helen begrüßte ihn, doch er warf ihr nur einen wütenden Blick zu.

„Was ist los?", fragte sie, doch bevor er antworten konnte, kamen Miriam und Tabea auf ihn zugelaufen.

„Papa!", riefen sie unisono.

Er schluckte seinen Ärger hinunter, umarmte seine Kinder und begleitete sie ins Kinderzimmer. Eine halbe Stunde lang baute er mit ihnen ein Schloss aus LEGO-Steinen, bis Helen den Kopf zur Tür hereinstreckte.

„Abendessen", kündigte sie an.

Sie sah Bussard fragend an, doch er wich ihrem Blick aus. Es war nicht der richtige Zeitpunkt, um eine wichtige Frage zu klären und er schob nur ein lapidares „Ärger-bei-der-Arbeit" vor. Auch während des Abendessens blieb er einsilbig und nachdem er die Kinder zu Bett gebracht und ihnen einige Seiten vorgelesen hatte, fühlte er sich so müde, dass er im Stehen hätte einschlafen können. Es war ein langer, unbefriedigender Tag gewesen, obwohl es ihm gelungen war, alle Teile des Puzzles zusammenzufügen. Er war müde, weil er seit vier Uhr am Morgen auf den Beinen war und frustriert, weil der Anwalt der Bleyles ein Schlupfloch gefunden hatte. Für eine Auseinandersetzung mit Helen hatte Bussard keine Nerven mehr. Noch vor zweiundzwanzig Uhr zog er sich kommentarlos zurück und vergaß sogar, seine Zehen mit der Salbe gegen Fußpilz zu behandeln.

Bussard hatte schlecht geschlafen, obwohl er todmüde zu Bett gegangen war. Immer wieder war er aus wilden Träumen aufgewacht, in denen er gerannt war ohne jemals rechtzeitig irgendwo anzukommen. Meist hatte er nicht einmal gewusst, wen oder was er eigentlich jagte. Hämische Stimmen ohne Körper hatten ihn vorwärts getrieben und immer war er zu spät gewesen.

Müde und schlecht gelaunt öffnete er am Freitagmorgen die Tür zu seinem Büro. Es war schon fast halb neun, doch wenigstens wurde er von einem angenehmen Kaffeearoma empfangen.

„Morgen, Bussard", begrüßte ihn Sylvia.

„Morgen", antwortete er und zog seine Jacke aus.

Er goss sich einen Kaffee ein, süßte ihn und setzte sich an seinen Schreibtisch.

„Was Neues?", fragte er, während er seinen Rechner hochfuhr.

„Nein, noch nichts", antwortete sie.

„Haben die Kollegen der KTU noch etwas entdeckt?"

„Keine Ahnung", erwiderte sie achselzuckend, „aber ich denke nicht. Wenn Smirna oder Mallmann etwas gefunden hätten, dann hätten sie uns bestimmt schon Bescheid gesagt."

Bussard checkte seine E-Mails, fand jedoch keine relevanten Nachrichten, die den Fall *Bleyle* betrafen. Vorsichtig schlürfend trank er von seinem heißen Kaffee.

„Wir werden die Nachbarn noch einmal befragen", ordnete er an, „ich will, dass die Kollegen alle Leute, die in der Jacobistraße wohnen, aufsuchen und Bleyles Foto herumzeigen. Irgendjemand muss ihn gesehen haben. Schließlich ist er kein Geist."

„Die Kollegen haben die Nachbarn gestern schon befragt", erklärte sie.

„Dann werden sie es eben noch einmal tun!", fauchte er.

Sylvia antwortete nicht. Sie wusste, warum Bussard unzufrieden war, doch ihre eigene Situation unterschied sich wesentlich von der ihres Kollegen. Für sie war es der letzte Arbeitstag bei der Freiburger Kripo. Ihre Zukunft lag beim LKA in Stuttgart und ihre Gedanken drehten sich mehr um das Abschiedsfest am Abend, zu dem sie die Kollegen eingeladen hatte. Dass Bussard nicht auf Anhieb zugesagt hatte, war enttäuschend gewesen, aber sie ahnte, dass ihm etwas auf der Seele lag, was nichts mit der Arbeit zu tun hatte. Seit einer Woche trieb ihn etwas um, worüber er nicht sprechen wollte. Sie wollte ihre Einladung gerade noch einmal wiederholen und ihn bitten, wenigstens auf einen Sprung bei ihr vorbeizuschauen, als das Telefon auf seinem Schreibtisch klingelte.

„Bussard", meldete er sich, nachdem er den Hörer abgenommen hatte, „... ja, da sind Sie richtig, ich bearbeite den Fall … aha … okay … gut, ich komme sofort … danke, dass Sie angerufen haben … bis gleich."

Er legte den Hörer auf und erhob sich von seinem Stuhl.

„Das war die Sekretärin von Hans Martin Bleyle", erklärte er, „sie ist in der Kanzlei. Anscheinend hat sie etwas entdeckt, das wir uns ansehen sollten. Kannst du in der Zwischenzeit die Befragung der Nachbarn organisieren?"

„Mach ich", antwortete Sylvia, „treffen wir uns dann in Bleyles Kanzlei?"

„Ja", erwiderte er knapp, zog seine Jacke an und verließ das Büro.

Fünfzehn Minuten später stand Bussard vor Bleyles Villa in der Jacobistraße. Noch bevor er läutete, wurde die Tür von einer etwa fünfzigjährigen Frau geöffnet. Anscheinend hatte sie ihn dringend erwartet. Sie trug ein dunkelblaues Kostüm über einer hochgeschlossenen weißen Bluse. Um ihren Hals hing eine Kette mit einer Goldrandbrille. Graue Strähnen durchzogen ihre im Nacken zusammengesteckten Haare und die ganze Erscheinung der Frau strahlte Vertrauenswürdigkeit und Diskretion aus.

„Herr Bussard?", fragte sie.

„Ja", bestätigte er, „und Sie sind vermutlich Frau Arndt."

„Ja, bitte kommen Sie herein."

Mit einer einladenden Handbewegung bat sie ihn ins Haus und schloss die Tür hinter ihm.

„Ich durfte ja gestern das Büro von Herrn Bleyle nicht betreten", erklärte sie, während sie ihn durch den Eingangsbereich führte, „Ihre Kollegen sagten, dass zuerst die Spuren gesichert werden müssten. Deshalb haben sie mir auch die Fingerabdrücke abgenommen. Ich bin erst heute wiedergekommen."

Sie begleitete den Kommissar durch das Vorzimmer in Bleyles Büro, wo die Spuren der Kriminaltechniker noch deutlich sichtbar waren. Auf der Suche nach Fingerabdrücken hatten sie schwarze Schatten hinterlassen.

„Kann ich hier putzen lassen?", fragte sie.

„Ich denke schon", antwortete er, „was wollten Sie mir zeigen?"

„Ich habe mit Frau Bleyle gesprochen", erwiderte sie, „und sie ist damit einverstanden, dass ich mich um die offenen Angelegenheiten kümmere, soweit sie die Arbeit von Herrn Bleyle betreffen. Es gibt noch einen offenen Fall, eine Scheidungssache, die nun an einen anderen Anwalt übergeben werden muss."

Bussard bemerkte, dass Frau Arndt eine überaus korrekte und zuverlässige Person zu sein schien. Mit dem Tod ihres Arbeitgebers war für sie ihr Arbeitsverhältnis nicht automatisch erloschen. Sie kümmerte sich weiterhin pflichtbewusst um die offenen Angelegenheiten, wie er anerkennend feststellte.

„Wie lange haben Sie für Herrn Bleyle gearbeitet?", fragte er.

„Fast dreißig Jahre", antwortete sie, während sie den Schreibtisch umrundete und das unterste Fach des Unterschrankes öffnete.

Sie trat einen Schritt zurück und nickte Bussard zu.

„In dieser Hängeregistratur bewahrte Herr Bleyle immer die Akten der jeweils aktuellen Fälle auf", erklärte sie.

Bussard ging auf der anderen Seite des Schreibtischs herum und warf einen Blick auf die geöffnete Schublade. Es befand sich nur ein einziger Hängeordner darin. Auf dem Reiter stand „Herzog ./. Herzog".

„Die Akte *Carola Braun* fehlt", fuhr die Sekretärin fort, „ich habe es heute Morgen sofort bemerkt."

„Der Fall *Carola Braun* ist doch schon abgeschlossen", stellte er fest.

„Das ist richtig", antwortete sie, „aber ich kann mit Bestimmtheit sagen, dass sich die Akte vorgestern Abend noch hier befunden hat. Sie ist jedenfalls nicht bei den abgeschlossenen Fällen, das habe ich bereits überprüft."

Nickend nahm Bussard das Indiz zur Kenntnis. Der Verdacht gegen Martin Bleyle erhärtete sich weiter. Niemand sonst konnte ein Interesse an dieser Akte haben, doch der Kommissar wusste, dass er noch immer keinen eindeutigen Beweis in der Hand hatte.

„Das Diktiergerät fehlt ebenfalls", berichtete die Sekretärin, „eigentlich sollte es hier neben dem Terminkalender liegen."

„Das Diktiergerät?", fragte Bussard überrascht.

„Ja, ich habe mich gewundert, als ich es heute Morgen nicht vorgefunden habe", antwortete sie, „Herr Bleyle war immer sehr korrekt. Sein Schreibtisch war immer aufgeräumt und alles hatte seinen Platz. Wenn er sein Diktiergerät nicht gerade benutzt hat, lag es immer an dieser Stelle."

Bussard zog die Stirn in Falten und fragte sich, was es mit dieser Information auf sich hatte. Dass Martin Bleyle, den er für den Täter hielt, die belastende Akte mitgenommen hatte, war verständlich. Vermutlich hatte der Vater den wahren Sachverhalt schriftlich fixiert und der Sohn wollte verhindern, dass diese Informationen in die Hände der Polizei fielen. Warum er jedoch das Diktiergerät mitgenommen hatte, war nicht leicht ersichtlich.

„Es könnte sein, dass das Gerät eingeschaltet war, während Hans Martin Bleyle ermordet wurde", spekulierte er, „deshalb hat der Mörder es mitgenommen."

Frau Arndt atmete tief ein und hielt die Luft an. Ihr Gesicht verriet, dass sie noch nicht alles gesagt hatte, aber die Preisgabe ihres Wissens schien ihr Schwierigkeiten zu bereiten.

„Was wollen Sie mir noch sagen?", fragte Bussard.

Er wartete, während sie hörbar ausatmete, bevor sie antwortete.

„Es ist", begann sie, brach ab und setzte noch einmal neu an, „jedes Gespräch zwischen Anwalt und Mandant ist streng vertraulich."

„Natürlich", bestätigte er und nickte ihr zu, um sie zum Weiterreden zu animieren.

„Sie müssen mir versichern, dass Sie diesen Grundsatz bei Ihren Ermittlungen beherzigen", forderte sie, „jede Erkenntnis, die Sie erlangen und die nicht die Ermordung von Herrn Bleyle betrifft, dürfen Sie unter keinen Umständen publik werden lassen. Ich muss mich auf Ihre Diskretion und Ihre Verschwiegenheit verlassen. Das gilt nicht nur für Sie, sondern auch für alle Beamten, die sonst noch von nicht den Fall betreffenden Informationen Kenntnis erlangen."

Bussard hatte nicht den leisesten Schimmer, worauf die Sekretärin anspielte, doch er ahnte, dass es etwas Wichtiges sein musste. Ihn beschlich das ungute Gefühl, dass die Ermordung von Hans Martin Bleyle in Zusammenhang mit einem anderen Fall stand, den der Anwalt bearbeitet hatte und der Kommissar erschrak bei dem Gedanken, dass die beiden Morde in gar keinem Bezug zueinander stehen könnten. Einen Augenblick später fiel ihm jedoch ein, dass die Kriminaltechnik eindeutig nachgewiesen hatte, dass beide tödlichen Kugeln aus ein und derselben Waffe stammten und er brannte darauf zu erfahren, was die Sekretärin wusste.

„Ich versichere Ihnen, dass wir jede, absolut jede Information vertraulich behandeln werden", erklärte er.

„Geben Sie mir Ihr Wort darauf?"

„Ja, Frau Arndt, Sie haben mein Wort."

„Gut", antwortete sie und nickte, „dann muss ich Ihnen jetzt etwas zeigen. Kommen Sie mit."

*

Bussard verließ das Haus und zog sein Handy aus der Tasche. Zuerst rief er Sylvia an und informierte sie darüber, dass er zum Präsidium zurückfahren würde, weil er neue Erkenntnisse hatte. Danach wählte er Susannes Nummer. Als sie sich meldete, wies er sie an, Martin und Bian Bleyle aus dem Untersuchungsgefängnis ins Präsidium zu bestellen. Außerdem sollte sie Dr. Vogt über die bevorstehende Vernehmung informieren.

Er stieg in seinen Wagen und fuhr los. Fünfzehn Minuten später erreichte er das Präsidium. Sein erster Weg führte ihn zu Smirna und während er mit dem Leiter der Kriminaltechnik das weitere Vorgehen besprach, übergab er ihm ein Beweisstück, das eine wichtige Rolle spielen sollte. Anschließend suchte er Neudörfer auf, um ihn über den neuen Erkenntnisstand ins Bild zu setzen. Neudörfer rief Schmieder an und Bussard ging in sein Büro. Er hatte noch reichlich Zeit für eine Zigarette und einen Kaffee, bevor er sich mit Smirna im Nebenzimmer des Vernehmungsraums traf. Kurz vor elf Uhr gesellte sich der Oberstaatsanwalt zu den beiden Beamten. Bussard hatte gerade mit Schmieder das Vorgehen bei der anstehenden Vernehmung abgestimmt, als Dr. Vogt mit seinen Mandanten im Präsidium eintraf.

„Gibt es neue Erkenntnisse?", fragte der Anwalt.

„Ja, die gibt es", antwortete Bussard.

Zusammen mit Schmieder brachte er Dr. Vogt und die beiden Beschuldigten ins Vernehmungszimmer. Während die übrigen Beteiligten sich setzten, schaltete Bussard die Videokamera ein und nahm anschließend neben Schmieder Platz.

„Da wir Ihnen mehrere Straftaten zur Last legen, möchte ich chronologisch vorgehen", begann Bussard und sah dabei Bian Bleyle an.

Die Vietnamesin saß entspannt und mit vor der Brust verschränkten Armen Bussard gegenüber. Ihr Gesicht ließ keine Rückschlüsse auf ihre Befindlichkeit zu, doch er war sicher, dass sie aufgeregt war.

„Laut Aussage Ihres Mannes haben Sie über einen Zeitraum von mindestens zehn Jahren für den vietnamesischen Geheimdienst gearbeitet", berichtete er, „dabei haben Sie medizinische Informationen, über die Sie durch Ihre Tätigkeit als Krankenschwester in der Uni-Klinik Kenntnis erhalten hatten, an den Geheimdienst weitergegeben. Was sagen Sie zu diesem Vorwurf?"

„Mein Mann muss sich geirrt haben", antwortete sie, „ich habe niemals für den vietnamesischen Geheimdienst gearbeitet."

Bussard hatte damit gerechnet, dass sie die geheimdienstliche Tätigkeit nicht zugeben würde. Er war davon überzeugt, dass sie die Wahrheit sagte, weil die Geschichte Teil des Plans gewesen war, um Bian Bleyles Tod vorzutäuschen. Trotzdem wollte er sie nicht so schnell vom Haken lassen.

„Ihr Mann hat sehr überzeugend dargelegt, dass Sie vom vietnamesischen Geheimdienst unter Druck gesetzt wurden", fuhr er fort, „er war sogar davon überzeugt, dass man Ihnen nach dem Leben trachtete. Sie selbst sollen ihn um Hilfe angefleht haben."

„Er irrt sich", erwiderte sie knapp.

Bussard nickte und schlug die Ermittlungsakte auf.

„Auf Ihrem Notebook haben wir E-Mails gefunden, die Sie aus der Klinik an Ihre private E-Mail-Adresse versandt haben", erklärte er.

„Können Sie zweifelsfrei beweisen, dass meine Mandantin diese E-Mails versandt hat?", fiel Dr. Vogt ein.

„Wer sonst hätte das tun sollen?", gab Bussard zurück.

„Jeder, der zur fraglichen Zeit dort gearbeitet hat, hätte die Mails verschicken können", sagte der Anwalt, „die E-Mail-Adresse meiner Mandantin war an ihrem Arbeitsplatz allgemein bekannt. Es existiert eine Liste aller Mitarbeiter mit E-Mail-Adressen, Telefonnummern, Geburtstagen et cetera. Die

E-Mails sind kein Beweis. Außerdem liegt der Fall beim Bundeskriminalamt. Dort hat man nach meinem Kenntnisstand nichts gefunden, was den Verdacht gegen meine Mandantin erhärten würde. Deshalb verstehe ich nicht, warum Sie die Angelegenheit hier vorbringen."

„Die Angelegenheit, wie Sie sie nennen, dient dem Verständnis der Zusammenhänge", erwiderte Bussard.

Der Anwalt verhielt sich geschickt, indem er alles zurückwies, was sich nicht zweifelsfrei beweisen ließ. Bussard war gespannt, wie er auf den nächsten Vorwurf reagieren würde und wandte sich an Martin Bleyle, der ebenso wie seine Frau mit vor der Brust verschränkten Armen abwartete, was kommen würde.

„Warum haben Sie diese Anschuldigungen gegen Ihre Frau erhoben", fragte der Kommissar, „geheimdienstliche Tätigkeit ist ein schwerer Vorwurf, der mit Gefängnis bestraft wird."

„Ich weiß es nicht", antwortete Bleyle achselzuckend, „ich kann mich nicht einmal erinnern, was genau ich gesagt habe. Hoa Nguyen ist direkt vor meinen Augen ermordet worden und ich selbst habe in die Mündung eines Revolvers geblickt. Wahrscheinlich stand ich noch unter Schock."

„Drei Tage später?", fragte Bussard und Bleyle antwortete mit einem weiteren Achselzucken.

Bussard blätterte in der Akte und fand die Abschrift von Bleyles Vernehmung.

„Sie haben ausgesagt", berichtete er, „dass Sie versucht haben, Daten aus dem Mikrobiologischen Institut zu stehlen, um sie Ihrer Frau zur Weitergabe an den vietnamesischen Geheimdienst zu überlassen, weil Sie sonst um das Leben Ihrer Frau fürchteten."

„Ich muss wohl ziemlich verwirrt gewesen sein", antwortete Bleyle, „der Schock saß tiefer als ich dachte."

„Aber an den versuchten Diebstahl erinnern Sie sich, oder", fragte Bussard, „immerhin haben wir einen Augenzeugen, der Sie auf frischer Tat ertappt hat."

„Das war kein versuchter Diebstahl", erklärte Dr. Vogt, „mein Mandant hat sich lediglich Kopien angefertigt, um zu Hause an dem Forschungsprojekt zu arbeiten. Es war ihm nicht bewusst, dass er eine Straftat beging."

Bussard zog die Augenbrauen nach oben und warf dem Anwalt einen überraschten Blick zu. Die Dreistigkeit, mit der Dr. Vogt und seine Mandanten die Vorwürfe leugneten, war nicht zu überbieten.

„Heimarbeit?", fragte er ironisch.

„Ja", bestätigte Bleyle, „bei den Testreihen gab es einige offene Fragen und die Zeit drängte. Ich wollte die Daten zu Hause auswerten, damit wir unserem Zeitplan nicht hinterherhinkten."

„Erzählen Sie keinen Unsinn", rief Schmieder, „die Daten waren zur Weitergabe bestimmt! Warum hat man Sie wohl sonst entlassen?"

„Unüberbrückbare Differenzen", erwiderte Dr. Vogt, „das Vertrauensverhältnis war zerstört. Es war übrigens keine Entlassung, sondern eine Aufhebung des Arbeitsvertrages in beiderseitigem Einvernehmen. Prof. Bäumler wird Ihnen das bestätigen. Allerdings ist mir auch hier unerklärlich, worauf Sie eigentlich hinauswollen. Auch dieser Fall liegt beim BKA."

Bussard und Schmieder tauschten einen Blick und schließlich nickten beide. Sie hatten ihre Vorgehensweise abgestimmt und vereinbart, die angebliche Spionagegeschichte so lange breitzutreten, bis sie sich selbst in Luft auflösen würde.

„Sie bestreiten also beide, jemals für den vietnamesischen oder einen anderen Geheimdienst gearbeitet zu haben?", fasste Bussard zusammen.

„Das ist richtig", erklärte Martin Bleyle.

„Und Sie, Frau Bleyle?", fragte Schmieder.

„Ich habe niemals für irgendeinen Geheimdienst gearbeitet", antwortete sie.

„Niemals?", hakte Bussard nach.

„Nein, niemals", bestätigte sie.

„Ich denke, damit ist das Thema erschöpfend behandelt", erklärte Dr. Vogt, „meine Mandanten haben beide erklärt, sich niemals der geheimdienstlichen Tätigkeit schuldig gemacht zu haben. Somit können wir die Angelegenheit wohl als abgeschlossen betrachten."

Bussard und Schmieder nickten beide. Der erste Teil der Vernehmung war genauso verlaufen, wie sie es sich vorgestellt hatten und es war Zeit, mit dem zweiten Akt zu beginnen.

„Bei unseren Ermittlungen sind wir davon ausgegangen, dass es keinerlei geheimdienstliche Tätigkeiten gegeben hat", erläuterte der Oberstaatsanwalt, „und es ist schön, dass Sie unsere Annahme in diesem Punkt bestätigt haben. Damit können wir uns nun dem eigentlichen Punkt dieser Vernehmung zuwenden, den Ermordungen von Hoa Nguyen und Hans Martin Bleyle. Herr Bussard, bitte."

Bussard entging der kritische Blick des Anwalts nicht. Offenbar ahnte Dr. Vogt, dass Bussard und Schmieder eine bestimmte Absicht verfolgt hatten, auch wenn der Anwalt noch nicht wusste, wohin die Vernehmung führen sollte. Der Kommissar hatte zuvor von neuen Erkenntnissen gesprochen und nun würde sich zeigen, ob die Ermittler tatsächlich einen Beweis für die Schuld seiner Mandanten gefunden oder nur geblufft hatten.

„Wir gehen davon aus, dass die angebliche geheimdienstliche Tätigkeit von Frau Bleyle und der angeblich versuchte Datendiebstahl von Herrn Bleyle nur dem Zweck dienten, die Ermordung von Hoa Nguyen zu verschleiern", erklärte Bussard.

„Das entbehrt jeder Grundlage", widersprach Dr. Vogt, doch Bussard ließ sich nicht beirren.

„Die Eheleute haben die Tat gemeinsam geplant", fuhr er fort, „und Bian Bleyle hat während des Raubüberfalls auf *Lackners Goldschmiede* Hoa Nguyen ermordet."

„Dafür haben Sie noch immer keinen Beweis erbracht", unterbrach der Anwalt, aber auch diesmal beachtete Bussard ihn nicht.

„Martin Bleyle hat nach der Tat die getötete Hoa Nguyen als seine Ehefrau, Bian Bleyle, identifiziert, um in betrügerischer Absicht das Erbe des an Krebs erkrankten Hans Martin Bleyle zu erschleichen", berichtete er.

„Den Vorwurf des versuchten Betrugs hat mein Mandant bereits eingeräumt. Allerdings ..."

Bussard ließ den Anwalt nicht ausreden, sondern fuhr ungerührt fort.

„Als Carola Braun unter Tatverdacht verhaftet wurde, hat Hans Martin Bleyle das Mandat für sie übernommen und ist so in den Besitz der Ermittlungsakten gelangt. Auf den Tatortfotos hat er erkannt, dass die Getötete nicht, wie von seinem

Sohn vorgegeben, Bian Bleyle war. Er hat seinen Sohn mit dem Vorwurf des Mordes und des versuchten Betrugs konfrontiert. Aus Angst vor Entdeckung hat Martin Bleyle deshalb seinen Vater ermordet."

„Auch dafür haben Sie noch keinen Beweis erbracht", widersprach Dr. Vogt, „nichts deutet darauf hin, dass mein Mandant zur Tatzeit am Tatort war."

„Sie irren sich", antwortete Bussard.

„Dann bin ich aber gespannt", erklärte der Anwalt und Bussard sah ihm an, dass dies genau der Wahrheit entsprach.

Der Kommissar hatte die volle Aufmerksamkeit von Dr. Vogt, Martin und Bian Bleyle. Der Showdown konnte beginnen.

„Herr Bleyle", sagte er und sah dem Verdächtigen in die Augen, „kennen Sie Frau Arndt, die Sekretärin Ihres Vaters?"

„Natürlich", antwortete Bleyle, in dessen Stirn sich eine kleine Falte eingegraben hatte.

„Frau Arndt arbeitet seit dreißig Jahren für die Kanzlei Bleyle", erklärte Bussard, „und wir können annehmen, dass es wohl niemanden gibt, der sich im Büro Ihres ermordeten Vaters besser auskennt als sie. Frau Arndt hat festgestellt, dass die Akte Carola Braun aus dem Schreibtisch Ihres Vaters gestohlen wurde. Der Diebstahl hat sich am Mittwoch nach achtzehn Uhr ereignet. Wir gehen deshalb davon aus, dass der Mörder die Akte mitgenommen hat."

„Das beweist überhaupt nichts", warf Dr. Vogt ein.

„Richtig", bestätigte Bussard, „aber es ist ein Indiz. Wer sonst hätte ein Motiv haben können, die Akte zu stehlen, wenn nicht Sie, Herr Bleyle?"

Bleyle zuckte mit den Achseln. Noch immer war er auf sicherem Terrain.

„Die Akte ist nicht das Einzige, was gestohlen wurde", erklärte Bussard, „es fehlt außerdem ein Diktiergerät, das der Mörder ebenfalls entwendet hat."

Bleyles Augen verengten sich für den Bruchteil einer Sekunde und Bussard sprach sofort weiter.

„Mit diesem Diktiergerät hat Hans Martin Bleyle das Gespräch mit seinem Mörder aufgezeichnet."

„Und", fragte Dr. Vogt, „was soll das nun beweisen? Erstens haben Sie gerade selbst erklärt, dass das Diktiergerät gestohlen wurde und zweitens sind Tonaufzeichnungen wegen der möglichen Manipulierbarkeit als Beweis vor Gericht nicht zugelassen."

„Das stimmt nicht ganz", widersprach Schmieder, „Tonaufnahmen sind vor Gericht nicht grundsätzlich nicht zugelassen."

„Aber nur, wenn sie bestimmte Anforderungen erfüllen", warf Dr. Vogt ein, „sie dürfen nur verwendet werden, wenn sie mit Wissen und Einverständnis aller Beteiligten angefertigt wurden. Das kann man im vorliegenden Fall jedoch getrost ausschließen, oder?"

„Kann man das, Herr Bleyle", fragte Bussard, „oder war es nicht eher so, dass Ihr Vater Ihnen gesagt hat, er würde mit Ihrem Einverständnis die Unterhaltung aufzeichnen?"

Wieder verengten sich Bleyles Augen für einen Moment. Bussard wusste, dass er den Verdächtigen dort hatte, wo er ihn haben wollte, doch Dr. Vogt sprang seinem Mandanten sofort zu Hilfe.

„Da Herr Bleyle zur Tatzeit nicht am Tatort war", stellte er fest, „kann er auch kein Einverständnis zu einer Tonaufzeichnung eines Gesprächs gegeben haben, das sowieso nie stattgefunden hat. Sie sind auf dem Holzweg, Herr Kommissar."

„Denken Sie das auch", fragte Bussard, ohne Bleyle aus den Augen zu lassen, „oder war es nicht eher so, dass Sie das Diktiergerät gestohlen haben? Auf der Aufnahme räumen Sie ein, zusammen mit Ihrer Frau die Ermordung von Hoa Nguyen geplant und durchgeführt zu haben. Das Geständnis durfte natürlich nicht in unsere Hände fallen. Deshalb haben Sie das Gerät verschwinden lassen."

„Das ist reine Spekulation", wehrte Dr. Vogt ab, „außerdem widersprechen Sie sich selbst. Wenn mein Mandant das Diktiergerät mit der Aufnahme gestohlen hätte – was er nicht hat – wie sollten Sie dann Kenntnis von einem Gespräch haben, für das es keine Zeugen gibt?"

Bussard antwortete nicht. Er wartete und ließ die Sekunden verstreichen, doch auch die Beschuldigten gerieten nicht aus der Fassung. Niemand rührte sich, bis Schmieder schließlich das Wort ergriff.

„Sie können jetzt ein Geständnis ablegen", offerierte er, „das gilt für Sie beide. Wenn Sie jetzt freiwillig gestehen, werte ich das zu Ihren Gunsten. Wenn nicht, werde ich Sie mit aller Härte des Gesetzes anklagen."

Weder Bian noch Martin Bleyle reagierten auf das Angebot.

„Es gibt nichts zu gestehen", erklärte Dr. Vogt, „es war ein netter Versuch, Herr Oberstaatsanwalt, aber ein untauglicher. Sie haben nichts in der Hand, worauf Sie eine Anklage stützen könnten."

Zum dritten Mal tauschten Bussard und Schmieder einen stummen Blick und als der Oberstaatsanwalt nickte, wandte sich der Kommissar wieder den Verdächtigen zu.

„Ich habe mit Ihrer Mutter gesprochen, Herr Bleyle", begann er, „und sie hat mir ein wenig von Ihrem Vater erzählt. Hans Martin Bleyle war ein gefürchteter Scheidungsanwalt, der über eine erstaunliche Gabe verfügte. Er konnte Gespräche und Unterhaltungen wörtlich wiedergeben, ganz gleich, wie lange sie dauerten. Außerdem führte er Verhandlungen grundsätzlich nur in seinem Büro, aber niemals außer Haus. Zuerst dachte ich, dass das eine Methode sei, den Gegner unter Druck zu setzen. Vermutlich war das auch so. Er zwang die Gegenpartei immer auf sein Spielfeld und hatte damit schon jedes Mal einen ersten Sieg errungen. In Ihrem Fall war es ebenso. Sie suchten Ihren Vater in dessen Büro auf. Niemand wusste, dass sich Hans Martin Bleyle damit aber noch einen anderen Vorteil verschafft hatte. Er hat jedes Gespräch, jede Unterhaltung und jede Verhandlung schriftlich festgehalten – und zwar wörtlich! Wenn sich Verhandlungen über eine oder mehrere Stunden hinzogen, war ein wörtliches Gedächtnisprotokoll natürlich unmöglich. Das phänomenale Gedächtnis Ihres Vaters stützte sich auf Tonbandaufzeichnungen, die er heimlich angefertigt hat."

„Mit einem Diktiergerät?", fragte Dr. Vogt.

„Nein", antwortete Bussard, „mit einem Tonbandgerät, das in seinem Aktenschrank versteckt war."

„Unmöglich", stieß Bleyle hervor, „es gibt kein solches Tonbandgerät."

„Das wären widerrechtlich angefertigte Aufzeichnungen", fügte Dr. Vogt hinzu, „wenn es sie geben würde."

„Im Fall der Ermordung von Hans Martin Bleyle wurden die Tonaufzeichnungen mit Wissen und Einverständnis aller Beteiligten angefertigt", sagte Bussard ungerührt, „nicht wahr, Herr Bleyle? Sie haben nur den Fehler begangen anzunehmen, dass das Diktiergerät, dass Ihr Vater eingeschaltet hatte, das Einzige sei, das Ihren Streit aufgezeichnet hat und Sie dachten, dass Sie den einzigen Beweis für Ihre Schuld vernichtet hätten, als Sie das Diktiergerät mitgenommen hatten. Von dem Tonbandgerät im Aktenschrank wussten Sie nichts."

Martin Bleyle war blass geworden. Er wandte den Kopf, sah seine Frau und seinen Anwalt an und wandte sich wieder Bussard zu.

„Sie bluffen", krächzte er heiser.

„Nein", erwiderte Bussard, „Ihr Vater war ein ausgekochter Schweinehund. Er hat Ihnen eine Falle gestellt. Als er Ihnen sagte, dass er Ihr Gespräch aufzeichnen würde und dabei sein Diktiergerät in der Hand hielt, wusste er, dass Sie um jeden Preis versuchen mussten, in den Besitz des Gerätes zu kommen, notfalls sogar durch einen Mord. Sie konnten ihm gegenüber nicht leugnen, weil er die Wahrheit kannte. Er wusste, dass seine Schwiegertochter nicht tot war. Sie mussten verhindern, dass er sein Wissen preisgab, weil Sie sonst nicht hätten erben können, sondern wegen Mordes an Hoa Nguyen angeklagt werden würden. Er war sterbenskrank und weil er nichts mehr zu verlieren hatte, hat er sich selbst als Köder benutzt, um Sie zu überführen. Im Gegensatz zu Ihrem Plan hat seiner funktioniert."

Bussard drehte sich um, sah zu der verspiegelten Glasscheibe und gab Smirna das verabredete Zeichen. Einen Augenblick später drangen die Stimmen von Martin und Hans Martin Bleyle aus dem Lautsprecher im Vernehmungsraum.

„Ich habe dich erwartet."

„Was willst du?"

„Bevor ich dir verrate, was ich von dir erwarte, weise ich dich darauf hin, dass ich dieses Gespräch aufzeichne. Bist du damit einverstanden?"

„Tu, was du nicht lassen kannst."

„Gut, ich fasse das als Einverständnis auf, dieses Gespräch aufzuzeichnen."

„Und? Was willst du damit beweisen?"

„Ich will nichts beweisen. Das wird die Staatsanwaltschaft tun."

„Die Staatsanwaltschaft kann mir gar nichts."

„Bist du sicher? Am Samstag wurde eine junge Frau verhaftet. Man wirft ihr vor, deine Frau ermordet zu haben."

„Und?"

„Sie ist unschuldig, im doppelten Sinn. Erstens hat sie keinen Mord begangen und zweitens ist die Tote nicht deine Frau."

„Woher willst du das wissen?"

„Ich habe die Fotos vom Tatort und aus der Rechtsmedizin gesehen. Wer immer die Tote ist, Bian ist sie jedenfalls nicht, auch wenn sie ihr ähnlich sieht. Es wäre auch zu schön gewesen, nicht wahr? Bians Tod hätte dir eine Menge Geld eingebracht, aber du hättest sie niemals ermordet, das weiß ich. Als ich von dem tragischen Tod einer vietnamesischen Krankenschwester in der Zeitung gelesen habe, dachte ich mir gleich, dass das zu viel des Zufalls war. Wie sich herausgestellt hat, habe ich recht behalten. Trotzdem muss ich zugeben, dass es ein raffinierter Plan war. Wer hatte die Idee, du oder sie?"

„Was geht dich das an?"

„Ich versuche nur, mir darüber klar zu werden, wie viel Mann in dir steckt. Du hast bisher jedenfalls noch nicht viel Mumm bewiesen, wenn es darum ging, etwas zu Ende zu bringen."

„Und? Es ist mir scheißegal, was du von mir hältst. Dein Ende lässt jedenfalls nicht mehr lange auf sich warten. Darauf kannst du Gift nehmen."

„Das ist nicht nötig. Ich werde sowieso nur noch ein paar Wochen zu leben haben, aber in der Zeit, die mir noch vergönnt ist, werde ich mich darüber amüsieren, wie sich die Schlinge um deinen und den Hals deiner Frau langsam zuzieht. Man wird bald wissen, wer die Tote in Wahrheit ist. Notfalls werde ich ein wenig nachhelfen. Ihr beide werdet lebenslänglich ins Gefängnis wandern und vielleicht ist es mir sogar noch vergönnt, die Urteilsverkündung mitzuerleben."

„Nein, sicher nicht."

„Wieso nicht? Und warum ziehst du dir Handschuhe an?"

„Wegen der Schmauchspuren."

„Schmauchspuren?"

„Was denkst du wohl?"

„Oh, willst du mich etwa auch erschießen?"

„Du hast es erfasst, alter Mann."

„Ist das die Waffe, mit der die arme Frau im Juwelierladen getötet wurde?"

„Was kümmert dich das?"

„Du kennst mich, mein Junge. Ich wollte schon immer alles wissen. Lass mich wenigstens nicht unwissend sterben."

„Du wirst senil, Vater. Ich bin dein Sohn, vergiss das nicht. Glaubst du ernsthaft, ich würde das Diktiergerät hier liegen lassen wie in einem schlechten Krimi? Du solltest mich besser kennen."

„Ja, ich glaube, ich habe dich unterschätzt, aber immerhin: es war einen Versuch wert. Vielleicht behältst du das Band ja als Souvenir."

„Träum weiter. Es gibt keine Spuren, die mich oder Bian belasten. Niemand hat mich kommen sehen, niemand wird mich gehen sehen. Du wirst einsam sterben, alter Mann."

„Aber wer ist die Tote? Das würde ich noch gerne wissen."

„Eine unbedeutende Vietnamesin. Was kümmert dich das?"

„Warum hat Bian die Frau erschossen?"

„Ich denke, das weißt du längst. Wir brauchten eine Tote, die wir für Bian ausgeben konnten, weil du ihren Tod in dein verdammtes Testament geschrieben hast. Du bist schuld am Tod dieser Frau. Wäre ich dein Erbe anstatt dieser Hure, die du geheiratet hast, dann hätte Hoa nicht sterben müssen."

„Hoa? Ist das der Name der Frau, für deren Tod ich verantwortlich sein soll? Du bist wahnsinnig. Schuld am Tod dieser Unschuldigen sind nur du und deine Frau, niemand sonst. Dass Carmen mein Vermögen erbt und ihr leer ausgehen werdet, ist zumindest für meinen letzten Augenblick eine Genugtuung."

„Halt's Maul!"

„Wozu? Kannst du die Wahrheit nicht ertragen? Du bist ein Wurm. Deine Frau, diese schlitzäugige Hure, hat alles zunichte gemacht. Sie hat dir den Kopf verdreht und du bist ihr hörig. Ohne sie wärst du heute ein angesehener Anwalt, aber sieh dich an. Du bist ein Nichts, ein Niemand."

„Du sollst dein Maul halten!"

„Was ist? Ich denke, du willst mich erschießen? Stattdessen stehst du da, die Waffe in der Hand, und dir schlottern die Knie, du Hosenscheißer! Nicht einmal abdrücken kannst du, weil ich dir in die Augen sehe, du Feigling! Soll ich mich umdrehen, damit du mir in den Rücken sch..."

Ein jäher Knall ließ alle im Vernehmungsraum erschrocken zusammenfahren. Sie hörten einen dumpfen Aufprall, als der Körper von Hans Martin Bleyle auf den Boden aufschlug. Einige Augenblicke geschah nichts, dann vernahmen sie undeutlich das Geräusch einer Schublade, die hastig geöffnet wurde, ein Rascheln, ein Klicken, das womöglich vom Abschalten des Diktiergeräts stammte und schließlich undeutliche Schritte, die sich eilig entfernten. Danach herrschte Stille.

*

Dr. Vogt wusste, dass weiteres Leugnen sinnlos war. Die Tonbandaufzeichnung, zu der Martin Bleyle sein Einverständnis gegeben hatte, würde mit Sicherheit vor Gericht als Beweis zugelassen werden und er wollte nicht darauf vertrauen, dass es ihm gelingen würde, die Richter davon zu überzeugen, den Beweis nicht zu würdigen. Bleyle hatte zugegeben, den Mord an Hoa Nguyen zusammen mit seiner Frau geplant und durchgeführt zu haben. Auch das Motiv, die Erbschaft, hatte er selbst angesprochen. Der Verlauf des Streits mit seinem Vater ließ nur den Schluss zu, dass er den tödlichen Schuss abgegeben hatte. Schmieder kündigte an, Martin Bleyle wegen gemeinschaftlichen Mordes an Hoa Nguyen und wegen Mordes an Hans Martin Bleyle anzuklagen. Bian Bleyle konnte der Oberstaatsanwalt mit der zweiten Tat nicht in Verbindung bringen und musste sich damit begnügen, sie nur wegen des Raubmordes vor Gericht zu stellen. Dr. Vogt beriet sich mit seinen Mandanten und versuchte anschließend, mit Schmieder einen Deal auszuhandeln. Staatsanwaltschaft und Verteidigung einigten sich darauf, einige Delikte unter den Tisch fallen zu lassen. Die Bleyles sollten nicht wegen versuchten Betrugs, uneidlicher Falschaussage, Diebstahl und Vortäuschung einer Straftat belangt werden, sofern sie ein umfangreiches Geständnis ablegen würden.

Bussard nahm die Vernehmungen getrennt vor. Die Aussagen der geständigen Täter waren im Großen und Ganzen deckungsgleich und Martin Bleyle nahm die Hauptschuld an den Taten auf sich. Er erklärte, den Plan zur Ermordung Hoa Nguyens ausgeheckt und seine Frau zu der Tat überredet zu haben. Über den Mord an seinem Vater habe er Bian erst hinterher informiert. Bussard zweifelte am Wahrheitsgehalt von Bleyles Aussage, konnte sie jedoch nicht widerlegen.

„Er versucht, seine Frau aus der Schusslinie zu nehmen", sagte Bussard zu Schmieder in einer Vernehmungspause, doch der Oberstaatsanwalt zuckte nur mit den Schultern.

„Bian Bleyle hat den Raubmord gestanden, Martin Bleyle den Mord an seinem Vater. Außerdem hat er eingeräumt, den Raubmord geplant zu haben. Was wollen wir mehr?"

„Wahrscheinlich haben Sie recht", antwortete Bussard.

Sein Gefühl sagte ihm, dass Bians Rolle größer gewesen war. Vermutlich hatte sie den Plan ausgeheckt, als sie Hoa Nguyen in der Klinik gesehen und bemerkt hatte, wie ähnlich sich die beiden Frauen sahen. Diese Annahme ließ sich jedoch nicht zweifelsfrei beweisen und Martin Bleyle hatte alle Schuld auf sich genommen.

„Er liebt sie", erklärte Sylvia.

„Hältst du das für Liebe?", gab er zurück.

„Ja", erwiderte sie, „das hat nichts damit zu tun, was sie getan haben."

„Sie haben zwei unschuldige Menschen ermordet", widersprach er, doch er hatte seinen Satz kaum beendet, als ihm Zweifel kamen.

Hoa Nguyen war unschuldig. Sie war nichts ahnend und ohne eigenes Zutun Opfer eines heimtückischen Verbrechens geworden. Bei Hans Martin Bleyle war Bussard nicht so sicher. Der Scheidungsanwalt hatte durch sein Testament den Stein ins Rollen gebracht und damit indirekt, aber absichtlich seinen Sohn zu einem Mord angestiftet. Später hatte er, so unfassbar das auch war, seine eigene Ermordung geplant, inszeniert und durch eine List die Überführung des Täters herbeigeführt. Wie groß sein Anteil der Schuld an der Ermordung von Hoa Nguyen war, ließ sich nach juristischen Maßstäben nicht bemessen. Dass er diese Schuld durch seinen eigenen Tod gesühnt hatte, war jedoch ein Trugschluss. Er hatte auf diabolische Weise seinen Sohn missbraucht, um sein eigenes Sterben zu verkürzen. Wie viel Boshaftigkeit musste in einem Menschen stecken, dessen Fantasie einen solchen Plan ersann?

Bussard kehrte in den Vernehmungsraum zurück, um die letzten Detailfragen zu klären. Bleyle gab an, die Tatwaffe von einem Osteuropäer namens Sergej gekauft zu haben. Den Kontakt hatte eine Prostituierte vermittelt. Weitere Angaben über die Hure oder den Waffenhändler wollte er nicht machen. Auf der Flucht hatte er den Revolver und das Diktiergerät in einem Acker nahe der Autobahn vergraben. Die Kleidung, die seine Frau bei dem Überfall auf *Lackners Goldschmiede* getragen hatte, hatte er in einem Altkleidercontainer in Offenburg entsorgt und den Helm an einen jugendlichen Mopedfahrer verschenkt. Das Mountainbike hatte Bian in der Nähe des Bahnhofs abgestellt ohne es abzuschließen. In Freiburg, das wusste Bussard, blieb ein nicht gesichertes Fahrrad selten lange herrenlos. Vielleicht würden es die Kollegen der Ermittlungsgruppe Zweiraddiebstähle eines Tages ausfindig machen. Da sie jedoch keine Rahmennummer hatten, machte er sich nicht viele Hoffnungen.

Den Nachmittag verbrachte Bussard mit dem Schreiben der Vernehmungsprotokolle und gegen sechzehn Uhr war der Fall für ihn abgeschlossen. Er verabschiedete sich von Sylvia mit der Zusage, am frühen Abend wenigstens für eine halbe Stunde an ihrer Abschiedsparty teilzunehmen. Als er das Präsidium verließ, folgte er einer spontanen Eingebung und fuhr zum Baumarkt.

*

Ein leiser Duft nach Braten und Rotwein stieg Bussard in die Nase, als er die Wohnungstür öffnete. Er zog seine Jacke aus, hängte sie an die Garderobe, entledigte sich seiner Schuhe und ging auf Strümpfen in die Küche. Helen stand am Herd und hatte ihm den Rücken zugewandt. Offenbar hatte sie ihn nicht kommen gehört. Einen Augenblick stand Bussard im Türrahmen und betrachtete seine Frau versonnen. Sie trug eine Leggins, die ihren Po und ihre schlanken Beine zur Geltung brachte. Es gefiel ihm, sie so sexy zu sehen und gleichzeitig versetzte ihm der Anblick einen Stich. Die Vorstellung, dass sie die Nacht wieder mit einem anderen Mann verbringen könnte, ließ ihn hörbar einatmen.

„Oh, ich habe dich gar nicht gehört", sagte sie überrascht als sie sich umdrehte.

„Ich war gerade in Gedanken", erwiderte er, ging zum Tisch, zog sich einen Stuhl zurecht und setzte sich.

„Wozu hast du eine Gießkanne gekauft?", fragte sie.

„Für Sylvia", antwortete er und stellte die Kanne auf den Tisch, „als kleines Abschiedsgeschenk."

„Sylvia verlässt euch?"

„Ja, sie geht zum LKA nach Stuttgart. Heute war ihr letzter Arbeitstag und ich musste ihr versprechen, mich nachher bei ihrer Abschiedsparty wenigstens kurz sehen zu lassen."

„Wie kurz?", fragte Helen und sah ihn kritisch an.

„Keine Sorge", antwortete er, „ich weiß, dass heute Freitag ist und ich werde rechtzeitig zurück sein, damit du zu Clara fahren kannst."

Ohne es zu wollen und ohne, dass Helen es bemerkte, war Bussard bei dem Thema angekommen, das ihm auf der Seele brannte. Es wäre leicht gewesen, die Sprache auf etwas anderes zu bringen, doch seit einer Woche quälte er sich damit herum. Es war Zeit, reinen Tisch zu machen. Ausgehen mit Clara war für ihn zu einem Synonym für Vögeln mit einem anderen Mann geworden. Natürlich war es möglich, dass es sich nur um einen einmaligen Ausrutscher gehandelt hatte, aber vielleicht dauerte die Affäre auch schon eine ganze Weile. Seit Tagen hatte die Ungewissheit an ihm genagt. Vielleicht war der andere mehr als nur ein ernst zu nehmender Konkurrent. Vielleicht hatte ihn Helen bereits als seinen Nachfolger auserkoren. Wenn Helen sich von ihm trennte und mit dem anderen zusammenzog, würden die Kinder bei ihr bleiben und er würde sie nur noch alle zwei Wochen an den Samstagen sehen. Bussard ertrug diesen Gedanken nicht. Es war ein Albtraum.

„Wo sind eigentlich Miriam und Tabea?"

Die Frage war ihm wie von selbst über die Lippen gekommen, obwohl er etwas ganz anderes wissen wollte.

„Bei Alyssa", antwortete Helen, „sie feiert heute Geburtstag und die Mädchen werden bei ihr übernachten. Wir sind heute kinderfrei."

Sie ging auf Bussard zu, blieb vor ihm stehen und setzte sich plötzlich rittlings auf seinen Schoß.

„Ich gehe heute nicht mit Clara aus", erklärte sie und schlang ihre Arme um seinen Nacken, „wir haben den ganzen Abend für uns alleine, es sei denn, du willst ihn lieber mit Sylvia verbringen. Dann entgeht dir allerdings etwas."

Sie lächelte ihn erwartungsvoll an, doch Bussard ging nicht auf ihr unzweideutiges Angebot ein. Er konnte nicht so tun, als sei alles in bester Ordnung, selbst wenn das bedeutete, auf leidenschaftlichen Sex mit Helen verzichten zu müssen.

„Ich muss dich etwas fragen", begann er und suchte nach den richtigen Worten, „es muss sein, denn wenn ich es nicht tue, werde ich wahnsinnig."

„Dann frag doch einfach", erwiderte sie.

Bussard schluckte und sah ihr in die Augen. Er wollte nicht nur seine Kinder nicht verlieren, er wollte auch mit Helen zusammenbleiben, ganz egal, was vorgefallen war. Er liebte sie.

„Letzten Freitag bist du spät nach Hause gekommen", sagte er und die Erinnerung an den fremden Geruch war sofort gegenwärtig, „aber es war anders als sonst."

„Was war anders als sonst?", fragte sie.

Bussard schluckte noch einmal.

„Dein Geruch", erklärte er schließlich, ohne den Blick von ihren Augen abzuwenden, „du hast anders gerochen oder besser gesagt, du hast nach jemand anderem gerochen."

Er spürte sein Herz, das wild in seiner Brust hämmerte. Er hatte gesagt, was er zu sagen hatte. Er hatte seinen Verdacht ausgesprochen und die Mischung aus Angst und Anspannung, mit der er auf ihre Antwort wartete, verursachte ein flaues Gefühl in seinem Magen.

„Das ist dir aufgefallen?", erwiderte Helen überrascht.

Bussard stockte der Atem. Obwohl er darauf vorbereitet war, traf ihn ihr Geständnis, das sie in eine Frage gekleidet hatte, mitten ins Herz.

„Ja", sagte er tonlos.

Halb lächelnd und halb schuldbewusst sah Helen ihn an. Sie wich nicht vor ihm zurück und nahm ihre Arme nicht von seinen Schultern.

„Wir waren ziemlich ausgelassen und haben viel getrunken", erklärte sie, „irgendwie ist es dann einfach passiert, aber ich verspreche dir, dass es eine einmalige Sache war. Es wird nicht wieder vorkommen, ganz bestimmt nicht."

Bussard spürte ein seltsames Gefühl, das zwischen Erleichterung und Verletztheit lag. Helen hatte einen einmaligen Ausrutscher gestanden und wenn sie die Wahrheit sagte, wurden damit zumindest seine schlimmsten Befürchtungen widerlegt. Eine Trennung war nicht unausweichlich. Dass sein männlicher Stolz verletzt war, stand auf einem anderen Blatt. Damit musste er klarkommen, wenn er ihr aufrichtig verzeihen wollte.

„Du wirst ihn also nicht wiedersehen?", fragte er und war sich bewusst, dass dies gleichzeitig eine Aufforderung an sie war.

Ihr zaghaftes Lächeln wurde eine Spur breiter als sie antwortete.

„Ihn? Nein, nicht ihn. Er ist eine Sie. Es war Clara, mit der ich letzten Freitag geschlafen habe."

„Clara?!?"

„Ja", sagte Helen und fuhr mit ihrer Hand durch seine Haare, „ich kenne sie zwar schon eine ganze Weile, aber ich wusste nicht, dass sie auf Frauen steht. Ich weiß selbst nicht genau, wie ich in ihrem Bett gelandet bin. Es hat sich einfach so ergeben. Eines kann ich dir aber garantieren. Das war meine erste und letzte Erfahrung mit einer Frau und wenn du Lust hast, werde ich dir nach dem Essen beweisen, dass ich nicht lesbisch bin."

Die lange Tote vom Münsterplatz

Anne Grießer (Hrsg.)

256 Seiten, Euro 11,90

Wer bislang glaubte, Freiburg sei eine beschauliche Stadt, der Schwarzwald ein Idyll und Südbaden ein friedliches Ländle, wird hier eines Besseren belehrt.

Auch im Schatten des Münsters lauert der Tod!

24 Kurzgeschichten bekannter Krimiautoren aus der Region garantieren packende Spannung von der ersten bis zur letzten Seite.

Neben heiter-skurrilen Geschichten finden sich dabei immer auch die ernsten, leisen, besinnlichen Töne, nicht selten lauert das Grauen hinter der nächsten Ecke.

Passen Sie also gut auf sich auf, denn Mord ist eine ernste Sache. Eine todernste!

www.wellhoefer-verlag.de

Riesling-Leichen

Sibylle Zimmermann (Hrsg.)

288 Seiten, Euro 12,80

Die Weinregionen Pfalz und Rheinhessen sind fast zu schön, um wahr zu sein. Aber auch hier trügt oft der helle Schein und so mancher Wingert birgt ein tödliches Geheimnis in sich.

Begeben Sie sich mit bekannten Autorinnen und Autoren der Region auf eine Weinreise der anderen Art und lernen Sie nicht nur den Riesling von einer ganz neuen Seite kennen. Erleben Sie, wie gefährlich es sein kann, wenn ein blutiges Rebmesser einen alten Familienzwist entscheidet, ein Blind Date im Weinkeller stattfindet, eine Weinprobe einen haarsträubenden Verlauf nimmt, die Oma im Maischebottich landet oder ein Entspannungsseminar im Weingut aus dem Ruder läuft.

Ein Lesegenuss: fruchtig, finessenreich, filigran – und rabenschwarz im Abgang!

www.wellhoefer-verlag.de

Burgunder-Leichen

Anne Grießer (Hrsg.)

256 Seiten, Euro 12,80

Badischer Wein wird von der Sonne verwöhnt. Das ist bekannt, heißt aber nicht, dass er jedem gut bekommt.

Ob mörderische Hanglagen, perfides Gift, übereifrige Kritiker oder Leichen im Keller: Begeben Sie sich mit 22 bekannten Autorinnen und Autoren auf eine ganz spezielle Weinreise durch Baden. Genießen Sie diese Reise mit allen Sinnen, aber passen Sie spätestens beim nächsten Viertele gut auf sich auf, denn Mord ist eine ernste Sache. Eine todernste!

Ein Lesegenuss: kraftvoll, fruchtig, herb – und rabenschwarz im Abgang!

www.wellhoefer-verlag.de

Jakob der Flößer

von Hans-Henrik von Köller

448 Seiten, Euro 12,80

Schon als kleiner Junge kommt der Waise Jakob Hassler in die Obhut des Schwarzwälder Hauptschiffers Ridinger. Kaum volljährig übernimmt er die Leitung einer riskanten Flößer-Fahrt auf dem Rhein. Schnell gerät er in einen Strudel aus Macht, Missgunst und Intrigen. In großer Gefahr, trifft er eine folgenschwere Entscheidung, die sein weiteres Leben prägen wird.

Der Autor nimmt den Leser mit auf eine packende Zeitreise – hinein in die Täler des Schwarzwalds und entlang des großen, reißenden Stroms, dem Rhein.
Es waren die Schwarzwälder Flößer des späten Mittelalters, die mit ihren weiten Reisen den Rhein hinab dazu beitrugen, den westeuropäischen Kulturraum weiter zu erschließen und gleichzeitig enger miteinander zu verbinden.

www.wellhoefer-verlag.de